Editora Charme

AS REGRAS para NAMORAR

AUTORAS BESTSELLERS DO

PENELOPE
VI KEELAND

Copyright © 2022. THE RULES OF DATING by Vi Keeland & Penelope Ward
Direitos autorais de tradução © 2022 Editora Charme

Todos os direitos reservados.

Nenhuma parte desta publicação pode ser reproduzida, distribuída ou transmitida sob qualquer forma ou por qualquer meio, incluindo fotocópias, gravação ou outros métodos mecânicos ou eletrônicos, sem a permissão prévia por escrito da editora, exceto no caso de breves citações consubstanciadas em resenhas críticas e outros usos não comerciais permitido pela lei de direitos autorais.

Este livro é um trabalho de ficção.
Todos os nomes, personagens, locais e incidentes são produtos da imaginação da autora. Qualquer semelhança com pessoas reais, coisas, vivas ou mortas, locais ou eventos é mera coincidência.

1ª Impressão 2022

Produção Editorial - Editora Charme
Modelo - Giorgos Mavrogiannis
Fotografo - Ashraf El Bahrawi
Adaptação de capa e Produção Gráfica - Verônica Góes
Tradução - Laís Medeiros
Revisão - Equipe Charme

Esta obra foi negociada por Brower Literary & Management, Inc.

CIP-BRASIL. CATALOGAÇÃO NA PUBLICAÇÃO
SINDICATO NACIONAL DOS EDITORES DE LIVROS, RJ

W233r

Ward, Penelope
  As regras para namorar / Penelope Ward, Vi Keeland ; [tradução Laís Medeiros]. - 1. ed. - Campinas [SP] : Charme, 2022.
  464 p.

  Tradução de: The rules of dating
  ISBN 978-65-5933-100-0

  1. Romance americano. I. Keeland, Vi. II. Medeiros, Laís. III. Título.

22-81030   CDD: 813
                CDU: 82-31(73)

Gabriela Faray Ferreira Lopes - Bibliotecária - CRB-7/6643

www.editoracharme.com.br

Editora **Charme**

Tradução: Laís Medeiros

AS REGRAS
para NAMORAR

AUTORAS BESTSELLERS DO *NEW YORK TIMES*
PENELOPE WARD
VI KEELAND

4   VI KEELAND E PENELOPE WARD

CAPÍTULO 1

Billie

— *Droga.* — A porcaria do meu celular estava sem bateria de novo.

Olhei em volta da cozinha de Kaiden, procurando um carregador. Ele costumava deixar um sobre a bancada, mas não estava ali. Então, fui em direção ao banheiro, onde ele estava tomando banho no momento, para perguntar onde estava. No caminho, notei que seu celular estava carregando sobre a mesa de cabeceira. Já estava totalmente carregado, então retirei-o e pluguei o meu no carregador. Então, seu celular vibrou, e uma notificação do *Tinder* surgiu na tela.

Meu coração parou.

Por que Kaiden receberia uma notificação do *Tinder*? Claro, nós tínhamos nos conhecido por meio dele havia alguns meses, e eu também ainda tinha o aplicativo em meu celular, mas havia parado de receber notificações logo depois de desativar temporariamente a conta. Nós deveríamos ser exclusivos.

Talvez uma pessoa com quem ele conversava antes de nos conhecermos tinha entrado em contato? Eu queria muito ignorar e dar a ele o benefício da dúvida. Mas meu histórico amoroso não me permitiu. Já havia me decepcionado antes... e *muito*. Então, em vez de ser a namorada confiante, prestei atenção para me certificar de que o chuveiro ainda estava ligado e digitei sua senha de desbloqueio: 6969. Dei risada na vez em que o notei digitando isso. Mas talvez eu devesse ter interpretado como um sinal vermelho, que representava a maturidade de relacionamento desse cara.

Dentro do aplicativo, ele tinha uma porrada de mensagens, então abri a mais recente.

> **Katrina: Mal posso esperar para te conhecer também.**

Em seguida, havia três emojis irritantes: lábios mandando um beijo, um coração e uma taça de coquetel. Ao rolar pelo histórico da conversa, vi que eles já se falavam há um tempo, e a última mensagem tinha sido mandada por Kaiden havia apenas uma hora. Meu coração começou a bater forte. Tive vontade de entrar no banheiro e afogar o desgraçado. Mas, em vez disso, continuei bisbilhotando. Senti um enjoo começar a se formar ao ler as intermináveis conversas que ele vinha mantendo. Somente na última semana, o cretino tinha trocado mensagens com doze mulheres. Uma só já seria bem ruim, mas *doze*? E então, notei sua foto de perfil. Ela me parecia familiar. Dei zoom para ver melhor e percebi por quê. Eu havia tirado aquela foto! O babaca tinha me cortado da imagem.

Meu rosto estava tão quente que senti como se a qualquer momento fosse sair fumaça pelas minhas orelhas. E logo hoje. Era aniversário de Kaiden, então eu havia fechado o meu estúdio mais cedo e corrido para casa para assar cupcakes antes de vir para seu apartamento.

Para começar, *eu nunca assava cupcakes.* E, certamente, *nunca* fechava meu estúdio mais cedo.

Também havia passado duas semanas trabalhando no presente dele — uma arte para uma tatuagem personalizada que ele queria de surpresa. Sabe o quanto é estressante desenhar algo para alguém que não te dá a *menor ideia* do que quer, e só quer ver o trabalho final *depois* que estiver permanentemente tatuado em sua pele?

Affff. Eu queria gritar.

Mas não o fiz. Em vez disso, respirei fundo, fechei os olhos e contei lentamente até dez. Quando terminei, não me senti nem um pouco melhor. Definitivamente ainda queria arrancar a cabeça de Kaiden. Mas, naquele momento, me dei conta de que havia outra coisa além de gritar e berrar que me faria sentir melhor. *Vingança.*

Então, bolei um plano. Primeiro, digitei uma mensagem para a última mulher com quem ele havia conversado. Em seguida, copiei e colei a mesma coisa para as outras onze com quem ele vinha batendo papo. Quando terminei, pluguei seu celular de volta no carregador. Mas e se as mulheres respondessem às minhas mensagens? Isso inevitavelmente faria com que uma notificação aparecesse na tela e indicasse a ele o que estava por vir.

Não podia deixar isso acontecer, então tive que fazer um leve ajuste nos meus planos. Pegando seu celular, ergui o braço e bati com força aquele maldito no canto de sua mesa de cabeceira. Depois disso, o aparelho não ligou mais, e eu tinha que admitir que a rachadura enorme na tela me fez sentir um pouquinho melhor.

Quando Kaiden saiu do banheiro, apenas dois minutos depois, meu coração ainda estava acelerado. Mas eu sabia o que tinha que fazer para que meu plano desse certo. Fazendo beicinho, escondi o celular atrás de mim e dei a ele meu melhor olhar de cachorrinho abandonado.

— Amor, eu sinto muito. Quebrei uma coisa por acidente. Me sinto péssima.

Ele estava com uma toalha branca enrolada na cintura e usava outra para secar os cabelos.

— Tudo bem. O que você quebrou?

Ergui o aparelho.

— Seu celular.

O rosto de Kaiden murchou.

— Oh. Merda. Como você fez isso? Parece ter sido esmagado por uma pedra.

Não exatamente. Mas quase...

— Eu sou tão desastrada. Estava na cozinha quando o ouvi tocar, então corri para pegá-lo e levá-lo para você. Não queria que perdesse uma ligação, já que provavelmente era alguém desejando feliz aniversário. Mas, a caminho do banheiro, tropecei e caí bem no canto da cama. O celular acabou levando todo o impacto. Me desculpe. Comprarei uma tela nova para você quando terminarmos a tatuagem no estúdio mais tarde.

Ou quando o inferno congelar...

— Eu tenho garantia estendida, então não se preocupe.

É, eu não estava preocupada...

Uma hora depois, chegamos ao meu estúdio de tatuagem. Eu havia reservado todos os horários da noite para poder trabalhar no presente de aniversário de Kaiden sem distrações. Infelizmente, a arte que eu havia criado — uma garota pin-up sexy que eu tinha certeza de que ele ia amar — devia ser o melhor trabalho que já fizera. Normalmente, uma noite de sexta-feira seria bem cheia no Billie's Ink, com pelo menos outro tatuador, além de mim, trabalhando até depois da meia-noite. Mas, como eu havia dado folga para todo mundo, somente minha recepcionista, Justine, estava no balcão quando entramos.

— Oi, gente. — Ela sorriu. — Feliz aniversário, Kaiden.

— Obrigado.

— Então, Billie já deixou você dar uma espiadinha na arte?

Kaiden balançou a cabeça.

— Não. Quero que seja surpresa.

Justine apoiou o queixo nas mãos, parecendo encantada.

— É tão romântico deixar sua namorada fazer uma tatuagem às cegas em você.

Aquele sentimento me fez soltar um risinho pelo nariz, e tive que disfarçá-lo com uma tosse falsa. Era romântico, claro, ou, nesse caso, *idiota pra caralho. Mesma coisa.*

Pigarreei.

— Justine, eu sei que disse que você poderia ir embora às seis, mas será que poderia ficar um pouquinho mais? Eu tenho... — Sorri para Kaiden.

— Uma surpresa planejada. Na verdade, *múltiplas* surpresas.

O idiota abriu um sorriso radiante.

— Claro — Justine disse. — Sem problemas. Posso ficar pelo tempo que você precisar.

— Obrigada. Vou só acomodar o aniversariante e voltarei para te contar o que vai acontecer.

Conduzi Kaiden até os fundos e lhe disse que ficasse confortável na minha cadeira. Depois, coloquei uma música para tocar, o volume um pouco mais alto do que de costume, para que ele não pudesse ouvir nada que viesse da recepção, e abri um sorriso carinhoso, dizendo que voltaria em alguns minutos para começar.

Corri até a recepção.

— Então... — Mordi o lábio ao falar com Justine. — Espero que você esteja a fim de uma confusão.

Ela abriu um sorriso enorme.

— Você sabe que sempre estou a fim de confusão. O que está aprontando?

Sussurrando, contei a ela sobre o que havia encontrado no celular de Kaiden. Ela ficou de queixo caído antes mesmo que eu chegasse à parte problemática.

— E convidei todas elas para sair para beber esta noite.

Ela franziu a testa.

— Quem?

— As mulheres com quem ele estava conversando no *Tinder*.

— Todas elas?

— *Todas* as doze. Não faço ideia de quantas irão aparecer, mas pedi que me encontrassem aqui. Bom, não a mim, considerando que eu estava fingindo ser Kaiden, mas você entendeu.

Justine arregalou os olhos.

— Doze mulheres do *Tinder* virão encontrar Kaiden aqui?

Assenti.

— Eu disse a elas que ele ia fazer uma tatuagem de aniversário amanhã e queria a ajuda delas para escolher antes de irem beber alguma coisa no bar no fim do quarteirão.

Justine cobriu a boca.

— Ai, meu Deus. O que você vai fazer quando elas chegarem?

— Tenho algumas horas, então espero poder terminar a tatuagem dele e trazê-lo para cá para fazer a revelação para ele e para a mulheres ao mesmo tempo.

Justine franziu as sobrancelhas.

— A tatuagem que você desenhou é espetacular. É boa demais para a pele traidora e mentirosa daquele babaca.

Sorri.

— Ah, tem mais uma coisinha... uma pequena mudança de planos para a tatuagem de aniversário. Na verdade, preciso que você me faça um decalque, se puder.

Seus olhos brilharam.

— Claro.

Peguei meu celular e fiz uma pesquisa antes de virar a tela para Justine.

— Eu gostaria de um decalque dessa imagem, por favor.

Ela franziu as sobrancelhas e, então, seus olhos se arregalaram.

— Você vai tatuar *a logo do Tinder* no Kaiden?

Sorri de orelha a orelha.

— Ele disse que poderia ser o que eu quisesse...

Justine caiu na risada.

— Você é *maluca pra caralho*. Adorei! Posso filmar tudo, por favor? Essa merda com certeza vai viralizar.

— Claro que pode. Eu consideraria postar isso nas redes sociais como utilidade pública. Talvez vá fazer outros homens pensarem duas vezes antes de trair.

— O que devo dizer às mulheres quando chegarem?

— Isso vai ser um pouco complicado. Precisamos impedi-las de conversarem entre si. Que tal você dar um portfólio de tatuagens para cada uma? Diga a elas que Kaiden ligou e disse que se atrasaria uns minutinhos, então elas podem dar uma olhada nos desenhos e ver se encontram algo de que gostam. Acho que devemos ter uma dúzia de portfólios, contando com os de Deek e os meus. Mas você vai ter que falar baixinho, já que o balcão da recepção não fica muito longe da área de espera.

— Vou dar um jeito. — Ela balançou a cabeça e soltou duas respirações pela boca. — Isso vai ser épico!

Assenti.

— Ah, vai ser algo especial, sem dúvidas.

Kaiden *caiu no sono.*

Isso era ridículo, sério. Ocasionalmente, pessoas acabavam cochilando na cadeira, mas geralmente era alguma mulher nervosa com sua primeira tatuagem que tomou um calmante antes de chegar ao estúdio. Não pensei que esse aniversariante filho da puta tiraria uma soneca. Contudo, fiquei grata por isso.

Quando comecei a apertar o pedal, ele apoiou a mão livre na minha coxa. Consegui fazê-lo retirá-la, dizendo que ele precisava ficar na posição em que o coloquei. Mas, na verdade, tive receio de que sua mão encontrasse o caminho até a minha bunda e eu acabasse lhe dando um soco na cara. Não tê-lo observando cada movimento meu também facilitou muito o trabalho. Não tive que me preocupar se ele daria uma espiada no que eu estava fazendo pelo espelho, e pude até mesmo colocar o curativo sobre o trabalho finalizado antes que ele se mexesse.

Durante os últimos vinte minutos, Justine ficou me mandando mensagens da área da recepção para me manter atualizada. Aparentemente, *oito* mulheres haviam comparecido e estavam sentadas a apenas dez metros de distância, do outro lado da porta da minha sala de tatuagem, esperando para encontrar o lindo pretendente que conheceram no *Tinder*. Tive que respirar fundo algumas vezes antes de acordar o Príncipe Encantado.

— Ei. — Abri meu melhor sorriso falso e sacudi o ombro de Kaiden. — Está na hora de acordar, dorminhoco.

Ele piscou algumas vezes antes de abrir os olhos. Por alguns segundos, pareceu perdido, mas então ergueu a cabeça e olhou para o braço.

— Merda. Eu dormi?

— Sim.

— Por quanto tempo eu apaguei?

— Oh... por horas.

Ele passou uma mão pelos cabelos.

— Você já terminou?

— Sim. Mal posso esperar para que você veja.

Ele se sentou na cadeira.

— Você não deveria ter colocado o curativo.

— Quero manter a surpresa por mais um tempinho. Justine ainda está aqui, então pedi a ela que fizesse um vídeo do grande momento. *Quero poder ver o seu rosto abismado várias e várias vezes.*

— Tudo bem. — Ele sorriu. — Obrigado, amor.

— O prazer foi meu, *acredite.*

Meu coração ricocheteou no peito conforme caminhei em direção à recepção. Kaiden me seguiu. No instante em que abri a porta, Justine se levantou da cadeira em um pulo e bloqueou meu caminho.

— Tem um cliente aqui. Um cliente *de verdade* — ela sibilou. — Eu estava tentando me livrar dele.

Olhei atrás dela, em direção ao balcão da frente. Como ela disse, havia um cara ali de pé. Ele parecia um agente federal bem gatinho. *Deus, por favor, que ele não seja um policial.* Além dele, a maioria das cadeiras estavam ocupadas por mulheres, que estavam todas olhando para nós no momento. Uma delas sorriu e se levantou. Eu não ia ter como adiar a explosão que estava prestes a acontecer, então o coitado aleatório estava prestes a receber muito além do que pedira.

Kaiden olhou para o cara aguardando no balcão e as pessoas preenchendo o lobby.

— Pensei que você tivesse fechado o estúdio hoje, amor.

— Eu, hã, convidei algumas amigas para a grande revelação.

Pegando sua mão, respirei fundo uma última vez e o puxei para a recepção. Assim que estávamos bem no centro da área, com todos os olhos em mim, minhas pernas começaram a tremer. Kaiden olhou em volta para todas as mulheres, seu olhar prendendo-se em uma loira em particular, enquanto parecia tentar se lembrar de onde a conhecia. A bomba ia acabar se autoexplodindo se eu mesma não a detonasse logo.

Então, pigarreei.

— Senhoritas, este é o meu namorado, Kaiden. Hoje é seu aniversário, e eu quis fazer algo especial para ele. Como nós temos um relacionamento tão maravilhoso e compartilhamos *tanta confiança*, ele me deixou escolher a tatuagem que agraciará seu corpo para sempre. Ele ainda não a viu, mas acho que todas vocês irão concordar que é o desenho mais apropriado que eu poderia ter feito nele.

Minhas mãos tremeram conforme as ergui para retirar o curativo do bíceps de Kaiden. Assim que descobri o local, não tinha mais como voltar atrás. O símbolo em forma de chama pink enorme devia ter quinze centímetros de largura por quinze de altura; daria para ver a metros e metros de distância. Tudo que ocorreu em seguida pareceu acontecer em câmera lenta.

Kaiden olhou para baixo. Seu rosto franziu, confuso.

— Mas que droga é essa?

Uma das garota do *Tinder* cobriu a boca.

— Ai, meu Deus. É a logo do *Tinder*. Puta merda! Isso está mesmo acontecendo?

Kaiden puxou o braço para poder ver melhor.

— Que porra é essa, Billie?

Coloquei as mãos nos quadris.

— Não me pergunte que porra é essa! — Gesticulei em volta da recepção. — Você ao menos reconhece alguma dessas mulheres?

Ele escaneou a recepção... o primeiro rosto, depois o segundo. Quando chegou à terceira mulher, seus olhos se arregalaram, e ele piscou algumas vezes. Então, seus olhos saltaram de pessoa para pessoa, conforme ele se dava conta do que estava rolando. Kaiden fechou os olhos.

— Que porra você fez?

— Que porra *eu* fiz? — guinchei. — Vejamos. Fiz jantar para você quando teve que trabalhar até tarde. Massageei as suas costas quando você disse que teve um dia difícil no trabalho. Até mesmo busquei o seu irmão no aeroporto quando ele veio visitar. Mas acho que o que fiz de mais importante foi acreditar quando você disse que *queria um relacionamento sério e estava se apaixonando por mim.*

Kaiden estendeu a mão para mim. Dei dois passos para trás e ergui as mãos.

— Não me toque.

— Eu posso explicar.

Por alguma razão, aquilo me deixou ainda mais irada. Como se pudesse existir alguma explicação para seu comportamento. Perdi a cabeça de vez nesse momento. Apontando para a porta, gritei a plenos pulmões:

— Saia daqui! Saia daqui, *porra*!

Eu estava falando com Kaiden, mas uma das mulheres saiu correndo pela porta e praticamente caiu na calçada.

— Ótimo. Isso. — Assenti. — Boa ideia. Todas vocês, deem o fora do meu estúdio *agora, porraaaa!*

Se eu estivesse com o humor apropriado, talvez tivesse apreciado a cena cômica que se desenrolou a partir daí. Um homem tatuado de um 1,88 metro e 104 kg foi direto para a porta, fugindo de uma lunática de um 1,55 metro que tinha acabado de tatuar uma logo gigante do *Tinder* em seu braço. Ele estava tão nervoso que quase passou por cima de algumas das vadias do *Tinder* para poder sair logo dali.

Assim que a última delas foi embora, fechei a porta, fechei meus olhos e tentei me acalmar.

Então, a voz de um homem me fez abrir os olhos novamente.

— Hã... acho que esse não é um bom momento — o agente federal gatinho disse, a única pessoa ali além de mim e de Justine.

— É, provavelmente não — Justine murmurou. — Talvez seja melhor você voltar outro dia.

Mas eu estava surtada, e precisaria de muito mais além de Kaiden ter ido embora para que eu conseguisse voltar ao normal. Marchei até o balcão com um sorriso perturbado.

— Não, não vá. O que gostaria que eu tatuasse em você? — Minha voz ficou estranhamente fraca. Além disso, por algum motivo, meus olhos não estavam mais piscando.

Ele pareceu um pouco nervoso.

— Hã... não sei ainda.

Inclinei a cabeça para o lado.

— Não? Então, deixe-me ajudá-lo. Onde você arranja as mulheres que fode escondido da sua namorada? Que tal a logo do *Bumble*? — Ergui o dedo. — Ou talvez *Plenty of Fish in the Sea*? Essa até que é fofinha. Um peixinho colorido? Ou, quem sabe, *Hinge*? Aposto que posso desenhar um H em quinze, talvez vinte minutos.

O coitado ficou apenas olhando para mim.

Coloquei as mãos nos quadris.

— Bem, qual vai ser? Não tenho a noite toda.

Notei que ele tinha um pedaço de papel na mão. Parecia ter uma imagem nele. Arranquei-o de sua mão e soltei uma risada maníaca.

— Uma rosa? *A porra de uma rosa.* Você é tão clichê! Aposto que já tem tatuado um símbolo do infinito, não tem? — Joguei o papel no sujeito. Ele não fez menção alguma de pegá-lo.

— Quer saber? — Ele apontou para a porta com o polegar. — É melhor eu ir embora...

— Ótimo! Você deve ser um cretino também! Sabe como sei disso? *Porque todos vocês são cretinos.*

O cara abriu um sorriso triste para Justine.

— Obrigado pela ajuda. — Ele abriu a porta, mas parou antes de sair por ela. — Você deve ser a Billie, certo?

Quando não respondi, ele balançou a cabeça.

— Ok, então. Foi um prazer conhecê-la. A propósito, sou Colby Lennon, seu novo senhorio.

CAPÍTULO 2

Colby

Na manhã seguinte, Holden chegou bem cedo para consertar a pia que estava vazando na minha cozinha. Eu mesmo poderia ter feito isso, mas ele sabia o quanto fins de semana eram importantes para mim, por serem os únicos dias inteiros durante os quais eu podia passar um bom tempo com a minha filha, Saylor. Entretanto, Holden não era somente o faz-tudo dali. Ele agora era um dos proprietários do prédio, junto comigo e outros dois amigos nossos. Como músico, Holden não tinha um trabalho diurno, tecnicamente, então, quando não estava fazendo turnê, ele cuidava dos reparos que precisavam ser feitos no prédio. Ele crescera ajudando seu pai, que era empreiteiro, então sabia como consertar praticamente qualquer coisa. Ele tivera muitos trabalhos aleatórios antes de se tornar nosso faz-tudo permanente.

Saylor estava sentada ao meu lado à mesa, desenhando enquanto eu tomava meu café da manhã e observava Holden mexer embaixo da pia. Ele se levantou por um momento, para respirar um pouco, e olhou para o papel no qual minha filha estava rabiscando.

— Ela desenhou o que eu acho que ela desenhou? — ele perguntou.

Olhei para o papel, descobrindo que minha filha de três anos havia desenhado algo que parecia ser um pênis com olhos... e tentáculos.

— O que é isso, Saylor? — questionei.

— É você, papai.

— Parece mesmo com ele. — Holden riu.

Saylor adorava desenhar, adorava arte, no geral. Mesmo com apenas três anos de idade, isso era evidente. Seu apreço por arte era um dos motivos pelos quais eu quis fazer uma surpresa para ela com uma tatuagem em sua homenagem. Esse plano tinha certamente descido pelo ralo. *O que me lembra...*

Virei-me para Holden.

— Ei, o que você sabe sobre a garota que aluga o espaço do estúdio de tatuagem lá embaixo? Billie?

— Você não a conheceu ainda?

Balancei a cabeça.

— Ah, eu a conheci, sim.

— O que aconteceu?

Contei a Holden a versão resumida sobre o que havia testemunhado no estúdio na noite anterior. Ou, pelo menos, o que consegui decifrar a partir do circo que estava acontecendo à minha volta antes de ir embora de lá.

— Merda. Não a culpo por ter surtado com o cara. Que armação brilhante.

Dei risada.

— Tenho que admitir que foi, sim, mesmo que eu tenha ficado preso no meio do fogo cruzado.

— Mas, se você quer saber... — Ele apontou uma chave inglesa para mim. — Ela é maneira pra cacete. Você definitivamente a conheceu em um momento inoportuno.

— É, bem, ela deveria tratar um cliente com respeito, mesmo que estivesse em um dia ruim.

— Como ela reagiu quando você disse que era dono do prédio?

— Ela pareceu chocada, mas não o suficiente para se desculpar. De qualquer forma, dei no pé antes que ela pudesse dizer mais alguma coisa.

— Quero ir para a aula das mamães! — Saylor interrompeu.

"Aula das mamães" era uma aula de mães e filhas para a qual eu a levava uma vez por semana. Eu era o único homem adulto participante, mas felizmente elas nos recebiam de braços abertos, apesar do fato de não haver uma mamãe conosco. Saylor tinha idade suficiente para saber que era estranho ela não ter uma mãe por perto, mas não idade suficiente para ficar encucada com isso. Eu sabia que era apenas questão de tempo, mas, por enquanto, eu era suficiente. *O papai é a minha mamãe*, ela dizia. Eu temia pelo dia em que ela começaria a insistir em ter respostas sobre o motivo pelo qual sua mãe não quis fazer parte de sua vida. Até então, eu me sentia grato por ela nunca pedir para saber mais. Ela aceitava minhas explicações genéricas, como: *A sua mãe não pode ficar com a gente. Ela tem que resolver algumas coisas em sua vida que não podemos compreender agora.*

Olhei para meu celular.

— Ainda temos um tempinho antes da aula. Temos que limpar você primeiro. Tem cobertura de donut por todo o seu rosto. Não me admira você amar o tio Holden. Ele está sempre trazendo porcarias cheias de açúcar para você.

Ele deu de ombros.

— Eu sei que ela ama donuts. Não resisto.

— É, mas você não precisa trazer isso toda vez que vier. Estou tentando ensiná-la a ter hábitos saudáveis.

— Ah, como os que nós tínhamos? — Ele soltou uma risada de deboche. — Você não se lembra de todas as vezes que fomos à loja da esquina para comprar doces? Sorte a nossa ainda termos dentes.

Saylor abriu um sorriso enorme, exibindo todos os seus dentinhos. Eu já estava me preparando para o dia em que eles começassem a cair. Com certeza não ia saber lidar muito bem com vê-la crescendo.

Holden afagou a cabeça da minha filha.

— Se o tio Holden estourar e fizer muito sucesso, vou comprar uma loja de donuts e colocar o seu nome nela.

Me levantei e levei minha caneca de café para a pia.

— Temos que começar a nos aprontar. Você vai ficar aqui enquanto saímos?

— Sim, vou demorar um tempinho para terminar de consertar.

— Ok, não se mate. Não tem problema se precisar voltar amanhã. É só uma torneira vazando.

— Vou ficar doido se não conseguir consertar essa merda. Você sabe disso.

— Bem, antes você do que eu. — Dei risada.

Chegamos quinze minutos atrasados para o encontro semanal "Mães de Meninas de Manhattan". Metade das cabeças viraram-se na nossa direção quando entramos, mas seus rostos eram simpáticos. Todas ali me tratavam como parte da turma. Exceto pelo fato de que, ocasionalmente, as mulheres flertavam comigo. Até mesmo as casadas.

— Oi, Colby — uma delas gritou do outro lado do salão.

Sorri para Lara Nicholson, uma mãe solo da turma. Ela era separada de seu marido, e os dois compartilhavam a guarda da filha, Maddie. Lara sugeria com frequência que nossas filhas brincassem juntas. Eu tinha a impressão de que era comigo que ela queria brincar, diante do quão persistente ela era. Mas eu não estava a fim. Não tinha muita vontade de fazer essas coisas, ultimamente. Eu ia a encontros aqui e ali, mas fiquei bem mais seletivo depois de me tornar pai. Certamente não queria trazer uma mulher para perto da minha filha a menos que essa pessoa fosse excepcional. E como Saylor viera ao mundo por uma gravidez acidental, eu tinha um medo paranoico de que a história se repetisse.

O tema da aula de mães dessa semana era "dia de spa", e havia várias estações montadas para as meninas: uma onde elas podiam fazer o cabelo em um coque como uma princesa, outra onde podiam brincar de se arrumar e outra onde podiam pintar as unhas. Era uma ótima oportunidade para Saylor interagir com outras crianças fora da pré-escola. E eu estava grato por poder levá-la a um lugar com ar-condicionado para socializar, considerando que estava quente pra cacete na cidade ultimamente, então o parquinho era uma droga.

Muitas das mães também estavam pintando as unhas. Minha filha notou isso e disse:

— Papai, pinte as suas unhas!

— Não, querida. Acho que isso não é para mim.

— Pode vir, Colby. Eu cuido de você — disse Amanda McNeely em um tom sugestivo. Amanda era outra mãe solo.

Sem ter como me livrar, me aproximei e sentei.

— De que cor eu devo pintar? — perguntei à minha filha.

— Rosa!

Olhei para Amanda e sorri.

— Tenho que ir até o fim, não é?

Saylor escolheu a cor mais brilhante e fluorescente, e Amanda sacudiu o frasco. Enquanto ela pintava minhas unhas, olhei para o rosto sorridente da minha filha. Ela observava o processo com atenção. Realmente, não havia nada que eu não faria por ela. Essa era a prova.

No caminho de volta para casa, notei uma cabeleira comprida e escura voando com a brisa do verão e vindo pela calçada em nossa direção. Era Billie, a tatuadora zangada, caminhando em direção ao seu estúdio de tatuagem pela direção oposta. *Caramba*. Como estive muito distraído por seu comportamento lamentável na noite anterior, não pude notar adequadamente a tremenda gata que ela era. Billie era pequenina, baixinha mesmo com os saltos altíssimos que usava. Seus cabelos pretos contrastavam gritantemente com sua pele de porcelana. E um de seus braços era totalmente coberto de tatuagens, como uma manga comprida.

Sua boca curvou-se em um sorriso quando ela me avistou. Contudo, não demorei a perceber que o sorriso não era para mim.

— E quem é essa gracinha? — ela perguntou ao parar diante de nós.

— Esta é minha filha, Saylor. Saylor, esta é a Billie, a moça simpática que é dona do estúdio de tatuagem.

Billie ajoelhou-se.

— O seu papai acha que eu sou maluca, e por uma boa razão, mas juro que *sou* uma moça simpática. — Ela ajustou o colarinho do vestido de Saylor. — Quantos anos você tem?

Minha filha ergueu três dedos.

— Três. Mas quase *quatro*.

— Três! Uau! Você é uma garota grandinha.

— Olhe as minhas unhas, Billie!

— Que lindas! — Billie estendeu a mão. — Minhas unhas também estão pintadas de azul.

Exibi meus dedos.

— E as minhas estão pintadas de rosa.

Billie arregalou os olhos.

— Estão mesmo. — Ela riu. — Que radical, sr. Senhorio.

— Por favor, me chame de Colby.

Ela assentiu.

— Colby.

Tinha quase certeza de que ela achava que eu era um babaca careta depois da noite anterior. Pelo menos as unhas cor-de-rosa podiam ter dado pontos a meu favor.

Ela se levantou.

— Olha... quero me desculpar pela minha grosseria. Eu estava em uma noite péssima.

— É. Eu ouvi tudo.

— Imaginei que tivesse mesmo.

Quando ela olhou para o chão, meus olhos desceram brevemente para seu peito. Era difícil não olhar, considerando que ela estava usando um *espartilho*, com dois montes branquinhos e macios brincando de esconde-esconde — um espartilho preto sob uma camisa xadrez preta e vermelha com as mangas enroladas até os cotovelos.

Minha filha estendeu uma das mãos e tocou o braço de Billie, tracejando os desenhos das tatuagens que o cobriam todo.

— Ela sempre foi encantada por arte corporal — expliquei. Toquei as costas de Saylor. — Você gostaria que o papai fizesse uma tatuagem, algum dia?

Ela assentiu, sem tirar os olhos de Billie.

— Eu queria fazer uma surpresa para ela. — Dei uma piscadinha. — Mas, sabe, esse plano desceu pelo ralo.

— Graças a Deus por isso. — Ela soltou uma risadinha pelo nariz. — No que você estava pensando? Quero dizer, talvez se o nome dela fosse Rose, eu deixaria você tatuar uma rosa no seu corpo. Tirando isso, é tosco. Não vou tatuar coisas tediosas ou genéricas em você. — Billie olhou para Saylor. — Você quer escolher uma tatuagem para o seu papai?

Saylor deu pulinhos.

— Sim!

— Quer entrar no estúdio um pouquinho?

Pousei minha mão no ombro de Saylor.

— Não quero atrapalhar.

Os olhos dela encontraram os meus.

— Só terei clientes a partir das quatro hoje.

Minha filha tomou a decisão por mim quando segurou a mão de Billie, e as duas foram em direção ao estúdio juntas. Aproveitei a oportunidade para admirar o traseiro da minha linda inquilina, que era tão atraente quanto sua comissão de frente. Ela usava uma calça legging preta que tinha um leve brilho no tecido e deixava pouca coisa para a imaginação. Não me admirava esse estúdio parecer estar sempre cheio. *Caramba.*

Um sino tilintou quando ela abriu a porta.

— Normalmente, crianças não são permitidas aqui por motivos de segurança — Billie explicou. — Mas contanto que eu não esteja trabalhando em alguém, não tem problema.

Cocei o queixo.

— Ah... nunca pensei nisso. Que bom que nunca prometi à Saylor que ela poderia me assistir recebendo a tatuagem.

— É. A maioria dos estúdios sérios têm essa regra. — Ela caminhou até uma prateleira, retirou de lá uma pasta preta grande com páginas plastificadas e a entregou para Saylor. — Há muitos desenhos bonitos aqui. Dê uma olhada e me diga o que gostaria de ver no seu pai. Ou eu posso fazer algo novo do zero. — Ela sorriu.

Saylor se sentou e apoiou a pasta no colo.

— Borboletas! — Minha filha apontou após passar as primeiras páginas.

Não eram somente borboletas, mas sim borboletas entrelaçadas com outras coisas que não pude entender muito bem. Nenhum dos desenhos era o que alguém consideraria, nas palavras de Billie, *genérico.*

Passei o braço em torno de Saylor enquanto ela virava as páginas.

— Incríveis, não são?

Ela assentiu e continuou a passar as páginas avidamente.

— Você gostaria de um lanchinho, Saylor? — Billie perguntou. Ela assentiu sem tirar os olhos da pasta. — Gosta de biscoitos *Goldfish*?

Saylor abriu um sorriso radiante.

— Hummm! *Goldfish!*

— Ela *adora Goldfish*. — Estreitei os olhos. — Mas por que *você* tem biscoitos *Goldfish*?

Billie deu de ombros.

— Eu também gosto. São pequenos, fáceis de colocar na boca sem deixar migalhas por todo o estúdio. Então, me processe. Sabe do que mais eu gosto? Caixinhas de suco. São mais ecologicamente corretas do que garrafas plásticas. — Ela sorriu. — Quer uma caixinha de suco também, Saylor?

Minha filha balançou a cabeça afirmativamente.

— Sim!

— Sim o quê? — perguntei.

— Sim, *por favor* — Saylor esclareceu.

— Uau, *Goldfish* e caixinhas de suco, Billie. Lembre-me de te trazer biscoitos *Lunchables* na próxima vez que passar aqui — provoquei.

Billie deu risada e foi pegar o lanche da minha filha. Mais uma vez, meus olhos ficaram grudados ao traseiro daquela mulher, que era firme e redondinho. *Lindo pra caralho.*

Ela retornou com um pacotinho de *Goldfish* sabor pizza e uma caixinha de suco de maçã. Ela abriu os dois itens e os colocou sobre uma pequena mesa ao lado da minha filha, que finalmente parou de olhar os desenhos da pasta para comer seu lanche.

— Foi muita gentileza sua. Obrigado — eu disse.

— O prazer foi meu. — Billie sentou-se de frente para mim.

— Olha... — Baixei meu tom de voz. — Peço desculpas se a maneira como falei ontem à noite foi ameaçadora, de alguma forma. Jogar na sua cara daquele jeito sobre ser o senhorio...

— Eu não interpretei dessa forma. Quero dizer, você é meu senhorio, então... — Ela suspirou. — De qualquer jeito, sou eu que deveria estar pedindo desculpas por me recusar a atender um cliente que esperou pacientemente, senhorio ou não. A experiência que você teve ontem à noite não é um reflexo de como trato meu negócio normalmente.

Assenti.

— Não se preocupe. Você tinha todo direito de estar brava. — Fiz uma pausa. — Posso perguntar como diabos aquilo aconteceu?

— Você quer dizer além do fato de que ele é um escroto? — Ela imediatamente cobriu a boca e olhou para Saylor, que estava alheia à nossa conversa. — Desculpe. Não estava pensando.

— Sem problemas. Ela está muito envolvida no lanche e na sua pasta.

Ela balançou a cabeça.

— Não previ o que aconteceu ontem à noite. Meu único consolo é saber que investi apenas alguns meses naquele relacionamento, o que considero uma dádiva.

Assenti.

— Fico feliz em ouvir isso, mas o que eu quis perguntar foi: como você orquestrou tudo aquilo?

— Ele deixou o celular dando sopa e eu vi uma notificação do *Tinder* na tela. Isso não deveria estar acontecendo, então tive que investigar. Eu sabia a senha para desbloquear a tela, e quando me dei conta do que ele estava aprontando, decidi marcar encontros com todas as mulheres com quem ele estava conversando, ao mesmo tempo. E o resto, você já sabe.

— Aquilo foi épico pra cacete.

— Obrigada. — Ela abriu um sorriso orgulhoso. — Eu também achei.

— É preciso muita força para executar uma coisa daquelas quando se está magoada.

— Acho que, estranhamente, a mágoa acabou me dando forças.

Assenti.

— Entendo.

Billie me impressionava. Além de ser extremamente talentosa, ela era durona, com uma pitadinha de loucura. A cada segundo que passava, ficava mais curioso sobre ela. Olhei em seus olhos por um momento, mas isso foi logo interrompido quando ela se levantou para buscar um guardanapo para Saylor.

Em seguida, ela retornou para o mesmo lugar, de frente para mim.

— Você mora no prédio, ou é apenas o novo proprietário?

— Sim, eu moro no segundo andar.

— E você é o único dono, ou...

— Não. — Balancei a cabeça. — Você conhece o Holden, certo?

— O músico/faz-tudo? Sim. Ele é legal.

— Aham. Ele também é dono do prédio. Junto com outros dois amigos nossos.

Ela arregalou os olhos.

— Uau. Então, vocês quatro são donos do prédio juntos?

— Sim. Bom, a empresa que formamos juntos é dona do prédio. Um dos caras, Owen, trabalha com imóveis comerciais e negociou tudo. E também tem o Brayden.

— Vocês devem confiar bastante uns nos outros para entrarem nessa juntos assim.

— Confiamos, sim. Eles são as únicas três pessoas sobre as quais eu posso dizer isso.

— Então, você deve ter subido ontem à noite para o seu apartamento e contado tudo para a sua esposa sobre a dona maluca do estúdio de tatuagem, não é?

Ah. Todo mundo presumia que eu era casado por causa de Saylor.

— Não tenho esposa.

— Ah. — O queixo de Billie caiu um pouco. — Divorciado?

— Não. A mãe de Saylor nunca esteve conosco. — Minha voz diminuiu para um sussurro. — Ela não quis.

A cor fugiu de seu rosto.

— Entendi.

Me levantei e gesticulei para que ela fosse comigo para o outro lado da recepção, longe de Saylor.

— A gravidez foi uma... surpresa, para dizer o mínimo — murmurei, olhando pela janela. — A última coisa que eu esperava. A mulher e eu não nos conhecíamos, exatamente. Mas Saylor é a melhor coisa que já aconteceu comigo.

Billie olhou para minha filha.

— Ela é linda.

Você também, eu quis dizer. Ela realmente era, unicamente linda. Embora usasse uma maquiagem pesada, de alguma maneira, eu sabia que ela era ainda mais linda sem.

— Mas deve ser desafiador criá-la sozinho — ela disse.

— Obrigado. E, sim, eu nem ao menos havia segurado um bebê antes dela.

— Que loucura. — Billie olhou para mim como se esperasse que eu elaborasse mais. Mas aquele não era o momento. Não queria que Saylor ouvisse.

Fiquei perdido nos olhos de Billie por alguns instantes. Eles eram de um castanho profundo, como a cor de grãos de café. Então, Saylor fez barulho com o canudo ao terminar de beber seu suco de maçã e me tirou do transe.

— Você escolheu um desenho? — Billie perguntou ao nos aproximarmos dela novamente.

— Esse aqui! — Ela apontou para um unicórnio com um arco-íris muito brilhante.

Billie caiu na risada.

— Bom, ficarei feliz em tatuar isso no seu pai, se ele concordar.

— Acho que vou ter que pensar. Eu sempre digo que não há nada que eu não faria pela minha filha. — Balancei minhas unhas cor-de-rosa. — Mas esse unicórnio espalhafatoso talvez seja a primeira exceção.

— Bom, se você reconsiderar, é só dizer. Ou se quiser algum outro desenho, posso fazê-lo também. — Ela piscou para mim. — Menos uma rosa.

Assenti.

— Acho que preciso de mais um tempinho. Se teve uma coisa que a noite passada me ensinou foi a não me precipitar em uma decisão tão importante.

— Concordo plenamente. — Ela sorriu..

Não havia motivo para ficarmos ali, e eu não queria que Billie tivesse que nos expulsar, então virei-me e toquei nas costas de Saylor.

— Agradeça, Saylor. Temos que subir.

— Obrigada! — Minha filha se aproximou e abraçou Billie.

Billie fechou os olhos ao receber o abraço.

— Disponha, lindinha. Volte em breve para me visitar. Sempre tenho *Goldfish* e caixinhas de suco.

Ela nos levou até a porta.

Antes de sairmos, virei-me uma última vez.

— Ei, Billie?

— Sim?

— Aquele seu ex é um idiota.

Suas bochechas ficaram vermelhas. Talvez tenha sido por causa do que eu disse. Ou talvez porque eu tinha acabado de dar mais uma olhada no decote de seu espartilho.

CAPÍTULO 3

Colby

Na terça-feira, após sair do escritório, desacelerei na calçada ao passar em frente ao estúdio de tatuagem, esperando poder ter um vislumbre da dona, também conhecida como a mulher que vinha dominando meus sonhos nas últimas noites. Era bizarro. Eu raramente sonhava — ou, pelo menos, raramente me lembrava dos sonhos —, mas, por três noites seguidas, tive exatamente o mesmo sonho. Eu estava no estúdio de Billie, deitado em sua cadeira de tatuagem enquanto ela tatuava uma imagem em preto e branco de uma ponte sobre o meu peitoral direito. Teria sido inocente se parasse por aí, mas é claro que não parava. No meio da tatuagem, ela pressionava o pedal no chão e abaixava a cadeira. Em seguida, inclinava-se para mim e percorria meu abdômen com a língua... Sempre terminava da mesma maneira: Billie na cadeira com as pernas em meus ombros enquanto eu metia nela com força.

Adorável, não é? A mulher é um amor com a minha filha, e eu retribuo a gentileza tendo uma fantasia erótica recorrente sobre ela e batendo uma todas as manhãs. Somente pensar nisso me fez sentir um canalha, então mesmo que quisesse entrar e passar alguns minutos com Billie, eu não merecia isso.

Então, decidi deixar nas mãos do destino. Se, por acaso, eu a visse pela janela, pararia no estúdio. Se não, não pararia. Infelizmente, a sorte não estava ao meu lado naquele momento, e a única pessoa que vi foi a recepcionista. Provavelmente, era melhor assim. Billie havia obviamente acabado de passar por um término horrível, o que significava que o momento não era o certo. Não que a probabilidade de ela sair comigo fosse maior mesmo que o momento fosse perfeito.

Passei por sua porta e continuei até a entrada principal para os apartamentos do prédio, indo direto para o elevador. Quando as portas se abriram, meu amigo Owen saiu de lá.

— Oi — eu disse. Nos cumprimentamos tocando os punhos e com um meio abraço. — Como vai? Faz um tempo que não te vejo.

— É, tenho andado muito ocupado. Minha assistente entrou em licença-maternidade, e um dos meus agentes se demitiu sem prévio aviso, então estou com a equipe reduzida.

Olhei para o que Owen estava segurando e sorri.

— Uma caixa de ferramentas? Você está indo a uma festa à fantasia ou algo assim? Porque eu *sei* que você não faz a menor ideia de como usar qualquer coisa que tenha dentro dessa caixa, cara.

— Vá se ferrar, idiota. Não sou incompetente. Só prefiro não sujar as mãos.

Dei risada.

— É, fiquei sabendo que a sua manicure fica brava se você cria um calo.

Eu estava implicando, é claro, mas Owen realmente ia à manicure. Do nosso grupo de quatro, ele definitivamente era o que chamava alguém para consertar alguma coisa, em vez de as pessoas o chamarem para isso.

— Mas, falando sério — acrescentei. — Aonde você vai com uma caixa de ferramentas?

— Holden conseguiu um show de última hora. Ele não queria perder, porque um figurão da música ia assistir tudo, então me pediu para substituí-lo como faz-tudo por alguns dias. Acredite, eu tentei negar, mas ele parecia bem desesperado. Se bem que, agora, *você* podia ser um bom amigo e quebrar essa para mim...

Abri um sorriso largo.

— Não vai rolar. Tenho uma garotinha esperando por mim lá em cima.

— Ah, qual é! Não vai demorar muito. O tio Owen pode levá-la para tomar um sorvete enquanto você atende esse chamado de manutenção.

— Por que vocês sempre querem dar açúcar para a minha filha?

Owen sorriu sugestivamente.

— É assim que conseguimos fazer as garotas gostarem da gente.

Dei risada ao entrar no elevador e apertar o botão.

— Você é um idiota. Divirta-se enfiando as mãos em uma privada ou qualquer outra merda que tiver que acabar fazendo.

— Aham, me divertir... consertando um ar-condicionado. Talvez eu faça uma tatuagem depois, porque a ideia de alguém me cutucando por horas com uma agulha soa quase tão divertida quanto.

As portas do elevador começaram a fechar, mas ouvir a palavra *tatuagem* chamou a minha atenção. Estendendo a mão, impedi que as portas se fechassem.

— O ar-condicionado não está funcionando no estúdio de tatuagem?

— Não. A dona ligou há um tempinho.

Ora, ora, ora. Talvez o destino tivesse outros planos para mim.

— Pensando bem, você não faz ideia de como consertar um ar-condicionado. Que tal eu ir dar uma olhada? A babá está com Saylor no parque agora, mas voltarão daqui a uma hora, mais ou menos. Você só precisa estar no meu apartamento para liberá-la, caso eu não tenha terminado ainda.

— Sério?

Saí do elevador e peguei a caixa de ferramentas da mão dele.

— Sério. Mas você me deve uma.

— Fechado. Valeu. Já que tenho uma hora, vou rapidinho ao meu escritório para pegar um arquivo que preciso para amanhã de manhã. Mas me certificarei de voltar antes que Saylor e a babá cheguem.

— Tudo bem. Só não se atrase.

— Não vou. Valeu mais uma vez, amigão.

Eu *quase* me senti um pouco mal por isso. Mas não o suficiente para admitir que me aproveitaria de qualquer desculpa para ir ao estúdio de Billie, e com certeza não o suficiente para não cobrar essa de Owen algum dia.

— Oi — eu disse à recepcionista. — Estou aqui para dar uma olhada no ar-condicionado.

Ela estreitou os olhos para mim.

— Você não é o cara da outra noite? O que acabou caindo no meio da festinha do *Tinder*?

— O próprio. — Sorri e estendi a mão. — Colby Lennon. Sou um dos proprietários do prédio. Nós mesmos tentamos cuidar dos reparos, se possível.

Ela sorriu e apertou minha mão.

— Justine Russo. Se você vai consertar esse ar-condicionado, tenho certeza de que vai ter uma recepção mais calorosa de Billie desta vez. Está soprando ar quente. Acho que já deve estar fazendo uns trinta graus lá atrás.

— Verei o que posso fazer. Onde fica o aparelho?

— Nos fundos do estúdio. Fique à vontade. Billie está lá.

Segui para os fundos, sentindo-me um pouco animado demais para consertar um maldito ar-condicionado. Mas essa animação murchou rapidamente quando abri a porta e encontrei Billie sobre uma cadeira de tatuagem enquanto um sujeito grande e tatuado massageava seus ombros.

Ela estava usando o que eu estava começando a considerar sua marca registrada: um espartilho, mas sem a camisa de flanela por cima dessa vez.

Nenhum deles parecia ter me ouvido entrar, e senti como se estivesse interrompendo um momento particular, então pigarreei antes de entrar totalmente. O cara grande ergueu o queixo, mas não tirou as mãos de Billie.

— Posso ajudar?

— Sim, hã, estou aqui para dar uma olhada no aparelho de ar-condicionado.

Billie sentou-se na cadeira. O sorriso enorme que se espalhou em seu rosto me fez sentir um pouquinho melhor em relação ao que encontrei ao entrar.

— Oi! Qual é a boa, papaizão? — Ela piscou para mim.

Porra. Meu pau se contorceu. Foi por ela ter me chamado de *papaizão* ou a piscadela? Talvez as duas coisas. Tentei manter a compostura e ergui o queixo.

— Oi. Tudo bem?

Ela se virou para o cara tatuado.

— Esse é o novo senhorio do qual te falei, e em quem *não* vou tatuar uma rosa. Deek, este é o Colby. Colby, este é o Deek.

Billie moveu as pernas e desceu da cadeira. Foi impossível não notar seus peitos balançando naquele espartilho. O de hoje era preto de renda, e peguei-me imaginando se ela estaria usando uma calcinha de renda combinando por baixo da calça jeans. Apostava que sim. A camisa de flanela que ela costumava usar estava amarrada em volta da cintura. Eu não podia culpá-la; estava quente pra caralho ali.

Billie acenou com a cabeça em direção aos fundos.

— Venha comigo.

Fiz o melhor que pude para não ficar olhando para sua bunda enquanto andávamos, mas não foi fácil. Sua calça jeans era bem justa, e o espartilho de hoje não chegava até o cós da calça, então ela também estava com um pouquinho de pele exposta ali, e era tão cremosa.

Caralho. Por que eu ficava desse jeito perto dessa mulher? Geralmente, eu não era tão tarado assim.

Billie acenou com as mãos como uma apresentadora de TV quando alcançou o grande condensador nos fundos.

— Aqui está o equipamento ofensivo. Eu o batizei de Kaiden, já que não está servindo para nada e soprando ar quente.

Dei risada.

— Bom saber. E onde fica o seu termostato?

Ela apontou para uma parede a uns três metros de distância, prendendo os polegares nos passadores de seu cinto em seguida.

— Bom, não vou ficar atrapalhando enquanto você trabalha. Grite se precisar de alguma coisa.

— Tudo bem.

Depois de checar as coisas básicas no manipulador de ar, conferindo se não havia nada congelado e se os filtros estavam limpos, fui até o termostato. Enquanto desparafusava a tampa, fiquei ouvindo a conversa rolando atrás de mim entre Billie e Deek.

— Seria bom para você — ele disse. — Acho que deveria fazer isso. Apenas a ignore.

— Você conhece a Renee. Ela não é alguém que pode ser facilmente ignorada.

— Sabe o que eu acho que é realmente o seu problema?

— Não, mas tenho certeza de que você vai me explicar.

— Você não sabe aceitar ajuda de ninguém.

— Sei, sim.

Olhei para trás rapidamente. O sujeito enorme franziu a testa para Billie.

— Preciso te lembrar da taxa de juros ridícula que você pagou pelo empréstimo para abrir esse lugar?

— Não, acho que as outras 637 vezes que você me lembrou disso já foram suficientes.

— Poderia ter sido livre de juros, se aceitasse a minha ajuda.

— Eu não queria arriscar o seu dinheiro.

— Você é uma das artistas mais procuradas em uma cidade de oito milhões de pessoas, e está na moda qualquer pessoa em qualquer idade fazer uma tatuagem, hoje em dia. Não era um risco.

Billie deu de ombros.

— Tanto faz. Não há nada de errado em querer fazer as coisas por esforço próprio.

— Concordo. Mas também não há nada de errado em aceitar uma ajudinha de pessoas que te amam, de vez em quando.

— Vou pensar. Agora, continue massageando meu pescoço.

Me perdi da conversa deles depois disso, provavelmente porque ver outro cara tocando-a estava me deixando louco, então precisei abafá-los. Vinte minutos depois, tinha quase certeza de que havia encontrado os culpados pelo mau funcionamento do ar-condicionado. Dois fios antigos amarelos do termostato estavam praticamente desfiados e não conectavam mais. Como esses geralmente eram os fios que garantiam o resfriamento, deduzi que substituí-los rapidamente podia resolver o problema. Por sorte, a caixa de ferramentas tinha um carretel de fio de cobre, então, depois que retirei o invólucro de borracha com um descascador de fios, decidi avisar Billie sobre o que estava acontecendo.

Outro cara tinha acabado de entrar no estúdio. Ele foi direto até Billie, segurou seu rosto pela bochechas e deu um beijão em seus lábios. Minha mandíbula tensionou. Mas então, o cara foi até Deek e também o beijou nos lábios, afagando seu braço.

— Já está pronto para ir? Não vou mais pagar extra na creche de cachorros por chegarmos atrasados porque você tem que ficar no trabalho fofocando feito uma biscate.

Deek revirou os olhos.

— São dez dólares.

O cara colocou as mãos nos quadris.

— São dez dólares que eu poderia estar colocando no pote do Botox. Billie deu risada.

— Boa noite, meninos. — E então ela gritou em direção à recepção: — Vá para casa também, Justine! Tranque tudo quando sair, ok, gata?

— Pode deixar! Boa noite, Billie!

Os dois homens saíram do estúdio discutindo mais um pouco. Billie ficou observando com um sorriso antes de virar-se para mim.

— E aí, paizão? Consertou o Kaiden? Na verdade, talvez tenhamos que colocar outro nome nesse aparelho de ar-condicionado, porque é impossível consertar o Kaiden.

Sorri e ergui os fios.

— Acho que encontrei o problema. Só saberei ao certo depois de substituir os fios do termostato, mas esses aqui não parecem servir mais.

— Ah, que bom. Porque se não for consertado logo, vou acabar tirando essa calça jeans e andar por aqui de calcinha. Ela está grudada nas minhas pernas. — Ela se abanou. — Não aguento esse calor.

— Bem, pensando melhor, talvez eu não saiba como consertar. — Sorri. — Quer ajuda para tirar a calça?

Ela riu.

— Fico irritada quando estou com calor. Naquela primeira noite em que você esteve aqui, eu mal estava encalorada. Então, talvez seja melhor você fazer esse conserto.

Meu humor definitivamente melhorou depois de descobrir que Deek não estava interessado em Billie. Agora que estávamos somente nós dois, ela me seguiu até os fundos e sentou no chão ao lado da minha caixa de ferramentas.

— Então, o que você faz o dia todo, sr. Senhorio? Você usa terno. O seu trabalho em tempo integral é no ramo imobiliário?

Comecei a torcer os novos fios para conectá-los aos antigos enquanto conversávamos.

— Não. Sou arquiteto.

— Sério?

— Aham.

— Acho que nunca conheci um arquiteto.

Abri um sorriso largo.

— É tão empolgante quanto imaginou?

Billie deu risada.

— Definitivamente mais.

Depois que o primeiro fio foi conectado, comecei a torcer o segundo, mas, quando as pontas se encostaram, soltaram uma faísca, e levei um pequeno choque. E então, todas as luzes se apagaram.

— Merda — grunhi. — Causei um curto-circuito.

Não havia janelas nos fundos do estúdio, então ficou um escuro total. Eu nem ao menos conseguia ver Billie.

— O que posso fazer? — ela perguntou.

— Nada. Espere aí. Acho que tem uma lanterna na caixa de ferramentas. — Ajoelhando-me, estendi a mão para onde *achei* que a caixa de ferramentas estava.

— Hã... — disse sua voz no escuro. — Isso não é uma lanterna. É um peito.

— Merda. Foi mal.

Ela riu.

— Por que tenho a sensação de que você não acha mesmo isso?

— Tem alguém aqui projetando as próprias fantasias em mim? — provoquei. — Sabe, quando uma pessoa se precipita para acusar outra, provavelmente é porque ela é a culpada.

— Então, fui *eu* que não achei ruim você ter me apalpado?

— Olha, eu entendo — continuei. — Sou um cara boa-pinta, e você tem necessidades. Não estou te julgando. Se quiser, posso fazer de novo... para seu benefício, é claro.

— Acho que aquele choque que você levou antes das luzes se apagarem causou um curto-circuito no seu cérebro, sr. Senhorio.

— A senhora protesta demais, eu acho.

Billie caiu na risada.

— Você acabou de citar *Hamlet* para justificar ter tocado meu peito?

Eu finalmente peguei a lanterna da caixa de ferramentas e a ergui próximo ao meu queixo para iluminar o meu rosto.

— Levei Saylor à apresentação teatral *Shakespeare in the Park* mês passado. Nós dois caímos no sono na grama. Acho que essa deve ser uma das poucas falas que ouvi.

— Acho que tenho algumas velas na minha gaveta de suprimentos — Billie disse, lutando um pouco para se levantar. — Você pode vir comigo para iluminar o caminho?

Eu a segui com a lanterna e esperei enquanto Billie pegava três velas e as colocava pelo estúdio. Enquanto ela estava acendendo a última, não pude evitar notar o quanto ficava linda com aquele brilho suave. Não sabia quando tinha me tornado tão bunda mole, mas senti uma vontade louca de levá-la para um jantar à luz de velas.

Ela percebeu que eu estava olhando e me lançou um olhar.

— O que foi?

— Nada. — Balancei a cabeça. — Onde fica o seu painel elétrico? Obviamente precisamos de um reset.

— Fica no banheiro. Não me pergunte por que colocaram lá.

Quando abri o painel, fiquei surpreso ao encontrar fusíveis de verdade. Consegui restabelecer as luzes da recepção, mas as dos fundos não voltavam. Desatarraxei um dos fusíveis correspondentes e dei uma olhada.

— Está queimado. Você por acaso não teria outro, teria?

Billie negou com a cabeça.

— Hã... não. Geralmente, nem mesmo lâmpadas eu tenho, e já corri até o Chipotle aqui perto mais de uma vez para roubar guardanapos quando acabou o papel higiênico.

Peguei meu celular do bolso.

— Vou ligar para o Owen. O escritório dele fica perto de uma Home Depot que abriu há pouco tempo. Se ele ainda estiver lá, poderá comprar um novo a caminho de casa.

Quando consegui falar com ele, Owen tinha acabado de entrar em seu escritório, então o alcancei a tempo. Isso deixou Billie e eu sem mais nada para fazer além de sentarmos no escuro e esperarmos ele vir. Mas eu estava derretendo nas minhas roupas de trabalho.

— Owen deve chegar com o fusível daqui a uns vinte minutos. Enquanto isso, tenho que tirar essa camisa. Estou cozinhando.

— Não faço ideia de como você aguentou ficar com ela por tanto tempo — Billie disse.

Depois que tirei uma camada de roupa, Billie sentou em sua cadeira de tatuagem. Sentei-me na que ficava de frente para ela.

— Então, como você começou a fazer tatuagens? — perguntei.

— Eu estava exibindo algumas artes minhas em uma galeria quando tinha dezoito anos, e um cara tatuado comprou uma das minhas peças. Ele me perguntou sobre os meus planos para o futuro, e quando eu disse que ainda não tinha certeza, me perguntou se eu enjoava fácil. Eu disse que não, e ele me deu um cartão de visitas e me disse para dar uma passada naquele endereço. Ele disse que me deixaria trabalhar com ele, se eu quisesse, para ver se tatuar seria algo que me interessaria.

Ela sorriu.

— Minha mãe ficou puta da vida. Ela é dona da galeria e estava tentando me incentivar a ir para a faculdade para ser uma curadora de arte como ela. Sinceramente, foi provavelmente por isso que fui ao estúdio de tatuagem do cara no dia seguinte. Meu passatempo favorito quando era adolescente era dar nos nervos da minha mãe. Na verdade, eu meio que ainda curto isso... enfim, eu fiquei encantada pelo trabalho colorido que Devin fazia, e dentro de um mês, comecei a trabalhar para ele como recepcionista para poder aprender o negócio. Eventualmente, ele me treinou como sua aprendiz.

— Isso é muito legal. Então, você foi basicamente descoberta?

— Nunca pensei dessa forma. — Ela riu e deu de ombros. — Mas acho que sim. Se bem que a minha mãe diria que Devin me contratou só para olhar para a minha bunda, não porque eu tinha talento.

Franzi as sobrancelhas.

— Isso não é muito encorajador. Ela tinha algum motivo para pensar assim? Tipo, o sujeito deu em cima de você alguma vez?

Billie balançou a cabeça.

— De jeito nenhum. Devin é como um pai para mim. E ele é muito bem-casado desde que nasci. Minha mãe simplesmente odeia o que eu faço.

— Por quê?

— Porque ela não considera isso arte. Somente pinturas exibidas em uma galeria e vendidas por seis dígitos valem algo para Renee Holland. Ela chama o meu trabalho de "desperdício de talento desenhando obscenidades".

— Bem, se isso ajuda, eu preferiria mil vezes olhar o seu portfólio de tatuagens a andar pelo Museu de Arte Moderna.

Ela sorriu.

— Obrigada. Ela está insistindo que eu exiba algumas das minhas artes em uma exposição que está planejando. É meio que uma boa oportunidade, porque terá vários críticos de revistas que pessoas que curtem o meu tipo de arte leem. Mas não sei se quero fazer isso, porque odeio a ideia de dever algo a ela.

— Sabe aquele antigo ditado "não dê um tiro no próprio pé"? Às vezes, na vida, você precisa simplesmente tapar o nariz e encarar, se isso irá ajudá-la a chegar aonde quer.

Billie ficou quieta por um minuto.

— É, acho que sim. Talvez eu pense um pouco mais sobre isso.

Eventualmente, Owen chegou com a peça que eu precisava, mas como ele tinha que liberar a babá em alguns minutos, não pôde ficar. Mais uma vez, Billie e eu ficamos sozinhos.

— Muito bem. Vou conectar essa peça e acender as luzes novamente.

— Pode ir — Billie resmungou. — Estou com calor demais para me mexer.

Dez minutos depois, as luzes piscaram e acenderam. Quando me virei, Billie estava deitada em sua cadeira de tatuagem. Sua pele brilhava com uma camada de suor, exatamente como a imaginara em meus sonhos. E isso fez com que minha mente voltasse a pensar em fodê-la naquela cadeira. Não conseguia parar de olhá-la.

— Hum... está olhando demais, não acha? — Billie riu ao se sentar.

— Não, eu não estava... só estava pensando nos fios.

Ela moveu as pernas e desceu da cadeira. Sorrindo, ela caminhou até mim.

— Você está *blefando*.

— Não estou, não.

Ela ficou bem diante de mim e ergueu uma sobrancelha.

— Olhe nos meus olhos e me diga que não estava pensando em algo sacana sobre mim.

Meu olhar prendeu-se ao dela. Abri a boca e fechei em seguida. Depois, abri a boca mais uma vez, mas nada saiu.

Billie deu risada.

— Tudo bem. Você só tem que admitir quando for flagrado. — Ela passou uma unha pelo meu braço. — Você não percebeu que eu estava dando uma checada em todos esses músculos enquanto estava ocupado olhando para mim. Sendo honesta, não achei que fosse assim por baixo das suas camisas sociais engomadinhas. Mas se *tivesse* me flagrado te olhando, eu teria admitido. Não há nada de errado em apreciar o físico de alguém. Só é bizarro quando você mente e não admite.

Bem, se é isso que ela acha... olhei para baixo. Como ela era tão baixinha e estava tão perto, pude ter uma vista privilegiada de seu decote fenomenal. Sorri.

— Caso esteja se perguntando, estou olhando. Eu admito.

Billie riu mais uma vez e empurrou meu peito.

— Você é tão bobo. Agora, conserte o meu ar-condicionado antes que eu morra de exaustão por calor, sr. Senhorio.

— Sim, senhora.

Meia hora depois, finalmente consegui fazer o ar-condicionado soprar ar frio. Odiava ter que ir embora, mas realmente precisava ir fazer o jantar para a minha filha. Então, recolhi as ferramentas e as guardei na caixa.

— Tenho que ir lá para cima para fazer o jantar de Saylor.

— Oh, sim, claro. Obrigada por ter vindo ao meu resgate. O senhorio antigo teria demorado quatro dias para retornar meu chamado. Fico grata pela resposta rápida.

— Sem problemas. Que tal eu te passar o número do meu celular, caso tenha mais algum problema com o ar-condicionado?

— Isso seria ótimo, obrigada.

Billie me entregou seu celular e eu digitei meu número antes de devolvê-lo para ela.

— Bom, tenha uma boa noite.

— Você também, Colby.

Aquelas horinhas juntos tinham sido muito agradáveis, e rolaram até mesmo alguns flertes no meio. Então, mesmo sabendo que ela tinha acabado de sair de um relacionamento, apertei o botão do *foda-se.*

— Ei, você gostaria de sair comigo para jantar, qualquer dia desses?

Billie abriu um sorriso triste e balançou a cabeça.

— Acho que não. Desculpe.

Aff. Isso que é um chute no estômago. Mas, como ela tinha pedido antes, reagi sinceramente. Forcei um sorriso.

— Bem, que droga.

Ela retribuiu o sorriso.

— Desculpe. O problema não é você.

— Não?

Ela balançou a cabeça.

— Bom, se não sou eu, acho que não teria problema tentar de novo depois, não é?

Ela riu.

— Boa noite, Colby.

— A gente se vê, Billie.

46   VI KEELAND E PENELOPE WARD

CAPÍTULO 4

Deek apoiou os pés.

— Por que diabos você disse não para ele? Aquele cara é gostoso pra cacete, bem-sucedido... é cheio de vantagens. Bom, exceto por não ter tatuagens. Disso, eu não gostei.

Era uma tarde de terça-feira, e eu havia subido ao apartamento de Deek durante um intervalo entre clientes. Ele e seu namorado moravam no mesmo prédio do estúdio. Ele estava queimando um incenso, provavelmente porque tinha fumado maconha antes de eu chegar. Além de trabalhar em tempo integral para mim, ele também fazia alguns trabalhos freelancers como web designer em seus dias de folga. Ele era bom nisso, mas diferente de quando tatuava, ele costumava ficar chapado para trabalhar em algum site.

Deek tinha passado quase todo o nosso bate-papo me enchendo o saco por ter recusado o convite de Colby para jantar. Agora, eu queria nunca ter contado a ele sobre isso.

— Colby pode parecer um bom partido, mas há outras coisas para considerar, Deek. Especialmente depois de todas as merdas que passei ultimamente. Não vou desperdiçar o meu tempo com alguém que tenha potencial para me magoar.

— Hã, qualquer pessoa em quem você tenha o mais remoto interesse tem potencial para te magoar — ele apontou, erguendo uma sobrancelha.

— Mas você vai descartá-lo por causa do vigarista do *Tinder*? Não há evidências de que Colby seja assim. Me diga uma coisa errada com ele. Aposto que não consegue.

Lutei para pensar em alguma coisa. Por fim, suspirei.

— Não há nada de *errado* com ele. Mas ele tem uma filha. Por mais fofa pra cacete que ela seja, não posso me envolver demais. Ele já tem muito com o que lidar, então também não sei se um relacionamento é sua prioridade no momento. Sem contar que eu nem mesmo sei se quero ter *meus próprios* filhos, imagine criar os de outra pessoa. — Tomei um longo gole de café. — Então, não se trata de ter algo errado com *ele*. Trata-se do que estaria errado com a situação como um todo.

— Você não está se precipitando um pouco?

— Não! Quando há uma criança no meio, não existe isso de se precipitar. Você tem que decidir desde o início se está dentro ou fora, se estaria bem em fazer parte da vida dela. Se a resposta for não ou que não tem certeza, você não pode começar absolutamente nada. Claro e simples. Isso não é justo. É tudo ou nada.

Ele coçou o queixo.

— Tudo bem. Acho que posso entender o seu ponto de vista. Mas mantenha a mente aberta, pelo menos. Não é como se tivesse uma ex-esposa envolvida. Isso é uma raridade. Odeio dizer isso, mas a mãe da menina estar sumida deixa as coisas bem mais fáceis. Pelo menos, você não teria essa complicação a mais. — Ele bebeu o restante de seu café. — O que rolou em relação a isso, afinal de contas? Por que ela se mandou?

— Não sei a história completa, só que a mulher não quis fazer parte da vida da filha, então Colby a está criando sozinho.

Eu vinha pensando bastante sobre a "mãe" de Saylor ultimamente. Que tipo de pessoa abandona a própria filha e desaparece? Eu quis perguntar mais detalhes a Colby na última vez em que estivemos juntos, mas meio que tive medo da resposta. Tipo, será que *ele* tinha feito algo que a espantou? Eu duvidava disso, mas estava curiosa pra caramba, mesmo que não fosse da minha conta. Ele teria casado com ela, se ela tivesse ficado?

De qualquer forma, a situação toda era de partir o coração. Saylor era nova demais para compreender a decisão que sua mãe havia tomado. Essa merda a atingiria com força, algum dia. Sempre achei que tinha sido ruim ter uma mãe que, às vezes, era abusiva verbalmente. Mas, pelo menos, ela sempre esteve por perto, eu acho.

Então, pensei em mais uma coisa que ajudaria o meu caso.

— Você também está se esquecendo de que ele é meu senhorio, Deek. É um ótimo jeito de ter que arrumar minhas coisas e ir embora quando tudo entre nós der errado.

Ele balançou as sobrancelhas.

— Também é um ótimo jeito de conseguir aluguel grátis.

— Para uma prostituta, talvez.

— Estou brincando. — Ele riu. — Ele não é o único proprietário do prédio. Você sabe disso, não é? São quatro. E é como se todos eles tivessem saído da mesma árvore de gostosura.

— É. Eles são amigos. O único outro que conheço mesmo é o Holden, mas vi Owen há dois dias quando ele foi ao estúdio deixar uma peça para o Colby consertar o ar-condicionado.

— Muito louca a história de como eles acabaram comprando esse lugar — ele disse. — Um amigo ricaço deles faleceu de leucemia e deixou uma herança enorme para os quatro. Eles deixaram tudo no banco por um tempo, e depois finalmente decidiram comprar esse prédio. Um ótimo investimento, na minha opinião. Todos eles moram aqui, então nenhum deles tem que pagar aluguel, e estão ganhando dinheiro todo mês.

Estreitei os olhos.

— Como você soube sobre como eles herdaram o dinheiro?

— Holden é meu amigo. Nós conversamos. O cara é um baterista talentoso. Já o ouviu tocar?

— Não. — Brinquei com a tampa do meu café. — Mas sei que o

Holden é maneiro. O Owen me parece um metido de terno.

— Eu também teria pensado isso sobre o Colby — ele disse. — Mas não se pode julgar um livro pela capa.

Isso era verdade. Na primeira noite em que conheci Colby, nunca imaginei que ele tivesse uma filhinha e era tão bom pai. Por fora, ele parecia um típico gostosão pegador.

— Quem é o outro que não conheci ainda? — perguntei. — Qual é a dele?

— O nome dele é Brayden. Ele é tipo um figurão dos negócios. Holden é o diferentão entre eles, sabe, o tipo artístico e criativo. Parecido com alguém que conheço. — Ele piscou para mim. — Mas, sério, devia ter algo na água onde eles cresceram, porque os quatro são lindos pra caralho e bem-sucedidos cada um à sua maneira.

— Bem, obrigada pelas informações privilegiadas.

— Você sempre pode contar comigo para isso. — Ele abriu um sorriso de orelha a orelha. — E com a minha contribuição.

— É por isso que eu te amo.

Me levantei, me alonguei e caminhei em direção à porta.

— Então, não consegui te fazer mudar de ideia quanto a sair com o cara?

— Infelizmente, não. — Dei risada. — Enfim, vou indo. Quero organizar algumas coisas no estúdio antes do meu cliente desta tarde.

Após me despedir do meu amigo com um abraço, decidi descer pelas escadas, já que o apartamento de Deek ficava no terceiro andar. Quando cheguei ao fim do primeiro lance e pisei no patamar do segundo, meu salto ficou preso em uma rachadura enorme no cimento, e eu quase caí de cara no chão. Isso não aconteceu, mas ralei o joelho.

— Mas que porra é essa? — Minha voz ecoou. — Quem diabos é o encarregado da manutenção do piso por aqui? Deveria ser demitido! Essa rachadura é maior do que o rego da minha bunda! — Passei a mão na perna. — Ai!

A porta que dava para a escadaria se abriu.

— Está tudo... — Ele pausou. — Ah, meu Deus, Billie? Você está bem?

Olhei para cima e encontrei Colby, que estava com os olhos arregalados para mim, caída no chão. *Merda.* Ele estendeu a mão para me ajudar a levantar.

— Sim. — Balancei a cabeça, sentindo-me um pouco mal por ter gritado daquele jeito, considerando sua expressão preocupada. — Estou bem. Mas o seu prédio, não. Tem uma rachadura enorme no cimento bem aqui.

— Sim, eu ouvi. Maior do que o rego da sua bunda. Estou intrigado.

Revirei os olhos.

— Foi mal. Me exaltei um pouco. Meu salto ficou preso e eu quase caí de cara no chão. — Curvei-me para pegar meu stiletto preto, que agora estava com o salto quebrado.

— Merda. — Ele olhou para o meu joelho. — Você está sangrando.

— Não me diga! Era meu joelho ou o meu rosto. O joelho salvou os meus dentes.

— Meu apartamento é logo ali. Deixei-me ajudá-la a se limpar.

Sentindo-me um pouco desconcertada, assenti e ele segurou meu braço, conduzindo-me pelo corredor. Eu tinha um kit de primeiros socorros lá no estúdio, mas acho que estava curiosa sobre o apartamento dele. Bem, foi o que eu disse a mim mesma. Curiosa sobre o *apartamento*.

O apartamento de Colby era surpreendentemente arrumado para alguém que tinha uma filha. Se não fosse pelo copo de plástico sobre a bancada com a estampa da Elsa do filme *Frozen*, eu nunca saberia que uma criança morava ali. A mobília de couro marrom e a decoração polida e moderna deixava o lugar com uma cara de apartamento de solteiro, apropriado para o pegador desenfreado que eu tinha certeza de que Colby costumava ser.

Olhei em volta.

— Belo apartamento.

— A faxineira veio hoje de manhã. Do contrário, você se depararia com uma explosão de bonecas *Lalaloopsy* em todos os cantos da casa. Então, essa arrumação de hoje é meio ilusória.

— *Lalaloopsy*... são aquelas bonecas bizarras com olhos de botões?

— Sim, fico surpreso por você saber quais são.

— Tive que tatuar uma em uma pessoa, uma vez. E a filha de um amigo meu as coleciona.

— Eu deveria apresentá-la a Saylor.

— E onde *está* Saylor?

— Na pré-escola — ele respondeu enquanto vasculhava alguns armários. — Ela estuda em período integral. Tenho uma babá que cuida dela depois disso enquanto estou no trabalho, mas dois dias por semana venho embora mais cedo para estar aqui quando ela chegar. Trabalho em casa pelo resto do dia, quando é o caso.

Tão bom pai.

— Ah, que legal. — Suspirei, mancando com meu sapato quebrado até a área da cozinha. — Deve ser difícil se virar para dar conta de tudo, não é?

— É. Mas vale a pena. — Ele sorriu ao pegar um recipiente de plástico de um dos armários e o sacudiu. — Pronto! Achei o kit de primeiros socorros.

Ele trouxe o kit até onde eu estava, sentada em um banco alto. Ele se sentou diante de mim e aproximou-se um pouco. O cheiro de seu perfume flutuou até mim, e meu corpo ficou completamente ciente de sua proximidade conforme ele abria um frasco de antisséptico, colocando um pouco em uma bolinha de algodão antes de começar a limpar meu joelho delicadamente.

— Sinto muito por você ter caído — ele disse baixinho.

— Tudo bem. Sinto muito por ter gritado.

— Você teve todo o direito. E vou me certificar de mandar consertar aquela rachadura no chão. Também vou reembolsá-la pelos seus sapatos. Se bem que estou bem feliz pela desculpa para passar um tempinho com você, mesmo que seja sob más circunstâncias. — Ele sorriu. — Porque, sabe, alguém não aceitou sair comigo. Então, isso compensa.

— Você sempre pode ir ao estúdio para me dar um oi. Não tenho que estar machucada para você poder me ver.

Ele ergueu o olhar brevemente.

— Bom, eu não quero te perturbar enquanto estiver trabalhando.

E então... ele soprou no meu joelho.

Oh. Seu hálito quente contra minha pele pareceu permear por todo o meu corpo. *Caramba.* Quem diria que um cara soprar no meu joelho me deixaria excitada? Fiquei pensando se isso existia mesmo, se faziam pornôs sobre isso. Sopro na pele erótico. Podia jurar que senti aquilo na minha vagina. Eu precisava transar. *Só não com Colby.* Não. Eu não podia me apaixonar por esse homem incrivelmente lindo diante de mim que, baseado em suas ações nesse momento, claramente sabia como cuidar de uma mulher.

— Vou deixar o seu machucado pegar um arzinho antes de colocar o curativo.

Ou você podia soprá-lo de novo. Coloquei uma mecha de cabelo atrás da minha orelha.

— Valeu.

Tinha algo tão sexy no jeito como ele havia cuidado de mim. Ser pai provavelmente o fazia um cuidador natural. Acho que essa seria uma das vantagens de namorar um pai solo. Foi bom brincar de *garotinha do papai* por um instante. Aparentemente, estou com fetiches muito bizarros na cabeça hoje.

Pigarreei.

— Então, o que a sua babá faz para você, além de cuidar de Saylor enquanto você está trabalhando?

— Ela é mais velha e nada atraente, se estiver... insinuando alguma coisa.

— Na verdade, eu não estava. Mas é interessante o quão rápido você pensou nisso. Mente suja.

Olha só quem fala.

— Você não faz ideia. — Seus olhos cintilaram. — Mas definitivamente não quando se trata da minha babá. — Ele deu risada. — Kay tem cinquenta e poucos anos, na verdade. Ela é ótima. O trabalho dela é ficar com Saylor e nada mais. Não peço que ela limpe a casa ou cozinhe, nada desse tipo. Também não gosto de ter somente outras pessoas na minha casa por muito tempo, sabe? Não quero que a minha filha tenha todas as suas lembranças importantes com alguém além de mim. Então, no instante em que chego em casa, a babá vai embora.

— Você faz o jantar toda noite? — perguntei.

— Eu tento. Limito pedir comida a uma ou duas vezes por semana. — Ele deu risada. — Saylor adora porcarias cheias de açúcar. Não posso controlar o que dão a ela na escolinha, e todo mundo está sempre dando doces a ela por todos os lados. Então, tento cozinhar o mais saudável possível. Tenho que colocar várias coisas escondidas na comida dela, porque ela não quer comer verduras e legumes, tipo batata doce no molho de espaguete, verduras em coisas variadas. É como um experimento científico, às vezes, colocar a quantidade certinha na receita, para que o sabor não fique muito destoante.

Torci o nariz.

— Também não sou fã de verduras e legumes. Pode me ensinar os seus truques?

— Espere aí. — Ele foi até a geladeira e retirou de dentro alguma coisa envolta em papel-alumínio. Quando ele desembrulhou, parecia algum tipo de sobremesa. Ele me ofereceu. — Dê uma mordida.

— O que é isso?

— Brownie. Quero que você experimente. — Ele segurou o doce

diante da minha boca. Seus dedos roçaram meus lábios quando os separei.

Ao mastigar, senti que tinha o mesmo sabor que qualquer outro brownie — chocolatudo, molhadinho no meio e com uma casquinha no topo.

— É gostoso — eu disse com a boca cheia.

— É? — Ele ergueu uma sobrancelha. — Bem, tem um monte de espinafre nele.

— Sério? Eu não teria adivinhado. — Engoli. — Você é malandrinho, Colby. Com o que mais você é malandro assim?

— Não use os meus brownies contra mim. Isso é ser malandro por uma boa causa.

— Mas, sério... — Dei risada. — É uma ideia brilhante.

Ele estendeu a mão e passou o polegar logo abaixo do meu lábio inferior.

— Desculpe. Tinha um pouco de chocolate aí.

Caramba, eu também senti isso. Assim como cada contato com ele naquele dia. Eu precisava sair dali antes que a minha calcinha derretesse.

— Valeu. — Lambi os lábios e notei como seus olhos pareciam grudados neles. — Que outro truque você tem na manga?

— Talvez eu possa te mostrar alguns outros truques que tenho. — Seus olhos faiscaram.

Seu olhar queimou no meu, e isso não deixou dúvida alguma quanto ao que ele se referia. E diante do estado da minha calcinha, meu corpo, e também a minha mente, ouviram em alto e bom som. Ele colocou a mão dentro do kit de primeiros socorros e retirou de lá um curativo, colocando-o sobre o machucado em meu joelho. Ele passou o polegar pelo local levemente, mais uma vez acendendo um pequeno fogo dentro de mim.

Ele ficou me olhando devorar o restante do brownie. Então, seus olhos azuis penetrantes desceram para os meus seios, e em vez de chamar sua atenção por isso, fiquei curtindo seu olhar lascivo por alguns instantes.

Quando seus olhos subiram novamente, nossos olhares se prenderam, e eu poderia jurar que ele se inclinou um pouco na minha direção. Ele estava procurando uma permissão silenciosa para me beijar? Meu coração acelerou. *Jesus*. Eu queria tanto isso.

Então, a porta se abriu, e eu instintivamente me afastei.

Colby passou uma das mãos por seu cabelo castanho-claro cheio e tentou agir casualmente.

— Oi — ele disse para a mulher que estava entrando.

— Ah, você já está aqui. — Ela sorriu.

— Papai! — Saylor correu direto até o pai. Ele a ergueu nos braços e encheu seu rosto de beijos antes de fazer cócegas em seu pescoço, fazendo-a dar gritinhos de alegria. Era uma visão de aquecer o coração, até mesmo um frio e sombrio como o meu.

Ele a colocou no chão, e as bochechas da garotinha estavam rosadas de dar risada.

— Oi, Saylor! — Acenei.

— Oi, Billie!

Era tão fofo ela se lembrar do meu nome. Mas ela tinha demorado um pouquinho a me notar ali, porque só tinha olhos para seu pai no momento em que entrou pela porta. A babá, por sua vez, me olhou de cima a baixo. Tinha certeza de que sua imaginação estava a mil ao me ver ali com um sapato quebrado. Como se houvesse várias possibilidades para explicar como eu teria quebrado um sapato com Colby.

— Obrigada mais uma vez por cuidar do meu machucado, Colby. Vou deixá-los voltarem à tarde de vocês.

— Você não tem que ir embora — ele apressou-se em dizer. — Posso fazer um café ou algo assim...

Apontei para a porta com o polegar.

— Já tomei um café com Deek lá em cima. — Olhando a tela do meu celular, acrescentei: — Também tenho um cliente em vinte minutos.

— Ah. Eu deveria saber que você tinha que voltar ao trabalho.

— É. Obrigada pelo brownie também.

Ele assentiu.

— Você precisa me dizer quanto os seus sapatos custam.

— Não se preocupe com isso. Estavam em liquidação quando os comprei.

— Bom, eu tenho que te pagar de volta de alguma forma. — Ele enfiou as mãos nos bolsos. — Jantar seria uma delas, se não estivesse fora de questão.

— Me faça mais brownies. — Pisquei para ele e, em seguida, curvei-me para apertar a bochecha de Saylor. — A gente se vê, fofinha. Curta a sua tarde com o papai.

O seu papai gostoso pra caralho em quem eu quero sentar até cansar.

Sorri para ela, tentando livrar minha mente dos pensamentos sacanas. Acenei com a cabeça para a babá e saí de lá rapidamente, sentindo-me agitada e questionando meu voto de resistência, porque não me lembrava da última vez em que senti tesão nesse nível por alguém.

Posso ter sido salva pelo gongo no momento daquele quase-beijo, mas aquele pai solo bonitão continuou a consumir meus pensamentos pelo resto da tarde.

CAPÍTULO 5

Colby

Eu não via Billie há sete dias.

Contudo, não era por falta de querer. Toda noite, quando eu saía da estação de metrô no fim do quarteirão do meu apartamento, fazia um discurso motivacional para mim mesmo:

Continue andando. Um pé depois do outro.

Sequer olhe pela janela dela quando passar.

Você pode fazer isso.

Ela não quer te ver mesmo.

Você a chamou para sair. Ela disse não.

Se toca, otário.

A quatro prédios de distância de seu estúdio, preparei-me para repetir mentalmente meu mantra diário, mas só consegui ir até a parte *Continue andando. Um pé depois do...* quando parei abruptamente.

Que porra é essa?

A janela de vidro da frente do estúdio de tatuagem de Billie não estava mais ali, substituída por uma placa de madeira compensada. Agora, eu não tinha escolha além de entrar lá.

Justine estava no balcão da recepção. Apontei por cima do ombro para a janela.

— O que aconteceu com o vidro?

Ela franziu as sobrancelhas.

— Estava assim quando Billie chegou hoje de manhã. — Antes que ela pudesse dizer mais alguma coisa, o telefone tocou. Justine apontou com o polegar em direção à sala de tatuagem ao estender a outra mão para atendê-lo. — Por que não entra lá e fala com a Billie? Ela tem um intervalo até o próximo cliente e pode te contar tudo.

Assenti.

— Obrigado.

Bati, e quando abri a porta para a sala de tatuagem, Billie estava de costas para mim. Aparentemente, ela não tinha me ouvido entrar, porque, quando se virou, sobressaltou-se e colocou uma mão no peito.

— Merda. — Ela tirou um AirPod de um dos ouvidos. — Não vi você entrar.

— Desculpe. Justine disse que eu podia vir, e bati antes de entrar.

Billie balançou a cabeça.

— Tudo bem. Estou nervosa hoje, só isso.

— O que aconteceu com a janela?

— Não sei. Quando cheguei hoje de manhã, estava quebrada, e tinha um tijolo no chão do lado de dentro.

— Um tijolo? Você foi assaltada?

Ela balançou a cabeça novamente.

— Não, isso que é estranho. Nada parece estar faltando. Tinha até mesmo um pouco de dinheiro na caixa registradora do balcão da recepção de ontem à noite. A polícia disse que pode ter sido alguns pivetes vandalizando aleatoriamente, mas também perguntaram se eu tive algum cliente insatisfeito recentemente... ou algum relacionamento que terminou mal. — Ela fez uma careta.

— Nossa, Billie, não sei por que um ex iria querer se vingar. Não pode ter sido a logo pink gigante do *Tinder* que você tatuou no braço dele...

Ela tentou não sorrir ao pegar um rolo de papel-toalha e atirar na minha cabeça. Eu o peguei.

— Só estou brincando.

— Eu sei. Mas você também não está errado. Em retrospecto, talvez eu tenha ido longe demais com Kaiden.

Dei de ombros.

— Que nada. O cara era um merda. Ele recebeu o que merecia.

— Obrigada por dizer isso, mesmo que não seja verdade. — Ela abriu o armário. — Acabei de cancelar o meu último compromisso do dia. Ter aquela janela quebrada hoje de manhã me deixou muito assustada. Vou preparar um uísque com Coca-Cola para mim. Quer um?

Dei de ombros.

— Sim.

Billie misturou as bebidas em dois copos de plástico. Subindo em sua cadeira de tatuagem, ela gesticulou para a outra.

— Sente-se. Deek está no intervalo para o jantar e só volta daqui a uma hora. Ah, espere... você precisa ir para casa para ficar com Saylor?

Conferi a hora.

— Tenho um tempinho antes de ter que liberar a babá. — Mesmo que não tivesse, tive a sensação de que Billie estava precisando de companhia, então eu teria mandado uma mensagem para a babá pedindo que ela ficasse um pouco mais, embora raramente fizesse isso. Tomei alguns goles da minha bebida. — Então, a polícia vai visitar o seu ex e questioná-lo sobre a janela?

Billie negou com a cabeça.

— Eu não contei a eles sobre Kaiden.

— Por que não?

— Não sei. Culpa, eu acho. Não acho que fui errada ao convidar todas as mulheres do *Tinder* para virem, mas talvez eu tenha sido um pouco agressiva com a tatuagem dele. É só que... — Billie balançou a cabeça e suspirou. — Acho que pode-se dizer que não tenho muita sorte no amor. Me decepcionei algumas vezes, e com Kaiden foi a gota d'água.

Assenti.

— Entendo. Eu também não tenho o melhor histórico com relacionamentos.

— É mesmo? Quer competir? Ver quem tem a pior história sobre o pior relacionamento?

— Claro. — Sorri e ergui o queixo. — Primeiro as damas.

— Bom, acho que o meu pior relacionamento foi com o Lucas. Nos conhecemos quando eu tinha vinte anos e estava fazendo um mochilão pela Austrália. Eu tinha acabado de terminar o meu treinamento em tatuagem e decidi tirar um mês de folga antes de começar a trabalhar em tempo integral como artista. Eu adoro viajar. Essa deve ser a única coisa que minha mãe e eu temos em comum. Então, peguei um voo para Melbourne e comecei minha aventura pela Great Ocean Road. Conheci Lucas em Bells Beach, onde acontece uma grande competição anual de surfe. Eu estava lá em uma manhã bem cedo, vendo o sol nascer, e ele se aproximou com sua prancha e se ofereceu para me ensinar a surfar. Para resumir, passamos as próximas cinco semanas juntos, viajando por toda Austrália. Lucas era da Califórnia, trabalhava no Vale do Silício e me disse que havia recentemente vendido um aplicativo por vinte milhões de dólares, então estava tirando um tempo para descobrir o que faria em seguida. Quando chegou meu momento de voltar para Nova York e começar meu novo trabalho como tatuadora em tempo integral, Lucas veio comigo. Eu estava perdidamente apaixonada, e achei que ele também estava.

Assenti. Essa história já estava fazendo meu estômago revirar.

— Enfim — ela disse. — Lucas e eu fomos morar juntos. Não demoramos a perceber que o meu apartamento era pequeno demais para dois, então assinamos um contrato de aluguel de um apartamento muito maior que eu nunca poderia pagar sozinha, abrimos uma conta bancária conjunta onde ele depositou dinheiro para despesas, que foi mais de duzentos mil dólares, e eu estava mais feliz do que nunca. Estava com o cara dos meus sonhos e tinha acabado de começar em um emprego que eu amava completamente. Até o apresentei à minha mãe, e estávamos planejando uma viagem para a Califórnia para que eu conhecesse a família dele. Enquanto estivéssemos lá, ele ia pegar o restante de suas coisas para levar para Nova York. As coisas estavam indo maravilhosamente bem... até que, um dia, cheguei em casa do trabalho e tudo que eu tinha de valor tinha sumido do apartamento. E a nossa conta bancária conjunta, que continha sessenta mil dólares de uma herança que recebi quando a minha avó morreu, também estava vazia.

Passei uma mão pelo cabelo.

— Jesus Cristo. Eu sinto muito, Billie. O que aconteceu depois disso?

Ela deu de ombros.

— Fui até a polícia, e descobri que o cara era um golpista conhecido e já tinha feito isso com outras pessoas. Mas ele vive de país em país, então não foi pego ainda. Não que eu esperasse que ele ainda tivesse o meu dinheiro. Ele gasta como se realmente *tivesse* vinte milhões no banco.

Billie virou o restante de sua bebida e apontou para mim.

— Sua vez. Acho que essa é uma competição que eu vou ganhar. Nem te conheço há muito tempo, mas sei que não faria algo tão idiota assim.

Balancei meu dedo de um lado para o outro.

— Eu não teria tanta certeza. Não presuma que esse rostinho lindo tem um cérebro para combinar. Já cometi a minha parcela de merdas idiotas.

Billie recostou-se em sua cadeira e cruzou as mãos atrás da cabeça.

— Ah, eu mal posso esperar para ouvir isso.

— Bom, no fim, o meu resultado foi melhor. Mas eu definitivamente deixava a minha cabeça me guiar no passado. — Apontei para minha cabeça. — Só que nem sempre era essa aqui.

Contar essa história requeria um pouco de coragem líquida, então esvaziei meu copo antes de começar.

— Há quase cinco anos, conheci uma mulher chamada Raven. Como eu, aparentemente, sou clichê pra caralho com mais coisas além da minha escolha de tatuagens, Raven era uma stripper, e a conheci em um clube de strip, bem no dia do Halloween. Eu tinha saído com os meus amigos, comecei a conversar com uma das mulheres depois da apresentação e acabei levando Raven para casa comigo. Ela foi embora na manhã seguinte, e nunca mais ouvi falar dela... até agosto do ano seguinte, quando ela apareceu na minha porta com um bebê de cinco semanas.

Os olhos de Billie ficaram do tamanho de pires de tão arregalados.

— Mentira!

Assenti.

— Pois é. Ela me disse que a filha era minha, que tinha uma entrevista de emprego que não podia perder e ninguém podia ficar com a bebê. Ela disse basicamente três frases, colocou a cadeirinha de bebê e uma bolsa de fraldas no chão, deu meia-volta e se mandou. Fiquei ali parado por um minuto, completamente chocado, mas depois saí correndo atrás dela. Após passar por dois prédios, me dei conta de que tinha acabado de deixar uma bebê sozinha no meu apartamento, então corri de volta.

— O que você fez quando ela voltou?

Olhei Billie nos olhos.

— Eu te conto quando isso acontecer.

— Ai, meu Deus, Colby. Você está dizendo que a mãe de Saylor a deixou na sua porta e você nunca mais a viu?

Confirmei com a cabeça.

— Para ser honesto, eu nem ao menos tinha certeza se a bebê era mesmo minha, a princípio. Eu não tinha ideia do que fazer. Nunca tinha trocado uma fralda na vida.

— Você tentou encontrá-la?

Balancei a cabeça afirmativamente de novo.

— Por muito tempo. Mas a única coisa que eu sabia sobre ela era que trabalhava no clube de strip. É claro que voltei ao local, mas o gerente disse que fazia seis meses que ela não trabalhava mais lá. Cheguei ao ponto de contratar um investigador particular para rastreá-la, mas ela tinha sumido do mapa. Só descobri que o nome dela nem era Raven, era Maya, e ela não estava no país legalmente, então as pistas eram bem escassas.

Billie balançou a cabeça.

— Puta merda. Que loucura.

— Eu ganhei?

Ela deu risada.

— Acho que sim.

— Então, acho que ganhei duas vezes, porque Saylor acabou sendo a melhor coisa que já me aconteceu. Minha história maluca pode ter superado a sua história maluca, mas, no fim, ganhei o amor da minha vida.

O rosto de Billie suavizou.

— Isso é muito lindo, Colby.

Alguns minutos depois, Deek entrou no estúdio. Ele analisou a cena e abriu um sorriso sugestivo para Billie.

— Estou interrompendo alguma coisa, patroa?

Billie revirou os olhos.

— Não, Deek. Colby e eu estávamos apenas conversando.

— Aham. — Ele ergueu o queixo para mim em um aceno. — Como vai, cara?

Desci de sua cadeira de tatuagem e estendi uma mão.

— Bem. Você acha que o ex dela, Kaiden, fez aquilo na janela? Talvez você e eu devêssemos ter uma conversinha com ele.

Deek sorriu.

— Gosto do seu modo de pensar.

— Hã, ninguém vai falar com o Kaiden — Billie disse. — Vamos apenas considerar que foram alguns pivetes vandalizando e seguir em frente.

Olhei para Deek, e ele deu de ombros.

— Ela é minha chefe. Pode ser baixinha, mas tenho medo da cabecinha doida dela.

Dei risada.

— Tudo bem. Mas, se mudar de ideia, sabe onde me encontrar.

Billie balançou a cabeça.

— Acho que vou dar o fora daqui. Você precisa de alguma coisa antes que eu vá embora, Deek?

— Não. Tudo certo.

— Ok, então já vou indo. Justine também vai embora agora, então vou trancar a porta depois que sairmos, só por precaução. Você vai ter que ficar de olho para ver quando o seu cliente chegar e bater.

— Sim, patroa.

Billie olhou para mim e inclinou a cabeça em direção à porta.

— Vamos. Sei que você tem que voltar para sua filha. Te acompanho até lá fora.

Ao chegarmos à calçada, Billie e eu ficamos ali por um minuto, olhando para a madeira compensada na janela.

— Tem algo que eu possa fazer? — perguntei. — Ligar para uma vidraçaria ou algo assim?

— Obrigada, mas já marquei com uma vidraçaria para virem instalar um novo vidro amanhã de manhã. Também já encomendei a instalação de um alarme com câmeras, e eles virão no sábado. Se algo assim acontecer mais uma vez, vou saber quem foi.

Assenti. Billie era durona, mas devia estar abalada depois de um dia daqueles.

— Ótimo. Posso ao menos andar com você até a sua casa?

Ela sorriu.

— Agradeço a oferta, mas hoje vou pegar um Uber. Estou com muita preguiça de fazer o percurso de dois quilômetros e meio a pé, e também não estou a fim de pegar o metrô. Foi um dia bem longo, e só quero chegar em casa e me afundar em um banho quente de banheira e tomar um vinho.

Abri um sorriso largo.

— Se precisar de alguém para lavar as suas costas...

Ela deu um tapinha brincalhão na minha barriga.

— Boa noite, Colby. Obrigada por ter vindo ver como eu estava.

— O prazer foi meu, linda. — Assim que estava prestes a me afastar, me virei de volta para ela. — Ah, quase esqueci. Saylor me pediu para te convidar para a festa de aniversário dela no sábado.

— Sério?

Assenti.

— Você não tem que ir, mas não quero que ela descubra que não fiz o convite. Como Deek disse, às vezes são as baixinhas que mais dão medo. E a minha patroa tem quase um metro de altura.

Billie sorriu.

— A que horas e onde será a festa?

— Às três. O dia do aniversário dela mesmo é na segunda-feira, mas vou receber alguns amigos meus, uma garotinha com quem Saylor brinca na escolinha e os meus pais. Será no meu apartamento, nada muito elaborado.

— Vou tentar dar uma passada lá. A empresa do alarme vai me ligar de manhã para me dizer a que horas poderão vir instalar, então não tenho certeza se chegarei a tempo, mas vou tentar.

Esfreguei o queixo.

— Então, quando a minha filha te faz um convite, você aceita. Mas não quando eu te convido para fazer algo comigo?

— Não fique ofendido, papaizão. A Saylor não tem a coisa à qual eu recentemente determinei que sou alérgica.

Balancei a cabeça.

— Que coisa?

— Um pênis. — Ela me lançou uma piscadela. — Boa noite, Colby.

Na tarde de sábado, eu me animava toda vez que alguém batia à porta do meu apartamento. Mas, às sete e meia, ficou claro que Billie não ia aparecer. A maioria dos convidados que vieram comemorar o quarto aniversário de Saylor já tinham ido embora, e estávamos apenas Owen, Holden e eu bebendo cerveja quando ouvi uma batida na porta. Eu não havia contado aos caras que convidara Billie, porque, assim que eles sacassem o quanto eu gostava dela, iam pegar muito no meu pé.

Então, fingi estar surpreso quando abri a porta e Billie estava do outro lado. Ela segurava alguns presentes embrulhados nas mãos.

— Oi. Que bom te ver — eu disse.

Ela olhou para dentro do meu apartamento.

— Cheguei muito tarde? O pessoal da empresa de alarmes demorou *horas* para instalar o sistema. Tranquei tudo assim que eles foram embora.

Saylor veio correndo por trás de mim.

— Billie! Você veio!

Billie abaixou-se, e minha filha jogou os braços em volta de seu pescoço.

— Sinto muito por ter vindo tão tarde. Vim assim que pude.

— Tudo bem. Você chegou na hora certa. O tio Holden vai cantar uma música especial para mim. Ele escreveu uma só pro meu aniversário.

— Foi mesmo? Nossa, nunca escreveram uma música para mim. — Billie tocou o narizinho de Saylor com seu dedo indicador. — Você deve ser muito especial.

Ainda estávamos no vão da porta, então acenei com a cabeça para dentro do meu apartamento.

— Entre. Ainda tem um monte de comida, e bolo também.

Os caras a cumprimentaram, me lançando olhares inquisitivos. Eu os ignorei.

— Está com fome? — perguntei à Billie. — Só levarei dois segundos para esquentar alguma coisa. Temos todas as comidas favoritas de Saylor: macarronada ao forno, tirinhas de frango empanado e sanduíches de pasta de amendoim e banana.

— Hummm... sanduíche de pasta de amendoim e banana me soa delicioso. Mas comi no estúdio há pouco tempo. Pedi comida enquanto o pessoal do alarme trabalhava. Achei que ia morrer de fome se não pedisse.

— Que tal um pedaço de bolo, então?

Saylor deu pulinhos.

— Foi o papai que fez.

Billie ergueu as sobrancelhas.

— Você fez um bolo?

— Não fique muito animada. Fiz com massa pronta, ficou torto e eu não esperei o tempo suficiente para esfriar antes de colocar a cobertura, então o topo meio que ficou um glacê com pedacinhos de bolo. Mas, se você fechar os olhos, vai sentir que ficou bem gostoso.

Ela sorriu.

— Vou querer um pedacinho, então.

— É pra já.

Enquanto eu cortava uma fatia de bolo, Billie deu a Saylor os presentes que trouxe.

— Papai, posso abrir agora, *por favoooooor*? — ela pediu como se eu fosse capaz de lhe negar qualquer coisa nesse mundo.

— Claro, meu amor. Pode abrir.

O primeiro presente que ela desembrulhou era um kit de pintura. Parecia ser bem sofisticada, não uma coleção típica para crianças. Billie apontou para o presente.

— Essa foi a primeira coleção de canetinhas que tive. Eu tinha mais ou menos a sua idade quando ganhei. Assim que comecei a desenhar com elas, ninguém mais pôde me deter. Me apaixonei por arte.

Saylor segurou o estojo de canetas contra o peito.

— Mal posso esperar para desenhar com elas!

Billie estendeu um segundo presente.

— E isso foi uma coisa que fiz só para você. — Ela olhou para Holden. — Não sei cantar como o seu tio Holden, mas espero que você goste do que desenhei.

Saylor rasgou o papel de presente. Dentro dele, estava uma imagem emoldurada de uma fada. Quando olhei com mais atenção, percebi que a fada tinha o rosto de Saylor.

— Puta merda. Você desenhou isso de cabeça?

Billie assentiu.

— Não foi muito difícil. Essa mocinha não tem um rosto fácil de esquecer.

— Papai! Eu sou uma fada! Eu sou uma fada!

— Estou vendo. Esses presentes são incríveis, Saylor. Como é que se diz?

Saylor abraçou Billie pela cintura.

— Obrigada, Billie. Vou fazer um desenho para você com as minhas canetinhas novas!

— Por nada, querida. Mal posso esperar para ver o que você vai criar.

Saylor correu até Holden e Owen para mostrar a eles seu desenho de fada.

— Você não precisava ter todo esse trabalho — sussurrei para Billie.

— Eu quis fazer isso. Além disso, ganhei o dia com a reação dela. Acho que até a minha semana. Talvez eu comece a desenhar algo para ela regularmente, só para ter alguém me olhando daquele jeito.

Sorri.

— Nem me fale. Por que você acha que ela tem uns quatrocentos elefantes de pelúcia? Ela adora eles, e sou viciado no jeito que os olhinhos dela brilham quando trago um para casa.

Um tempinho depois, Owen foi embora. Então, Holden disse que precisava ir também, então pediu à aniversariante que se sentasse para que ele pudesse fazer sua serenata para ela. Não importava se tivessem quatro ou trinta anos, as mulheres não conseguiam resistir quando Holden cantava. Ele escreveu uma canção de ninar muito doce, e minha filha ficou com um sorriso de orelha a orelha o tempo todo enquanto ele cantava. Eu também estava curtindo, até que lancei um olhar rápido para Billie e vi o modo como ela estava olhando para o sr. Rockstar.

Porra. Muitas mulheres adoravam Holden e seu jeito desgrenhado de que não dá a mínima para nada. Mas *todas* sempre queriam dar para ele no instante em que ele pegava algum instrumento e começava a cantar. Eu nem sabia por que ele era o baterista da banda. O cara poderia arrasar em qualquer grupo que quisesse como vocalista. Até eu precisava admitir que a voz dele era sexy pra caramba.

Quando a música acabou, Billie piscou algumas vezes.

— Uau. Isso foi incrível.

Holden abriu seu característico sorriso modesto, e apressei-me em colocar o idiota para fora do meu apartamento. Talvez eu o tenha empurrado para sair logo pela porta. Mas achei que tinha feito isso discretamente.

— Você também quer que eu vá embora? — Billie perguntou quando me virei novamente para ela. — Você meio que expulsou os seus amigos daqui.

— Foi?

Ela ergueu uma sobrancelha.

Então, confessei.

— As mulheres sempre ficam caidinhas pelo Holden, esteja ele cantando ou tocando bateria. Era apenas questão de tempo até você jogar a calcinha para ele se eu o deixasse ficar.

Billie deu risada.

— Pareço o tipo de mulher que joga a calcinha para um cara?

Suspirei.

— A *avó* do Owen deu em cima do Holden depois de vê-lo tocando bateria, uma vez.

— A voz dele é linda, e tenho certeza de que ele é um músico muito talentoso. Mas não estou interessada no Holden.

— Não?

Ela balançou a cabeça.

— E algum dos amigos dele? Porque ouvi falar que homens que sabem assar um bolo são muito melhores na cama do que os que sabem cantar.

Os olhos de Billie faiscaram.

— Aquele bolo estava *mesmo* delicioso.

Por sorte, minha filha veio correndo até a cozinha antes que eu fosse longe demais. Tipo sugerir lambuzar seu corpo com o restante do bolo e lamber tudo.

— Papai, podemos ir para a ponte agora?

— Em alguns minutos, querida. Que tal você ir pegar um suéter?

— Tá bom!

Saylor saiu correndo para seu quarto, e me dei conta do que tinha acabado de fazer.

— Ei, pequena, não tire tudo da cômoda para encontrar um suéter. Escolha o que estiver por cima.

Billie deu risada.

— Você conhece a sua filha.

— Semana passada, eu a mandei pegar um short. Estava terminando um projeto do trabalho no meu laptop. Quando fui ao quarto dela, parecia que uma bomba havia explodido em uma loja de roupas infantis.

— O meu apartamento é assim, na maior parte do tempo.

Dei risada.

— Mulheres.

— Então, aonde vocês vão? Saylor disse ponte?

— Ah, sim. Vamos ver a Ponte de Ward's Island. É uma tradição que o meu pai começou quando eu nasci. Ele também é arquiteto, e adora me mostrar diferentes estruturas pela cidade. Todo ano, no meu aniversário, ele me leva a uma ponte diferente. Não perdemos um até hoje, e tenho 29 anos.

— Sério?

Assenti.

— Falta quanto até acabarem as pontes? Há, o quê, umas trinta na cidade?

— Quase. — Sorri. — Há 2.027 pontes nos cinco distritos de Nova York.

Billie franziu o rosto.

— Está brincando, não é?

Dei risada.

— Não.

— Ai, meu Deus. Você deve me achar uma idiota.

— De jeito nenhum. Sinceramente, a maioria das pessoas daria o mesmo palpite. Todo mundo conhece apenas as principais: Brooklyn, Verrazano, GW, Queensboro...

— Onde fica a que vocês vão ver hoje?

— Fica na 103rd Street. É uma passarela que atravessa o rio Harlem para chegar a Ward's Island. Quer ir conosco?

Billie hesitou.

— É uma tradição sua com a sua filha. Não quero me intrometer no momento de vocês.

— Acredite, Saylor ficaria animadíssima. Sempre vamos só nós dois.

— Não sei... — Ela não estava convencida.

— Preciso pedir que a minha filha te convide para que você aceite? Você age como se eu estivesse te chamando para uma sessão de tortura.

Billie deu risada.

— Não ajo, não.

— Então, me prove o contrário e venha. Não estou te convidado para um encontro, desta vez. Podemos ser amigos, não podemos?

Ela mordeu o lábio.

— Está bem. Sim, podemos ser amigos.

— Ótimo. — Pisquei para ela. — Mas, só para esclarecer, às vezes, eu olho para a bunda das minhas amigas.

CAPÍTULO 6

Billie

Era a minha parte favorita do dia: a quietude pela manhã no estúdio antes que um dos meus funcionários chegasse. Eu havia chegado cedo para organizar alguns equipamentos e dar uma arrumada no lugar. O único problema era que, sem pessoas ao meu redor, eu tinha tempo demais para pensar. E tudo em que eu parecia conseguir pensar ultimamente era Colby Lennon.

Depois do nosso passeio à Ponte de Ward's Island, achei que ele me ligaria ou mandaria mensagem. Mas fazia três dias, e nada. Nem uma palavra. A pergunta era: por que raios eu estava esperando uma ligação ou visita quando havia deixado claro que queria que fôssemos apenas amigos? Ele estava me dando o que eu supostamente queria: espaço. Não se deveria esperar que *amigos* ligassem tão cedo.

O passeio na ponte havia sido bem tranquilo. Foi fofo ver o quanto ele realmente gostava daquilo, explicando a arquitetura e a história. E Saylor parecia prestar atenção em cada palavra que seu pai dizia, mesmo que provavelmente não entendesse metade delas. Como se uma criança de quatro anos se importasse com um projeto de reforma de dezesseis milhões de dólares. Ou o fato de que a ponte havia sido coberta de amarelo e aparecido no filme *Um Mágico Inesquecível*, em 1978, na cena em que Diana Ross e Michael Jackson cantaram *Ease on Down the Road*.

Porém, você acharia que Saylor realmente estava entendendo e apreciando tudo. Ela sorria o tempo todo. Eu não quis cortar o barato de Colby e dizer a ele que não ligava muito para a história da ponte. Mas curti *bastante* a paixão em seus olhos conforme ele falava. Isso, eu poderia passar o dia inteiro vendo. E, sinceramente, curti passar um tempo com ele e Saylor, independente do que estávamos fazendo.

Aparentemente, eu estava encantada por ele, estivesse ou não disposta a admitir. Por isso, a minha situação atual: conferindo meu celular e olhando pela janela do estúdio à procura de algum sinal de Colby.

Faltando apenas dez minutos para abrir o estúdio, decidi fazer uma visita ao food truck do lado de fora e comprar um café. Era uma daquelas raras manhãs secas e com uma brisa leve na cidade, com uma folguinha da umidade. Esperei na fila e pedi o de sempre: um café pequeno com um pouquinho de creme e açúcar. Quando me virei segurando o pequeno copo azul, eu o avistei vindo em minha direção.

Colby estava a caminho do trabalho, vestido em um terno azul-escuro e parecendo todo... rico e tal. Caramba, ele ficava bem demais de terno. Vê-lo tão elegante me deu vontade de pular nele.

Em vez disso, ergui meu copo em um cumprimento.

— Oi.

— Oi. — Ele sorriu. — Quanto tempo.

— É. Eu que deveria estar dizendo isso a *você*.

O que isso significa? Que estive esperando que ele me ligasse? Aff.

— Os últimos dias foram uma merda. Literalmente.

— Ah, não. — Franzi a testa. — Por quê?

— Gastroenterite. Não eu. Saylor. Nunca passamos por algo assim antes. E logo no dia do aniversário dela, ainda por cima.

— Oh, não. Eu sinto muito.

— É. Ela pode ter contraído de alguém na festa. Eu tive sorte. Até agora, não senti nada. — Ele suspirou. — Você não está doente, está?

— Não.

— Que bom. Eu me sentiria péssimo se você estivesse.

— Ela está bem agora?

— Sim. Esperei 24 horas completas no terceiro dia para me certificar de que ela não estava mais sentindo nada. Ela voltou para a escolinha hoje.

— Graças a Deus. Nem consigo imaginar o quanto deve ter sido horrível.

— Pois é. Muito sexy passar dois dias seguidos coberto de vômito, não é? Isso vai fazer você mudar de ideia quanto a sair comigo.

— Na verdade, o fato de que você é um pai tão bom e dedicado é uma das coisas mais sexy em você.

Aff. Falando sem pensar de novo. Diante do fato de que eu não queria namorar alguém que tinha filhos, não entendia bem por que ele ser um bom pai me dava tanto tesão. Mas dava. *Mesmo assim, não precisava compartilhar essa informação, Billie.*

— Bem, é uma ótima coisa para se ouvir antes de ir para o trabalho. Vou aceitar o elogio. Infelizmente, estou um pouco atrasado, então...

Eu gesticulei para apressá-lo.

— Vá! Vá.

Colby olhou para trás de mim por cima do meu ombro e, quando me virei, vi que seu amigo Holden tinha aparecido de repente. Quase me esqueci de que ele tinha marcado o primeiro horário comigo.

— E aí? — Holden disse.

— O que você está fazendo? — Colby perguntou.

— Estou indo para o estúdio da Billie.

Colby estreitou os olhos.

— O que você vai fazer lá?

— Sabe aquela tatuagem que eu tenho do nome de Hailey?

As sobrancelhas de Colby se ergueram.

— Sim.

— Vou finalmente me livrar dela. Billie vai cobri-la para mim.

Quando Holden marcara o horário comigo, mencionara que queria remover o nome de uma ex-namorada da parte baixa de seu abdômen. Decidimos que ele daria uma olhada em alguns dos meus desenhos primeiro, já que não fazia ideia do que queria.

— Essa tatuagem não fica praticamente perto do seu pau? — Colby resmungou. — Aquela que você disse que fez para que a garota visse o nome dela quando estivesse fazendo oral em você?

— Essa mesmo. Bem no V do meu abdômen... não tão perto assim do pau. — Holden deu risada.

— Acredite — eu disse. — Há uma grande diferença entre "praticamente perto do pau" de alguém e *de fato* no pau de alguém. Já tatuei os dois lugares, então sei bem.

Colby arregalou os olhos.

— Você já tatuou o pau de alguém?

— Já.

— Que irado. — Holden riu. — Quero ver fotos, se você tiver.

Esperei que Colby desse risada também, mas seu rosto permaneceu sério e frio. Ele não parecia feliz com nada disso. Nem com o V, nem com o pau.

Colby pigarreou.

— Bem, divirtam-se vocês dois. Tenho que ir para o trabalho.

Holden e eu ficamos olhando-o ir embora por alguns segundos antes de ele me seguir até o estúdio. Assim que a porta se fechou atrás de nós, ele se virou para mim.

— Mas que droga foi aquela?

Me fiz de desentendida.

— Como assim?

— Colby parecia querer me matar.

— Sério?

— Você não percebeu?

— Percebi o quê? — Pisquei.

— A expressão dele quando descobriu o que você ia fazer em mim!

— Eu não estava prestando atenção no rosto dele — menti.

— Bom, eu estava. Conheço o meu amigo. Ele *não* gostou do fato de que você vai me tocar. Ele deve gostar de você, Billie. Faz muito tempo que Colby não fica a fim de alguém.

— Não seja ridículo. Deve ser a sua imaginação.

— Ele *gosta* de você — repetiu. — Ele comentou que vocês saíram outra noite. Não foi? Então, não me diga que estou imaginando coisas.

Sentindo meu rosto esquentar, apontei para ele.

— Pare de se meter no que não é da sua conta e sente na cadeira. Temos trabalho a fazer. Meu dia está completamente cheio.

Holden deixou de lado o assunto Colby ao olharmos os desenhos que criei com base na nossa última consulta. Ele escolheu um que continha várias notas musicais entrelaçadas flutuando da boca de um pássaro cantando e envolvendo duas baquetas. Seria um pouco desafiador cobrir completamente o nome com a arte que ele queria, mas eu sabia que podia dar um jeito. Nunca estraguei uma tatuagem antes e não pretendia começar hoje.

Holden acomodou-se na cadeira e comecei a tatuar sua pele. Geralmente, eu não conversava enquanto trabalhava, mas Holden era tagarela. Não prestei muita atenção nas coisas que ele disse sobre o ramo musical. Mas quando ele mudou o assunto para Colby, fiquei de orelha em pé.

— Sabe, Colby costumava ser o maior pegador entre nós — ele comentou.

Fingi não estar completamente interessada nesse tópico em particular, tomando cuidado para não tirar minha atenção do que estava fazendo.

— É mesmo?

— Sim. Bom, não no ensino médio. Mas basicamente da segunda metade da faculdade até... bem, até Saylor.

— O que houve no ensino médio? — perguntei.

— Colby era apaixonado pela namorada, Bethany. Mas ela decidiu que seria melhor eles se separarem depois da formatura, já que iriam para faculdades diferentes. Não foi exatamente escolha dele, então, durante o primeiro ano, ele ficou obcecado em descobrir o que ela estava fazendo, e com quem, enquanto estava longe.

Lutei para compreender cada palavra por cima do som da agulha.

— Quando ele descobriu através de umas pessoas que ela tinha transado com alguns caras, decidiu que queria se vingar dela. Então, no segundo ano, ele botou pra quebrar. Pegava todas que via. Começou como uma forma de provocar Bethany, mas acho que decidiu que gostava daquilo. Bethany e ele nunca mais ficaram juntos depois disso. Mas tenho quase certeza de que ele ainda gostava dela e tinha esperança.

— Bem, isso é uma droga. Você viu tudo em primeira mão? Foi à mesma faculdade que Colby?

Seu corpo mexeu um pouco quando ele balançou a cabeça.

— Não. Fui para outra faculdade. Mas eu o visitava o tempo todo, porque estávamos a apenas uma hora de distância um do outro. — Ele suspirou. — Enfim... tem mais coisas em relação a Bethany.

Finalmente, ergui o olhar.

— Por quê? O que aconteceu?

— Ela se mudou para Nova York depois de se formar na faculdade e foi procurá-lo na casa dos pais dele, em um Natal. Ela disse que ainda estava apaixonada por ele, depois de todos aqueles anos separados, e queria saber se ele tinha interesse em reatar com ela. Ela disse que eles poderiam recomeçar do zero.

— O que ele disse?

— Bom, isso foi há, tipo, quatro anos. Logo depois que ele descobriu sobre Saylor.

— Ah... — Meu coração afundou um pouco por Colby, mesmo que não gostasse dessa Bethany. E pude ver o rumo que essa história estava tomando. — Qual foi a reação dela?

— Ela ficou totalmente chocada. Não aguentou o tranco. Era a última coisa que ela esperava. Porra, era a última coisa que qualquer um de nós esperava. Ela deu no pé depois disso. Então, ele nunca teve uma segunda chance com ela.

Pela primeira vez desde que a conversa tinha começado, parei de trabalhar completamente para me concentrar nele.

— Ele ficou arrasado?

— Na época, o foco dele era somente Saylor. Tudo ainda era tão novo. Então, mesmo que a volta de Bethany tenha sido meio perturbadora, nada o abalava muito, àquela altura. Não foi o mesmo que seria se ela tivesse voltado um ano antes. — Holden encarou o nada. — Mas, sabe... não consigo imaginar como a vida dele teria sido se tivesse sossegado com Bethany e nunca tivesse Saylor. Não consigo mais imaginá-lo sem aquela garotinha.

— Concordo plenamente.

Ele suspirou.

— Mas, é, Bethany é definitivamente aquela que ele deixou escapar.

Engoli em seco.

— Você acha que ele ainda a ama?

— Não posso ter certeza de que ele não sente mais nada por ela, mas me lembro dele dizendo que ela não devia amá-lo de verdade se nem ao menos considerou aceitar sua filha. Ele compreendeu a reação dela até certo ponto, mas acho que o fato de que ela foi embora tão facilmente o desanimou. Mas acho que, se ela tivesse aceitado de cara, eles estariam casados hoje. Em vez disso, ela casou com outra pessoa.

— Ah, é? — Lambi os lábios. *Bethany é casada. Por que isso me deixa incrivelmente aliviada?*

— Aham.

O fato de que Colby fora apaixonado por essa garota que aparentemente nem ao menos o merecia me deixou aborrecida e com ciúmes ao mesmo tempo. Se ela soubesse o pai maravilhoso que ele acabou se tornando, se arrependeria de sua decisão.

— Enfim... — Holden disse. — Acho que te contei tudo isso sobre o meu amigo porque foi legal vê-lo todo afetado daquele jeito. Ele passou os últimos anos bem desligado, e por um bom motivo, mas ele precisa voltar à ativa. Talvez eu tenha que pegar no pé dele um pouco mais, dar um incentivo para que ele parta para a ação. Talvez eu diga a ele que me diverti um pouquinho com você hoje, para ver como ele reage. E aí, quando ele surtar comigo de novo, o colocarei contra a parede.

— Por que você faria isso?

— Porque sou um babaca, e nós dois adoramos implicar um com o outro. Também estou puto com ele por não ter me contado antes que está caidinho por você.

— Isso é teoria sua. Ele nunca te disse isso, disse?

— Acredite em mim, ele não tem que me dizer. Olhares como o que ele me lançou lá fora mais cedo não mentem. Foi um olhar de alerta. E me disse tudo de que preciso saber.

Voltei ao trabalho, com a mente ainda tão cheia quanto quando cheguei pela manhã, e, um tempinho depois, a tatuagem de Holden estava pronta. Coloquei o curativo em sua pele e ele foi embora. Se ao menos tudo que ele me contou tivesse saído pela porta com ele...

Em vez disso, Colby, Bethany e em que pé as coisas estavam entre mim e ele preencheram minha mente durante a tarde inteira.

No final do dia, eu estava fechando o estúdio quando Colby me surpreendeu com uma visita a caminho de casa do trabalho. Ele estava tão gostoso quanto quando o vira pela manhã, só que agora sua gravata estava afrouxada e seus cabelos, um pouco desalinhados. A única coisa mais sexy do que Colby Lennon de terno era Colby Lennon bagunçado de terno. Na verdade, qualquer versão dele era perfeita para mim.

— Oi, Billie. — Ele sorriu. — Como vai?

— Oi! Como foi o seu dia? — perguntei.

— Bom. — Ele assentiu. — Como foi o seu? O babaca do Holden conseguiu o que queria no V dele?

— Sim. Ficou incrível, na verdade.

— Tenho que confessar... eu sei disso. Ele me mandou uma foto para mexer comigo.

— Ele pareceu achar que você estava... — Pigarreei. — Com ciúmes.

— Por que eu não estaria? — Seus olhos se fixaram nos meus.

— Porque não me envolvo com os meus clientes, então não há por que ter ciúmes.

Ele soltou uma longa respiração pela boca.

— Não é que eu tenha achado que você estava a fim do Holden. Só fiquei irritado por saber que ele passaria tempo com você quando eu não faria isso. E ele é um filho da puta bonitão, então acho que saber que você o tocaria *lá embaixo* me deixou meio inquieto. — Ele deu de ombros. — O que posso dizer? Sou um cretino ciumento e, aparentemente, péssimo em esconder isso.

Pela terceira vez no dia, cometi o deslize de dizer exatamente o que pensava.

— Na verdade, eu te acho muito mais bonito.

Seus olhos se ergueram para encontrar os meus.

— Bom, essa é uma informação interessante.

— Sim.

O tipo de Holden costumava ser mais a minha praia... até Colby. Quem diria que eu escolheria o engomadinho de terno? Naquele momento, tudo que eu queria era puxar esse cara pela gravata e trazer sua boca para a minha.

— Então, o que vamos fazer em relação a isso? — ele perguntou. — A sua atração por mim.

Engoli em seco.

— Nada. Não vamos fazer nada. Você sabe que é um homem atraente. Isso não é novidade. Não muda o fato de que não estou interessada em começar um relacionamento agora.

Ele assentiu devagar.

— Na verdade, acho que tenho uma solução para isso.

— Que solução?

— Ouça-me. — Ele se aproximou. — Não temos que namorar, Billie. Podemos... não-namorar.

— *Não-namorar*? O que é isso, exatamente? — perguntei, completamente ciente da proximidade de seu corpo, a apenas alguns centímetros do meu.

— É tipo o que fizemos na outra noite, quando fomos ver a ponte. Não foi um encontro de namorados, certo? Foi o contrário. Um encontro de não-namoro. Então, é isso que proponho.

Cruzei os braço.

— O que isso implicaria?

— Nós passaríamos tempo juntos, mas somente sob circunstâncias nada românticas e mais mundanas possíveis. — Ele coçou o queixo. — Vou te dar um exemplo. Digamos que estou fazendo alguma coisa no apartamento e me dou conta de que preciso ir à Home Depot. Não há nada sexy ou sugestivo nisso. Pronto. Você será a primeira pessoa em que pensarei. Vou te ligar e perguntar se você quer ir junto, se estiver disponível. Sem pressão. Sem tentação. Não-namoro.

— Qual é o objetivo disso? — Dei risada.

— O objetivo é podermos ser amigos e passar tempo juntos sem as outras pressões. O objetivo é que eu ainda poderei te ver, que é algo que me deixa feliz.

Nossos olhares se prenderam, e me perguntei o quão óbvio era em minha expressão que somente estar perto dele também me fazia feliz.

— Acho que parece inofensivo — cedi. Contudo, tinha certeza de que essas seriam famosas últimas palavras. Porque por mais inofensivo que ele tenha feito esse lance de não-namoro soar, eu podia ouvir os alarmes disparando ao longe.

— É? — Ele abriu um sorriso radiante.

— Se isso é o que você realmente quer, posso cooperar.

Uma intensidade preencheu seus olhos.

— O que eu realmente quero? — Ele balançou a cabeça lentamente e riu. — Isso não é o que eu *realmente* quero.

Um arrepio desceu pela minha espinha.

— Então me diga o que você realmente quer.

Aparentemente, eu tinha virado uma masoquista.

— Acho que você não vai querer saber — ele disse.

— Na verdade, eu quero, sim. É como uma curiosidade mórbida.

Após uma longa pausa, ele falou:

— Ok, então. O que eu realmente quero é abrir a porra desse seu espartilho, desfazendo um laço de cada vez, e enterrar o rosto nesses seus peitos deliciosos enquanto você monta em mim naquela cadeira ali. *Agora mesmo*. Então, talvez você queira formular as suas perguntas com mais cautela. Porque a resposta verdadeira ao que eu *quero* nunca será algo permitido para menores ou delicado quando se trata de você. — Ele sorriu e virou-se para a porta. — Te ligo em breve — ele disse antes de desaparecer.

Zonza e cheia de tesão, fiquei olhando pela janela por um tempo indeterminado. Depois, tranquei a porta do estúdio e fui para o banheiro, onde logo recostei-me contra a porta, abaixei minha calcinha e repassei suas palavras mentalmente enquanto massageava meu clitóris.

CAPÍTULO 7

Colby

Agora, era o momento da verdade. Com Saylor ocupada em um sábado raro, peguei meu celular e digitei uma mensagem para Billie.

> **Colby:** Está a fim de ir ao nosso primeiro encontro de não-namoro hoje?

Ela respondeu quase imediatamente.

> **Billie:** O que você tem em mente?

Dei risada ao responder.

> **Colby:** Pensei que tivéssemos determinado naquele dia que era perigoso perguntar o que tenho em mente... mas se estiver se referindo aos meus planos, vou à IKEA e queria saber se você gostaria de se juntar a mim. Temos um apartamento vazio que acabamos de reformar, e vamos experimentar mobiliá-lo e alugá-lo através do Airbnb. Fiquei encarregado de deixá-lo pronto. Então, preciso comprar um monte de utensílios domésticos, tipo copos e outras coisas.

> **Billie:** Hum... eu adoro as almôndegas suecas da IKEA. Quando você vai? Marquei uma aula de kickboxing à uma da tarde. Conheço uma pessoa que vai dar uma aula experimental grátis para atrair clientes.

Eu havia feito aulas de boxe quando mais novo e era muito bom nisso. Achei que essa poderia ser uma oportunidade de me exibir um pouco, então estendi o convite.

> **Colby: Posso ir com você? Tenho procurado uma maneira divertida de me exercitar. Correr e levantar peso é bem entediante. Talvez possamos ter um encontro de não-namoro duplo e ir à IKEA depois?**

> **Billie: Claro. Taylor adoraria isso. Quanto mais, melhor. Você pode me encontrar na academia? Tenho que fazer algumas coisas antes de ir. Posso te mandar a localização.**

> **Colby: Tudo bem. Estou ansioso por isso.**

Eu nunca admitiria isso para ninguém, especialmente para os meus amigos, mas fiz alguns exercícios antes de ir para a aula de kickboxing. Se surgisse uma chance de tirar a camisa, eu queria estar o mais sarado possível. Fiz cem abdominais e cem repetições com halteres para dar uma turbinada nos meus bíceps antes de ir para o endereço que ela havia me passado.

Achei que estava gostosão... até dar uma olhada no cara que estava estendendo tapetes no salão quando entrei. Ele usava uma calça branca folgada, como as que se usa para lutar karatê, e sem camisa. Eu era sarado, mas esse cara me fazia parecer magricela. Porra, eu não fazia ideia do porquê, mas, de algum jeito, sabia que ele conseguia fazer seus peitorais dançarem no ritmo de qualquer música e usava isso como truque em festas. Esse pensamento me fez franzir a testa, assim como me lembrar dos quarenta minutos que havia desperdiçado me exercitando antes de vir. Nem a pau eu tiraria a camisa perto desse sr. Universo.

Mas encontrei um motivo para sorrir mesmo assim quando vi Billie acenando. Ela estava usando uma blusa *cropped* e um short, e embora eu adorasse os espartilhos, não estava sentindo falta deles nem um pouco no momento.

— Oi. Você veio — ela disse.

— É, a localização funcionou bem, na verdade. Peguei o carro de Owen emprestado para poder ter como levar as coisas da IKEA para casa depois que acabarmos. E meus pais moram a poucos quarteirões daqui, então deixei Saylor lá. Eles costumam ir ao meu apartamento um ou dois sábados por mês para passar tempo com ela enquanto resolvo pendências. Ela ficou animada por ir à casa deles, para variar.

— Ah, que ótimo. — Ela gesticulou para o outro lado do salão. — Venha, estou ali.

Eu a segui e coloquei a mochila que trouxe no chão ao lado da dela.

— É maravilhoso os avós da Saylor serem tão envolvidos na vida dela — ela comentou ao se alongar um pouco.

— É, os meus pais são incríveis com ela. Eles se mudaram da Pensilvânia, onde cresci, para Nova York para ficarem mais perto de mim depois de Saylor chegar. Minha mãe ficaria com ela todos os fins de semana, se eu deixasse. Mas como já não fico por perto dela durante dez horas por dia quando estou no trabalho, tento fazer o sábado e o domingo valerem muito a pena. Costumo levá-la para passear e ver coisas diferentes na cidade em pelo menos um dia do fim de semana, a menos que o tempo esteja ruim. Acredite ou não, o que ela mais gosta de ver são as bibliotecas.

Billie sorriu.

— Saylor está crescendo com um exemplo masculino tão saudável. Como mulher, preciso expressar o quanto isso é importante. Minha mãe tinha apenas dezenove anos quando me teve. Meu pai tinha 25 e era casado com outra mulher quando minha mãe descobriu que estava grávida.

— Está de sacanagem?

Ela assentiu.

— E para ficar ainda mais legal, a esposa dele já estava grávida de dois meses quando minha mãe engravidou. Então, eu tenho uma meia-irmã apenas oito semanas mais velha que eu.

— Nossa. Como foi crescer nessa situação?

— Bom, o meu pai não teve interesse algum em me conhecer. Quando ficou com minha mãe, ele disse que estava no meio de um divórcio, e ela acreditou nele. Mas até onde sei, ele ainda está casado com a mesma mulher depois de todos esses anos.

— Caramba. — Balancei a cabeça.

— É, isso mudou bastante o curso da vida da minha mãe. Depois disso, ela saiu com uns caras aqui e ali, mas acho que nunca mais confiou em um homem o suficiente para se envolver em um relacionamento sério. O engraçado é que me orgulho de dizer que não sou nada parecida com ela, e ainda assim, fiz basicamente a mesma coisa: me apaixonei por um cara que me sacaneou e perdi a confiança nos homens.

Toquei meu peito.

— Espero que essa companhia seja exceção.

— Acho que o júri ainda está indeciso quanto a isso. Fiquei sabendo sobre o seu jeito de pegador, sabia?

Estreitei os olhos.

— Do que você está falando?

— O Holden gosta de fofocar enquanto recebe uma tatuagem.

Sério isso? Mas que porra. Por que raios Holden contaria essas merdas para ela, fossem verdadeiras ou não? Eu ia matar aquele idiota quando chegasse em casa.

Franzi as sobrancelhas.

— Não sou mais assim, Billie. Ter Saylor me trouxe uma perspectiva totalmente nova. Agora, penso comigo mesmo: *eu gostaria que um cara tratasse a minha filha assim?*

— Acredito que você mudou muito. Não quis apontar dedos, nem nada disso. Estava meio que brincando.

Meio que brincando. Ótimo.

Nossa conversa ficou em pausa quando o cara musculoso se aproximou. Ele abriu os braços e sorriu para Billie.

— Você veio!

Ela se aproximou para abraçá-lo, e o cara a ergueu no ar e a girou. Claramente, ele não se sentiu nem um pouco intimidado pelo homem ali de pé ao lado dela.

— Você está me esmagando, Taylor! — Billie gritou entre risadas.

Ótimo. *Esse cara* é o Taylor. Pelo nome, eu tinha deduzido que o instrutor não era um homem. Agora, eu tinha que aguentar uma hora inteira vendo a mulher que vim tentar impressionar olhando para tudo aquilo. O encontro de hoje, ou melhor, *encontro de não-namoro*, não tinha começado como planejado. Nos primeiros três minutos, Billie me disse que ouviu falar que eu era um mulherengo e, agora, o sr. Universo estava com os peitos dela esmagados contra seu peitoral enorme. *Fantástico. Simplesmente fantástico.*

O instrutor a colocou de volta no chão, mas manteve um dos braços em volta de sua cintura.

— Como você está, linda?

— Estou bem — Billie disse e gesticulou para mim. — Este é o meu amigo, Colby.

O cara estendeu a mão.

— Como vai, Colby? Obrigado por vir hoje.

Forcei um sorriso.

— O prazer é meu.

Taylor olhou para o relógio e apontou com o polegar para a parte da frente do salão.

— Tenho que começar a aula. Falo mais com você depois, ok?

Billie assentiu.

— Tudo bem.

Após fazermos alguns alongamentos e aquecimentos, Taylor nos mostrou alguns movimentos de kickboxing. Praticamos golpes com o pé e chutes laterais, e, em seguida, ele pediu à turma que formasse duplas para uma luta com socos leves. Olhei para Billie.

— É melhor fazermos dupla com pessoas do nosso tamanho?

Billie colocou as mãos nos quadris.

— Está dizendo que não acha que dou conta só porque você é uns trinta centímetros mais alto que eu?

Ri e dei de ombros.

— Meio que faz sentindo, não é?

O instrutor andou pelo salão, falando com todas as duplas, e quando chegou em nós, colocou um braço em volta dos ombros de Billie.

— Vou ficar com essa encrenqueirinha aqui. — Ele apontou para um cara nos fundos do salão. — Colby, que tal você fazer dupla com aquele cara? Acho que ele não tem parceiro ainda.

É, como se eu fosse mesmo deixar *esse cara* colocar as mãos em Billie. Balancei a cabeça.

— Tudo bem. Vou ficar com Billie. Não se preocupe. Vou pegar leve com ela.

Billie e Taylor se olharam e caíram na gargalhada.

— Você vai pegar leve com a Billie? — ele perguntou. — Me diga, isso significa que Billie tem que pegar leve com você?

Dei de ombros.

— Não. Ela pode mandar ver.

Taylor deu tapinhas no meu ombro com uma risada ao se afastar.

— Não diga que não avisei, amigão.

Franzi as sobrancelhas ao olhar para Billie.

— O que foi isso?

Ela ergueu os punhos na postura do kickboxing que o instrutor tinha nos ensinado.

— Está pronto para lutar, Lennon?

O brilho em seus olhos deveria ser um alerta de que eu não sabia no que havia me metido. Mas dei de ombros como um idiota arrogante.

— Estou sempre pronto.

Massageei minha lombar ao desligar o carro no estacionamento da IKEA. Eu tinha certeza de que ficaria com um hematoma ali.

— Ainda não acredito que você não me contou que era faixa preta.

Billie deu risada.

— Nós tentamos te avisar, mas você estava ocupado demais me assegurando de que não me machucaria. Sabe, porque eu sou tão pequena e incapaz.

— Eu nunca disse incapaz.

Billie abriu a porta do passageiro.

— Vamos, Bunda Mole.

Balancei a cabeça ao sair do carro. Além de não ter conseguido acertar nenhum golpe nela, Billie me jogou por cima do ombro como se eu fosse a porcaria de uma boneca de pano. Fui de achar que ia impressioná-la com o meu abdômen de tanquinho para completamente castrado.

Ao andarmos pelo estacionamento em direção à entrada, Billie não conseguia parar de rir.

— Vamos fazer assim — ela disse. — Você pode empurrar o carrinho. Isso é trabalho para um cara durão. Vai te fazer sentir mais macho.

— Sabe o que me faria sentir mais macho? Se você puxasse as minhas *bolas* de dentro da minha cavidade corporal. Tenho quase certeza de que foi lá que elas passaram a tarde toda se escondendo.

Billie puxou um carrinho de compras da fileira e o empurrou na minha direção.

— Se você continuar choramingando, vou mudar o seu apelido de Bunda Mole, trocando o "bunda" por outra parte do seu corpo... a que começa com P.

Crash!

Merda. Billie e eu olhamos um para o outro. Um sorriso diabólico se espalhou em seu rosto... e então, ela se virou e saiu correndo.

Olhei em volta. A barra parecia estar limpa, então corri o mais rápido que pude, empurrando um carrinho transbordando de coisas. Billie passou a última hora e meia escolhendo coisas e mostrando-as para mim. Se eu concordasse, ela as lançava para trás por cima do ombro para que eu tentasse capturar com o carrinho. Eu ziguezagueava, tentando aparar todas as mercadorias que ela jogava enquanto a seguia pelos corredores, rindo como duas crianças o tempo todo. Isso até eu errar seu último lançamento e deixar uma tigela de vidro se estilhaçar no chão.

A IKEA era um labirinto gigantesco, e nós dois continuamos correndo, virando à esquerda e à direita, até finalmente chegarmos à seção de produtos de armazém da loja, que ficava logo antes da fila do caixa. Billie curvou-se para frente, apoiando as mãos nos joelhos, ofegando.

— Acho que nos livramos — ela disse.

— Tenho quase certeza de que preferiria pagar pela tigela de doze dólares a sair correndo assim. Esse carrinho está tão cheio que quase virou tipo umas dez vezes.

Ela riu.

— Já pegamos tudo que precisamos?

— Não sei. Mas com certeza pegamos um monte de merda que *não* precisamos. Por exemplo, acho que poderíamos ter deixado as casquinhas de sorvete motorizadas que giram sozinhas. O inquilino pode muito bem lamber seu próprio sorvete.

Billie abriu um sorriso largo.

— São para mim e Saylor. E elas também acendem luzinhas!

Soltei uma risada pelo nariz.

— Venha, vamos passar logo no caixa antes que eu fique completamente falido.

Enquanto colocávamos tudo na esteira do caixa, acenei com o queixo em direção ao restaurante de dentro da loja, localizado logo depois dos caixas.

— Ainda está a fim de comer almôndegas?

— Hã... dã! Foi só por isso que vim.

Coloquei uma mão sobre o peito.

— Ai, essa doeu. E eu aqui pensando que você tinha vindo pela companhia.

Após passarmos e pagarmos tudo, empurrei o carrinho até uma mesa para dois em um canto do restaurante.

— Que tal você ficar aqui com as coisas? Vou pegar almôndegas para nós.

— Ok. Mas você pode me trazer uma bebida também? Estou morrendo de sede.

Quando voltei, coloquei dois pratos grandes de almôndegas sobre a mesa.

— Você esqueceu as bebidas? — Billie perguntou.

Sorri e ergui um dedo.

— Na verdade, não. Eu as trouxe. — A mochila que eu havia levado para a academia mais cedo esteve na parte de baixo do carrinho desde que entramos na loja. Pegando-a, abri o zíper e comecei a retirar coisas de dentro. — Vinho, madame? — Segurei a garrafa de merlot sobre um braço, mostrando o rótulo como um *maître*.

Billie deu risada.

— Você trouxe vinho? Estranhei mesmo quando você trouxe a mochila para dentro da loja. Mas imaginei que fosse porque a sua carteira estava nela e tal.

Dei de ombros.

— Que escolha eu tinha? Você não quer sair comigo, então tenho que aproveitar ao máximo o nosso não-namoro na IKEA.

Retirei duas taças de vinho de plástico da mochila, guardanapos brancos de tecido e um candelabro com uma vela vermelha.

Billie pegou a vela e a examinou antes de erguer uma sobrancelha.

— Vela com cenário de vilarejo no inverno?

Dei de ombros.

— São velas de Natal. Eu só tinha uma hora para sair de casa com uma criança de quatro anos. Não me julgue.

Os olhares que recebemos das pessoas à nossa volta enquanto comíamos almôndegas à luz de vela foram bem cômicos. Eu também tinha quase certeza de que era contra as regras acender uma chama assim na IKEA, assim como abrir uma garrafa de vinho, mas, evidentemente, as pessoas atrás dos balcões não haviam lido o livro de regras para ter certeza. De qualquer forma, o sorriso de Billie fez tudo valer a pena. Após terminarmos de comer, apaguei a vela e comecei a guardar as coisas.

— Sabe... — Billie balançou a cabeça. — Eu acho que você fez esse encontro de não-namoro virar um encontro de namoro.

Coloquei a rolha de volta na garrafa de vinho e fechei o zíper da mochila.

— Não fiz, não.

Ela estreitou os olhos para mim.

— Tenho quase certeza de que fez, sim. Qual é a diferença entre o que acabamos de fazer e um encontro de namoro? Nós comemos à luz de vela com vinho e guardanapos de pano.

Inclinei-me e sussurrei em seu ouvido:

— A diferença é que você não vai gozar no final.

Quando me afastei, Billie estava de queixo caído. Adorei vê-la tão afetada. Ela engoliu em seco.

— É assim que todos os seus encontros de namoro terminam?

Balancei a cabeça lentamente.

— Não, mas pode apostar que o nosso terminaria.

— Você quer que eu te deixe em casa? — perguntei ao pararmos no primeiro semáforo.

Billie negou com a cabeça.

— Tenho um cliente marcado para hoje à noite. Não costumo trabalhar aos sábados nesse horário, por isso estava de folga hoje, mas um dos meus clientes assíduos se mudou para a Flórida e só vai estar na cidade no fim de semana. Ele perguntou se eu podia adicionar uma coisinha às tatuagens do braço que fiz há um tempinho. Então, se você estiver indo para o seu apartamento, vai dar certinho. Se não, sem problemas. Pode me deixar onde for melhor. Sei que tem que ir buscar a Saylor.

— Na verdade, vou guardar tudo o que compramos no apartamento que estamos decorando antes de ir buscá-la. Ela provavelmente vai cair no sono no caminho de volta, e não quero ter que acordá-la para poder fazer isso.

Ela sorriu.

— Tão atencioso. Não conheço muitos homens que se esforçariam tanto para se planejar com antecedência, não só com Saylor, mas até mesmo com o dia hoje, por exemplo. O nosso encontro de não-namoro foi muito fofo.

Inclinei-me um pouco para ela.

— Alguma chance de isso ter me feito merecer um encontro *de verdade*?

Eu estava brincando — bom, mais ou menos —, mas o rosto de Billie murchou.

— Me desculpe, Colby. Talvez esse lance de encontro de não-namoro não tenha sido uma boa ideia. Ri e me diverti com você enquanto tomávamos vinho e comíamos juntos, mas não é justo eu te iludir assim.

Senti um pequeno pânico.

— Eu estava brincando, Billie.

Ela não pareceu acreditar em mim.

— Tem certeza?

— Absoluta. Se as opções que tenho são ser seu amigo ou nada, prefiro que sejamos amigos. Você não tem que se preocupar em estar me iludindo. Já sou bem grandinho. — Contudo, senti-me um tanto arrasado por dentro. Acho que termos nos divertido tanto hoje acabou *mesmo* me deixando com mais esperanças. Mas eu não ia dizer isso a ela, porque não queria que ela me descartasse de vez. — Quer saber? — perguntei. — Acho que nem quero mais sair com você.

— Ah, é mesmo?

Dei de ombros.

— Bom, você tem péssima mira, e notei as gotinhas de molho das almôndegas que você deixou escorrer e cair na sua blusa. Você meio que nem é meu tipo, de qualquer forma.

Billie sorriu.

— É mesmo? Então, qual é o seu tipo, exatamente?

Olhei para ela antes de voltar minha atenção para a estrada.

— Gosto de loiras. Bem, *bem* altas, com um metro e oitenta, no mínimo. E com peitos minúsculos também.

Billie riu.

— Peitos minúsculos, hein?

— Aham. Quanto menores, melhor. Só quero saber das que parecem uma tábua de passar.

— Bem, então acho que não sou o seu tipo...

— Não mesmo. — Tamborilei os dedos no volante. — Então, você não precisa se preocupar em me iludir nem um pouco. Na verdade, quando você fica perto demais, fico com medo de pegar piolhos.

O sorriso de orelha a orelha de Billie fez mentir descaradamente valer a pena.

Cedo demais, paramos em frente ao meu prédio. Estacionei, e minha amiga platônica *com peitos nada pequenos* me ajudou a levar todas as sacolas para o apartamento vazio. Após a última leva, Billie conferiu a hora em seu celular.

— Preciso ir me preparar para o meu compromisso, mas me diverti bastante hoje.

Enfiei as mãos nos bolsos.

— Eu também. Vamos repetir em breve.

Billie assentiu e ficou nas pontas dos pés para me dar um beijo na bochecha.

— Boa noite, Colby.

Fiquei plantado no lugar conforme ela se afastava em direção ao seu estúdio. Quando chegou à porta, ela parou, mas não olhou para trás.

— Ei, Lennon?

— Sim?

— Se eu não sou seu tipo, por que você está olhando para a minha bunda?

Dei risada, e ela abriu a porta, desaparecendo dentro do estúdio.

Billie Holland *definitivamente* não era mais o meu tipo. Porque *tipo* se referia a um grupo ou variedade de uma coisa que você gosta. E, ultimamente, eu não queria uma variedade. Eu só queria *uma mulher.*

100   VI KEELAND E PENELOPE WARD

CAPÍTULO 8

Billie

No dia seguinte, andei de um lado para o outro na sala de estar do apartamento de Deek.

— Você deveria estar tentando colocar juízo na minha cabeça, não encorajando isso!

Fui para seu apartamento depois de comermos *ramen* no jantar e decidi contar a ele sobre minha ida com Colby para a IKEA. Estava com medo de estar começando a cair nos encantos do cara. Baseada na minha última conversa com Deek sobre esse assunto, eu deveria saber que ele só iria encorajar meu destino inevitável de me apaixonar por Colby.

— Por que você ainda está tão hesitante? — ele perguntou. — O cara é um partidão, pelo que pude ver. Porra, se ele jogasse nos dois times, eu te diria para pegar ele de uma vez, ou eu pegaria.

— É mais do que apenas uma coisa.

— Tipo...

— Ele costumava ser pegador, para começar. Holden disse que Colby era o pior entre eles, e isso teve a ver com uma namorada do ensino médio que o magoou. Ele nunca mais foi o mesmo depois disso e saiu pegando geral. Um galinha, aparentemente. Até Saylor chegar. Ela o domou. Mas provavelmente apenas porque ele não teve mais tempo para ficar de pegação.

— Ok, então ele foi um pegador no passado. Assim como, tipo, metade

AS REGRAS PARA NAMORAR 101

dos outros homens por aí. Incluindo a mim. *Porém...* aparentemente, ele não é mais assim. Provavelmente já se satisfez o suficiente. Então, qual é a sua outra desculpa?

Revirei os olhos.

— Como já discutimos, ele tem uma filha. Ele nem ao menos tem tempo para focar em um relacionamento.

Deek deu risada.

— Você tem noção de que está se contradizendo, não tem? Primeiro, o cara é um pegador, agora ele é responsável demais e um pai dedicado? Deus me livre!

Suspirei. Meus argumentos estavam enfraquecendo muito rápido.

— Sabe o que eu acho? — ele perguntou.

Cruzei os braços.

— O quê?

— Você está inventando desculpas por medo. Deixe de fora esses dois fatores que acabou de mencionar e pense se realmente gosta do cara. Aposto que se você fizesse uma lista de prós, eles ultrapassariam os contras.

Se eu pensasse em como Colby me fazia sentir e na minha atração por ele, meus sentimentos eram inegáveis.

— Ok. A verdade é: quando estou com ele, me sinto feliz como não me sentia há muito tempo. Não há nada para não gostar se eu remover o fato de que ele tem uma filha e meu medo sobre seu passado. A lista de coisas que eu gosto nele preencheriam o papel inteiro. Mas não posso simplesmente ignorar as outras coisas.

Deek deu de ombros.

— Claro que pode.

— Como posso ao menos confiar no meu próprio senso de julgamento? Veja o meu histórico! Eu não imaginava que aconteceria tudo aquilo com Kaiden.

— Me parece que chegou a sua hora de se envolver com um cara melhor, então. O Universo está tentando esfregar isso na sua cara, e você está sendo teimosa demais. Logo, logo o Universo vai acabar ficando puto e desistirá de você.

Revirei os olhos. *Nota mental: se eu quiser alguém para me convencer de que deveria manter distância de Colby, Deek não é essa pessoa.* Talvez eu devesse conversar com minha mãe sobre isso. Ela não teria problema algum em me convencer de que um cara como Colby nunca se interessaria por uma garota como eu.

Após sair da casa de Deek, decidi descer pelas escadas, para que assim eu tivesse que passar em frente ao apartamento de um certo alguém no caminho. Meu cérebro me disse que eu precisava fugir do local, mas, aparentemente, meus pés estavam dando ouvidos a outra parte minha, porque, em vez de fazerem o que deveriam e continuarem a seguir para a saída, eles me fizeram parar em frente ao apartamento de Colby.

Devo bater?

Havia tantos motivos pelos quais bater seria uma má ideia. Para começar, já estava um pouco tarde. Saylor provavelmente estava dormindo, e eu poderia acordá-la. *Mas seria bom vê-lo. Dar um oi.* Aff. Por que eu não conseguia simplesmente erguer a droga da minha mão e bater à porta? Ergui a cabeça e olhei para o teto, soltando uma respiração profunda. Em seguida, comecei a andar de um lado para o outro, ainda ponderando se batia ou ia embora. Uma mulher saindo de seu apartamento sorriu para mim, e eu acenei para ela desconfortavelmente.

Devia fazer uns dez minutos que eu estava rondando feito uma idiota, falando sozinha e continuando a andar de um lado para o outro, quando a porta de Colby se abriu. Ele coçou a cabeça.

— Billie?

— Oh! — Fingi uma risada e ignorei meu coração acelerado. — Oi, Colby.

Ele estava vestido casualmente, com uma calça jeans e um moletom preto com capuz. Estava um gato. *Mas quando ele não estava um gato?*

Sua expressão estava preocupada.

— Está tudo bem?

Passando uma das mãos pelo cabelo, expirei.

— Sim. Claro, por que não estaria?

— Bem, para começar, minha vizinha me ligou e disse que tinha uma mulher estranha do lado de fora da minha porta falando sozinha. Então, espiei pelo olho-mágico, e aqui estava você. Isso foi há vários minutos. Eu não queria interromper o que quer que você estivesse ruminando. Mas então, chegou a um ponto em que eu não aguentei mais. — Ele inclinou a cabeça. — *O que* você está fazendo?

Minha boca se abriu e fechou algumas vezes.

— Honestamente... eu estava debatendo se batia ou não.

— Imaginei. Mas por quê?

Expirei.

— Você acreditaria se eu dissesse que não queria acordar Saylor?

— Provavelmente não. — Ele sorriu. — Mas, quer saber? Fico feliz que esteja aqui, e depois de todo o tempo que investiu aqui fora, acho que você deveria entrar. — Ele olhou para trás por cima do ombro. — Além disso, você vai ficar muito feliz em saber que estou fazendo uma coisa *nada* sexy e *muito* apropriada para um encontro de não-namoro, então você não tem que se preocupar com a possibilidade de as coisas ficarem animadas demais por aqui.

Ao entrar no apartamento, notei imediatamente a montanha de roupas limpas no meio da sala. Tinha praticamente um metro e meio de altura, uma explosão de tons pastel misturados com cores masculinas, vestidos misturados com camisas de colarinho, toalhas cor-de-rosa misturadas com pretas.

— Eu interrompi a sua noite de lavar roupa. É melhor eu ir...

— Está brincando? Foi a melhor interrupção de todas, acredite.

Sentei-me no chão ao lado da pilha e comecei a dobrar. Ele ergueu a mão.

— Ei. O que está fazendo? Você não precisa fazer isso.

Olhei para cima.

— Na verdade, eu adoro dobrar roupas. Acho tão relaxante sentir os tecidos quentinhos contra meu rosto, parar para sentir o cheiro fresquinho, focar em dobrar da maneira certa. É como uma meditação sensorial. — Peguei um item aleatório e, levando ao nariz, inspirei profundamente.

— Você sabe que isso aí é a minha cueca, não é?

Congelei. *Merda*.

— Mas não se intimide, pode continuar. É sexy. E pode mandar ver relaxando, se gosta mesmo de dobrar e cheirar roupas. Ter uma sessão de meditação de última hora com você é algo que nunca vou recusar.

Senti meu rosto esquentar.

— De qualquer forma, ela está com um cheiro muito bom. — Dobrei a cueca boxer e a coloquei de lado.

Ele deu risada, juntando-se a mim no chão diante da pilha.

— Essa é uma mudança de ritmo muito agradável. Normalmente, ligo a TV e deixo em um volume baixinho para passar o tempo, mas claro que prefiro olhar para você.

— Com que frequência você lava roupas, exatamente? Porque isso é... muita coisa.

— Uma vez por mês, talvez?

— É, dá para ver.

Ele podia ser pai, mas também era um solteirão típico em muitos aspectos.

Ficamos dobrando roupas juntos por vários minutos e, então, percebi que ele estava olhando para a parte interna do meu antebraço direito.

Enquanto meu braço esquerdo era completamente coberto de tatuagens, o outro tinha apenas uma. Era uma chave vitoriana.

— Essa tem um significado especial? — ele perguntou. — Notei que está completamente sozinha.

Sorri e estendi o braço.

— Tem, sim. A minha avó usou essa chave pendurada no pescoço depois que o meu avô morreu. Ele era do exército, e eles se conheceram enquanto ele estava de licença uma vez. Essa chave abria o baú dele, onde ele guardava tudo que lhe era importante. No final do primeiro encontro, ele disse a ela que não precisava mais do baú, porque a coisa mais importante que poderia ter estava bem diante dele. Eles eram casados há 51 anos quando ele morreu. E quando minha avó faleceu, há dois anos, nós a enterramos com a chave.

— Uau. Isso parece algo que Rose, do filme *Titanic*, faria.

Dei risada.

— Estou surpresa por você saber quem é Rose de *Titanic*. Mas, sim, parece mesmo.

Colby ficou quieto por alguns minutos. Parecia perdido em pensamentos. Então, fiz uma bola com um par de meias e atirei nele.

— No que você está pensando aí?

— Nada.

— *Mentiroso*.

Ele sorriu.

— Acho que só estava pensando em como a presidente do Clube Nenhum Homem Presta tem, na verdade, um coração romântico.

— Não tenho. É só uma tatuagem.

Ele sustentou meu olhar e sorriu.

— Aham, sei.

Então, ele me surpreendeu ao mudar de assunto.

— Você já comeu? — perguntou.

Coloquei uma calça perfeitamente dobrada à minha direita.

— Na verdade, jantei com Deek há algumas horas.

— Há algumas horas? Bem, você deve estar ficando com fome de novo. Vou pegar um lanche para você.

— Não sou uma criança de três anos. Isso não é necessário.

— Você é uma convidada na minha casa. — Ele se levantou. — É, sim, necessário eu te oferecer alguma coisa. Quer vinho?

— Não, obrigada. Bebi um pouco no jantar.

Colby foi para a cozinha antes de retornar com algumas coisas que me fizeram sorrir.

— Por essas bandas, o que não faltam são lanches infantis. Imaginei que, já que você gosta de biscoitos *Goldfish*, podia gostar disso também.

Ele colocou um pequeno pacote de biscoitos *Lunchables* diante de mim, junto com uma caixinha de suco de uva.

— Você me conhece tão bem. Isso é perfeito. — Dei risada. — Vou aceitar, sim. — Abri o pacote, coloquei uma das pequenas fatias de queijo sobre uma bolacha e pus na boca. — Pensei que você fosse me trazer um brownie de espinafre.

Ele se levantou novamente.

— Tenho também. Quer?

Dei risada.

— Não. Sente-se. Isso é mais do que suficiente.

Colby voltou a se sentar no chão e ficou me observando atentamente devorar o lanche, como se me assistir comendo fosse algum tipo de esporte que ele curtia ver.

— O que foi? — finalmente perguntei, com a boca cheia.

— Desculpe. Eu gosto de olhar para você, observar o jeito como lambe o canto da boca de vez em quando. Até o jeito que você come é único. É fofo.

— Bom, você ainda não me viu comer costeletas. Porque não há nada de fofo nisso. — Tomei um gole de suco.

— Nota: descobrir um jeito de levar Billie a uma churrascaria, só para que eu possa testemunhar isso.

— Não deixe de levar lencinhos, então.

Depois que terminei o lanche, me levantei e descartei o lixo. Em seguida, voltei a dobrar roupas. Estávamos finalmente começando a diminuir a pilha.

— Não vou encontrar a calcinha de uma mulher aleatória nessa pilha, vou?

Ele balançou a cabeça.

— Não vai encontrar calcinhas aqui a menos que tenham personagens da Disney estampados nelas em tamanho infantil. — Ele abriu um sorriso largo ao separar pares de meias. — Ah, por falar em roupas íntimas, tenho que te fazer uma pergunta séria.

— Ok... — eu disse, sacudindo uma das camisas de Colby para desamassá-la.

— Qual é a dos espartilhos? — ele indagou, descendo o olhar para meu peito.

Olhei para a minha camisa xadrez aberta.

— Por que eu os uso o tempo todo?

— Sim.

— Eu os acho favoráveis. Eles empurram tudo para dentro nos lugares certos e enfatizam as coisas certas. É o estilo que escolhi para ser a minha marca registrada, eu acho. — Ergui as sobrancelhas. — Por quê? Você tem algum problema com eles?

Ele mordeu o lábio inferior e assentiu.

— Tenho.

— É mesmo?

— O problema é que eles fazem ser *muito* difícil não encarar. Os seus espartilhos estão se tornando meu ponto fraco. Assim como *você* está se tornando meu ponto fraco. — Ele baixou o tom de voz. — Mas finja que não ouviu isso, porque isso deveria ser apenas um encontro de não-namoro tedioso dobrando roupas e nada mais.

Até mesmo fazer a coisas mais mundanas com Colby parecia... mais. Não era nada tedioso. E agora eu estava pensando no que ele tinha acabado de dizer sobre os meus espartilhos. Balancei a cabeça para focar novamente na tarefa.

— Tem algo muito prazeroso em dobrar as roupas de outra pessoa.

— Sendo assim, você é sempre bem-vinda para dobrar as nossas quando quiser. Só não fique do lado de fora por quinze minutos antes disso.

Dei risada.

— Você não vai me deixar esquecer disso, não é?

— Sabe quantos bebês nasceram nesse mundo durante o tempo em que você ficou do lado de fora da minha porta debatendo se entrava ou não?

— Sua vizinha deve ter pensado que eu era uma investigadora ou algo assim.

— Ela não soube o que pensar.

— Acho que é legal ter vizinhos que tomam conta de você. Sabe, caso uma maluca qualquer apareça à sua porta. — Sacudi uma toalha. — O que você disse a ela?

— Bom, assim que espiei pelo olho-mágico e vi que era você, fui para o outro lado do apartamento para que você não me ouvisse e disse a ela que a garota que estava à minha porta era, na verdade, uma pessoa pela qual tenho uma queda enorme e que você estava longe de ser louca. Disse a ela que você provavelmente só estava apreensiva quanto a bater à porta por causa do rumo que isso poderia tomar... porque seria muito mais do que somente bater a uma porta. Seria uma batida figurativa, como bater a uma porta que se abriria para um mundo de possibilidades que são, ao mesmo tempo, assustadoras e empolgantes.

— Você disse mesmo tudo isso à sua vizinha?

— Não. — Ele me lançou uma piscadela. — Eu disse "Obrigado por me avisar. Vou cuidar disso".

Joguei uma cueca na cabeça dele. E então, olhei com mais atenção. Essa cueca em particular parecia muito... pequena.

— Essa não é um pouco pequena para você? — Dei risadinhas.

Ele gargalhou.

— É *muito* pequena para mim.

— Então, por que você a usa?

Ele a ergueu com as duas mãos.

— Minha mãe me trouxe uma coleção de cuecas do Brasil. Ela fez uma viagem para lá no verão passado. Trouxe um tamanho médio masculino, mas elas encolheram depois que as lavei e sequei. Então, são basicamente descartáveis. Não consigo usá-las mais de uma vez. Depois de lavá-las, eu as doo ou algo assim. Acho que essa aí devia ser a última do pacote.

— Fiquei um pouco assustada, por um momento — provoquei.

Ele arregalou os olhos.

— Acredite, não há nada de minúsculo em relação a mim. Sinto a necessidade de esclarecer isso, já que, de acordo com seus limites, não é algo que poderei provar.

O sorriso perverso que ele abriu me fez estremecer por dentro. Esse homem tinha um efeito enervante sobre mim. E a cada momento que passava, ficava mais difícil fingir que isso não significava nada.

— Brincadeiras à parte sobre a minha cueca encolhida, Billie, eu não te culpo pela sua hesitação comigo. Espero que saiba disso. Acho que, se eu estivesse no seu lugar, ficaria hesitante também. — Ele deixou a cueca de lado. — E, sabe de uma coisa? Não há nada de errado em se ter cautela. Especialmente quando há mais de duas pessoas envolvidas nesse cenário. Eu entendo. De verdade. — Seus olhos se demoraram nos meus, sua expressão séria. Ele pigarreou. — Enfim, essa deve ser a noite mais chata que você já teve com um cara, não é?

— Na verdade... esse é o melhor encontro de não-namoro que já tive.

Seus olhos cintilaram.

— Eu também. Gosto dos nossos encontros de não-namoro.

Após mais meia hora, finalmente chegamos ao final da pilha. Agora, tudo estava perfeitamente dobrado, e colocamos as pilhas de roupas separadas nas cestas que ele tinha ali. Enchemos quatro delas.

Olhei em volta da sala.

— Isso é tudo? Não tem mais nada para dobrar?

— Quem me dera. — Ele deu risada. — Como eu disse, costumo procrastinar a lavagem de roupas até o último minuto. Na verdade, um dos motivos pelos quais minha filha tem calcinhas de todas as princesas da Disney que existem é eu ser conhecido por simplesmente comprar mais calcinhas para ela só para não ter que lavar roupas. Não ajuda o fato de que Saylor vive derramando coisas tanto nela quanto em mim, então trocamos de roupas várias vezes em um dia, de vez em quando. Ainda tenho outra leva de roupas na secadora e mais uma leva que ainda precisa secar.

— Bem, me mostre o caminho. Vamos cuidar logo de tudo esta noite. Não sou de desistir.

Me levantei e o segui até a lavanderia, que era uma área minúscula e estreita logo depois da cozinha. Após nos espremermos no espaço apertado, nossos corpos ficaram tão próximos que eu podia praticamente senti-lo sem nem ao menos tocá-lo. Minha respiração acelerou, e eu sabia por quê. Eu queria que ele me beijasse. Seus olhos desceram para meus lábios, e parecia que não havia mais volta.

Um segundo depois, um zumbido alto me arrancou do transe. A secadora tinha desligado.

— Merda. — Ele fechou os olhos. — Eu geralmente tento desligá-la antes que isso aconteça.

— Saylor vai acordar? — perguntei, levemente sem fôlego.

— Ela tem o sono bem pesado, então acho que não.

Sentindo-me um pouco desconcertada, não somente pelo som da secadora, mas pelo fato de que eu havia vacilado na minha determinação, tomei uma decisão impulsiva.

— Quer saber? Eu não tinha me dado conta do horário. Está ficando tarde, e tenho um cliente amanhã bem cedo. É melhor eu ir para casa. Você acha que dá conta do restante sozinho?

— Com certeza. — Ele assentiu, provavelmente lendo nas entrelinhas. — Vou chamar um carro de aplicativo para você.

— Não precisa fazer isso.

Ele pegou o celular.

— Eu insisto.

O carro chegou em dois minutos, menos do que a quantidade de tempo que levamos para levar as roupas limpas da secadora para a sala de estar.

Colby me deu um abraço de despedida e senti os músculos rígidos de seu peito pressionando meus seios, lembrando-me exatamente de *por que* eu tinha decidido ir embora mais cedo.

No entanto, o caminho para casa foi qualquer coisa, menos monótono. Porque, cinco minutos depois de eu entrar no carro, meu celular apitou com uma notificação. Colby tinha me enviado uma foto, junto com a mensagem:

Caso você ainda tenha alguma dúvida em relação ao meu tamanho de cueca.

Meu queixo caiu. Aquilo poderia ser um anúncio da Calvin Klein. Colby estava de frente para um espelho de corpo inteiro usando só uma cueca boxer cinza. Seu peito lindo e torneado e abdômen sarado estavam totalmente à mostra, assim como a linha fina de pelos que desaparecia dentro da cueca. E vamos apenas dizer que o volume proeminente diante de mim naquele momento *não* caberia mesmo naquela cuequinha vermelha.

Meu Jesus Cristinho. Ele era muito mais gostoso do que eu havia imaginado.

E agora, eu estava novamente pensando que talvez ele não fosse mesmo um cara tão bonzinho, afinal... porque estava claramente tentando me matar.

114   VI KEELAND E PENELOPE WARD

CAPÍTULO 9

Colby

— Muito bem, estamos todos de acordo? — Owen olhou para todos à mesa. — Vamos aprimorar o sistema de climatização com o dinheiro que temos na conta e adiar as reformas do telhado até o ano que vem?

Ergui minha cerveja.

— De acordo.

Owen virou-se para Holden e Brayden.

— E vocês, rapazes?

Os dois deram de ombros, como de costume. Eles tendiam a concordar com o consenso do grupo.

— Tudo bem, por mim — Holden disse.

— Também — Brayden opinou.

Owen inclinou-se para frente e ergueu sua cerveja no meio da mesa em um brinde.

— Então, a reunião da diretoria desse mês está oficialmente encerrada. Agora, é hora de beber.

Batemos nossas garrafas de cerveja umas nas outras.

Toda segunda sexta-feira do mês, nós quatro nos reuníamos para discutir os assuntos do prédio e tomar decisões. Tecnicamente, nossas reuniões eram consideradas reuniões de acionistas por sermos uma corporação, mas considerando que sempre as fazíamos em um bar e tínhamos que gritar por cima do som de bandas tocando, estavam mais para uma noitada com os caras.

Holden ficou de pé. Ele colocou as mãos em concha em volta da boca para falar por cima da música.

— O que vai ser esta noite, garotos? Tequila ou uísque?

Eu preferia cerveja, mas a implicância que eu receberia se não participasse não valia a pena. Os outros caras disseram tequila, então dei de ombros.

— Tequila, então.

Como de costume, revezamos para ir ao bar buscar uma rodada de shots e pegar a conta. Na quarta rodada, fiquei feliz por sermos apenas quatro, porque já estava sem sentir dor alguma.

Holden apontou para a banda.

— Sou amigo desses caras. Quando falei com eles mais cedo, me convidaram para ir tocar uma música com eles. Acho que vou aceitar o convite. — Ele gesticulou para uma mesa com quatro mulheres que haviam chegado havia pouco tempo e estavam perto do palco. — Vou fazer algumas amigas para nós também.

Fazer amizade com mulheres nunca foi um problema para Holden. A caminho de se juntar à banda, ele parou diante da mesa das mulheres e, em um minuto, conseguiu fazê-las rirem e sorrirem.

Quando finalmente saiu da mesa delas, ele falou com a banda, e o baterista se levantou. Holden sentou-se diante da bateria e pegou o microfone. Ele girou uma baqueta na outra mão antes de apontá-la para as mulheres com quem tinha acabado de conversar e abriu seu sorriso preguiçoso de sempre.

— A próxima música é dedicada à minha nova amiga, Nikki.

Dei risada quando eles começaram a tocar a música antiga de Van Halen, *Hot For Teacher*, e inclinei-me para Owen.

— Acho que sabemos qual é a profissão da Nikki.

— Não brinca. — Ele balançou a cabeça. — O cara sempre tem uma música para conseguir qualquer mulher.

Um minuto depois, o celular de Owen vibrou. Ele olhou para a tela e franziu a testa.

— É do escritório. Vou atender lá fora para poder ouvir melhor.

— Tudo bem. — Assenti.

Owen voltou dez minutos depois, no mesmo instante em que Holden retornou à mesa.

— Desculpe, pessoal, mas preciso ir. Tenho uma emergência no escritório — Owen disse.

— O quê? Nós acabamos de chegar. — Holden apontou para a mesa de quatro mulheres. — Aquelas moças acabaram de nos convidar para nos juntarmos a elas e nos compraram uma rodada de shots. Elas são quatro. Você não pode ir embora, cara.

Owen deu tapinhas no ombro de Holden.

— Tenho fé de que você consegue dar conta de duas, amigão.

Eu não estava muito a fim de me juntar a elas, mas não queria ser chato, então fui com os caras. Ia somente tomar uma cerveja e encerrar a noite.

Mas, no fim das contas, as mulheres eram todas muito legais — alguns anos mais novas que nós, mas bonitas e extrovertidas. Estranhamente, as quatro eram amigas desde criança, assim como nós, o que era bem maneiro. Nikki, a loira com a qual Holden estava se dando bem, era professora e tinha acabado de ser efetivada, então elas estavam comemorando. Após cerca de meia hora, Brayden disse que tinha que ir, assim como uma das mulheres, então deduzi que era o momento perfeito para ir embora também. Mas assim que eu estava prestes a fazer isso, Nikki sugeriu que nós cinco que restamos fôssemos para sua casa.

— Acho que vou encerrar a noite por aqui — eu disse. — Eu tenho uma filha. Ela está na casa dos meus pais esta noite, mas tenho que levantar cedo amanhã e ir buscá-la.

— Você disse aos seus pais que ia buscá-la às dez horas. Eu estava lá quando eles a buscaram, lembra? — Holden falou. — E eles te disseram que não havia pressa. Qual é... não seja bundão.

— Meu apartamento fica virando a esquina — Nikki revelou. Ela inclinou a cabeça. — Venha tomar ao menos uma bebida.

Quatro anos atrás, quem estaria implorando ao meu parceiro para não furar era eu. E o único motivo pelo qual eu não estava a fim de ir era por uma lealdade a Billie... uma mulher que não queria namorar comigo. Contudo, ultimamente, eu vinha sentindo que ela estava começando a mudar de ideia, e não queria estragar isso.

Holden colocou um braço em volta dos meus ombros.

— Uma bebida. Ela mora virando a esquina.

Cedi.

— Tudo bem. Só uma bebida.

A cena diante de mim estava começando a parecer demais com a minha época da faculdade. Bom, pelo menos as partes que eu não estava vendo em dobro no momento. Nikki morava em um apartamento pequeno típico de Nova York, onde a cozinha ficava a apenas um metro e meio de distância do sofá da sala. Ela e Holden estavam dando uns amassos na bancada da cozinha, com suas pernas em volta da cintura dele. Enquanto isso, as outras duas mulheres e eu estávamos no sofá, tentando desconfortavelmente não notar que ele já estava pegando nos peitos dela. Pelo menos, eu estava achando desconfortável.

Bati nos joelhos.

— Bem, é melhor eu ir embora.

Erika, a ruiva sentada à minha direita, pousou uma das mãos na parte interna da minha coxa.

— Não vá. — Ela olhou para sua amiga e sorriu. — Melissa e eu não nos importamos em... dividir, se você topar.

Melissa colocou a mão em minha outra coxa, movimentando-a para cima e para baixo.

Porra. Fechei os olhos. Essas merdas não aconteciam mais comigo.

Olhei para Erika, depois para Melissa. As duas eram atraentes e com corpos incríveis, e fazia um tempo desde que estivera com alguém. Sem contar que quantas ofertas para sexo a três um homem recebia na vida, com mulheres bonitas como essas duas? Não muitas. Ainda assim, eu sentia um incômodo por dentro.

— Acho que bebi além da conta — eu disse. — Vocês poderiam me dar licença um minuto? Vou ao banheiro jogar um pouco de água fria no rosto.

— Sim, claro — Erika respondeu. — Sem pressa.

Eu precisava me retirar da situação para poder pensar claramente. Mas após trancar a porta do banheiro, eu realmente joguei um pouco de água no rosto. Depois, tive uma conversinha com o sujeito no espelho.

— Duas mulheres lindas... por que você não está se jogando nessa oportunidade, Lennon?

Deixei a cabeça cair para frente. *Porque nenhuma delas é a Billie, porra, por isso.*

Ergui a cabeça novamente.

— É só sexo. Sexo a três, pelo amor de Deus. Elas não querem casar com você, seu otário.

Fechei os olhos. *Mas como você vai conseguir olhar Billie nos olhos depois disso?*

Mas, novamente... Billie me disse de uma forma muito direta que não estava interessada, em mais de uma ocasião.

Ela.

Não.

Está.

Interessada.

Em.

Você.

Vê se enfia essa merda nessa sua cabeça de uma vez, Lennon.

Passei os próximos cinco minutos alternando entre olhar para o espelho para tentar me convencer a fazer sexo a três, e baixando a cabeça envergonhado por ao menos considerar isso. Mas tudo que consegui fazer com isso foi ficar enjoado com o movimento de baixar e levantar a cabeça várias vezes. Quando tudo começou a girar, sentei-me no chão ao lado da privada. Isso acabou vindo a calhar, porque, trinta segundos depois, eu estava com a cabeça enfiada nela, colocando para fora cada gota de bebida que tinha em meu estômago.

Aff. A luz que entrava pela janela formava um feixe que pousou diretamente em meus olhos. Ergui a cabeça e tentei juntar um pouco de saliva na boca para poder engolir, mas tudo que minha língua encontrou foi um gosto horrível. Alguma coisa tinha morrido na minha boca na noite anterior? Olhei em volta. *E onde diabos eu estava?*

Esse com certeza não era o meu banheiro.

Fitei a porta fechada, até que comecei a me lembrar de algumas coisas.

As mulheres de ontem à noite.

Sim, foi isso... nós fomos para o apartamento de alguém depois do bar. O combinado era apenas uma bebida, mas acabamos tomando várias outras rodadas de shots. O que aconteceu depois disso estava um pouco confuso e enevoado na minha cabeça. Enquanto dava uma chance ao meu cérebro de voltar a funcionar, peguei meu celular do bolso para conferir a hora. *Merda.* Já eram oito e meia, e eu tinha perdido um monte de mensagens. Rolei até a primeira não lida, que tinha chegado à uma da manhã.

> **Holden:** Cara, o que você tá fazendo aí dentro? Venha se juntar à festa.

A seguinte tinha chegado alguns minutos antes das oito esta manhã.

> **Billie:** Oi. Tenho um cliente às dez horas hoje. Se tiver tempo, dê uma passada no estúdio. Devo passar um tempinho por lá. Quero falar com você sobre uma coisa.

Fechei os olhos e balancei a cabeça. *Merda.*

A mensagem seguinte tinha chegado havia dez minutos e era da minha mãe. Quando a abri, surgiu uma foto na tela. Minha filha estava sentada à mesa da cozinha dos meus pais, com a pontinha da língua para fora na lateral de sua boca como se estivesse se concentrando. Na bandeja diante dela, ela havia formado a letra P com flocos de cereais Cheerios.

> **Mamãe:** Ela me disse que P era de Papai e fez isso sozinha!

Sorri, mas movimentar meu rosto doeu. Naquele momento, aquele P era de *panaca*. Eu precisava de duas aspirinas, uma escova de dentes e um banho, imediatamente. E precisava que alguém me trouxesse tudo isso enquanto eu ficava largado no chão. Não sentia a menor vontade de me mover naquele momento, mas não tinha muita escolha, já que não podia ir buscar minha filha naquela situação. Ela tinha apenas quatro anos, mas era observadora e com certeza perceberia que eu estava usando as mesmas roupas da noite anterior. Então, forcei-me a levantar e vasculhei o armário em busca de uma pasta de dentes, usando o dedo para escovar os dentes rapidamente antes de me curvar e beber um monte de água direto da torneira.

Isso me seguraria até eu chegar em casa. Olhei rapidamente no espelho. Meus cabelos estavam bagunçados com mechas apontando para todos os lados, e havia baba seca na minha bochecha.

Foda-se. Dou um jeito nisso depois.

Eu não fazia ideia do que estava esperando por mim do outro lado da porta. Até onde sabia, as mulheres podiam sequer se lembrar de que eu estava no banheiro, e eu as acordaria e lhes daria um baita susto. Então, entreabri a porta o mais silenciosamente possível e saí nas pontas dos pés.

O lugar estava quieto, sem corpos à vista, então segui para a porta. Mas, quando cheguei ao corredor, cometi o erro de olhar para dentro do quarto.

Holden estava dormindo de barriga para cima, todo esparramado na cama, com o pau e as bolas completamente à mostra. E ele não estava sozinho. Todas as *três* mulheres também estavam ali nuas. Uma delas estava aconchegada ao lado direito dele e com a cabeça repousada em seu peito, e as outras duas estavam do lado esquerdo dele, fazendo conchinha uma na outra e aconchegadas nele também. Balancei a cabeça antes de sair.

Porra, só o Holden mesmo.

Do lado de fora, na rua, o sol estava brilhante demais. Estreitei os olhos ao começar a caminhar. Por sorte, o nosso prédio ficava a apenas alguns quarteirões de distância. As pessoas iam e vinham pela calçada, todas limpinhas e prontas para o dia, enquanto eu mantive a cabeça baixa durante minha caminhada da vergonha.

E era nessa exata posição que eu estava quando virei a esquina e esbarrei em cheio em alguém.

— Merda, descul... — Minhas palavras ficaram presas na garganta quando ergui o olhar para ver a pessoa na qual havia trombado.

— Colby?

— Billie, o que você está fazendo aqui?

Ela sorriu.

— Hã... eu trabalho aqui, lembra? A alguns prédios de distância. Estava indo à lanchonete pegar um café.

— Sim, hã, claro. Desculpe. Não sei o que estava pensando.

Seu sorriso murchou conforme ela me olhou de cima a baixo.

— Você... está indo para casa agora de ontem à noite?

Minha primeira vontade foi mentir e dizer que não, que tinha saído para fazer alguma coisa. Mas ela estava olhando em meus olhos, esperando uma resposta, e não pude fazer isso.

— Sim, eu... hã, saí com os caras ontem à noite. Acabei bebendo demais e, hã, caí no sono, eu acho.

— No apartamento de um dos seus amigos?

Franzi a testa, e a expressão de decepção de Billie foi como um soco no estômago. Ela balançou a cabeça e ergueu as duas mãos.

— Desculpe. Não quero saber dos detalhes. Tenho que ir, de qualquer forma.

Ela começou a passar por mim, mas eu a detive.

— Billie, espere...

Ela nem ao menos olhava para mim.

— Tudo bem, Colby. Você não me deve explicação alguma. Você é um homem solteiro. Eu entendo.

Balancei a cabeça.

— Não é o que parece.

— Não? Então, você não acabou de sair do apartamento de uma mulher depois de passar a noite lá?

— Sim, mas não aconteceu nada.

Ela apertou os lábios.

— Não é da minha conta. E eu preciso mesmo ir pegar logo o meu café antes que o cliente chegue.

— Me dê apenas um minuto para que eu possa explicar.

Ela inspirou fundo e expirou sem dizer nada. Mas não estava mais tentando se afastar, então deduzi que deveria começar a falar.

— Os caras e eu saímos para a nossa reunião mensal para discutir sobre os assuntos de prédio, e depois começamos a beber. Tinham quatro mulheres no bar que Holden conheceu, e ele queria que fôssemos para o apartamento de uma delas. Ele ficou me enchendo o saco para ser seu parceiro, então eu fui.

Ela assentiu.

— Ah, entendi. Isso explica tudo.

— Sério?

— Sim. Você passou a noite lá para fazer o seu amigo feliz.

— Exatamente.

— Bem, espero que tenha ao menos usado camisinha.

Ela tentou ir embora novamente, mas a impedi.

— Eu não precisei.

Ela revirou os olhos.

— Que ótimo.

— Quis dizer que não precisei porque não dormi com ninguém. Na verdade, eu dormi no banheiro sozinho, mesmo com a chance de fazer sexo a três.

No instante em que as palavras *sexo a três* saíram da minha boca, eu soube que tinha sido burrice.

As bochechas de Billie ruborizaram.

— Você deveria ter parado de falar enquanto ainda estava com vantagem, Colby. — Ela começou a andar novamente.

Dessa vez, segurei seu braço.

— Espere. Não quero te deixar chateada.

Ela franziu a testa e olhou para o chão.

— Não estou.

— Billie, olhe para mim.

Respirando fundo, ela ergueu o olhar para encontrar o meu. O que vi me deixou com um aperto no peito. Ela parecia tão magoada.

— Nada aconteceu. Eu juro.

Ela olhou para minha mão em seu braço e, em seguida, novamente para meu rosto. Seus olhos marejaram.

— Me solte, por favor.

Eu a soltei imediatamente e dei um passo para trás, erguendo as mãos.

— Desculpe. Posso te ligar mais tarde?

— Claro.

Ela saiu andando e não olhou para trás.

Merda. Isso não é nada bom.

— Papai, olha o que eu fiz!

De volta ao nosso apartamento, Saylor retirou um desenho atrás do outro de dentro da mochila.

— Uau, que lindo, filha. Isso é uma girafa?

Minha filha deu risadinhas.

— Não, papai. É você!

Estreitei os olhos para o papel.

— O que são essas coisas na minha cabeça?

— Os chapeuzinhos de aniversário que você usou na minha festa.

— Ahhhh. — Assenti. Agora fazia sentido. Quando cantamos parabéns para ela, eu estava usando dois chapeuzinhos de aniversário, daqueles feitos de papelão com um elástico para prender sob o queixo.

Saylor juntou as mãos para trás e se balançou de um lado para o outro.

— Eu desenhei com as canetas que a Billie me deu de aniversário.

Ouvir aquele nome sair da boca da minha filha fez meu coração afundar. Eu tinha ligado três vezes para Billie naquele dia. Nas primeiras duas vezes, chamou e chamou até cair na caixa postal. Na terceira, tocou apenas uma vez e foi para a caixa postal imediatamente, como se ela tivesse apertado o botão de rejeitar a ligação. Isso me deu uma ideia. Conferi a hora no celular. Eram cinco da tarde. Talvez ela ainda estivesse trabalhando.

— O que acha de darmos uma passada no estúdio de Billie lá embaixo e mostramos a ela o que você desenhou?

Saylor deu pulinhos.

— Sim! Sim!

Sorri.

— Vá pegar seus sapatos.

Justine estava no balcão da recepção quando entramos. Ela sorriu.

— Oi, Saylor. Como você está?

— Bem.

Gesticulei para os fundos.

— Billie ainda está aqui?

— Sim. Ela acabou de atender o último cliente. Pode ir lá. Estão apenas ela e Deek limpando tudo.

— Obrigado.

Billie estava limpando o espelho em sua estação de trabalho. Seu rosto murchou quando me viu no reflexo.

Merda. Está ainda pior do que eu pensava. Como um covarde, dei um empurrãozinho em minha filha para que ela entrasse primeiro.

— Oi. Só viemos para te mostrar o desenho que Saylor fez com as canetinhas que você deu a ela.

Deek olhou para mim e cruzou os braços contra o peito.

Droga... ela também contou a ele. Ergui o queixo mesmo assim.

— E aí, Deek?

Sua resposta foi atirar adagas em mim com o olhar. Após alguns segundos desconfortáveis, Billie e Deek trocaram olhares antes de ela respirar fundo e se aproximar de nós. Ela se ajoelhou diante de Saylor e abriu um sorriso.

— Deixe-me ver o que você fez, querida.

Saylor entregou o papel a ela.

— Uau, ótimo trabalho! Está igualzinho ao seu pai.

Ergui as sobrancelhas de uma vez.

— Como você sabia que era eu?

Ela apontou para o papel.

— Os chapeuzinhos de festa.

Sorri.

— Acho que é por isso que sou arquiteto, não um artista. — Enfiando as mãos nos bolsos, balancei-me para frente e para trás sobre os calcanhares. — Como foi o seu dia?

Ela me lançou um olhar rápido e apertou os lábios.

— Saylor, querida, que tal você ir mostrar a sua linda obra de arte ao Deek? — Virando-se para seu funcionário, seu tom não deixou muito espaço para opções. — Deek, você se importa de levar Saylor para a recepção para ver o desenho dela? Acho que recebemos uma encomenda de algumas caixas de lanches mais cedo. Sei que você vai encontrar algum de que ela gosta.

Ele assentiu.

— Sem problemas, patroa.

Ao passar por mim, ele me lançou um olhar de alerta.

— Estarei logo ali.

Assim que Deek fechou a porta atrás deles, Billie cutucou meu peito com um dedo.

— *Nunca* mais faça isso.

Ergui as duas mãos.

— O quê?

— Usar a sua filha doce e inocente para tentar se redimir comigo.

Suspirei.

— De que outra forma eu conseguiria falar com você? Eu te liguei três vezes.

— Você não sabe interpretar um sinal? Eu não queria falar com você, Colby.

— Hoje ou nunca mais?

— Não sei.

Ela não estava olhando para mim, então curvei-me um pouco para que nossos olhares se alinhassem.

— Eu juro por Deus, Billie, nada aconteceu. Holden estava pegando uma delas, e eu bebi demais e apaguei no banheiro depois de vomitar. Quando acordei hoje de manhã, estavam os quatro pelados na cama.

Billie torceu os lábios, enojada.

— Por favor, não me conte mais.

— Desculpe. Mas é a verdade. Nada aconteceu entre mim e qualquer uma daquelas mulheres. Você acredita em mim?

Ela respirou fundo e suspirou.

— Não importa, Colby.

— É claro que importa.

— Não, não importa. Na verdade, você não me deve explicação alguma, e não há pelo que se desculpar, já que não está acontecendo nada entre nós.

— Ah, dá um tempo, Billie. É claro que está. Podemos até não estar transando ou namorando, mas tem, sim, algo acontecendo entre nós.

Ela desviou o olhar.

— Não tem. Desculpe se te fiz acreditar que tinha.

Eu podia aguentar saber que ela estava brava comigo. Podia até mesmo aguentar se ela não acreditasse no que eu disse. Mas não podia aguentá-la fingindo que não havia nada acontecendo entre nós. Porque eu sabia que o que sentia não era unilateral. Pelo menos até eu foder com tudo.

Cruzei os braços.

— Quer saber? Continue dizendo isso a si mesma. Talvez, eventualmente, você comece a acreditar. — Balancei a cabeça. — E tem razão. Eu não deveria ter vindo com minha filha. Em quatro anos, nunca a usei dessa forma, para absolutamente nada. Pode ter sido errado, mas isso deveria te mostrar que o que está acontecendo entre nós é muito real... pelo menos para mim. — Pausei. — A gente se vê.

130   VI KEELAND E PENELOPE WARD

CAPÍTULO 10

Billie

Holden havia marcado mais um horário comigo na manhã de segunda-feira. Ele dissera que queria fazer uma pequena adição à sua tatuagem. Estava ansiosa para vê-lo, em grande parte porque sabia que não conseguiria resistir e garimparia informações sobre o grande evento do sexo a três.

— Oi, Billie. Linda, como sempre — Holden disse ao entrar no estúdio.

Depois que ele e Deek trocaram um aperto de mão, Holden veio para minha cadeira.

— Então, o que vamos fazer hoje? — perguntei.

Ele ergueu a camiseta e abaixou a calça alguns centímetros para exibir o desenho que eu tatuara nele.

— Decidi acrescentar esse lacinho no meio.

Ele abriu uma imagem no celular e mostrou a tela para mim. Era um lacinho laranja, um símbolo de conscientização.

— É, vai ser bem fácil. — Dei tapinhas na cadeira. — Pode se sentar.

— Obrigado, madame. — Ele se acomodou e recostou-se na cadeira.

— Então... ouvi dizer que você e os caras se divertiram bastante outro dia. — Encolhi-me internamente. Nem ao menos consegui esperar até estar com meu equipamento todo pronto. Fiz o melhor que pude para parecer casual, apesar do fato de que meu coração estava martelando com força.

— Você ouviu isso de quem? — Ele sorriu.

— Do Colby. Ele me contou *tudo* que aconteceu. Você sabe, a noite louca e selvagem que tiveram na casa de uma garota. Parece que todos se divertiram bastante.

Procurei ser vaga, esperando que Holden desembuchasse, mesmo que eu não tivesse certeza se queria saber toda a verdade. Me senti morrendo por dentro. Tentar permanecer calma e recomposta quando se está com muitos ciúmes e ansiosa pra cacete é uma forma de arte.

— Você quer dizer que o Colby admitiu o quanto ele é tosco?

— *Sexo a três* é algo tosco? — mandei de volta, arregalando os olhos.

— Não sei quem te disse que foi sexo a três; foi a quatro. E o Colby não fez nada. O idiota apagou no banheiro.

Meu pulso se acalmou um pouco. Isso batia com a história de Colby.

— Bem, que pena.

— Não foi uma pena para mim. Eu colhi os benefícios. Aquelas garotas eram gostosas e estavam com tesão pra caralho. Quem diria que professoras eram tão safadas? Tipo, as minhas professoras eram assim no meu tempo e eu nunca soube? Puta que pariu. — Ele riu.

Meu estômago revirou enquanto eu racionalizava mais uma pergunta.

— Então, o Colby nem ao menos beijou alguma delas? — Eu não tinha direito a essa informação, mas tinha que saber.

Ele balançou a cabeça.

— Acho que não. Quero dizer, eu não o estava vigiando o tempo todo antes de ele apagar no banheiro. Mas tenho quase certeza de que não.

Senti-me péssima por não ter acreditado em Colby. Ainda assim, se ele costumava sair com Holden, era apenas questão de tempo até seu jeito pegador dar as caras. Liguei meu equipamento e comecei a trabalhar no laço de Holden. Falando por cima do barulho, perguntei:

— Por que homens gostam de sexo a três, ou a quatro, afinal? Não é muita coisa para dar conta?

— É, pode ser. Mas estou sempre a fim de um desafio. — Ele piscou um olho. — Isso me lembra de uma banda de um integrante só. Você fica com a boca em um instrumento, a mão em outro, e enquanto isso, outra pessoa está... tocando o seu trompete, por falta de uma expressão melhor.

Revirei os olhos.

— Espero que esteja usando proteção com todas as suas manobras instrumentais na orquestra.

— Sempre — ele disse com naturalidade. — Se tem uma coisa que aprendi com o meu amigo Colby é que basta uma vez para a sua vida inteira mudar.

Pigarreei.

— Então, o Colby não *quis* participar, ou ele só não fez porque estava bêbado demais para dar conta do desafio? — A essa altura, eu era um trem descontrolado.

— Não acho que ele teria feito, mesmo que estivesse um pouco mais sóbrio. Eu tive que forçá-lo a ir comigo para ser meu parceiro. Ele não queria ir.

— Bom, ele tem livre-arbítrio. Em algum nível, ele quis ir. Mas provavelmente amarelou. Imagino que ter filhos te faz pensar duas vezes sobre as suas decisões.

— Talvez. Ele é mais responsável do que costumava ser. — Ele olhou para mim. — Existe alguma razão para você estar tão interessada nas intenções de Colby naquela noite, Billie?

Hesitei.

— Não. Só estou curiosa sobre a situação toda.

— Qual é. Eu não sou burro. Sei que tem alguma coisa rolando entre vocês. Mas ele não falou comigo sobre isso, provavelmente por saber que eu costumo vir aqui e não confia na minha boca grande.

— Pode culpá-lo? — perguntei.

— Nem um pouco.

— De qualquer forma... não há nada rolando entre mim e Colby.

— Sério? Porque você está me interrogando sobre ele desde o instante em que entrei aqui, e está ficando toda vermelha agora.

Eu estava suando.

— Cale a boca e me deixe terminar isso em paz.

Ele deu risada.

— É você que está fazendo perguntas.

— É sério. Tenho outro cliente daqui a pouco. Chega de falar.

Ele apoiou a cabeça para trás.

— Tudo bem.

Holden deixou o assunto morrer e permaneceu quieto enquanto continuei trabalhando. Gotas de suor se formaram em minha testa.

Após 45 minutos, finalmente terminei.

— Prontinho. Ficou bom. A cor laranja se destaca bastante.

Estive tão preocupada em arrancar informações dele mais cedo que não pensei em perguntar qual era o significado do lacinho. Isso não era do meu feitio. Eu já tatuara dezenas de lacinhos cor-de-rosa em homenagem à conscientização do câncer de mama, mas era a primeira vez que tatuava um da cor laranja.

— O que quer dizer esse laço laranja?

— Conscientização da leucemia.

Eu deveria saber. O amigo deles que morreu e lhes deixou uma herança.

— Ryan... — eu disse.

— Aham. — Ele assentiu. — Você sabe sobre ele, não é?

— Sim. Colby me contou a história. Lamento muito pela sua perda.

— Obrigado. Sinto saudades dele todos os dias. — Ele suspirou ao se levantar da cadeira. — Se tem uma coisa que a morte de Ryan me ensinou é que a vida é muito curta. Acho que todos nós reagimos à morte dele de uma maneira diferente. Eu? Continuei a viver da única maneira que sei, que é me divertir sempre que posso. Mas nem todos nós mudamos para melhor.

— Como assim?

— O Owen se afunda no trabalho. Brayden parece ter raiva da vida, às vezes. Acho que ele perdeu a fé quando nem mesmo Deus pôde salvar o Ryan. Como já disse, eu vivo me divertindo e procuro focar ainda mais na minha música. E o Colby... — Ele fez uma pausa. — Bem, a vida do Colby mudou com Saylor pouco tempo depois da morte de Ryan, então é difícil saber o que ele estaria fazendo se ela não tivesse nascido. Quem sabe... talvez ela o tenha salvado. Mas ele costuma dizer que um dos motivos pelos quais se esforça tanto para ser um bom pai é por saber que essa é uma oportunidade que ele deve valorizar. Acho que, de todos nós, Ryan era o único que sabia que queria ter filhos, um dia. Ele sempre dizia que mal podia esperar para crescer e formar uma família. Provavelmente porque sabia que podia não ter essa chance.

Meu estômago apertou.

— Isso é de partir o coração.

— Quer ouvir uma coisa bizarra? — ele perguntou.

— Nunca fui do tipo de recusa informações bizarras. Manda.

— A mãe do Ryan foi a um daqueles médiuns depois que ele morreu. E, supostamente, Ryan veio e disse que já estava de volta aqui conosco.

Estreitei os olhos.

— O que isso significa?

— Bom, foi isso que ela perguntou ao médium! E o médium buscou mais informações e disse que Ryan tinha reencarnado e voltado à Terra. — Ele pausou. — Como uma garotinha. — Ele moveu os olhos de um lado para o outro. — Interprete como quiser.

— Jesus Cristo — murmurei.

— Né? — Ele deu risada. — Enfim, não queria cortar a conversa logo nesse momento estranho, mas tenho que ir. Obrigado por acrescentar isso para mim.

— Sem custo, ok?

Ele arregalou os olhos.

— Está falando sério?

— Sim. Essa fica por conta do Ryan. — Sorri.

— Valeu. — Ele se aproximou e me deu beijo na bochecha. — Você é a melhor. — Ele se virou mais uma vez antes de ir embora. — Sabe de uma coisa, Billie? Você deveria tomar a história do Ryan como uma lição e agarrar a vida pelas bolas. Ou, nesse caso, pelas bolas do Colby. — Ele piscou para mim. — Se é isso que você quer. Algo me diz que ele *adoraria* se você fizesse isso.

Revirei os olhos, e ele desapareceu pela porta.

Depois que Holden foi embora, fiquei pensando em Colby. Eu tinha sido grossa com ele quando ele realmente não havia ficado com ninguém naquela noite. Eu já deveria ter superado isso, mas ainda estava brava. Só que, agora, estava brava comigo mesma. Eu também sentia falta dele e não sabia o que fazer com esse sentimento. Era melhor deixar as coisas como estavam, não era? Eu estava fraquejando e caindo no charme dele ultimamente, e já tinha decidido que não ia ter nada sério com alguém que tinha uma filha. Então, talvez, agora que ele estava bravo comigo, eu precisava deixar isso para lá, deixá-lo ficar irritado para então pararmos com esse joguinho que vínhamos fazendo. Como a minha conversa com Holden provou, a vida era curta demais para desperdiçar o tempo de alguém.

Tive que deixar minhas ruminações de lado para atender meu próximo cliente, um já conhecido chamado Eddie Stark, também conhecido como Eddie Musculoso. Eddie era um sujeito bonito, mas não era meu tipo. Ele era um pouco mais velho, divorciado e todo bombado, um verdadeiro rato de academia marombeiro. Eu gostava de músculos em homens, mas não curtia corpos musculosos demais, e Eddie se encaixava nesse critério. Toda vez que vinha, ele me chamava para sair. E toda vez, eu recusava. Ele sempre perguntava: "Hoje vai ser o meu dia de sorte?". E eu geralmente respondia com: "Pior que não". Eu sempre usava a desculpa de que não saía com clientes. E planejava continuar assim.

Depois que terminei sua última tatuagem, ele perguntou:

— Você ouviu falar sobre o bar que abriu há pouquíssimo tempo nesse bairro? Eles têm *tapas* muito boas.

Eddie era mesmo persistente.

Assenti.

— Ouvi, sim.

— Nós deveríamos ir lá. E antes que você me diga mais uma vez que não sai com clientes, devo acrescentar que não virei mais, já que não pretendo fazer mais tatuagens por um bom tempo depois dessa. Então, já que vai ser assim... tecnicamente, não serei seu cliente.

A palavra *não* estava na ponta da minha língua. Mas então, me perguntei se sair com alguém que não fosse Colby era exatamente do que eu precisava. Dei de ombros e forcei as palavras a saírem antes que mudasse de ideia.

— Quer saber, Eddie? Sim. Claro. Por que não?

Ele arregalou os olhos e abriu um sorriso como o gato de Cheshire. Ele não estava mesmo esperando que eu dissesse sim.

Então, olhei para Deek, que tinha ouvido toda a conversa. Ele estava me olhando como se eu tivesse dez cabeças. Justine abriu um sorriso sugestivo do vão da porta. Aparentemente, ela também tinha ouvido tudo. Ninguém ali esperava que eu fosse concordar em sair para um encontro com Eddie Stark, e eu muito menos. Nunca aceitei convite de cliente algum. E olha que vários já deram em cima de mim. Acho que havia uma primeira vez para tudo.

— Bom, essa é basicamente a melhor notícia que recebi o ano inteiro. — Eddie sorriu radiante. — Quando será melhor para você?

Escolhi um dia aleatório.

— Quarta-feira à noite?

— Ok, ótimo. Nos encontramos lá ou...

— Sim.

— Lá pelas sete?

— Perfeito. — Sorri.

Depois que Eddie foi embora, Deek não perdeu tempo.

— Mas que droga foi essa?

— Como assim?

— Você nem gosta daquele cara.

— Ele é legal. E merece pontos pela persistência.

Deek arqueou uma sobrancelha.

— Então, ele merece pontos pela persistência, mas o Colby não?

Droga, era um bom argumento. Cruzei os braços.

— É uma situação diferente.

— Exatamente. O Colby te assusta, e esse cara não, porque você não gosta dele.

Suspirei, incapaz de sequer negar.

Justine se manifestou.

— Eu sempre tive uma quedinha pelo Eddie. Se não fosse casada, já teria dado uns pegas nele antes que Billie tivesse a chance. Gosto de caras grandões daquele jeito.

— Sério, Billie — Deek disse, ignorando o comentário de Justine. — É tão óbvio o que você está fazendo. — Ele balançou a cabeça. — Olha, eu admito, também fiquei desconfiado com toda aquela história de sexo a três do Colby. Mas você tem que dar crédito a ele por te contar a verdade sobre aquela noite, mesmo que tenha soado suspeita. E a história dele bateu com a do Holden. Me parece que ele simplesmente ficou encurralado nas travessuras do amigo. Se eu levasse a culpa por tudo que os meus amigos já fizeram ou me obrigaram a testemunhar... — Ele balançou a cabeça. — Porra, eu provavelmente estaria na cadeira.

— O Colby está puto comigo agora, de qualquer forma. Então, talvez seja melhor eu deixar tudo isso para lá.

— Ele está puto porque gosta de você — Deek respondeu. — E tudo que você faz é sabotar as coisas.

A verdade doeu. Nem consegui formular uma resposta.

— Ok, então. — Ele bufou e saiu andando, mas voltou em seguida. — Só vou dizer mais uma coisa. Você só pode estar cega se não consegue enxergar que essa sua reação impulsiva é toda a prova de que precisa para saber que tem sentimentos verdadeiros pelo Colby. Você nem ao menos aguenta falar sobre isso, porque sabe muito bem que não consegue esconder. Então, dane-se. Saia com o Eddie Musculoso. Faça de conta que não é só uma fachada. Mas você só está perdendo tempo.

A noite de quarta-feira chegou, e embora eu não estivesse animada pelo encontro com Eddie, assim que chegamos ao bar, acabei curtindo sua companhia. Não me sentia atraída por ele como me sentia por Colby, e sabia que isso não ia dar em nada, mas, no geral, não me arrependi de ter ido. Sem contar que as *tapas* eram mesmo muito boas.

Eddie mergulhou um pedaço de camarão em um pouco de molho de coentro e limão.

— É incrível o quanto o seu estúdio cresceu nos últimos anos. Me sinto até orgulhoso por ter sido um dos seus primeiros clientes.

— Sim. Bem, eu nunca teria conseguido sozinha. Deek contribuiu muito para isso. E a nova localização acabou atraindo muitas pessoas novas.

— O Deek é ótimo, mas você é o verdadeiro talento desse negócio. A notícia se espalha rápido quando alguém faz um bom trabalho. Eu já te recomendei a várias pessoas.

Olhei para as tatuagens que fiz em todo seu braço.

— Bom, fico muito grata por isso, Eddie. Você é um cara legal.

Meu celular apitou. Quando olhei para a tela, vi uma mensagem de Colby.

Colby: Bom saber que você é capaz de ir a um encontro de verdade. Espero que esteja se divertindo.

Senti a adrenalina me percorrer ao olhar em volta do bar. *Mas que droga ele estava fazendo ali?* Estávamos no meio da semana, então eu imaginaria que ele estaria em casa com Saylor.

Digitei.

Billie: Onde você está?

Alguns segundos depois, recebi sua resposta.

Colby: Isso importa?

Billie: Eu quero saber como você sabe onde estou.

Colby: Talvez você devesse dar atenção ao cara com quem está e parar de se preocupar com isso.

— Está tudo bem? — Eddie perguntou.

— Sim. Só... um probleminha pessoal. — Levantei-me da cadeira. — Pode me dar licença por um instante? Preciso usar o banheiro.

— Claro — ele disse, parecendo preocupado.

Fui ao banheiro para mandar mensagem para Colby em paz. Encostando-me à pia, digitei rapidamente.

Billie: Você está me vigiando a noite toda?

Colby: Sim. Porque eu tenho TANTO tempo de sobra que agora comecei a te perseguir. Sério, Billie?

Billie: Mas você está aqui?

Ele desviou da pergunta.

Colby: Eu só queria que você fosse honesta comigo, porra.

Billie: O que quer dizer com isso?

Colby: Todo esse tempo, você tem agido como se tivesse medo de algo mais sério, sem querer sair com ninguém. Mas, aparentemente, você só não quer sair COMIGO. Por que não manda logo a real e acaba com isso?

Ele não fazia ideia. Ele queria que eu fosse honesta? Ser honesta significaria admitir que nunca tive tanto medo de algo na minha vida como tenho dos meus sentimentos por ele. Eles eram a razão pela qual eu estava naquele encontro.

Billie: Não é tão simples assim, Colby.

Colby: A propósito, adorei o espartilho azul-royal. Não tinha visto esse antes. Você deve reservá-lo somente para encontros de verdade.

Ai.

Saí do banheiro e escaneei todo o lugar. Não havia sinal dele.

Billie: Por que você não quer me dizer onde está?

Colby: Porque não importa.

> **Billie: Para mim, importa.**

Após cerca de um minuto, ele respondeu.

> **Colby: Você acha que gosto de bancar o cretino ciumento? Isso não pega bem, e sei disso. Fiquei em dúvida se deveria te mandar mensagem. Mas as pessoas fazem coisas idiotas quando gostam de alguém. E eu gosto de você de verdade, Billie. Gosto tanto que mal consigo pensar direito nesse momento. Porra, eu coloquei molho picante no espaguete da minha filha pensando que era o meu. Graças a Deus me dei conta antes de queimar a boca dela.**

Fiquei apenas ali, parada, olhando para a tela do celular. Minha cabeça doía.

> **Colby: Não responda. Isso foi um erro. Eu não deveria ter interrompido a sua noite. Você não me deve nada.**

E então, mais uma.

> **Colby: Boa noite.**

Forcei-me a voltar para a mesa, sentindo as pernas bambas. E então, olhei para a minha esquerda e avistei Holden no bar. Seus olhos se prenderam aos meus, e ele ergueu sua cerveja para me saudar. Era ele que estava mandando informações para Colby. Acenei, embora minha vontade real fosse lhe mostrar o dedo do meio.

CAPÍTULO 11

Billie

— Billie?

Ouvi Deek chamar meu nome, mas não estava prestando muita atenção.

— Hum?

— Vou sair e comprar um smoothie. Quer um?

Continuei a esterilizar o equipamento que já estava limpando há um tempo quando um assobio agudo chamou minha atenção. Ergui o olhar e encontrei Deek com as sobrancelhas erguidas.

— Vai querer um ou não?

Torci o nariz.

— Querer o quê?

Deek cruzou os braços contra o peito.

— Muito bem, já chega. Sente essa bunda aí.

— O quê? Por quê?

— Porque você e eu teremos uma conversinha.

— Por que você parece estar no modo pai?

— Apenas sente-se, Billie.

Revirei os olhos, mas joguei no lixo o papel-toalha que estava em minha mão antes de sentar na minha cadeira hidráulica.

— O que foi?

Deek apontou para mim.

— Você está infeliz pra caralho.

— *Não estou*, não.

— Você está há duas semanas limpando porcarias. Você é a pessoa que derrama as coisas e deixa lá sujo por tempo suficiente até ter que gritar para outra pessoa limpar porque não se lembra mais que foi você que sujou.

Estreitei os olhos.

— Eu não faço isso.

Deek virou o rosto em direção à recepção do estúdio.

— Ei, Justine!

— Sim?

— Quem derramou o suco roxo que ficou no chão por seis meses?

— Billie. Por quê?

— E a Billie costuma limpar alguma coisa?

— Só quando está brava ou triste.

Deek virou novamente para mim.

— Então, como eu estava dizendo, você está tão infeliz que até os nossos clientes estão sentindo.

Fiquei ofendida com aquilo.

— Não faço tatuagens ruins, mesmo quando estou de mau humor.

— Eu não disse que você anda fazendo tatuagens ruins. Mas a pobre garota que veio aqui outro dia querendo uma tatuagem de borboleta saiu com um desenho do Anjo da Morte no braço, Billie.

Dei de ombros.

— E daí? O Anjo da Morte é muito melhor que uma borboleta.

— Concordo. Mas a garota queria *a porra de uma borboleta*. Combinava com a personalidade alegrinha dela. Mas quando ela perguntou qual era a sua opinião, você disse a ela que a maioria das pessoas que tatuam borboletas são ex-líderes de torcida fúteis com vidas vazias que acabam casando por dinheiro para torrar com Botox malfeito.

Eu tinha mesmo dito isso? Ai, Deus. Acho que sim. Mas dei de ombros.

— Bom... é a verdade.

Deek sorriu.

— Claro que é. Quem quer essa merda tatuada no corpo? Mas o meu ponto é que você costuma ser boa em se conectar com os clientes e dar a eles o que querem, mesmo que seja chato e sem originalidade.

Suspirei.

— Eu saí com o Eddie semana passada.

— Disso, eu já sabia. Imaginei que você me contaria como foi quando estivesse pronta. — Ele fez uma pausa. — Espere, aquele filho da puta não fez nada com você, fez? Eu vou enfiar um haltere naquela bunda cheia de esteroides...

Isso me fez sorrir.

— Não, o Eddie foi um perfeito cavalheiro. Ele nem ao menos reclamou no fim da noite quando quis me beijar e eu o detive.

— Então, o que está te incomodando?

— Bom, enquanto eu estava no encontro, Colby me mandou mensagem. Holden estava no mesmo lugar que Eddie e eu, e contou ao Colby que eu estava em um encontro. Ele ficou muito magoado.

Deek franziu a testa.

— Por que você não sai logo com ele?

Hesitei por um momento antes de responder baixinho.

— Porque estou com medo, Deek.

Um sorriso gigantesco se espalhou no rosto do meu amigo.

— Porra, já estava na hora de você admitir.

Eu lhe mostrei o dedo do meio e balancei a cabeça.

— Toda vez que baixei a guarda, saí magoada.

Deek se aproximou e colocou as mãos em meus joelhos.

— Eu entendo, amorzinho. E não foram só os caras que você namorou que te sacanearam. A sua mãe e aquele seu pai ausente também não inspiraram muita confiança através das ações deles.

Balancei a cabeça.

— O Colby me faz sentir coisas, Deek.

— Eu sei. Por que você acha que tenho tentado tanto te convencer a dar uma chance a ele? Vejo nos seus olhos, meu amor.

— Tenho tanto medo de sofrer de novo.

— Mas você não está sofrendo agora?

— Sim, mas vai ser mais fácil superá-lo se nunca nos envolvermos em um nível mais sério. Além disso, ele tem uma filha. Eu nem sei se quero ter filhos.

Deek abriu um sorriso triste.

— A filha é apenas uma desculpa, e você sabe disso. Estou meio farto de ouvir isso. Mas a vida é sua, então não vou continuar enchendo o seu saco com isso. Mas vou dizer uma última coisa.

— O quê?

— Não acho que seja possível superar *o cara certo*. Prefiro tentar e me magoar a passar o resto da minha vida imaginando o que poderia ter perdido.

Algumas horas depois, Deek e Justine estavam se preparando para ir embora. Deek foi ao banheiro e, quando voltou, apontou com o polegar em direção aos fundos do estúdio.

— Acho que o ar-condicionado está quebrado de novo.

Ah, merda. Eu estava com um pouco de calor, mas achei que era só eu. Havia um respiradouro no teto acima da estação de tatuagem ao lado da minha, então subi em uma cadeira e ergui a mão para sentir se estava soprando.

— Aff. Não está saindo nada.

Deek deu de ombros.

— Eu desliguei e liguei novamente quando estava lá nos fundos. Sem sorte.

Suspirei.

— Quando abrirmos amanhã, vai parecer que está fazendo uns 32 graus aqui dentro com toda essa umidade. E teremos um fim de semana completamente cheio.

— Você quer ligar para o faz-tudo? Posso ficar aqui e esperá-lo.

Balancei a cabeça.

— Não, tudo bem. Não tenho planos, de qualquer forma. Vou ligar para ele e esperar.

Deek assentiu.

— Vou trancar a porta e acionar o alarme. Me ligue se precisar de alguma coisa.

— Obrigada, Deek. Boa noite, Justine.

Depois que eles saíram, fiquei debatendo se seria uma boa ideia mandar uma mensagem para Colby. Ele havia me dito para avisá-lo se o aparelho de ar-condicionado tivesse mais problemas. Porém, é claro, ele não era o faz-tudo e provavelmente não queria falar comigo. Talvez eu devesse ligar para o Holden, que era o encarregado da manutenção. Mas, novamente, Colby já conhecia o aparelho, então fazia sentido ligar para ele. Além disso, ele era meu senhorio, então teríamos que aprender a conviver. Ele não podia me ignorar para sempre.

Peguei meu celular, rolei até o nome dele e apertei em ligar. No segundo toque, ele atendeu.

— Alô?

— Oi. Hã, desculpe incomodá-lo, mas o ar-condicionado do estúdio parou de funcionar de novo.

Ele ficou em silêncio por uns dez segundos.

— Você está no estúdio agora?

— Sim.

Ele demorou tanto para falar novamente que eu estava começando a achar que ele tinha desligado.

— Tudo bem. Estarei aí em dez minutos.

Para alguém que não estava interessada em tirar as coisas da zona da amizade com Colby, corri rápido demais para o banheiro para me ajeitar. Também era a primeira vez em um tempo que me senti animada.

Ótimo, estou tão desesperada para ver esse cara que um ar-condicionado quebrado me deixa empolgada.

Alguns minutos depois, Colby bateu à porta. Desliguei o alarme e abri a porta da frente com um sorriso hesitante.

— Oi.

— Oi.

Ele entrou. Ao passar por mim, senti o cheiro de seu perfume delicioso. Não era ruim o suficiente ele estar usando uma camisa social justa e calça social enquanto carregava uma caixa de ferramentas? Aquela caixa vermelha idiota era um ponto fraco para mim. Ele tinha que estar com o cheiro tão bom também? Mas enquanto eu estava ocupada tentando acionar um extintor de incêndio em todos os meus sentimentos, Colby parecia bem sério.

— O aparelho está funcionando? — ele perguntou.

— Acho que não. Não tem ar saindo.

Ele assentiu e seguiu para os fundos para conferir os respiradouros antes de resetar o aparelho.

— Deek já tentou isso.

Ele assentiu e curvou-se para pegar uma chave de fenda da caixa de ferramentas.

— Estava soprando ar frio o dia todo e parou de repente, ou ficou calor por um tempo primeiro?

— Acho que parou de repente. Estava tudo bem aqui a tarde toda.

Ele não disse mais nada ao desenroscar a tampa do aparelho e retirá-la.

— Está... tudo bem com você? — perguntei.

— Claro.

O celular de Colby tocou, então ele o tirou do bolso e passou o dedo na tela para atender. Ouvi somente um lado da conversa.

— Estou aqui embaixo — ele disse. — A inquilina comercial do andar térreo está com um problema no ar-condicionado que eu precisava dar uma olhada antes de irmos.

Silêncio... e então...

— Você poderia vir aqui e pegar as chaves? É um estúdio de tatuagem chamado Billie's Ink. Fica logo embaixo do meu apartamento.

Mais uma pausa.

— Ok, até já.

Colby guardou o celular no bolso e voltou a trabalhar no aparelho de ar-condicionado em silêncio. Mas eu não pude me conter.

— Hã, espero não ter interrompido nada.

Ele me olhou de esguelha.

— Você interrompeu.

Pisquei algumas vezes.

— Oh. Desculpe. Eu deveria ter ligado para o Holden.

— Tudo bem. Já estou aqui.

Isso que eu chamo de frieza...

Alguns minutos depois, a porta da frente se abriu e uma mulher incrivelmente linda entrou. Ela usava um vestidinho preto e parecia elegante. Mas, por algum motivo idiota — talvez eu estivesse em negação ou algo assim —, mesmo que ele tivesse acabado de pedir a alguém que viesse aqui, não juntei dois mais dois até Colby andar até ela. *Ai, meu Deus*. Senti vontade de vomitar.

A mulher sorriu e acenou conforme ele se aproximou.

— Oi! Não ligue para mim. Só vim pegar uma chave.

Colby enfiou a mão no bolso e tirou um molho de chaves, colocando na mão dela.

— Te encontro lá em cima assim que terminar.

Ela sorriu.

— Ok... mas não demore muito. O Le Coucou fica lá na Lafayette, e ainda vamos pegar trânsito. Não quero me atrasar.

— Não vou demorar. Se não conseguir consertar rápido, chamarei o Holden para terminar.

A mulher balançou os dedos e abriu um sorriso digno de concurso de beleza.

— Tchau. Desculpe interromper.

Senti minhas bochechas esquentarem de ciúmes. Ou talvez fosse raiva. Não sabia bem qual dos dois estava correndo pelas minhas veias mais rápido.

Se Colby percebeu, não disse nada. Ele voltou direto ao aparelho de ar-condicionado como se eu nem ao menos estivesse ali.

Consegui durar somente três minutos em silêncio, dessa vez.

— Então... Le Coucou. Parece caro. Ah, e acho que não sou a única que está saindo com outras pessoas, não é?

Colby olhou para mim. Ele sustentou meu olhar por alguns segundos, mas não respondeu. Mais uma vez, ele simplesmente voltou sua atenção para o maldito ar-condicionado.

— Ela é linda, se você gosta do tipo participante de concurso de beleza, plastificada...

Colby parou de trabalhar e virou-se para me dar sua total atenção.

— Você está com ciúmes.

Ergui uma das mãos para inspecionar minhas unhas.

— Não estou.

— Nem isso você consegue admitir, não é?

— Bom, não há o que admitir. Porque não estou com ciúmes. Só estava comentando o óbvio sobre a aparência dela e o restaurante.

Ele assentiu.

— Aham, tá.

— É verdade.

Colby deu um passo à frente.

— Então, você não ficaria incomodada se eu te dissesse que ia *foder* outra mulher?

Cerrei os dentes.

— Nem um pouco.

Ele deu mais um passo em minha direção.

— Não se incomodaria com a ideia dos cabelos de outra mulher enrolados na minha mão enquanto ela estivesse de joelhos e eu fodendo a boca dela?

Fechei os olhos diante daquela descrição.

— Você não precisa ser um cretino.

— Aparentemente, preciso, sim. — Ele aumentou o tom de voz. — Porque é a única maneira de arrancar uma reação sua, Billie!

Meus olhos se abriram. Colby deu mais um passo à frente, fazendo-me dar um para trás. Em seguida, aproximou-se ainda mais, até que minhas costas atingiram a parede. Ele colocou um braço de cada lado da minha cabeça e baixou a sua para que ficássemos cara a cara.

— Sabe o que eu queria fazer com o cara com quem você saiu naquela noite, Billie? Queria arrancar a cabeça dele e te foder contra uma parede com tanta força que você não teria outra escolha além de lembrar a quem pertence.

Meu coração acelerou desenfreadamente. Colby aproximou ainda mais seu rosto. Nossos narizes estavam praticamente se tocando.

— Sabe o que eu acho? Acho que você está com tantos ciúmes quanto eu.

— Não estou, não.

O calor entre nós era tão intenso que tive a sensação de que meu corpo inteiro estava pegando fogo.

— Mentirosa.

— Não estou mentindo.

— Mentira, Billie! Tudo que eu precisaria fazer agora era me aproximar cinco centímetros. Assim que nos tocássemos, você me imploraria para te foder, e você sabe disso. Talvez eu devesse fazer isso. Assim, nós dois ficaríamos satisfeitos e nos sentiríamos muito melhor. Mas não vou fazer isso com você. Sabe por quê? — Ele se aproximou ainda mais e falou, olhando bem nos meus olhos: — Porque eu não quero o seu corpo sem ter o seu coração.

Essa foi a gota d'água. Eu podia aguentar ciúmes e raiva, mas aquele último golpe me atingiu com força. Lágrimas surgiram em meus olhos. Ao vê-las, o rosto de Colby murchou imediatamente. Ele deu dois passos para trás, ergueu as mãos e balançou a cabeça.

— Porra. Me desculpe. Eu não deveria ter feito isso. É só que... não sei mais como te fazer responder a mim, e isso é tão frustrante. — Ele passou uma das mãos pelo cabelo. — Me desculpe por invadir o seu espaço e dizer aquelas coisas, Billie.

Fiquei quieta, ainda lutando contra as lágrimas.

Colby soltou uma respiração audível pela boca e balançou a cabeça.

— Sabe a mulher que veio aqui? O nome dela é Caroline e é minha irmã. Ela é casada, tem dois filhos e mora em Nova Jersey. Meu pai organizou uma pequena festa surpresa para a minha mãe esta noite. Caroline comprou um vestido especial para Saylor usar. É igual ao da filha dela. Ela veio para ajudá-la a se arrumar e fazer o cabelo dela. — Ele fechou os olhos e falou suavemente. — Eu não conseguiria ir a um encontro ou estar com outra mulher. Eu só penso em você, Billie.

Senti as barreiras em volta do meu coração desmoronando, então pedi licença e fui ao banheiro. Fiquei ali por pelo menos dez minutos, tentando retomar o controle das minhas emoções. Quando ouvi pessoas falando no estúdio, deduzi que não podia continuar me escondendo.

A linda mulher — que, aparentemente, era a irmã de Colby — estava de volta, segurando a mão de Saylor. Torci para que nenhuma delas notasse o quanto o meu rosto estava vermelho enquanto eu tentava agir o mais normal possível.

— Oi, Saylor. — Curvei-me. — Uau, que vestido lindo. Aposto que fica incrível quando você gira.

Saylor ficou animadíssima para demonstrar. Ela girou, fazendo a saia de tule de seu vestido se expandir como um guarda-chuva. Sorri.

Colby olhou para sua irmã.

— Você poderia nos dar um minuto, mana?

Caroline olhou para nós dois.

— Claro. Saylor e eu temos que chamar um Uber, de qualquer forma.

Assim que as duas estavam longe o suficiente para não nos ouvir, Colby acariciou minha bochecha.

— Tenho que ir para a festa antes que eu estrague a surpresa. Podemos nos encontrar amanhã para tomar café? Por favor?

Quando não respondi, ele continuou:

— Não vai ser um encontro. Mas precisamos conversar. Não podemos deixar as coisas fodidas assim. Passei essas duas últimas semanas enlouquecendo.

Assenti.

— Ok.

Ele manteve a mão na minha bochecha ao se aproximar e dar um beijo na outra.

— Às nove, na lanchonete que fica descendo o quarteirão?

— Ok.

Ele guardou as coisas na caixa de ferramentas e seguiu para a porta.

— Ah, e eu consertei o seu ar-condicionado. Aparentemente, o novo fusível que coloquei na última vez se soltou, de algum jeito. — Ele piscou para mim, como se achasse que eu tinha feito aquilo.

— Eu não soltei fusível algum.

Ele sorriu de orelha a orelha.

— Se você diz...

Revirei os olhos.

— Você se acha demais.

Ele seguiu para a porta novamente, mas deu apenas mais um passo antes de parar.

— Mais uma coisa...

— O quê?

Seus olhos percorreram meu corpo de cima a baixo.

— Não use um espartilho amanhã. Eu gostaria de poder pensar claramente.

Na manhã seguinte, meu trem ficou preso a caminho de ir encontrar Colby para o café da manhã, então cheguei alguns minutos atrasada. Ele se levantou quando entrei na lanchonete, e o alívio tomou conta de seu rosto. Mas então, seus olhos desceram para a minha roupa, e sua expressão mudou para algo totalmente diferente. É claro que eu estava usando meu espartilho de renda favorito, que deixava muito pouco para a imaginação.

— Oi. — Sorri ao me aproximar.

Colby balançou a cabeça.

— Você é malvada.

Fingi não fazer a menor ideia sobre o que ele estava falando.

— O meu trem ficou preso.

Seus olhos estavam grudados no meu decote.

— Talvez eu vá precisar puxar a toalha da mesa e enrolar em volta da metade de cima do seu corpo.

Lancei uma piscadela para ele.

— Mas, se você fizer isso, não vai poder curtir o meu espartilho.

Ele apontou para a cadeira de frente para a sua.

— Sente-se, por favor, para que eu sente também. Senão, vamos acabar precisando da toalha da mesa para colocar em volta da metade de baixo do meu corpo para evitar que eu passe vergonha.

Dei risada. O garçom veio imediatamente e nos entregou cardápios, e nós dois pedimos café.

Colby olhou para seu relógio.

— Só tenho uns 45 minutos, infelizmente. Brayden está com Saylor, mas precisa ir embora às dez.

— Tudo bem. Tenho que ir trabalhar, de qualquer jeito.

O garçom voltou com nossos cafés e perguntou se sabíamos o que íamos comer. Fazia apenas trinta segundos que eu havia chegado, então nem ao menos tinha aberto o cardápio que ele me entregara. Ergui o queixo para Colby.

— Você sabe o que vai pedir?

— Acho que vou querer ovos Benedict.

Entreguei meu cardápio ao garçom.

— Vou querer o mesmo, por favor.

— É pra já — ele disse.

Assim que ficamos sozinhos, Colby respirou fundo.

— Antes de começarmos a conversar, quero pedir desculpas novamente por ontem à noite. Eu nunca deveria ter te encurralado daquele jeito e te deixado chateada.

— Tudo bem, Colby. Não foi nada de mais.

Seu rosto estava sério.

— Para mim, foi. Aquilo nunca mais se repetirá.

Abri um sorriso tímido.

— Sério? Porque até que foi sexy.

Ele ergueu as sobrancelhas e, em seguida, sorriu.

— Ah, é? Posso retirar meu compromisso de nunca mais deixar aquilo se repetir?

Dei risada.

— Enfim... — ele disse. — Diante disso, vou direto ao ponto. Eu fiquei chateado porque gosto muito de você. Me sinto extremamente atraído por você, o que acho que está bem óbvio, mas é mais que isso. Eu penso em você o tempo todo, Billie, tanto que quase chega a não ser saudável.

Meu coração palpitou, e senti um quentinho na barriga, me derretendo toda por dentro.

— Também gosto de você, Colby. — Pausei. — Mas você me assusta. Além disso, tenho sérios problemas de confiança, e não quero colocar esse peso em você.

Ele estendeu a mão sobre a mesa e entrelaçou os dedos nos meus.

— Só temos medo das coisas que significam algo para nós.

Suspirei e assenti.

— Eu sei.

— Pensei bastante sobre isso. Posso te dizer que não vou te magoar e que você pode confiar em mim um milhão de vezes, mas não é disso que você precisa. Já ouviu muito isso de pessoas que não cumpriram suas palavras. Só conseguiremos dar certo se eu puder conquistar sua confiança.

— Como você pode fazer isso?

— Passando tempo com você. Não namorando, porque você precisa ter certeza antes de se envolver assim, então vamos continuar com os encontros de não-namoro. Só que, dessa vez, vamos nos comprometer a não sair com outras pessoas.

Mordi meu lábio inferior, pensando.

— Então seremos, o quê, exclusivos? Só iremos a encontros de não-namoro um com o outro?

Colby recostou-se em sua cadeira e sorriu.

— Exatamente.

A realidade da minha situação era: eu precisava me desconectar completamente desse homem ou dar os passos de formiguinha que ele estava sugerindo. Considerando o quão infeliz fiquei durante as duas semanas em que não nos vimos, eu não queria mais fugir. Então, respirei fundo e assenti.

— Está bem.

— Sério?

— Sim. Acho que é uma boa ideia. Estávamos indo bem com o nosso esquema de encontros de não-namoro até eu pensar que você tinha ficado com outra pessoa e depois cometer a idiotice de sair com o Eddie.

Colby grunhiu.

— Por favor, não diga o nome daquele cara.

Sorri.

— Tudo bem, mas você tem que prometer nunca mais mencionar o sexo a três que deixou passar.

Ele levou minha mão até seus lábios e deu um beijo carinhoso no dorso.

— Combinado.

Cedo demais, voltamos ao meu estúdio. Fui a primeira a chegar, então ficamos em frente à porta, apenas nós dois. Colby entrelaçou seus dedos nos meus e balançou nossas mãos unidas para frente e para trás.

— Queria que os encontros de não-namoro terminassem com um beijo — ele disse. — Mas, infelizmente, essa não é a tradição.

— Não?

Ele balançou a cabeça.

— Não. Encontros de não-namoro terminam com uma fungada, não com um beijo.

Dei risadinhas.

— Que tipo de fungada?

— Ah, fico feliz que tenha perguntado. Deixe-me demonstrar. — Ele se aproximou e enterrou o rosto em meus cabelos, roçando o nariz lentamente em meu pescoço, inspirando e percorrendo um caminho até a minha orelha. Então, ele soltou uma respiração quente com um gemido. — Porra, você tem um cheiro tão bom.

Cada pelinho do meu corpo se eriçou. Eu estava a cinco segundos de quebrar a regra de não beijar ao fim do encontro de não-namoro... mas uma voz me fez despertar do meu torpor.

— Arranjem um quarto — Deek resmungou. — Alguns de nós precisam trabalhar.

Afastei-me como se alguém tivesse jogado um balde de água fria em mim.

— Oh, desculpe.

Deek deu risada.

— Me deixe passar para que eu possa abrir o estúdio em vez de ficar olhando vocês dois. Voyerismo hétero não é minha praia.

Colby deu risada.

— Tenho que ir antes que Brayden me dê uma surra. — Ele olhou para mim. — Encontro de não-namoro amanhã à noite?

— Ok. — Sorri.

— Te ligo mais tarde, quando decidir os detalhes.

Acenei e ele seguiu para a entrada residencial do prédio. Deek já estava com sua chave na mão, então passou na minha frente e destrancou a porta.

— Então, parece que o meu truque com o ar-condicionado funcionou, não é?

— Eu *sabia* que você tinha feito aquilo! — Entramos no estúdio. — Você é um idiota. O Colby acha que *eu* fiz aquilo para ter uma desculpa para vê-lo.

Deek abriu um sorriso enorme.

— De nada, querida. Que bom que deu tudo certo e vocês decidiram dar uma chance e começarem a sair juntos.

Balancei a cabeça.

— Ah, nós não vamos sair, exatamente. Vamos fazer uma coisa que ele chama de encontros de não-namoro. Tipo, passar tempo um com o outro sem as pressões dos encontros românticos. Mas não vamos sair com outras pessoas.

Deek gargalhou.

— Qual é a graça?

— O fato de que você está saindo com esse cara e nem sabe.

CAPÍTULO 12

Colby

No sábado à noite, busquei Billie no estúdio para o nosso encontro de não-namoro. Eu não tinha dito a ela quais eram nossos planos, mas não precisaríamos ir muito longe, porque seria no prédio mesmo.

— Aonde vamos? — ela perguntou.

Fiz cócegas na lateral de seu corpo.

— Está curiosa, hein?

— Estou. — Ela retribuiu as cócegas em mim.

— Por quê? Está com medo de que eu esteja te enganando e te levando a um encontro de verdade? Longe disso.

Billie me cutucou com um dedo.

— Considerando que você parece estar me levando para o seu apartamento, estou com suspeitas, *sim*. A Saylor está na casa dos seus pais, ou algo assim? — Ela estalou os dedos. — Espere, vamos dobrar roupas de novo?

Dei risada.

— Não vamos para o meu apartamento. Se bem que, considerando a montanha de roupas que tenho lá, podemos com certeza marcar outra noite para isso.

— Aonde mais poderíamos ir?

— Você vai descobrir.

— É um piquenique no telhado? — ela perguntou.

— Isso não seria um encontro?

— Sim. Só estou te testando. — Ela piscou para mim.

— O que vamos fazer está longe de ser um piquenique no telhado, minha querida.

Seus olhos se encheram de animação.

— Bem, agora estou intrigada.

Temi que ela acabasse ficando completamente desapontada. Seguimos pelo corredor e entramos no elevador. Apertei o botão para o segundo andar. Ela se encostou na parede enquanto o elevador subia. Fiquei a poucos centímetros de distância e me inclinei para sentir seu cheiro delicioso, querendo momentaneamente não compartilhá-la esta noite. Mas em vez de ficar com ela só para mim, eu estava prestes a jogá-la aos lobos.

As portas se abriram e ela me seguiu pelo corredor. Quando chegamos à casa de Owen, bati à porta. Brayden atendeu.

— Ei, cara. — Sua boca curvou-se em um sorriso ao olhar para Billie. Ele não a tinha conhecido ainda. — Quem é essa?

— Esta é a Billie. Ela é dona do estúdio de tatuagem lá embaixo e vai se juntar a nós esta noite. — Pousei minha mão na parte baixa de suas costas. — Billie, este é o Brayden. É o amigo número três, que acredito que você não tinha conhecido ainda.

— Prazer em conhecê-lo, Brayden. — Ela estendeu a mão.

Ele aceitou seu cumprimento e exibiu um sorriso presunçoso.

— Igualmente.

O cheiro de charuto me atingiu ao entrarmos no apartamento. Havia fumaça flutuando no ar, e a mesa estava toda pronta com cartas e fichas de pôquer. Eu não gostava tanto de charutos como os outros caras, mas sempre fumava um, se todos eles estivessem fazendo o mesmo ao meu redor.

— Bem-vinda à nossa noite trimestral de pôquer — falei no ouvido de Billie. — Esta noite, você será um dos caras. É digno de um encontro de não-namoro o suficiente para você?

Ela assentiu.

— Eu adoro pôquer. Este é um encontro de não-namoro perfeito.

— Você joga?

— Já joguei algumas vezes. — Ela me espetou no peito com o dedo indicador. — Está com medo agora?

— Empolgado é a palavra certa. — Virei-me para Owen. — Owen, você já conhece a Billie...

Ele assentiu.

— Bom te ver.

Notei seus olhos descerem brevemente para o peito dela. Isso me fez querer estrangulá-lo, porém não podia culpá-lo por dar uma olhadinha. Billie tinha, mais uma vez, decidido me atormentar com um espartilho; dessa vez, o azul-royal que usava nas fotos que Holden havia tirado na noite em que ela saiu com aquele cara. Ela estava definitivamente tentando me matar, e agora estava me fazendo querer matar o meu amigo.

Em seu estilo típico, Owen ainda estava vestido com suas roupas de trabalho, uma camisa de colarinho branca com as mangas dobradas e calça social preta, mesmo que fosse sábado. Nós revezávamos os locais da noite de pôquer, e geralmente Owen era o último a aparecer, mesmo que fosse em seu apartamento, já que ele constantemente trabalhava até tarde. Fiquei surpreso ao vê-lo chegar na hora naquela noite. Se você procurasse *viciado em trabalho* no dicionário, eu tinha certeza de que encontraria uma foto de Owen.

Billie se sentou ao lado de Brayden, e eu me sentei ao lado de Owen em frente a eles. Ela tomou a liberdade de pegar um charuto, e Brayden estendeu a mão com um fósforo para acendê-lo.

— Temos uma garota que curte charuto presente. Já gostei dela — ele disse.

— Obrigada, senhor — ela respondeu antes de dar a primeira

tragada. Eu com certeza poderia me acostumar a ver sua linda boca em torno daquele charuto. Peguei um para mim e o acendi.

Holden surgiu vindo da cozinha, carregando três caixas de pizza. Ele acenou com a cabeça para Billie.

— Como vai, minha amiga?

— Bem, e você? — Ela soprou um pouco de fumaça. — Quanto tempo. Anda espionando alguém interessante, ultimamente?

— Ainda está brava comigo por isso? — Ele riu. — Você sabe que eu te amo. Só estava cuidando do meu parceiro. Imaginei que ele ficaria interessado em saber o que você estava fazendo, jantando com aquele cara gigantesco. Não quis causar problemas.

Ele tinha mesmo que especificar que o cara era gigantesco?

— Não teve problema algum — ela disse.

— Quem era aquele cara, afinal? — ele perguntou.

Meu pulso acelerou conforme as lembranças daquela noite inundaram minha mente. Minha mandíbula tensionou em torno do charuto, meus dentes afundando nele um pouco além da conta. Ainda ciumento pra caralho, aparentemente.

— Eddie é um cliente. Era apenas um jantar. Não um encontro.

Brayden alternou olhares entre mim e Billie.

— Espere... volte a fita. Ela tinha saído com outro cara, e o Holden fez o quê?

Billie soprou fumaça.

— Achei que o Colby estava no bar me espionando. Mas era o Holden.

— Eu estava no bar naquela noite e contei tudo ao Colby por mensagem, tim-tim por tim-tim — Holden explicou. — Ele ficou muito puto. E fez o maior papel de otário mandando mensagem para ela.

Dei de ombros.

— Fiz mesmo. Porque eu gosto dela. Mas eu não tinha direito algum de sentir ciúmes, já que não estamos namorando. Já contei que isso é um encontro de não-namoro? — Sorri para ela.

Owen estreitou os olhos.

— Não sei vocês, mas estou confuso.

— Você não é o único — Billie gracejou. — Até mesmo *nós* estamos confusos sobre o que está rolando.

Owen começou a distribuir as cartas.

— Faz eras que o Colby não apresenta uma garota para nós. Então, digam o que quiserem, mas estou suspeitando um pouco desse lance de encontro de não-namoro.

Brayden virou-se para Owen.

— Pelo menos o Colby está indo a encontros de não-namoro. Você está se matando de trabalhar. Holden está galinhando por aí...

— E você está fazendo o quê? — Holden rebateu.

— Eu? — Brayden recostou-se em sua cadeira. — Eu tô de boa.

Holden revirou os olhos. O engraçado era que eles estavam se contendo na frente de Billie. Geralmente, só se ouvia palavrão atrás de palavrão a essa altura. Tudo na brincadeira, mas eles definitivamente estavam controlando o linguajar pelo bem da nossa convidada.

— Então, o que o Colby te contou sobre nós? — Brayden perguntou a ela. — Estou chocado por ele ter tido coragem de te trazer aqui, considerando que gostamos de pegar no pé uns dos outros.

— Na verdade, o Holden me contou mais sobre vocês do que o Colby. Ele costuma ser bem falante durante nossas sessões de tatuagem. — Ela piscou um olho. — Sei que o Owen é viciado em trabalho. Sei que você, Brayden, é tipo um mediador no grupo, nunca permite que ninguém fique zangado com o outro por muito tempo. Holden... bem, o Holden é um pouco selvagem e doidão, pelo que observei. E sei, através do Colby, que todos vocês são ótimos tios para Saylor.

— Avaliação bastante certeira. — Brayden sorriu.

— Você sabe sobre o Ryan? — Owen perguntou.

O ambiente ficou em silêncio.

— Sim. — Billie assentiu. — Lamento pela perda de vocês.

Owen soprou fumaça.

— É por isso que já tínhamos uma quinta cadeira posta à mesa. Para ele.

A expressão dela desanimou.

— Oh, merda. E estou sentada nela?

Brayden pousou uma das mãos no ombro dela.

— Não, não, não. Tudo bem.

— Ele ficaria feliz se você estivesse sentada nele. — Holden riu.

Sério, cuzão? Lancei um olhar irritado para ele.

— E eu aqui pensando que conseguiríamos passar essa noite sem que eu tivesse que te dar uns tapas.

Holden deu de ombros.

— Relaxe. Foi só uma brincadeira.

Cerrei os dentes.

— É. Entendi isso.

Billie olhou em volta da mesa.

— Vocês não precisam pisar em ovos por minha causa. Meu melhor amigo, Deek, nunca se contém. Estou acostumada. Aguento o tranco.

Assim que o jogo começou, grande parte da conversa parou. Fiquei alternando entre mexer nas minhas cartas e encarar a linda cara de pôquer de Billie.

Poucas horas depois, eu estava fora do jogo.

Chegamos à rodada final de apostas, e tudo dependia de Billie e Holden. Em um *showdown*, cada um mostrou suas cartas. Billie tinha a melhor mão com quatro cartas iguais e ganhou.

— Bem, que droga — Holden disse. — Jogo incrível, pessoal.

— Parabéns, Billie — Owen acrescentou.

Brayden riu.

— Acho que é isso que acontece quando se traz uma garota fodona para a noite do pôquer. Ela derrotou todos nós e não podemos xingar a vencedora como fazemos normalmente, porque não queremos parecer os babacas que somos.

— Podem xingar. Eu aguento — ela disse.

Dei a volta na mesa e dei um beijo de comemoração em sua bochecha.

— Ei, nada de beijar, lembra? — ela brincou.

— Ah, é. Esqueci... — respondi ao dar uma longa fungada em seu pescoço.

— Que porra foi essa? — Holden franziu as sobrancelhas. — Ele sempre te cheira assim?

— É o que fazemos em vez de beijar — ela revelou.

— Vocês são estranhos — Holden falou, levantando-se e indo ao banheiro.

Dei risada e levei o lixo para a cozinha. Owen me seguiu.

Ele falou em um tom baixo:

— Você está escondendo o jogo. O que está realmente acontecendo entre você e aquela gata? Não engoli essa bobagem de encontro de não-namoro.

— Será que você poderia se esforçar um pouco mais para não ficar olhando para o peito dela, para que assim eu não tenha vontade de matar o meu melhor amigo?

— Eu estava? — Ele arregalou os olhos. — Merda. Foi mal. Nem me dei conta. Talvez eu esteja precisando transar.

Arqueei uma sobrancelha.

— O que está rolando? Seca?

— O trabalho tem me mantido ocupado pra cacete. Não saio com alguém há eras. — Ele balançou a cabeça. — Espere. Entendi o que você fez. Não mude de assunto. Eu te fiz uma pergunta. Qual é o seu lance com a Billie?

Suspirei.

— O lance com a Billie é... nós parecemos gostar um do outro... muito. Mas ela não quer sair comigo. Então, estamos fingindo que não estamos saindo para podermos passar tempo juntos.

— Então, vocês estão essencialmente saindo.

— Para encontros de não-namoro — complementei.

— Acredite no que quiser. — Ele balançou a cabeça. — Enfim, por que ela não quer sair com você?

— Acho que ela tem medo. Você não teria? Quero dizer, qualquer mulher com quem eu me envolva tem que considerar a possibilidade de se tornar uma mãe para uma criança que não é dela. Isso seria o suficiente para me fazer fugir.

— Ela já conheceu Saylor?

— Sim. Saylor a adora.

Owen abriu um sorriso sugestivo.

— Saylor não é a única. Você gosta mesmo dela. Dá para ver pelo jeito que olha para ela.

Sorri.

— Lembra-se de quando o seu pai nos levou para pescar quando tínhamos doze anos? Você pegou aquele robalo enorme e lindo? Nós ficamos com tanta inveja de você. Nenhum de nós conseguiu pegar nada o dia todo. Aquela coisa ficou se debatendo loucamente para fugir de você. E venceu. Ele se soltou do gancho, de alguma forma, e você o perdeu. Lembra?

Ele sorriu.

— Lembro, com certeza.

— Bom, aquele robalo me lembra a Billie.

— Porque ela é uma bela pescada?

— Não.

Ele amassou uma caixa de pizza.

— Então não sei aonde você quer chegar com isso.

— Ainda não terminei — eu disse.

— A propósito, não se esqueça do que aconteceu depois que perdi o robalo. Eu o peguei de novo.

— Sim. É nisso que quero chegar. Na segunda vez, *você* o jogou de volta, depois de todo aquele esforço. Nem pudemos levá-lo para casa e comê-lo. Então, Billie é como aquele robalo. Eu a quero. E ela está lutando para se afastar, porque também me quer, acho, mas eu a assusto. Se bem que, no fim das contas, eu nem ao menos tenho certeza se sou certo para ela a longo prazo. Então, estou sempre pensando que, mesmo que eu a *capture*, talvez eu tenha que...

— Jogá-la de volta no mar para seu próprio bem?

— É. Figurativamente. — Massageei minhas têmporas.

— Bem, já que estamos fazendo metáforas com peixes — ele disse. — Há vários peixes no oceano, mas vale a pena lutar por um robalo como aquele, se isso for o que você realmente quer.

— Eu não estava esperando por isso, cara. Sabe? Eu já tinha descartado a possibilidade de encontrar alguém com quem pudesse me conectar, pelo menos até Saylor ficar um pouco mais velha. Mas ela simplesmente surgiu do nada.

— A vida costuma nos surpreender quando menos esperamos. Tanto em bons quanto maus sentidos. — Ele abriu a lata de lixo e jogou dentro o que tínhamos empilhado sobre a bancada. — Mas tenho inveja de você.

— Por quê? — Cruzei os braços. — Você também quer ficar com as bolas azuis?

— Você encontrou uma pessoa pela qual é apaixonado. Não passo por isso há... bem, nunca passei. Eu prefiro ficar sozinho a desperdiçar o meu tempo com uma pessoa de quem não goste de verdade. Em parte, é por isso que não tenho saído com ninguém ultimamente. Mas se você encontrar esse tipo especial de paixão? Porra! Não deixe escapar.

Owen trabalhava com muitas mulheres atraentes, que sempre se atiravam nele. Mas ele achava isso broxante. Ele queria ser o caçador. E era exigente. Ele merecia ser.

— Você irá encontrá-la, um dia — prometi.

— Encontrar quem? — Brayden perguntou ao entrar na cozinha. — Se vocês não voltarem logo para a sala, vou começar a flertar com aquela tremenda gata que você trouxe hoje, Colby. Não acredito que ela nos deu um banho. Também não consigo acreditar que nunca a tinha visto lá embaixo antes. Se tivesse, podia ter chegado nela primeiro.

Ele devia ter notado minha expressão irritada.

— Caramba. Só estou brincando. — Ele balançou a cabeça. — Você gosta mesmo dessa garota.

— Acho que isso já ficou bem claro — eu disse.

— Ela tem amigas? — Brayden perguntou.

— Desde quando você precisa de ajuda para conhecer pessoas?

— Bem, não há nada de errado em se querer referências. Garotas lindas como aquela geralmente têm amigas lindas.

— Bom, o único amigo que conheci até agora foi um cara gay bonitão.

Ele assentiu.

— Ela parece ter vários *amigos* homens. Como o cara com quem saiu quando Holden a viu.

— Você está querendo levar uma surra, Brayden?

Ele riu.

— Me dê um crédito aqui. Me comportei muito bem a noite toda. Só estou descontando um pouco.

Owen deu um tapa nas costas de Brayden.

— É melhor voltarmos para a sala. Nós a deixamos sozinha com o Holden por tempo demais, o que nunca é uma boa ideia.

— Sabia que ele pediu que ela consertasse a tatuagem que ele tem quase na virilha? — contei.

Owen ficou de queixo caído.

— Que babaca.

Depois que Billie e eu fomos embora da casa de Owen, ficamos no saguão esperando o carro de aplicativo que chamei para ela.

Ela esfregou os braços.

— Foi muito legal passar um tempo com você e os seus amigos.

— Eles também gostaram de passar um tempo com você.

— Me sinto honrada por você ter me deixado entrar de penetra na tradição de vocês. Eu fui a única garota que já jogou com vocês?

— A primeiríssima. E diante da surra que nos deu, provavelmente a última. — Passei meus dedos por seu cabelo preto comprido.

— Sabe, vocês são sortudos por terem uns aos outros. É legal fazer parte de um grupo, como uma segunda família.

— Nós prometemos nos manter juntos depois que Ryan morreu. A morte dele nos ensinou a não desvalorizar nada, incluindo amizades. Então, é, nós nos apoiamos sempre. Mesmo assim, isso não me impediria de socar algum deles se me provocassem. Quase fiz isso com o Owen hoje quando o flagrei olhando para o seu espartilho.

Ela baixou o rosto, olhando para seu corpo.

— Ops.

— Por que você continua a usá-los perto de mim, quando te pedi para não fazer isso?

Ela abriu um sorriso malicioso.

— Está bravo comigo?

— Estou mais para excitado. — Me aproximei dela um pouco mais.

— Gosto de te deixar afetado assim.

— Você não faz ideia do quanto me afeta. — Dei um puxão leve no tecido de seu espartilho. — Mas eu odeio esse, em particular. Ele me lembra do papel de otário que fiz quando você o usou naquele encontro que não admite que era um encontro. Porque é isso que você faz.

— Eu gosto quando você fica com ciúmes — ela sussurrou.

— Você gosta de me deixar louco. Está funcionando, Billie. Está funcionando.

Inclinei-me para frente e enterrei o rosto em seu pescoço, me aproveitando da minha licença para sentir seu cheiro. Ela enfiou os dedos em meus cabelos, e notei sua respiração acelerando.

— Quando foi que tocar desse jeito se tornou permitido? — Gemi contra seu pescoço. — Porque é bom pra caralho sentir as suas mãos nos meus cabelos.

— Adoro o seu cabelo. É tão cheio e sedoso — ela disse, desviando da minha pergunta. — Eu também adoro o seu cheiro.

Recebi a notificação avisando que seu carro havia chegado. *Porra*. Duro pra caralho, afastei-me relutantemente.

— Bem... boa noite — ela falou, um pouco sem fôlego.

— Boa noite.

Observei enquanto ela se afastava. Depois que ela se foi, pude ver meu reflexo no vidro da porta. Meu cabelo estava espetado em várias direções. Passei as mãos para ajeitá-lo e sabia que também precisava acalmar meu pau antes de encarar a babá.

Ao subir para o meu apartamento, eu sabia que, se tivesse a sorte de capturar Billie, não a jogaria de volta no oceano. Eu ia definitivamente comê-la no jantar.

CAPÍTULO 13

Billie

Na quinta-feira da semana seguinte, decidi que era minha vez de iniciar o próximo encontro de não-namoro com Colby. Ele tinha me enviado algumas mensagens desde a noite de pôquer, mantendo contato, mas eu tinha a sensação de que ele estava tentando se conter e me dar um pouco de espaço. Ele insinuou algumas coisas que achava que seriam encontros de não-namoro bem legais, mas não tentou definir qualquer plano concreto. Parecia que a tarefa estava nas minhas mãos agora, então comecei a digitar uma mensagem perguntando se ele queria ir a uma exposição de arte comigo no fim de semana. Mas, então, decidi que seria mais digno de um encontro de não-namoro implicar um pouco com ele primeiro.

> **Billie:** Oi. Vou a uma exposição de arte no sábado à noite. Um dos expositores pinta canções. É bem maneiro. Uma vez por mês, ele pede aos fãs que lhe digam quais são suas músicas favoritas do top 100 das melhores músicas indie. Ele cria uma pintura sobre a que for mais comentada. Não é uma interpretação literal, mas sim o sentimento que a música invoca quando ele a ouve. Você visualiza cada pintura com fones de ouvido que toca a música que a inspirou. É incrível como ele sempre acerta as emoções na mosca.

> **Colby:** Uau, isso parece ser maneiro mesmo. Adoro exibições de arte.

Sorri. Aham, ele está definitivamente jogando uma indireta.

> **Billie:** Tenho um ingresso extra. Estava pensando em perguntar ao Holden se ele gostaria de ir. Sabe, pela conexão musical e tudo. Não seria um encontro, é claro.

Meu lado malvado não pôde se conter. Em seguida, acrescentei:

> **Billie:** Estaria mais para um encontro de não-namoro. ;)

Os pontinhos começaram a saltar e pararam, então começaram novamente e pararam. Acabei caindo na risada. Finalmente, meu celular vibrou.

> **Colby:** Você quer ir a um encontro de não-namoro com o Holden?

> **Billie:** Claro, por que não? Seria platônico, é claro, assim como você e eu.

Observei a mensagem passar de entregue para lida. Um minuto completo se passou e, então, meu celular tocou. Colby. Que bom que não era uma videochamada, já que eu não estava conseguindo conter meu sorriso enorme.

— Oi — eu disse.

— Não acho que seja uma boa ideia.

— O quê?

Alguns segundos se passaram.

— Espere. Você está me sacaneando?

Dei risada.

— Por que eu faria isso?

— Você está. Está me sacaneando.

Soltei um ronco pelo nariz em meio à risada.

— Que ciumento você.

— Você vai me pagar. Nem sei se tem mesmo ingressos para uma exibição de arte. Mas só por essa brincadeirinha que fez, é melhor arranjá-los. Porque você vai *me* levar a uma no sábado à noite.

Mordi meu lábio inferior.

— Eu até que gosto do Colby mandão.

— Ah, é? Bem, ficarei feliz em te mostrar mais desse meu lado, linda. Venha para o meu quarto que eu te mostro.

Oh, Deus. Isso parecia bom demais. Mas como fomos de um momento de brincadeira a um momento de tesão tão rápido? Eu precisava redirecionar essa conversa antes que eu pedisse a ele que continuasse falando enquanto eu deslizava a mão para dentro da minha calcinha. Pigarreei.

— Então... você gostaria de ir comigo a uma exibição de arte, Colby? Seria um encontro de não-namoro, é claro.

— Demorou para perguntar, hein?

Dei risada.

— Tenho que ir um pouco mais cedo. Às seis está bom para você?

— Está, sim. Vou te buscar.

— Eu te encontro no estúdio — eu disse a ele.

— Você vai trabalhar?

— Não, terei o sábado inteiro de folga essa semana.

— Então me deixe ir te buscar. Quero ver onde você mora.

— Hum...

— Sério? Você ainda não confia em mim? Não vou te atacar, Billie.

O engraçado era que não confiar em Colby era algo que nem me passava pela cabeça. Era em mim que eu não confiava em ficar sozinha com ele em particular, especialmente em um lugar com uma cama. Mas era eu que estava insistindo em manter as coisas platônicas, então teria que aguentar.

— É claro que confio em você. Te encontro aqui, então.

— Você chegou cedo...

Os olhos de Colby desceram para minhas pernas nuas. Eu havia acabado de terminar de fazer a maquiagem e secar os cabelos, e estava usando um robe de seda curto, que só ia até o topo das coxas.

Ele se balançou para frente e para trás nos calcanhares.

— Me parece que cheguei em uma hora perfeita.

Dei risada e me afastei para o lado para deixá-lo entrar.

— Entre. Sinta-se em casa. Vou me vestir.

No meu quarto, retirei o robe e coloquei o vestido que havia escolhido. Colby gritou do outro cômodo:

— Eu estava tentando imaginar como seria o seu apartamento.

— E qual é o veredito? — gritei de volta. — É como você esperava?

— Totalmente. É bem feminino, mas também um tanto excêntrico. A propósito, a asa dessa caneca é *um pau*?

Dei risada enquanto calçava os sapatos.

— É, sim. Deek fez para mim de aniversário. Ele e o namorado fizeram uma aula de esculturas em cerâmica, e tudo que eles fizeram tinha um pau ou bolas.

Olhei-me no espelho de corpo inteiro que ficava na porta do meu quarto e não reconheci a mulher que estava me encarando de volta. Fazia muito tempo desde que eu usara uma roupa dessas pela última vez, mas sabia que entrar na galeria da minha mãe usando algo típico do meu estilo real lhe causaria um infarto. Então, cedi um pouco, torcendo para que ela fizesse o mesmo esta noite.

Na sala de estar, Colby estava olhando as dezenas de obras de arte que eu tinha penduradas em uma parede.

— Você desenhou is... — Ele parou no meio da frase quando se virou para mim, piscando algumas vezes. — Uau. Você está...

— Parecendo estar a caminho da igreja?

— Igreja é o total oposto do que estou pensando ao te ver nesse vestido. Vou para o inferno pelo que está passando pela minha mente agora...

Olhei para baixo.

— Sério? Você gostou? Mas você ama tanto os meus espartilhos.

— Ah, amo mesmo. Mas esse vestido... o ar inocente que ele passa misturado ao seu braço coberto de tatuagens... me dá vontade de... — Ele percorreu meu corpo inteiro com o olhar e balançou a cabeça. — Esqueça. Acho que é melhor irmos.

Deus, esse homem estava tentando me matar. Meu corpo formigou diante da frustração em sua voz. Homens me querendo não era algo completamente incomum para mim, mas Colby me fazia sentir como se ele quisesse muito mais do que somente o meu corpo.

Assenti.

— É, acho que é uma boa ideia. Minha mãe odeia atrasos.

Colby franziu as sobrancelhas.

— Sua mãe?

Peguei minha bolsa.

— Ah, esqueci de mencionar que a exibição de arte será na galeria dela?

— Acho que sim.

— E mencionei que não sou tecnicamente uma convidada, mas sim que vou exibir alguns dos meus trabalhos? A exibição se chama *Ousadia*, porque supostamente todos os artistas nela são... — Fiz aspas no ar com os dedos. — Ousados.

— Você definitivamente não mencionou isso também.

— Bem, então me deixe te desejar boa sorte com a minha mãe. Porque você provavelmente vai precisar.

— Então, Colby, me conte sobre você. — Minha mãe levou sua taça de vinho aos lábios perfeitamente pintados de vermelho e tomou um gole. — Com o que você trabalha?

— Sou arquiteto.

— Oh, é uma profissão maravilhosa. Ela oferece um espaço para a sua criatividade e, ao mesmo tempo, provê estabilidade. Eu queria tanto ter conseguido convencer Billie a seguir por esse caminho.

— Meu estúdio de tatuagem é muito bem-sucedido, mãe — falei entre dentes.

Ela balançou a cabeça.

— Sim, mas a clientela que você atende...

— É muito mais divertida do que a clientela que você atende.

Minha mãe sorriu e virou sua atenção novamente para Colby.

— Como vocês se conheceram? É tão raro a minha filha trazer alguém para me conhecer. Espero que não se importe com tantas perguntas.

Colby foi simpático.

— Nem um pouco, pode perguntar. Billie e eu nos conhecemos no estúdio de tatuagem dela. Sou o senhorio do prédio onde ele fica, na verdade, e fui até lá para me apresentar. — Ele olhou para mim com uma faísca nos olhos. — Ela estava dando uma pequena festa quando cheguei.

Ergui minha taça de champanhe para cobrir meu sorrisinho.

— Sim, e eu dei um presente especial ao convidado de honra.

Minha mãe pareceu alheia à nossa troca. Estava ocupada demais focando em uma palavra que Colby havia dito.

— Senhorio! — Seus olhos se iluminaram. — Um imóvel em Manhattan na sua idade? Que impressionante.

— Não é tão empolgante quanto parece — Colby disse. — Tenho três sócios.

— Me parece que você está sendo modesto. Colocar a vida nos trilhos é metade da batalha. — Ela olhou para mim. — Talvez você possa passar um pouco da sua sensatez para a minha filha, e ela pare de se rebelar contra mim mutilando seu corpo com tinta e andando com gente ordinária.

O músculo da mandíbula de Colby flexionou, e pude ver seu rosto ficando vermelho.

— Duvido disso. Porque eu acredito em encorajar as pessoas a fazerem o que amam. Também conheci algumas das pessoas com quem ela anda, e não há nada de ordinário nelas. Elas são leais e protetoras com a sua filha, exatamente o tipo de pessoas que eu gostaria que estivessem perto de quem eu amo.

Minha mãe suspirou.

— Ela leva um estilo de vida abaixo de seu nível.

Colby balançou a cabeça.

— Espero que me perdoe por dizer isso, mas estamos aqui há cinco minutos e você insultou a Billie quatro vezes. Na minha experiência, quando alguém julga os outros pela aparência ou pelo trabalho, o problema raramente está na pessoa alvo do julgamento. Está nas inseguranças da pessoa que julga.

Minha mãe piscou algumas vezes, claramente chocada por alguém ter tido a coragem de falar assim com ela. Mas então, se recuperou e exibiu seu melhor sorriso falso.

— Aproveitem a exibição. Foi um prazer conhecê-lo, Carter.

Fiquei de queixo caído enquanto ela se afastava.

Colby balançou a cabeça.

— Me desculpe. Eu não deveria ter dito aquilo.

— Está brincando? Aquilo foi sensacional pra caralho!

— Você não está brava?

— Brava? Eu poderia te beijar agora.

Ele abriu um sorriso enorme.

— Você deveria ouvir os seus instintos.

Dei risada.

— Sério, aquilo foi perfeito, Colby. Ela não estava esperando por isso, e você disse tudo sem aumentar o tom de voz ou causar uma cena.

— Honestamente, achei que você tinha exagerado nas poucas vezes em que mencionou a sua mãe antes.

— Quem me dera. — Prendi meu braço ao de Colby. — Mas vamos tentar esquecê-la. Vamos, estou vendo o Devin, meu mentor. Ele acabou de chegar. Eu te contei sobre ele. Foi a pessoa que fez eu me interessar pela arte de tatuar e de quem fui aprendiz. Quero apresentá-lo a você.

Depois que passamos um pouco de tempo conversando com Devin, levei Colby pelo salão para ver as obras de arte. Caminhamos pelo lugar, parando diante de cada obra. Ao nos aproximarmos da minha seção, me senti um pouco nervosa. Colby tinha visto minhas tatuagens, mas não o tipo de arte que eu estava exibindo ali. Respirei fundo quando paramos na frente da primeira pintura: uma mulher nua deitada com as costas arqueadas. Seu rosto estava tenso e os músculos, retesados. A pintura inteira foi feita em preto e branco, exceto por um pedaço de tecido de seda vermelho brilhante espalhado sobre seus seios.

— Esta é uma das minhas — eu disse. — Minha mãe me fez renomeá-la para a exibição.

— Uau. É incrível. — Colby olhou para a pequena placa pendurada abaixo do quadro. — *Perante Eva* — ele leu. — O que isso significa?

Dei risada.

— Não faço ideia. Acho que deve ser alguma referência bíblica a Eva, de Adão e Eva.

— Qual era o nome original?

— Eu me refiro a ela como *O Ápice Antes do Prazer*. Na minha cabeça, a pose encapsula o momento antes do orgasmo.

Colby olhou novamente para a pintura. Ele analisou a mulher por um longo tempo e, então, engoliu em seco.

— É muito linda, Billie. Sinto uma agitação por dentro quando olho para ela.

Bati meu ombro no dele e baixei meu tom de voz.

— Uma agitação, hein? Quer saber um segredo?

— Com certeza.

— Eu tirei uma foto minha nua nessa posição para usar como referência para as costas arqueadas da mulher. Usei o temporizador do meu celular.

Os olhos de Colby desceram para meus lábios.

— Você ainda tem essa foto no seu celular?

Abri um sorriso perverso.

— Talvez...

Ele gemeu.

— Você está me matando, mulher.

Levamos uma hora para ver todas as obras de arte. Quando terminamos, precisei usar o banheiro, então pedi licença.

Encontrei Colby analisando *Perante Eva* novamente quando retornei. Ele segurava duas taças de champanhe e um pedaço de papel de alta gramatura.

— Uma mulher passou e perguntou se eu queria outra taça de champanhe — ele disse. — Então, peguei uma para cada.

— Ah, ótimo. Obrigada.

Ele ergueu o cartão.

— Ela também me deu isso. O que é? Os números de identificação das pinturas, ou algo assim?

Sorri.

— É a lista de preços.

Ele tinha acabado de tomar um gole de champanhe e começou a tossir.

— A lista de preços? — Ele ergueu o cartão, segurando-o mais próximo do rosto para examiná-lo. — Esqueceram de colocar a vírgula que separa os dólares dos centavos?

Dei risada.

— Não. Minha mãe nunca colocaria centavos no preço. Ela acha que usar um cifrão é brega e feio. Por isso, há somente números impressos.

Colby apontou para a pintura diante de nós.

— Então, se eu quiser comprar essa arte, me custará 11.500 dólares?

Balancei a cabeça.

— Na verdade, você não pode comprá-la. — Apontei para o pequeno adesivo colorido na plaquinha. — Parece que já foi vendida.

— Por onze mil dólares?

Ele olhou para as minhas outras artes ali perto. A maioria delas também já tinha adesivos.

— Puta merda. Você fez metade do meu salário anual em uma hora.

Sorri, sentindo-me um pouco constrangida.

— Não é sempre assim. Mas agora você deve estar pensando que sou uma idiota por não seguir o caminho que a minha mãe gostaria.

— Não estou pensando nada disso. — Ele olhou em volta. — Só estava me perguntando se o cara que comprou esse quadro ainda está aqui. Quero dar uma surra nele, porque ele terá uma pintura na parede que foi baseada no seu corpo nu. E a outra coisa que pensei foi... — Ele sorriu. — Descolei uma *sugar mama*.

Soltei uma risada pelo nariz.

— Você é maluco, Lennon.

Depois que a exibição terminou, Colby perguntou se eu queria dar uma volta. A galeria da minha mãe ficava no centro, e a noite estava agradável, então ele sugeriu que fôssemos à entrada para pedestres da Ponte do Brooklyn.

Olhei para cima ao começarmos a atravessá-la.

— Sabe, eu moro aqui desde que nasci e nunca andei nessa ponte.

— Sério? Por quê?

Dei de ombros.

— Não sei. Acho que nunca prestei muita atenção em pontes antes. Elas sempre foram apenas um meio para sair da ilha de Manhattan.

Colby colocou a mão no peito e apertou.

— Nossa, essa doeu. Pontes são obras de arte.

Olhei para os fios de suspensão e as luzes cintilantes no topo.

— É muito linda.

Colby aproximou sua mão da minha e casualmente entrelaçou nossos dedos. Quando olhei para seu rosto, ele ergueu a outra mão.

— Eu seguro a mão de Saylor o tempo todo quando andamos. Então, não interprete errado. Estou bem ciente de que isso não é um encontro.

Dei risada.

— Tudo bem.

— Ótimo, porque me pareceu errado andar ao seu lado agora sem segurar a sua mão.

Sorri. Segurar a mão dele parecia mesmo certo. E tentei não deixar esse pensamento me fazer surtar ao mudar de assunto.

— Então, que curiosidades aleatórias você tem para mim sobre esse esplendor arquitetônico, sr. Fissurado em Pontes?

Ele ergueu um dedo.

— Ah. Achei que nunca perguntaria.

Durante a hora seguinte, enquanto caminhávamos de um bairro para outro e voltávamos, Colby me contou história após história sobre a Ponte do Brooklyn — como PT Barnum uma vez caminhou com 21 elefantes para mostrar ao povo de Nova York que era segura, e todos os nomes que a ponte tivera desde sua construção. Se alguém tivesse perguntado há um mês se eu achava fatos sobre pontes interessantes, eu teria pensado que a pessoa era maluca. Contudo, me concentrei em cada palavra de Colby. Se bem que acho que isso teve menos a ver com as pontes e mais a ver com o homem que falava sobre elas.

Era quase meia-noite quando voltamos para o meu apartamento. Estávamos juntos há quase seis horas, mas eu ainda não estava pronta para encerrar a noite. Ao seguirmos para o elevador, ponderei se convidá-lo para subir enviaria a mensagem errada. No fim das contas, decidi que estava sendo boba. Eu já tinha passado tempo suficiente em seu apartamento; isso não pareceria algo fora dos limites.

— Você... quer subir comigo por um tempinho?

Ele pensou um pouco.

— Acho que não devo. Não quero forçar a minha sorte e quebrar as regras dos encontros de não-namoro. Além disso, a babá precisa trabalhar amanhã de manhã, então é melhor eu não demorar muito.

Tentei esconder minha decepção.

— Oh... sim, claro. Desculpe. Eu nem estava pensando.

Ele segurou minha mão novamente.

— Eu me diverti muito esta noite.

Sorri.

— Eu também.

— Sabe quando fazemos certas coisas que parecem erradas ou nada naturais? Tipo dar as costas depois de jogar uma bola de boliche na pista e não ver o que vai acontecer?

Dei risada.

— Sim...

Colby olhou para seus pés.

— É essa a sensação de ir embora sem te beijar.

Senti-me quente e derretida por dentro.

— Acho que vou pular o ritual do final dos encontros de não-namoro. Nada de fungadas hoje. Não confio em mim o suficiente para ficar tão perto assim agora.

Abri um sorriso triste.

— Tudo bem.

Colby apertou o botão para chamar o elevador. Ele devia estar no térreo, porque as portas se abriram imediatamente. Tive que me forçar a entrar nele e deixar Colby para trás. Ele tinha cem por cento de razão. Parecia errado me afastar assim. Quando entrei no elevador, coloquei a mão para impedir que as portas se fechassem.

— Obrigada por me defender para a minha mãe hoje. Foi muito importante para mim.

Ele sorriu.

— *Você* é muito importante para mim.

Soltei a porta e dei um passo para trás.

— Boa noite, Colby.

— Boa noite, linda.

No instante em que as portas começaram a se fechar, senti um pavor me atingir. Meu coração acelerou, minhas palmas suaram, e senti como se estivesse tendo um ataque de pânico. Foi tão forte que enfiei a mão entre as portas no último segundo, e o elevador a esmagou antes de abrir novamente a contragosto.

— Merda! — gritei.

Colby voltou correndo.

— O que aconteceu? Você está bem?

— Nada... — Sacudi meu pulso. — Eu prendi a mão entre as portas para impedir que fechassem, mas estou bem. Foi mais pelo susto do que pela dor.

Ele pegou minha mão e a examinou. Nem vermelha estava.

— Tem certeza?

Assenti.

— Sim, absoluta.

— Abra e feche os dedos.

Fiz o que ele pediu e não senti dor.

— Eles estão bem.

— Por que você enfiou a mão entre as portas, afinal?

— Eu, hã... só senti que precisava sair do elevador.

Os olhos de Colby fitaram os meus atentamente e, então, um sorriso presunçoso se espalhou em seu rosto.

— Você também está achando estranho ir embora sem me beijar, não é?

— Não — respondi rápido demais.

— Admita. Você quer me beijar.

— Não quero, não.

Seu sorriso ficou ainda maior.

— Mentirosa.

Colby segurou meu rosto entre as mãos e me guiou para que eu desse alguns passos para trás, até encostar nas portas do elevador. Ele baixou a cabeça, de forma que nossos narizes ficaram quase se tocando.

— Vamos ficar aqui por um bom tempo se você estiver esperando que eu tome a iniciativa. Não vou quebrar as regras.

Meu coração acelerou ainda mais por senti-lo tão perto. Ele precisava mesmo ter o cheiro tão bom? Quem continua com o cheiro delicioso depois de seis horas passeando por Nova York? Senti uma vontade urgente de me pressionar a ele, sentir seu corpo quente e firme contra o meu.

Colby passou o nariz pelo meu pescoço, deixando uma trilha de arrepios em minha pele com sua respiração quente. Minha determinação estava desmoronando rapidamente. Como não poderia, com meu corpo faiscando como se eu tivesse sido eletrocutada? Ele levou a boca até minha orelha, e sua voz era rouca e cheia de desejo.

— *Você sabe que me quer tanto quanto eu te quero.*

Ele estava certo. O desejo que eu estava sentindo por ele era insuportável. Quando ele ergueu o rosto novamente e eu vi o desejo transbordando em seus olhos, não pude mais me conter.

Já era.

— Foda-se — eu disse ao me jogar nele.

Envolvi seu pescoço com os braços e joguei-me nos seus, pressionando meus lábios nos dele. Nossas bocas se abriram, e nossas línguas colidiram. Eu podia ter começado o beijo, mas Colby indiscutivelmente tomou o controle. Suas mãos se infiltraram em meus cabelos, agarrando um punhado na parte de trás e puxando minha cabeça para o ângulo que queria. Ele pressionou o corpo contra o meu, e pude sentir sua ereção cutucando minha barriga. Meus olhos reviraram. Ficamos assim por um longo tempo, nos agarrando e apalpando, puxando e pressionando. Quando finalmente interrompemos o beijo, estávamos ofegando.

— Puta merda. — Balancei a cabeça. — Isso foi... — Não pude encontrar a palavra perfeita para descrever.

Mas Colby, sim.

— Só o começo, linda. Foi só o começo.

188   VI KEELAND E PENELOPE WARD

CAPÍTULO 14

Colby

Meu celular tocou na tarde de sábado, e sorri ao ver que era Billie. Ela iria nos encontrar aqui em cerca de uma hora para nosso próximo encontro de não-namoro.

— O Colby está indisponível no momento — eu disse ao atender. — Ele ainda está se recuperando do melhor beijo de sua vida.

Ela deu risada.

— É, foi muito bom, tenho que admitir.

Apenas ouvir sua voz já me deixou todo animado. Caí de costas na cama e balancei no colchão, ainda cheio de tesão da noite anterior.

— Como é que eu vou conseguir me ater às nossas regras agora que sei como é te beijar?

— Acho que você vai ter que esquecer.

— Você quer que eu esqueça, Billie? Porque você com certeza não parecia querer continuar seguindo as regras quando se jogou em mim.

— Eu perdi o controle. Acontece com as melhores pessoas. O que posso dizer?

— Sinta-se livre para perder o controle sempre que quiser. Estarei pronto e esperando.

— Enfim... — Ela pigarreou. — Qual é o plano para hoje?

Por mais que eu a estivesse provocando, precisava me acalmar um pouco antes de ficar sozinho com ela novamente. Do jeito que estava me sentindo, era provável que ultrapassasse o limite, acelerasse demais as coisas e ferrasse com tudo. Então, decidi que já que estava encarregado do encontro de não-namoro, desta vez, tomaria a liberdade de colocar um amortecedor enorme entre nós. O maior amortecedor que eu conhecia.

— Então, tenho uma notícia boa e uma ruim — eu disse.

— Ok...

— A notícia ruim é que não consegui encontrar uma babá hoje. Mas a boa é que poderemos passar o dia com uma garotinha que adora a sua presença quase tanto quanto o pai dela. Espero que não tenha problema.

— Awn... é claro que não tem. Vai ser divertido passar um tempo com ela.

— E com a minha filha por perto, ficarei comportado. Então, é uma vitória para você, certo?

Ela riu.

— Aonde vamos levá-la?

— Faz um tempo que ela me pede para levá-la ao carrossel. Achei que poderíamos ir lá e, em seguida, almoçar em algum lugar legal. O que acha?

— Parece ótimo. Eu sou fácil.

Puxei meus cabelos.

— Minha querida, você está longe de ser fácil.

Infelizmente, nossos planos para visitar o carrossel foram arruinados. Não foi muito inteligente da minha parte prometer algo à minha filha sem conferir a previsão do tempo. Na hora em que Billie deveria chegar, estava chovendo pra caramba.

Quando abri a porta depois que ela bateu, seus cabelos estavam ensopados. Meus olhos ficaram grudados nela, mas os dela foram direto para minha filha.

Billie abriu os braços.

— Oi, lindinha!

Saylor correu até ela.

— Billie!

— Quanto tempo! — Billie curvou-se para abraçá-la. — Como você está?

— Estou bem? — Ela apontou. — Você está molhada.

— Estou.

— Eu gosto de você molhada — sussurrei.

— Tire essa sua mente do esgoto, Lennon. Pensei que hoje as coisas deveriam se manter em classificação livre.

— Só se for livre para pensar em coisas sacanas.

Ela deu um tapa em meu braço.

— Eu mereci isso. — Toquei em seus cabelos. — Sinto muito por você ter se molhado na chuva.

— Nós ainda vamos ao carrossel? Como você pode ver pelo meu novo estilo de rato afogado, talvez essa não seja a melhor ideia.

— Não. É melhor não irmos. — Dei a notícia para minha filha. — O papai é um idiota, Saylor. Teremos que escolher outro dia para irmos ao carrossel, porque não vai ser nada divertido com essa chuva.

— Tudo bem, papai.

Billie sorriu.

— Você é tão fofa, Saylor.

— Acho que podemos ficar por aqui mesmo, então. Tudo bem para você, Billie?

— Eu adoro dias aconchegantes dentro de casa quando está chovendo. — Billie estalou os dedos. — Sabe de uma coisa? Tive uma ideia.

Você se oporia a um dia de artesanato?

— Diferente de você, eu sou fácil. — Balancei as sobrancelhas. — Muito fácil.

Ela deu um tapa em meu braço novamente e virou para minha filha.

— Saylor, alguém já pintou o seu rosto alguma vez?

Saylor assentiu.

— Sim!

— Tenho algumas tintas apropriadas para pele lá no estúdio. Vou buscá-las para fazermos uma festinha de pintura. O que acha?

Minha filha deu um gritinho. Além de amar arte, ela também adorava qualquer oportunidade de fazer bagunça com tintas.

Billie virou-se para mim.

— Você concorda com isso? Eu deveria ter perguntado primeiro. Mas as tintas que tenho são atóxicas.

— Concordo completamente. — Dei um puxão leve no rabo de cavalo de Saylor. — Concordo com qualquer coisa que faça essa garotinha feliz. É o meu propósito de vida.

— Volto já — Billie disse.

— Ei, o que você vai querer comer? Vou pedir alguma coisa enquanto você estiver lá embaixo.

— Surpreenda-me.

Inclinei-me para ela.

— Como você me surpreendeu ontem à noite?

Ela revirou os olhos e saiu pela porta.

Enquanto Billie ia ao estúdio, fiz um pedido em um restaurante japonês que me lembrava de tê-la ouvido dizer que gostava. Já que Saylor adorava rolinhos Califórnia, deduzi que seria uma boa escolha para todos.

Quando a comida chegou, nós três almoçamos e ficamos sentados à mesa por um tempo. Depois disso, recolhi os pratos para abrir espaço para a bagunça que essa festinha de pintura provavelmente criaria.

Billie arrumou as tinhas e os pincéis. Ela tinha um frasquinho de cada cor do arco-íris. Dei a ela um rolo de papel-toalha caso precisasse, e ela me pediu que colocasse um moletom velho de zíper em Saylor para que não caísse tinta em seu vestido.

— No que você quer que eu te transforme, Saylor?

Saylor deu um giro.

— Não sei!

— Posso te transformar em uma princesa borboleta, um unicórnio... o que você quiser.

Minha filha torceu o nariz por um momento, e então gritou:

— Um tigre!

Billie arregalou os olhos.

— Um tigre? E eu aqui pensando que você fosse querer algo mais menininha. Aparentemente, você é mais parecida comigo, porque eu com certeza teria escolhido algo tipo tigre! Na verdade, eu quase fiz uma tatuagem de tigre, uma vez.

Durante a hora seguinte, sentei-me e fiquei olhando Billie pintar o rosto de Saylor. Acho que eu estava acostumado com Saylor no controle das tintas, porque a bagunça que eu estava esperando não aconteceu com Billie no comando. Ela foi meticulosa ao pintar o tigre no rosto da minha filha. Foi um deleite assistir tudo, com a empolgação de Saylor e a expressão de concentração adorável de Billie. Ela deslizava a língua de um lado para o outro pelo lábio inferior quando estava focada.

Ela levou uma hora para terminar. Mas, no final, minha filha parecia ter saído do show da Broadway, *Cats*. Billie tinha feito um trabalho incrível, e Saylor estava nas nuvens. Billie pegou uma tarde chuvosa e a transformou em ouro. Eu esperava que Saylor sempre se lembrasse desse dia.

Saylor quis fazer uma videochamada com a minha mãe para mostrar seu novo visual, então coloquei o laptop na cozinha. Saylor estava ocupada falando com sua avó quando me aproximei de Billie na sala de estar.

— Por que você já tinha essas tintas a postos lá embaixo, afinal? Não sabia que o seu estúdio oferecia serviços de pintura corporal.

Ela limpou um dos pincéis.

— Não oferece. Mas, uma vez, eu dei uma festa de pintura corporal para uma das minhas amigas como parte de sua despedida de solteira. Nós fechamos o estúdio e fizemos lá.

— Então, tipo, vocês pintaram umas às outras?

— Aham... nuas.

Engoli em seco.

— Nuas.

— Aham. Nuas. — Ela riu.

— Tinha algum homem nessa festa? — tive que perguntar.

— Você vai ficar todo ciumento se eu disser que tinha?

— Eu? — Soltei uma risada pelo nariz. — Ciumento?

Ela deu risada.

— Só tinha garotas, na verdade.

Aquilo me trouxe alívio. Sempre o cretino ciumento. Cocei meu queixo.

— Por acaso... você tem alguma foto desse evento? Não estou interessado em ver mais ninguém. Só você.

— Sim. Na verdade, eu tenho. Muitas. No meu celular.

— É mesmo? E, hã, o que é preciso fazer para ganhar a oportunidade de ver essas fotos?

— Elas não são para consumo público.

— Mas eu não sou o público. Sou um amigo. Você ficou nua na frente das suas amigas, não foi?

Saylor saiu de sua videochamada com a minha mãe e veio correndo para a sala de estar, interrompendo nossa conversa.

— A vovó ainda está on-line? — perguntei.

Ela negou com a cabeça.

Billie pegou seu celular.

— Quer tirar umas fotos, Saylor?

Estendi a mão e pisquei para ela.

— Ficarei feliz em pegar o seu celular e tirá-las.

— Você não vai chegar perto do meu celular, Lennon.

Eu adorava mexer com ela. Esperava que soubesse que eu estava brincando sobre as fotos nuas. *Tudo bem, talvez eu não estivesse. Eu definitivamente queria vê-las.*

Billie passou vários minutos tirando foto após foto de Saylor e seu rosto de tigre. Minha filha insistiu em trocar de vestido várias vezes para esse ensaio fotográfico. Foi adorável de ver. Também não pude ignorar o fato de que Billie parecia tão confortável perto de Saylor. Minha filha geralmente se dava bem com a maioria das pessoas, mas nem todo mundo tinha esse tipo de conexão com ela. Era preciso paciência para poder acompanhá-la, uma paciência que às vezes nem mesmo as pessoas com as melhores intenções tinham. Billie podia não ter certeza se queria ter filhos, mas ela levava jeito naturalmente.

Depois que a sessão de fotos terminou, perguntei:

— Quem quer sobremesa?

— Eu! — Saylor gritou.

— Fiz brownies.

Billie arqueou uma sobrancelha.

— Uhhh... brownies de espinafre?

— Shhh... — Pisquei para ela. — Sim.

— Ela ainda não sabe? — Billie sussurrou.

— Não. — Dei risada. — Essa é a beleza disso.

— Ops.

Billie e Saylor comeram brownies enquanto sentei-me no sofá com uma cerveja e apoiei os pés.

Billie acabou passando a tarde inteira conosco. Como ainda estávamos um pouco cheios do almoço, cortei algumas frutas, queijo e peguei biscoitos para um jantar leve.

Após comermos, Billie me deu mais uma surpresa.

— Saylor, que tal você ir pegar o seu pijama? — ela sugeriu. — Vou te ajudar a lavar toda essa tinta do seu rosto. Tenho um sabonete especial para isso.

Com Saylor fora do cômodo, Billie veio até mim.

— Quer saber de uma coisa, Colby Lennon?

— O quê?

— Você é um pai tão maravilhoso. Espero que saiba disso. Passei a tarde inteira te observando, e você não vacila um minuto com ela. Ela é muito sortuda por ter você.

— Nossa, obrigado. Aprecio as suas palavras gentis, linda.

— E sabe o que mais eu acho?

Acariciei sua bochecha.

— O quê?

— Acho que o papai merece um tempinho sozinho. Autocuidado.

— Não preciso ficar sozinho quando você está por perto.

— Acho que você vai preferir ter um tempinho sozinho, dessa vez.

Estreitei os olhos.

— O que você está aprontando?

Ela sussurrou em meu ouvido:

— Vou ajudar a Saylor a se aprontar para ir dormir. Fique aqui e relaxe.

Billie caminhou até a geladeira, pegou outra cerveja e a abriu antes de entregá-la para mim. Em seguida, pegou seu celular e rolou por algumas fotos.

Após um momento, me entregou o aparelho.

— Quando fui ao banheiro mais cedo, criei um álbum especial só para você. Aproveite.

Então, ela saiu dali com Saylor, deixando-me sozinho.

Meu coração martelou com força quando olhei para a tela do celular e encontrei foto após foto do corpo completamente nu de Billie, pintado com uma mistura de vermelho, branco e azul. Tudo, tudo *mesmo*, estava visível. Seus peitos, seus mamilos... e meus olhos desceram mais um pouco. Caralho. Caralho. *Caralho*. Minha calça ficou apertada.

Seu corpo era tão lindo quanto eu havia imaginado. Contudo, com toda aquela tinta cobrindo-a, eu ainda tinha uma vontade enorme de ver sua pele nua. Mas isso já era um presente enorme, que eu certamente não esperava receber esta noite.

Puta. Que. Pariu. Como eu ia conseguir dormir com essas imagens na cabeça?

Fiquei tentado a mandá-las para mim por mensagem, mas não faria isso sem a permissão dela. Porém, com certeza iria pedir.

Uau, Billie. Você é tão linda. Fui interrompido pelo som de risadinhas vindas do fim do corredor. Fiquei tão envolvido em babar no corpo nu de Billie que estava perdendo o fato de que Billie e Saylor estavam se divertindo pra caramba juntas.

Andei pelo corredor e espiei dentro do banheiro. A banheira estava cheia de espuma, e o rosto de Saylor já estava livre da pintura de tigre.

Billie se virou para mim.

— O que você está fazendo aqui? Pensei que tinha te dito para relaxar.

— Relaxar? Acho que você estava tentando me atiçar.

Saylor bateu as mãos na água, fazendo com que uma porção de

espuma pousasse na cabeça de Billie. Tentei ignorar a pontada de anseio em meu peito. Porque por mais incrível que fosse testemunhar Billie se dando bem com a minha filha, me dei conta de que havia uma enorme diferença entre um dia de diversão e uma vida inteira de responsabilidade. A hesitação de Billie comigo todo esse tempo provava isso.

— Muito bem. Vou voltar para o meu recanto de relaxamento. Tem certeza de que tem tudo de que precisa?

— Aham. Já cuidei de tudo. Até encontrei as toalhas.

Voltei a me sentar na sala de estar, mas, para meu desânimo, a tela do celular de Billie tinha bloqueado, então não pude ver suas fotos de novo, já que não sabia a senha. Então, fiquei ali sentindo a abstinência que veio junto com isso e terminei de beber a cerveja ouvindo os sons de risadas vindas do corredor. Percebi que era a primeira vez que eu ouvia isso, a primeira vez que esse apartamento ficava tão cheio de vida. Billie ainda estava ali, e eu já estava começando a sentir falta dessa sensação.

Saylor veio correndo para mim, usando seu pijama.

— Limpinha, papai!

Coloquei-a em meu colo.

— Não sei como Billie conseguiu limpar toda aquela pintura do seu rosto. Tinha bastante.

— É, não foi fácil — Billie disse. — Mas valeu a pena o trabalho.

— Estou descobrindo que muitas coisas são assim.

Ela ruborizou.

Colocamos Saylor na cama, e quando minha filha pediu a Billie que lesse uma história para ela dormir, meu primeiro instinto foi intervir e sugerir que Billie devia estar cansada. Por mais que o dia tivesse sido divertido, parte de mim também tinha medo de que Saylor ficasse apegada demais a Billie. Mas então, me lembrei do quanto a minha garotinha era forte. Nós arranjaríamos uma forma de lidar se um dia eu tivesse que dizer a ela que Billie não estaria mais por perto. Por enquanto, ela deveria poder desfrutar do momento com sua nova amiga.

Após cerca de vinte minutos, Billie voltou do quarto de Saylor.

Dei tapinhas no lugar ao meu lado no sofá.

— Venha cá. Não vou morder. Prometo.

— Quem disse que eu seria contra isso? — Ela ergueu uma sobrancelha.

— Tenha cuidado quando disser coisas assim.

Ela se sentou ao meu lado.

— Você gostou das fotos?

— Sim. Até a tela do seu celular ficar bloqueada quando me levantei para ir ver vocês no banheiro.

Ela deu risadinhas.

— Por que você não disse?

— Dizer o quê? "Desculpe por interromper o seu momento com a minha filha, mas será que você pode desbloquear a tela do seu celular para que eu possa continuar me excitando com o seu corpo nu?"

Ela riu e deu um tapa no meu joelho.

— O que você achou das fotos?

— O que eu achei? — Suspirei. — Acho que não vou conseguir dormir esta noite, porque ficarei repassando aquelas imagens na minha mente. Acho que estou ainda mais ferrado do que já estava. E acho que daria minha bola esquerda para pintar o seu corpo agora mesmo.

Ela se levantou e foi até a mesa onde as tintas ainda estavam enfileiradas. Arregalei os olhos. A princípio, pensei que talvez ela fosse me conceder o desejo de me deixar pintá-la, mas isso provavelmente era burrice minha, já que Saylor mal tinha ido dormir.

— Tire a camiseta — ela disse.

— Vai me pintar? Espere... isso é só uma desculpa para me ver sem camisa?

— Olho por olho, certo?

— Você não precisa pedir duas vezes — eu disse, tirando minha camisa.

Ela deu risada.

— Deite-se e relaxe.

Durante os minutos seguintes, fiz exatamente isso. Fechei os olhos enquanto Billie pintava algo em meu pescoço. Mesmo quando abri os olhos para fitar seu lindo rosto e a maneira como sua língua deslizava por seu lábio enquanto se concentrava, não consegui descobrir qual era o desenho.

— Prontinho. Perfeito — ela anunciou.

— Devo ter medo de olhar?

— Acho que você vai gostar.

Caminhei até o espelho e fiquei boquiaberto. Billie havia pintado um colarinho branco e uma gravata-borboleta preta no meu pescoço. Fiquei parecendo um daqueles dançarinos sensuais, ou algo saído diretamente do filme *Magic Mike.*

— Você me transformou em um stripper.

— Posso ter fantasiado um pouco.

— Você quer que eu faça strip-tease? Porque posso dar um jeito nisso.

— Imaginei que você diria isso. Mas eu nunca te exploraria assim.

— Ainda não entendeu que eu quero ser explorado por você?

Ela sorriu.

— Você é louco, Colby.

— Sim, louco por você. — Voltei a me sentar ao lado dela. — Hoje foi... maravilhoso. De verdade. Obrigado por tudo. Por improvisar comigo em um dia chuvoso, por trazer alegria para a minha filha, por me deixar olhar para o seu lindo corpo.

Após um longo momento de silêncio, ela perguntou:

— Você acha que ela já dormiu?

— Provavelmente. Mas vou conferir.

Imaginei que havia um motivo para ela estar me perguntando isso, e digamos que fiquei bastante intrigado. Levantei para dar uma olhada na minha filha, que estava, de fato, dormindo profundamente, como suspeitei que estaria, dado o dia animado que tivera.

— Você gostaria de pintar alguma coisa em mim? No meu peito? — Billie perguntou quando retornei ao sofá.

Senti adrenalina me percorrer. Mas embora a minha vontade tenha sido me levantar em um salto e ir buscar as tintas, mantive a calma. Pigarreei.

— É, talvez eu tenha interesse nisso.

Ela deu risada e pegou as tintas antes de segurar a minha mão e me arrastar para o meu quarto. Tranquei a porta.

O clima ficou sério quando ela começou a desatar seu espartilho. Senti como se meu coração estivesse prestes a saltar do peito. E meu pau, prestes a saltar da calça.

Billie parou.

— Na verdade, você pode me dar um moletom ou algo assim, caso ela acorde e eu precise me cobrir?

— Sim, claro. — Cheio de expectativa, encontrei um moletom preto no meu closet. — Aqui está.

— Obrigada.

Ela desfez os laços de seu espartilho antes de removê-lo. Seus peitos lindos e redondinhos surgiram, e eu não conseguia acreditar que isso estava mesmo acontecendo. Ela vestiu meu moletom, deixando-o aberto na frente.

Fiquei completamente duro enquanto olhava para seus lindos seios, sua pele leitosa com mamilos rosados.

— Espero que não se importe que eu te olhe por um momento.

— Não.

— Você é tão linda — murmurei. Eu queria tocá-la, mas não ia presumir que podia fazê-lo. Em vez disso, peguei as tintas preta e branca que ela usou para fazer minha pintura. — Gostaria que eu pintasse algo em particular em você? — perguntei.

— Não. Eu gostaria de ver o que você vai criar.

Ótimo. Isso vai ser um desastre.

Enquanto eu continuava a encarar seus peitos, somente uma coisa me veio à mente. Não consegui visualizar mais nada. E tudo em que pude pensar foi... *ela vai odiar.*

Mas comecei a fazer mesmo assim.

— Você não pode olhar até eu terminar, ok?

— É justo. — Ela sorriu.

Billie deitou-se e, com cuidado, comecei a criar minha arte magistral. Considerando que eu tinha o talento artístico de uma criança de cinco anos, ela tinha muito o que esperar. Decidi poupá-la e pintar apenas um de seus seios. Escolhi o esquerdo.

Desfrutei de cada segundo passando o pincel em sua pele com tinta branca, demorando mais do que provavelmente deveria, porque não sabia se teria uma oportunidade dessas novamente. Depois de cobrir seu seio por completo, abri a tinta preta para finalizar os detalhes do desenho. Minha ereção não cedia, e torci para que ela compreendesse que eu não tinha controle sobre o meu pau se olhasse para baixo e notasse o quanto eu estava excitado.

Minha arte amadora não demorou tanto assim para ficar pronta, e quando terminei, tudo que consegui pensar em dizer foi:

— Não me mate.

Suas bochechas ficaram vermelhas.

— O que você fez?

— Vá olhar.

Billie se levantou, caminhou até o espelho e ficou de queixo caído.

— Mentira que você transformou o meu peito no Snoopy!

Eu tinha pintado seu mamilo de preto para formar o focinho do Snoopy e duas aberturas pretas acima para representar os olhos dele. Nas laterais, pintei orelhas pretas. Não era uma obra de arte, mas achei que me saí bem.

— Foi a única coisa em que consegui pensar.

Ela caiu na risada. Vi seus seios balançarem pelo espelho, e pareceu que o Snoopy também estava rindo.

— Colby Lennon, você é insano. Mas eu adorei.

— Sério?

Ela se aproximou e envolveu meu pescoço com os braços. Nossos olhares se prenderam, e, dessa vez, fui eu que não pude resistir a tomar a iniciativa. Inclinei-me para frente e tomei seus lábios nos meus, sentindo a frustração acumulada do dia inteiro ser aliviada ao expirar em sua boca. Nossas línguas se encontraram, e foi tão incrível quanto a primeira vez. Eu mal podia esperar para estar dentro dessa mulher, mesmo que demorasse uma eternidade.

Ela se afastou, ofegando. Esse era o momento que ela costumava interromper as coisas antes que fôssemos longe demais. E isso provavelmente foi uma boa ideia, porque, se continuássemos, eu teria descido um pouco mais para capturar o focinho do Snoopy com a boca.

— É melhor eu ir — ela disse.

Bem na hora.

— Tem certeza?

— Sim. Acho que tivemos uma sobrecarga de diversão hoje, e precisamos desacelerar um pouco.

— Tudo bem, linda. Como quiser. — Peguei meu celular e chamei um carro de aplicativo para ela.

— Não quero sujar o meu espartilho de tinta. Posso pegar esse moletom emprestado?

— Claro. Pode ficar com ele, se quiser. Melhor ainda, traga-o da próxima vez que me deixar pintar você.

— Tenho medo do que você pintaria da próxima vez.

— Já tenho uma ótima ideia para a tinta amarela.

— Me deixe adivinhar. Woodstock?

— Não vou dizer. — Pisquei para ela. — Não quero arruinar a surpresa.

— Diga tchau para o Snoopy — ela falou ao fechar o zíper do meu moletom, cobrindo seus seios.

— Droga. Vou sentir saudades dele.

Nós dois rimos ao sairmos do meu quarto e seguirmos para a porta da frente. Envolvi sua cintura com o braço e a puxei para mim mais uma vez, saboreando cada segundo de sua boca deliciosa.

— Adoro o seu sabor.

Ela gemeu na minha boca antes de dar um passo para trás.

— O carro está esperando. É melhor eu ir.

Ao observá-la saindo pelo corredor, chamei:

— Ei, tenho uma ideia de história para a próxima vez que você contar uma para a Saylor.

— Qual é?

— Snoopy e o Dançarino.

Ela balançou a cabeça e continuou andando.

CAPÍTULO 15

Billie

— Mas que droga você está fazendo?

Franzi as sobrancelhas quando Deek interrompeu meus pensamentos.

— Estou sentada em uma cadeira. O que parece que estou fazendo?

— Você está com um sorriso esquisito.

— Estou?

Deek estava trabalhando em um dos nossos clientes. Ele desligou sua máquina e girou a cadeira para que o cara ficasse de frente para mim.

— Já terminei, Remy. Mas ela parece esquisita para você?

Remy estreitou os olhos.

— Acho que não. O que devo procurar?

Deek esfregou a barba em sua mandíbula.

— Não sei. Mas algo está estranho. — Ele girou a cadeira de volta para a posição normal e ergueu um espelho, colocando atrás de Remy para que ele pudesse ver suas costas. — Dê uma olhada. Me diga o que achou.

Remy passou alguns minutos olhando sua nova tatuagem em vários ângulos e, então, apertou a mão de Deek.

— Excelente como sempre, cara.

— Valeu. Me ligue quando decidir o que vai querer tatuar em seguida. Foi bom te ver.

Depois que Deek acompanhou Remy até a saída e fechou a porta, ficamos somente nós dois. Eu tinha começado a desenhar uma cabeça de Medusa para um cliente novo que viria na semana seguinte. Deek olhou por cima do meu ombro antes de encostar o quadril na bancada da minha estação de trabalho.

— Você assistiu a um filme de terror antes de vir trabalhar hoje?

Balancei a cabeça.

— Não, por quê?

— Brincou com uma ninhada de filhotinhos de cachorro?

Dei risada.

— Não.

— Então... insultou a sua mãe e ela ficou sem resposta?

Soltei meu lápis.

— Aonde você quer chegar?

— Quatro coisas te fazem sorrir desse jeito. — Ele ergueu os dedos e começou a contar. — Um, filhotinhos de cachorro. Dois, ganhar uma briga com a sua mãe. Três, filmes de terror muito assustadores, e quatro, transar.

Revirei os olhos.

— Bom, nenhuma dessas coisas aconteceu.

— Não? Então, não aconteceu nada com o Colby?

Dei de ombros.

— Talvez tenha acontecido uma *coisinha*. Mas não transamos.

Deek balançou a cabeça.

— Então, você está me dizendo que está sorrindo assim por causa de *sentimentos*? Preciso ter uma conversinha com esse sujeito.

— Do que está falando? Você não parava de me incentivar a dar uma chance a ele.

— Eu sei. Mas não sabia que você ia se apaixonar tão rápido. Preciso me certificar de que as intenções dele são boas.

Sorri.

— Valeu, *pai*. Mas acho que posso me cuidar sozinha.

Quinze minutos depois, ninguém menos que Colby entrou pela porta. Deek esfregou as mãos uma na outra.

— Ah, merda — murmurei.

Colby entrou no estúdio com um sorriso.

— E aí, Deek? Oi, Billie.

Eu sabia que não adiantaria nada tentar impedir Deek de fazer o que quer que estivesse planejando. Então, dei um beijo na bochecha de Colby.

— Peço desculpas adiantadas por isso.

— O quê?

Gesticulei para Deek, que apontou para a cadeira vazia ao seu lado.

— Sente-se, Colby. Eu gostaria de dar uma palavrinha com você.

Colby alternou olhares entre mim e Deek algumas vezes, mas então, deu de ombros e sentou.

— O que está rolando?

Deek cruzou os braços contra o peito.

— Onde você se vê daqui a cinco anos?

Colby franziu a testa. Ele olhou para mim, buscando ajuda, e eu dei de ombros.

— Vai ser pior se você não entrar na onda dele — eu disse. — Acredite.

Colby pareceu desconfiado, mas voltou sua atenção para Deek.

— Não sei. Acho que, em cinco anos, eu gostaria de comprar um terreno e começar a construir uma casa de verão. Não tenho condições de fazer isso nos Hamptons ou qualquer lugar da moda assim, mas tudo bem. Gosto mais de Hudson Valley, de qualquer forma. Talvez eu deixe Saylor ter um cachorro. — Ele me lançou um olhar rápido antes de desviar novamente. — Uma esposa e talvez mais um filho. Não tenho certeza. Não tenho uma linha do tempo planejada para as coisas. Acho que eu gostaria de estar feliz e que a minha vida tivesse algum progresso.

Deek considerou sua resposta com uma expressão impassível.

— Que tipo de cachorro?

— Labrador, talvez?

— Comprar ou adotar?

— Adotar de um abrigo, com certeza.

Deek assentiu.

— Que tipo de pornô você curte?

— Não sei. Qualquer um, eu acho...?

— Então isso inclui pornografia infantil?

— O quê? Não! Claro que não!

— Ajudaria muito se você pudesse ser um pouco mais específico na sua resposta.

Colby balançou a cabeça.

— Sei lá. Quais são os tipos de pornô que existem? Acho que gosto de pornô hétero. Penetração, oral, anal de vez em quando.

— E orgia?

Colby deu de ombros.

— Sim, claro. Também curto uma orgia.

Deek olhou para mim.

— Isso te preocupa?

Abri um sorriso sugestivo.

— Não. Também curto filmes com orgia.

Colby franziu o rosto inteiro.

— Para que tudo isso? Quero dizer, não me entenda mal, estou animadíssimo por saber que Billie curte pornô com orgia. Mas qual é o objetivo disso?

Deek ergueu um dedo.

— Só mais uma pergunta. Qual é o número do seu apartamento?

— Duzentos e dezoito. Por quê?

— Para que eu saiba aonde ir se a minha amiga for magoada.

Dei risada e desci da cadeira, me aproximando de Colby.

— Já terminou, Deek?

Ele encarou Colby.

— Por enquanto...

— Ok, ótimo. Então, que tal você tirar o seu intervalo para o almoço?

Colby esperou até Deek estar longe o suficiente antes de virar para mim.

— O que acabou de acontecer?

Fiquei nas pontas dos pés e pressionei meus lábios nos dele.

— Ele sabe que as coisas já saíram da zona da amizade entre nós, então queria se certificar de que você é um cara decente.

— Talvez eu devesse convidar Deek e seu namorado para jantar, algum dia.

Afastei-me.

— Sério? Você faria isso?

— Claro. Por que não? Ele é um dos seus melhores amigos, não é?

— E que acabou de te interrogar...

Colby afastou meus cabelos do ombro.

— Tudo bem. Eu gostaria que a minha filha tivesse amigos protetores assim. E espero que ela escolha o tipo de cara que convidaria os amigos dela para passar um tempo com ele para deixá-los mais tranquilos.

Fiquei derretida por dentro.

— Awn... isso é muito fofo da sua parte, Colby.

— Fico feliz que ache isso. Porque essa não é exatamente a palavra certa para descrever as coisas que tenho pensado sobre você desde a nossa festinha de pinturas.

Mordi o lábio.

— Talvez eu também tenha pensado coisinhas não tão fofas sobre você nos últimos dias.

Colby roçou os nós dos dedos para cima e para baixo em meu braço.

— Ah, é? Me conte mais...

Eu estava considerando fazer isso quando o celular de Colby começou a tocar. Parecia um alarme.

— Droga. Tenho que ir. Saylor tem que ir para a aula de dança. Preciso liberar a babá e levá-la para o estúdio.

Sorri.

— Eu não sabia que ela fazia aulas de dança. Ela usa um tutu cor-de-rosa?

— Sim. Mas, por alguma razão, se recusa a usar tênis para ir andando até o estúdio. Em vez disso, combina o tutu cor-de-rosa com um galochas verdes que a minha mãe lhe deu. Elas têm um rostinho de sapo nas pontas.

Dei risada.

— Ela definitivamente pensa igualzinho a mim.

— Tenho que ir. Mas passei aqui para perguntar se você quer jantar comigo no sábado à noite.

— Parece um bom plano.

— Só para deixar claro: estou te chamando para um encontro. Não para um encontro de não-namoro.

— Achei que a pintura no meu peito já tinha nos feito sair da fase de encontros de não-namoro platônicos. — Dei risada. — Mas, sim, eu adoraria jantar com você.

— No meu apartamento, ok? Saylor vai ficar na casa dos meus pais. — Ele ergueu uma das mãos. — Sem pressão. Sei que você quer ir devagar. Mas eu adoraria não dividir você com mais ninguém, para variar.

Sorri.

— Claro. Eu também adoraria.

— Ok, então. — Ele baixou a cabeça e me deu mais um beijo leve nos lábios. — Te vejo no sábado.

— Não acredito que você faz molho do zero.

Eu estava sentada na bancada da cozinha de Colby ao lado do fogão, vendo-o mexer numa panela de molho de tomate.

— Quando Saylor chegou à minha vida, eu não fazia ideia do que fazer com um bebê. Minha mãe passava muito tempo no meu apartamento, porque eu vivia uma pilha de nervos. Achava que ia fazer algo errado e machucá-la. Toda vez que a minha mãe vinha, trazia um cartão com uma receita escrita e uma sacola de compras do mercado. Enquanto Saylor tirava uma soneca, ela me ensinava a cozinhar. Devo muito a ela por ter me feito um pai melhor.

Colby pegou uma colherada de molho e soprou antes de levá-la aos meus lábios.

— Hum, nossa. Está muito bom. Com um sabor acentuado de alho, do jeito que eu gosto.

Uma gotinha de molho caiu da parte de baixo da colher na minha clavícula. Colby inclinou-se e a lambeu antes de subir com a língua por meu pescoço e chupar a linha do meu pulso.

— Tinha um pouquinho de molho em você. — Ele sorriu. — Não tenho papel-toalha.

Apontei para o rolo cheio bem ali ao meu lado e ergui uma sobrancelha.

— Eu quis dizer que sou ambientalmente consciente e não gosto de usar papel-toalha demais.

— Aham. — Sorri. Pegando a colher de sua mão, eu a virei e passei o lado cheio de molho na lateral de seu pescoço.

Os olhos de Colby escureceram quando me aproximei e retribuí o favor, arrastando a língua sobre o molho e chupando sua pele.

Ele gemeu quando me afastei.

— Falta muito pouco para eu jogar essa panela inteira de molho nos nossos corpos.

Dei risadinhas.

— Por que agora estamos com essa mania de querer pintar o corpo um do outro? Você tem um fetiche ou algo assim?

— Não sabia que tinha, mas isso está definitivamente se tornando um problema para mim. Outro dia, passei em frente a uma loja infantil. Tinha uma mochila do Snoopy na vitrine, e comecei a ficar duro pensando nos seus peitos. Não sei se ainda vou conseguir levar a minha filha para fazer compras por sua causa.

Eu não conseguia parar de sorrir.

— Que tal você desligar o fogo desse molho por um tempinho? Podemos ir para a sala. Quero sentar no seu colo e continuar chupando o seu pescoço.

Em dois segundos, Colby desligou o fogão, me ergueu e me carregou até o sofá. Dei risada o caminho inteiro.

— Alguém aqui está ansioso.

— Linda, você não faz a menor ideia.

Não demorou até nossas risadas e brincadeiras se transformarem em amassos intensos. Senti a ereção de Colby se esticando sob duas camadas de roupas, atingindo o ponto perfeito entre minhas pernas abertas de uma maneira tão gostosa. Eu estava a segundos de começar a rebolar no colo dele quando meu celular tocou. Aquele toque era basicamente a única coisa capaz de me fazer parar.

Colby separou a boca da minha.

— O que é isso?

— É do filme *O Mágico de Oz*, quando a bruxa má está andando de bicicleta no tornado.

— Por quê?

Suspirei.

— É a minha mãe. Podemos fingir que o meu bolso não está tocando?

Colby abriu um sorriso largo e apertou meu pescoço, puxando-me de volta para ele sem discutir. Quinze segundos depois, eu estava pronta para começar a rebolar nele novamente quando meu celular recomeçou a tocar. Tentei ignorá-lo, mas não pude mais.

Afastei-me.

— Desculpe. Ela nunca me liga de novo quando não atendo. Acho que é melhor eu atender.

Ele assentiu.

— Sim, claro.

Peguei o celular do meu bolso e atendi.

— Não é um bom momento, mãe.

— Eu acabei de ser assaltada... — Ela arfou. — À mão armada!

Endireitei as costas e pisquei algumas vezes para afastar a névoa de luxúria na qual estava.

— O quê? Onde você está? Você está bem?

— Estou na galeria. E não, não estou bem! Ele apontou uma arma para a minha cabeça!

Levantei de uma vez do colo de Colby e olhei em volta, procurando minha bolsa.

— Você chamou a polícia?

— Sim, eles já estão aqui.

Soltei um pequeno suspiro de alívio e assenti.

— Ok, ótimo.

— Você pode vir à galeria, por favor? Preciso da sua ajuda.

— Sim, é claro. Estou indo agora mesmo.

Eu mal tinha encerrado a ligação e Colby já estava com minha bolsa na mão e abrindo a porta de seu apartamento.

— Aonde estamos indo?

— Para a galeria da minha mãe. Ela acabou de ser assaltada.

— Então, a sua mãe disse que, recentemente, você fez uma exibição aqui na galeria, certo? — o policial perguntou. Ele tinha um pequeno bloco de anotações com capa de couro na mão.

Assenti.

— Sim.

Fazia quinze minutos que Colby e eu estávamos na galeria. Minha mãe parecia já ter mudado de assustada para insuportável, o que me trouxe um pouco de conforto. O ladrão mascarado tinha levado sua carteira, que continha pouco menos de cem dólares em dinheiro. No momento, ela estava ao telefone cancelando todos os cartões de crédito.

O policial assentiu.

— E algumas das pessoas que vieram à exibição eram suspeitas?

Torci o nariz.

— O quê? Não. Por que está perguntando isso?

Ele apontou para trás por cima do ombro com seu lápis.

— A sua mãe disse que, naquela noite, em particular, atraiu a presença de um tipo diferente da clientela que ela costuma ter. Ela parecia ter quase certeza de que o homem que a assaltou hoje esteve aqui naquela noite.

Arregalei os olhos.

— Sério? Pensei que ela não tinha conseguido ver o cara.

— Ela não conseguiu. Mas mencionou que havia algumas pessoas presentes que tinham ligações com gangues. — Ele virou uma página em seu bloco de anotações. — E um deles se chamava Devin, ou algo assim?

Fiquei boquiaberta.

— Está brincando comigo?

— Não, por quê?

Senti a raiva queimar em mim e subir até meu rosto.

— Devin não tem ligações com gangues. Ele é um tatuador muito conhecido e foi meu mentor por anos. Tenho certeza de que as pessoas no Bowery Mission, em Tribeca, testemunharão a favor dele, já que ele faz trabalhos voluntários lá três vezes por semana cozinhando para os sem-teto.

A testa do policial franziu enquanto ele olhava novamente para seu bloco de anotações.

— E uma pessoa chamada Lenny Prince?

Senti como se tivesse fogo em minhas veias.

— Lenny é um artista de rua que estava exibindo sua arte aqui na mesma noite que Devin. Na mesma noite em que eu também exibi peças minhas. A esposa dele é juíza de trânsito no Brooklyn. Tenho certeza de que ela o impede de invadir galerias para roubar carteiras. Odeio te dizer isso, mas o único crime que esses dois homens cometeram foi achar que minha mãe apoiava o trabalho deles. Sabe, minha querida mãezinha acha que qualquer um que tenha tatuagens ou um estilo de vida que não seja igual ao dela é um marginal. — Respirei fundo. — Se quiser mesmo saber quem pode ter tido a intenção de fazer mal à minha mãe, acho que vai ter que entrevistar metade da cidade de Nova York, porque ela insulta quase todo ser humano que encontra.

O policial e eu olhamos para minha mãe. Ela estava falando ao celular enquanto mexia no colar de pérolas em volta do pescoço. Ele se virou novamente para mim e fechou seu bloco de notas.

— Obrigado pelas informações.

— Precisa de mim para mais alguma coisa? — perguntei.

Ele balançou a cabeça.

— Acho que não.

— Então, estou indo embora. Boa sorte com ela...

Colby ficou o tempo todo esperando na porta, mexendo no celular. Ele se endireitou quando me aproximei. Coloquei as mãos nos quadris.

— Quero voltar para o seu apartamento e me esfregar no seu pau duro até gozar sem ao menos tirar a roupa. Topa ou não?

Ele ergueu as sobrancelhas de uma vez, mas superou o choque bem rápido.

— Porra, com certeza.

— Ótimo. Vamos.

Infelizmente, meu entusiasmo não durou. Minha raiva se transformou em decepção durante o caminho de volta para a casa de Colby. Mas Colby interpretou aquilo perfeitamente e me deu o espaço de que eu precisava até entrarmos em seu apartamento.

— Que tal eu terminar de fazer o jantar? — ele perguntou.

Sorri.

— Seria ótimo.

Ele se movimentou pela cozinha, pegando as coisas de que precisava da geladeira e colocando o molho e uma panela de água no fogão. Quando terminou de fazer tudo, ele me ergueu novamente na bancada onde estive sentada mais cedo e abriu minhas pernas para poder ficar de pé entre elas.

— Fale comigo.

Balancei a cabeça.

— Eu caí nas merdas dela de novo. Pensei que ela estava assustada e precisava da minha ajuda. Mas o que ela realmente queria era que eu desse à polícia detalhes sobre alguns dos meus amigos que estiveram na galeria para que eles fossem investigados como suspeitos.

Colby franziu a testa.

— Sinto muito.

— Não sei quando vou aprender. — Suspirei. — Desculpe ter arruinado o nosso encontro. Sei que você tem pouco tempo sem a Saylor.

— Você não arruinou nada. Na verdade, estou um pouco aliviado por descobrir que a sua vida fica caótica, de vez em quando. Sinto que sempre sou somente eu, tendo que trazer a minha filha quando passamos tempo juntos porque a babá cancela, tendo que chegar em casa antes de virar abóbora... — Ele deu de ombros. — É a vida, e nem sempre é fácil. Na verdade, a minha geralmente é uma bagunça completa. Mas quero compartilhar essa bagunça com você, e quero que você compartilhe qualquer que seja a bagunça que tenha comigo.

Olhei nos olhos de Colby.

— Você está mesmo falando sério, não está?

Ele sorriu e tocou minha têmpora delicadamente com dois dedos.

— Bem, quem diria? Essa cabeça dura aqui é penetrável, afinal de contas.

Retribuí o sorriso. Esse homem havia aberto seu mundo para que eu entrasse, e finalmente senti que estava na hora de fazer o mesmo. Respirei fundo.

— Eu sou louca por você, Colby.

O rosto dele ficou sério.

— O sentimento é mútuo. E não vou te decepcionar, Billie.

Assenti.

— Acho que eu sempre soube disse. Mas estava com medo de me permitir acreditar.

— Acredite. Acredite em *mim*.

Em minha alma, senti que era o momento certo.

— Eu quero você, Colby.

Seus olhos analisaram os meus.

— Tipo montar em mim no sofá e rebolar no meu colo?

Sorri.

— Não. Quero você dentro de mim.

— Tem certeza?

— Absoluta.

Colby me ergueu da bancada e me carregou para seu quarto. Ele me colocou bem no meio da cama, com minha cabeça em um travesseiro.

— Há tantas coisas que quero fazer com você. Lembra que, algumas semanas atrás, você disse que gostava do meu lado mandão?

Assenti.

Seus lábios se curvaram em um sorriso incrivelmente sexy.

— Levante os braços. Segure-se na cabeceira e não solte.

Oh, Deus. O ar no quarto pareceu crepitar quando fiz o que ele pediu.

Colby abriu minha calça jeans e a deslizou por minhas pernas. Em seguida, prendeu um dedo em um dos lados da minha calcinha e puxou, fazendo-a rasgar.

Arfei e apertei a cabeceira com ainda mais força. Colby lambeu os lábios de onde estava, ao pé da cama, olhando para mim.

— Abra as pernas.

Ele sequer tinha encostado um dedo em mim direito, e, ainda assim, eu já podia sentir o meu orgasmo se formando. Fiz o que ele pediu, abrindo as pernas sobre a cama. Os olhos de Colby se fixaram na minha boceta.

— *Abra mais*. Quero ver o quanto você está molhada para mim.

Meus músculos se contraíram conforme eu abria as pernas o máximo possível.

Colby balançou a cabeça.

— Você é linda em todas as partes. Vou te chupar até você implorar pelo meu pau.

Eu não sabia bem de onde esse lado de Colby tinha vindo, mas *adorei* pra caralho. Faltava muito pouco para que eu já começasse a implorar.

Colby puxou sua camisa pela cabeça e subiu na cama. Ele parou, pairando sobre mim.

— Não solte a cabeceira. Em hipótese alguma.

Não consegui formular palavras, então fiz apenas um aceno afirmativo muito fraco com a cabeça. Mas, aparentemente, foi suficiente para satisfazer Colby, e ele enterrou o rosto entre minhas pernas. Não houver lambidas provocantes, ou preliminares leves; ele *caiu de boca* com vontade. Sua língua lambia minha excitação, o nariz pressionava meu clitóris e sua cabeça se movia de um lado para o outro enquanto ele me devorava. Meus quadris se agitaram conforme os músculos da minha coxa começaram a tremer.

— Oh, Deus — lamuriei.

Senti uma vontade intensa de enfiar as mãos em seus cabelos e puxar com força. Mas continuei agarrando a cabeceira, por medo de que ele parasse. Em toda a minha vida, nunca senti um orgasmo se formar de forma tão voraz. A língua de Colby subiu para atormentar meu clitóris, pincelando e provocando antes de chupá-lo. Dois dedos deslizaram para dentro de mim e começaram a bombear, entrando e saindo.

Arqueei as costas.

— Colby!

Ele bombeou os dedos com mais força, usando sua outra mão para pressionar minha barriga e me manter no lugar. Os sons úmidos de seus dedos entrando e saindo de mim eram a coisa mais erótica que eu já tinha ouvido. Não fui empurrada lentamente para a beira do abismo, fui lançada, gritando seu nome enquanto meu corpo se contraía em torno de seus dedos.

Depois, fiquei em um completo torpor, mal ciente do momento em que Colby se levantou e tirou o restante de suas roupas. Ele abriu e fechou a gaveta da mesa de cabeceira, e quando olhei para cima, ele estava ajoelhado e sentado sobre os calcanhares, levando um pacote de camisinha à boca. Ele usou os dentes para abri-lo e exibiu um sorriso arrogante.

— Você já pode soltar a cabeceira.

— Ah... — Dei risada. — Nem percebi que ainda estava segurando.

Colby removeu a camisinha do pacote e o jogou do chão. Meu olhar seguiu sua mão abaixando.

— Ai, meu Deus. — Arregalei os olhos. — Sério?

Colby se protegeu, segurando a base de seu pau assim que ficou coberto pela camisinha.

— Espero que esse "sério?" não tenha sido de decepção. — Ele sorriu.

Revirei os olhos.

— Você sabe que não foi. Você é... enorme.

Ele deu risada ao pairar sobre o meu corpo, alinhando sua glande grossa à minha entrada. Colby entrelaçou nossos dedos e beijou meus lábios delicadamente antes de afastar a cabeça para olhar em meus olhos. Nossos olhares se sustentaram enquanto ele me penetrava.

— Porra. — Ele fechou os olhos por um breve momento. — Você está tão molhada e é tão apertada que não vou durar muito, linda.

Sorri.

— Tudo bem. Você já cuidou de mim, e temos a noite toda.

Ele impulsionou e recuou, suavemente a princípio, mas indo mais fundo a cada penetração. Assim que fiquei completamente pronta para ele, seus movimentos se intensificaram. Envolvi sua cintura com as pernas, e juntos nos movimentamos em sincronia. Normalmente, eu só conseguia ter um orgasmo, se tivesse sorte. Mas não demorou muito até eu sentir meu clímax se formando novamente.

Meus dedos se infiltraram nos cabelos de Colby, e nossas bocas se juntaram em um beijo. Meu coração acelerou, sentindo muito mais do que somente prazer físico. Esse homem estava me consumindo, e parecia que eu não era a única completamente envolvida no momento. Colby afastou o rosto novamente para olhar em meus olhos. Sua mandíbula estava tensa, e as veias em seu pescoço estavam saltadas. A intensidade do momento me empurrou para o abismo novamente.

— Eu vou... — Não consegui terminar a frase antes do meu corpo começar a pulsar em torno dele. — *Oh, Deus...*

Colby acelerou os movimentos, sem quebrar nosso contato visual, observando meu rosto anunciando meu orgasmo. Assim que as contrações dos meus músculos cederam, ele estocou mais uma vez e enterrou-se bem fundo em mim ao gozar.

— Caralho — ele rugiu. — *Porra. Porra. Porra!*

Ele me beijou delicadamente ao nos recuperarmos do nosso ápice. Sorrimos um para o outro, e Colby continuou a deslizar para dentro e para fora de mim por um longo tempo, até finalmente ter que se levantar e se desfazer da camisinha. Ao retornar do banheiro, ele trouxe uma toalha aquecida e limpou entre minhas pernas suavemente antes de voltar a deitar na cama e me puxar para seus braços. Ele me posicionou de modo que minha cabeça descansasse em seu peito.

Ele acariciou meus cabelos.

— Isso foi incrível.

Sorri.

— Foi, sim. Acho que eu não conseguiria levantar a cabeça agora mesmo que tentasse.

Colby deu risada.

— Durma. Te acordarei com café da manhã na cama.

Aconcheguei-me mais nele.

— Que amor.

— Não exatamente. Você não perguntou o que vou te dar para comer.

Dei um tapa em seu abdômen e bocejei, sentindo-me grogue.

— Já ouviu falar que um arroto é um elogio ao chef? Bom, eu sempre caio no sono depois de um bom orgasmo.

Ele beijou o topo da minha cabeça.

— Ótimo. Então, a partir de agora, você vai dormir pra caramba.

CAPÍTULO 16

Colby

Eu pensava que tinha uma boa vida antes de Billie surgir no meu caminho. Tinha convencido a mim mesmo de que estava completamente satisfeito sendo apenas um pai para Saylor, que não precisava de mais nada, por enquanto. Provavelmente, tinha precisado dizer isso para mim mesmo para conseguir passar pelos dias difíceis no começo.

Mas desde que Billie e eu decidimos dar uma chance a nós dois, me dei conta de tudo que estava perdendo: o quanto meu apetite sexual precisava ser satisfeito, o quanto eu precisava de estímulo mental. E, cara, Billie satisfazia absolutamente todas as minhas necessidades. *Inebriado* não era uma palavra forte o suficiente para descrever como eu me sentia em relação a ela. Só esperava que não fosse temporário. Tentar não pensar demais nisso havia se tornado o meu maior desafio. Mas fazia parte da natureza humana esperar que uma bomba explodisse quando tudo estivesse correndo perfeitamente, não era? Com muita frequência, quando você baixava a guarda, a vida vinha e te destruía.

Ultimamente, Billie vinha até o meu apartamento no meio do dia para me encontrar quando eu chegava em casa para um intervalo rápido para o almoço. Transávamos sempre que tínhamos chance durante o dia, porque Billie não passava a noite na minha casa ainda. Concordamos que estava cedo demais, então pisávamos em ovos por causa da minha filha. Durante um dos nossos encontros, certa tarde, balançamos a cama com tanta força que a cabeceira ficou batendo na parede. Isso tinha deixado um belo buraco no local.

Por isso a visita de Holden na tarde de quinta-feira. Eu havia perguntado a ele onde ele guardava o gesso e outros materiais para consertar o buraco, porque eu mesmo queria consertá-lo. Mas ele insistira em vir. E eu sabia que ele ia se divertir pra caramba com isso.

Quando ele bateu à porta, abri e fiz um último esforço para mandá-lo embora.

— Oi, cara. Você não precisa mesmo fazer isso. Que tal apenas me dar os materiais?

Holden me ignorou, olhando em volta do apartamento.

— Então, onde está?

— No meu quarto — eu disse, me preparando para sua reação enquanto ele me seguia para lá.

— O que você está fazendo em casa hoje, afinal? — ele perguntou.

— A babá está de folga, então trabalhei de casa. Tenho que ir buscar Saylor na escola daqui a uma hora.

Assim que ele entrou no meu quarto, indagou:

— Onde está o buraco mesmo?

— Atrás da cama. — Eu a afastei para mostrar a ele.

Ele abriu um sorriso sugestivo.

— Seu cachorrão safado! Bem atrás da cabeceira. Por isso você estava todo misterioso com isso. Fodeu com tanta força que abriu um buraco na parede.

Revirei os olhos.

— Pensei que eu fosse o único que fazia esse tipo de coisa por aqui. — Ele riu. — Mas parece que não.

— Por isso eu mesmo queria consertá-lo. Para evitar a sua ridicularização.

— Nada de ridicularização aqui, meu chapa. Só admiração. — Ele colocou seus materiais no chão. — E um pouco de inveja. Não me mate por dizer isso. Sei o quanto você é possessivo com a Billie. — Ele deu risada. — Então, parece que as coisas estão *dando* muito certo entre vocês dois. Sem trocadilho intencional.

— Pode-se dizer que sim.

— Estou feliz por você, cara.

— Obrigado. Também estou feliz. Verdadeiramente feliz em todos os sentidos pela primeira vez em muito tempo.

— A Billie é maravilhosa. — Ele afastou minha cama um pouco mais e colocou um pano embaixo da área onde ia trabalhar. — Então, você acha que é isso? Ela é a mulher certa?

Soltei uma longa respiração.

— Eu sinto que sim, mas quer saber? Ainda há algumas coisas indefinidas, então estou apenas tentando desfrutar do momento, levar um dia de cada vez.

— E com "coisas" você se refere ao fato de ter Saylor, não é?

Eu não queria mesmo entrar nesse assunto. Mas já deveria saber que o intrometido do Holden ia querer saber a história inteira, incluindo o que estava se passando na minha cabeça.

Suspirei.

— Não sou eu que tenho uma decisão a tomar, sabe? Estar com Billie é algo sobre o qual não me resta dúvidas. Mas não é tão simples assim para ela. Ficar comigo significa que ela tem que decidir se quer ser uma mãe para Saylor. Tenho certeza de que essa pergunta está sempre rondando a mente dela.

— Entendo. — Ele assentiu. — Não quero te fazer sentir mal, mas eu provavelmente fugiria para as colinas se fosse ela.

— Valeu. — Revirei os olhos. — Sempre posso contar com você para honestidade brutal.

— Sempre que quiser. — Ele sorriu, brincalhão. — Mas, sabe... você tem uma coisa a seu favor.

— O quê?

— Você tem um pau enorme.

— Isso vai fazê-la querer ser mãe?

— Possivelmente. Paus grandes são capazes de fazer milagres.

— Valeu. Então, vou esfregar o meu e entoar um cântico depois que você for embora.

Ele caiu na risada.

— Faço isso todas as noites. Não funciona para mim. Ainda não encontrei a mulher certa.

— Não acho que você esteja procurando a mulher certa. Está procurando *três* delas — provoquei. — Estou certo?

Ele deu de ombros.

— Talvez. Por enquanto.

Seria interessante ver se Holden sossegaria com uma pessoa, algum dia. Eu costumava me perguntar a mesma coisa sobre mim, e olhe como estou agora. Então, acho que qualquer coisa era possível. Mas meu palpite era que Holden seria o último de nós a sossegar, se um dia isso acontecesse.

Ficamos jogando conversa fora por quase uma hora enquanto ele consertava o buraco na parede.

— Vou tentar ter mais cuidado com a parede da próxima vez — eu disse ao ajudá-lo a recolher as coisas.

— Está brincando? — Ele abriu um sorriso malicioso. — Vou ficar decepcionado se não tiver que vir consertá-la de novo.

Naquela noite, convidei Billie para vir jantar comigo e com Saylor. Billie sugeriu comprarmos coisas para fazermos pizza caseira, porque achou que Saylor se divertiria com isso. E insistiu em comprar todos os ingredientes depois de terminar seu trabalho e fechar o estúdio.

Ela me mandou mensagem do mercado.

Billie: Do que Saylor gosta na pizza?

Colby: Ela gosta de abacaxi. Pode comprar aqueles de lata. E bacon. Ela curte essa combinação.

Billie: Combinação interessante para uma garota interessante. Ok. Do que você gosta?

Colby: Do que eu gosto? É uma pergunta capciosa.

Billie: Hahaha. Não precisa se conter.

Colby: Rapidinhas na lavanderia com você depois que Saylor vai dormir. Meu pau na sua boca. Meu pau enterrado bem fundo em você em qualquer lugar, sempre que tenho a chance. Meu gozo nos seus peitos. A lista é infinita.

Billie: Você só pensa em uma coisa.

Colby: Pode crer. Estou viciado. Para responder à sua pergunta inicial, eu como qualquer coisa… mas tem uma coisa que eu mais gosto de comer. Será que você consegue adivinhar?

Ela respondeu com uma foto segurando uma lata de abacaxi contra o peito. Seu espartilho do dia era de uma cor laranja-queimado do qual não me lembrava de ter visto antes. Contudo, como sempre, eu estava prestando mais atenção no que tinha dentro dele.

Billie: Pode ser essa lata de abacaxi?

Não pude evitar brincar com ela, porque quem está olhando para a porcaria da lata de abacaxi quando está bem diante de seus peitos?

Colby: Abacaxi ou melões? Os melões são perfeitos pra caralho. Ande logo, venha logo para casa, para que eu possa beijar o seu pescoço quando Saylor não estiver olhando. (Sim, pode ser essa lata.)

Não deixei passar despercebida a forma como usei a palavra *casa*. Não estávamos nem perto de morar juntos, mas eu ainda sentia que o lugar dela era ao meu lado, que, de alguma forma, minha casa também era dela agora, mesmo que ela não dormisse lá. *Já mencionei que essa mulher me faz delirantemente feliz?*

Billie: Não terminei! Ainda tenho que encontrar a linguiça. E não OUSE fazer uma insinuação com linguiça.

Colby: Por que você está cortando o meu barato?

Billie: Tá, acabe logo com isso.

Dei risada ao digitar.

Colby: Eu tenho uma linguiça para você. ;-)

Billie: Se sente melhor agora?

Colby: Muito.

Billie: Ok, falando sério agora: linguiça e pepperoni para nós. Abacaxi e bacon para a minha garotinha. Vou pegar manjericão fresco para colocar por cima também. Estou tão animada!

Colby: Também estou animado.

Billie: Por que será que eu acho que você não está falando sobre a pizza?

> **Colby:** Eu definitivamente não estou falando sobre a pizza. Traga logo essa sua bunda para cá, linda.

Após chegar ao meu apartamento, Billie foi direto ao trabalho, descarregando as sacolas de compras e colocando todos os ingredientes para as pizzas sobre a bancada. Saylor sentou-se em um dos bancos ali e ficou assistindo Billie deixar tudo pronto.

Infelizmente, eu não tinha um rolo de madeira, então Billie improvisou com uma garrafa de vinho para abrir a massa.

Encostei-me à bancada.

— Estou impressionado com a sua criatividade.

— Ora, muito obrigada. — Ela piscou para mim.

Eu queria poder me aproximar e beijá-la, mas não fazíamos isso na frente de Saylor.

Havia farinha voando pelo ar enquanto as duas amassavam e abriam a massa. Não demorou até que suas roupas estivessem completamente cobertas de pó branco. Eu adorava o fato de que Billie não tinha medo de fazer bagunça — especialmente quando transávamos.

Assim que a massa ficou pronta, estava na hora de montar as pizzas. Billie fritou a linguiça com cebola em uma frigideira e reservou. Ela abriu todos os outros pacotes e colocou tudo em tigelas separadas. Ia ser um saco limpar a cozinha depois, mas valeu demais a pena ver o sorriso inabalável da minha filha.

Fiquei observando o quão Billie era paciente enquanto elas faziam as pizzas juntas. Para alguém que dizia ter pouca experiência com crianças, Billie estava se saindo bastante profissional.

Quando as pizzas foram para o forno, como esperado, a cozinha estava um caos completo: calda de abacaxi derramada, queijo ralado espalhado, gordura de bacon respingada. Mas era um lindo caos. Aquilo era vida. Um exemplo da vida que surgiu dentro dessa casa desde que Billie se juntou a nós.

Após o jantar, Billie surpreendeu Saylor com um cupcake de princesa que comprara na confeitaria do supermercado. Minha filha claramente gostou muito, porque, quando terminou de comê-lo, estava com cobertura nos cabelos e, de alguma jeito, até nos olhos.

Billie levou Saylor para o banheiro para ajudá-la a se limpar e eu comecei a limpar a cozinha, para que não parecesse mais como se um monstro de massa tivesse explodido ali. Eu parava o que estava fazendo de vez em quando para ouvir os sons das risadas vindas do corredor.

Eu quero isso. Toda noite. Mas sabia que seria burro presumir que Billie iria querer a responsabilidade em tempo integral que vinha junto com isso. Somente o tempo diria, e eu tinha que ser paciente.

Antes de ir para a cama, Saylor pediu a Billie que lhe contasse uma história para dormir.

— Sem livro! — ela guinchou.

Billie olhou para mim, buscando entender.

— Isso significa que ela quer que você invente alguma historinha na hora — eu disse a ela. — Ela gosta de me desafiar o tempo todo.

Ela fez cócegas em Saylor.

— Você é tão espertinha. Não vai facilitar para mim, não é?

Saylor deu risadinhas.

Billie sentou-se na beira da cama e pensou por um momento enquanto Saylor se acomodava debaixo das cobertas.

— Muito bem, essa história se chama A Bruxa Tatuada — ela disse.

Minha filha se aconchegou perto dela enquanto eu estava na porta, ouvindo.

— Era uma vez, uma bruxa tatuada. Ela morava em Nova York e tinha seu próprio estúdio de tatuagem, onde passava o dia todo desenhando tatuagens nas pessoas. — Ela fez uma pausa. — Um dia, um príncipe entrou lá e pediu uma tatuagem. Mas a bruxa tatuada estava tendo um dia bem ruim, então ela o mandou embora.

— Essa história me parece familiar — eu falei.

— Talvez seja um pouco autobiográfica. — Billie me deu uma piscadela.

— O que aconteceu para deixar a bruxa de mau humor? — provoquei.

— Ela encontrou o malvado sr. *Tinder*, e ele fez mal a ela.

— Ah, ok. Continue a história. — Dei risada.

Ela virou-se para Saylor e continuou.

— A bruxa se sentiu muito mal por ter sido grosseira. Na próxima vez que viu o príncipe, ela jogou um feitiço nele com a esperança de poder ter uma segunda chance.

Saylor olhou para ela.

— Mágico?

— Aham. Um feitiço mágico.

— O que aconteceu? — Saylor perguntou.

— Funcionou! O príncipe continuou voltando. E até mesmo a levou a um encontro uma vez na ilha mágica de IKEA.

Dei risada.

Saylor abriu um sorriso enorme.

— O que mais aconteceu?

— O coração frio da bruxa começou a derreter. Após um tempo, a bruxa tatuada não se sentia mais uma bruxa. Ela se sentia uma princesa. Não porque era realmente uma princesa, mas porque o príncipe a fazia se sentir como uma. A bruxa jogou o feitiço no príncipe, mas, no final, foi ela que se transformou. — Billie olhou para mim e sorriu. — Fim.

Saylor arregalou os olhos.

— Eles viveram felizes para sempre?

Ela hesitou.

— Gosto de pensar que sim.

Boa resposta. Eu com certeza esperava que a bruxa e o príncipe acabassem juntos para sempre, e fizessem muito sexo gostoso pelo caminho.

Depois de colocarmos Saylor na cama, Billie parecia estar perdida em pensamentos ao se sentar ao meu lado na sala de estar.

— Saylor fica muito feliz quando você está por perto — eu disse, interrompendo o que quer que ela estivesse ruminando.

— É, eu também fico surpresa com o quanto amo estar perto dela.

Tracejei as tatuagens em seu braço e decidi me abrir.

— Provavelmente, a única coisa que me preocupa quando se trata de você e eu é se essa é uma vida que você gostaria de ter a longo prazo. Nunca quero te pressionar a pensar sobre isso, mas também sinto que estamos em um ponto no qual eu gostaria de saber se você vê a possibilidade de um futuro... para nós dois.

Ela não disse nada imediatamente. Senti-me muito apreensivo enquanto a esperava responder.

— Não vou mentir... — ela finalmente falou. — No começo, fiquei preocupada com a minha habilidade de me encaixar nessa equação, de cuidar de uma criança da maneira que precisaria. Mas quero que você saiba que não vejo mais as coisas dessa forma. Se as coisas não derem certo entre nós dois, não será por causa dos meus medos em relação a Saylor. Qualquer pessoa seria sortuda por tê-la em sua vida.

— Nossa. — Beijei a lateral de sua cabeça. — Obrigado. Sinto que posso respirar um pouco melhor agora.

— Você estava pensando nisso esta noite?

— Sim. É difícil não pensar sobre isso quando te vejo com ela.

— Mas ainda acho que precisamos ir devagar — ela disse.

— Concordo... mas...

Ela ergueu as sobrancelhas.

— O quê?

— Isso significa que eu posso te convencer a passar a noite aqui?

Billie apertou meu joelho e suspirou.

— Não sei...

— A Saylor sempre dorme a noite inteira. Podemos acordar cedo e tirar você daqui. Embora eu tenha falado sobre aquela fantasia de te comer na lavanderia, eu prefiro mil vezes te levar para a minha cama e não ter pressa. Só temos que ficar quietos. Nada de buracos na parede esta noite. — Não tive vergonha de implorar. — Por favor... — pedi, soando como Saylor quando me pedia para comer sobremesa pela segunda vez. A diferença era que eu queria comer Billie bem mais que duas vezes.

— E se ela acordar e me vir? — Billie sussurrou.

— Vou trancar minha porta. Ainda tenho uma babá eletrônica, e posso ligá-la para podermos ouvir se ela acordar. Mesmo que o pior cenário acontecesse e ela te visse aqui, ela ainda é muito novinha e não entende o que é sexo. Então, acho que não vai ter problema. Ela vai apenas achar que você está dormindo aqui. Aposto que vai achar o máximo.

A expressão de Billie suavizou, e ela abriu um sorriso travesso.

— Posso pensar no assunto enquanto você me serve uma taça de vinho?

Fiz uma dancinha da vitória internamente e me levantei para ir buscar o vinho da minha garota.

— Seria um prazer.

No instante em que comecei a abrir a garrafa, houve uma batida na porta. As únicas pessoas que bateriam à minha porta àquela hora da noite no meio da semana eram os meus amigos.

— Você está esperando alguém? — Billie perguntou.

Soltei a garrafa de vinho e segui para a porta.

— Não. Deve ser Brayden ou Holden.

Eu deveria ter conferido pelo olho-mágico. Porque assim, talvez, eu não tivesse quase sofrido um infarto no momento em que a vi. Levei alguns segundos, porque fazia muito tempo. Seus cabelos escuros estavam um pouco mais compridos, e ela estava mais magra do que eu me lembrava. Mas os olhos frios eram exatamente os mesmos.

Não consegui formular palavra alguma, então fiquei ali aturdido por vários segundos, sentindo o pânico começar a me invadir.

O que diabos ela quer?

A mulher que eu conhecia apenas como Raven foi a primeira a falar.

— Oi, Colby.

Nada ainda. Eu não sabia o que dizer. Tudo que eu conseguia pensar era: *Que porra ela está fazendo aqui e como posso fazê-la desaparecer magicamente antes que Billie perceba?*

— Quem é ela? — Ouvi Billie perguntar. Meus olhos ainda estavam presos à mulher diante de mim.

Lembra de quando eu estava falando que uma bomba sempre explode quando tudo está indo bem? Bom, a porra da bomba estava bem ali na minha porta.

Finalmente consegui formular as palavras para responder à pergunta de Billie.

— Esta é a doadora de óvulo da Saylor.

CAPÍTULO 17

Colby

Bam.

— Colby, por que você fez isso? — Billie olhou para a porta da frente, horrorizada.

— Seja lá o que ela queira, não quero ouvir. — Voltei para a sala de estar, enchi minha taça de vinho e bebi a metade de uma vez.

— Então prefere simplesmente bater a porta na cara da mãe da Saylor? O que será que ela quer?

— Primeiro: ela não é a *mãe* da Saylor. Biologia não faz alguém ser pai ou mãe. Segundo, não dou a mínima para o que ela quer. Terceiro... — Meu desabafo foi interrompido.

Toc. Toc. Toc.

Billie e eu viramos e olhamos para a porta.

— Você precisa abrir — ela disse.

Balancei a cabeça.

— Não preciso, não.

Meus olhos se prenderam aos de Billie e ficamos nos encarando. Pensei que não era mais capaz de dizer não a essa mulher, até esse momento.

Quinze segundos depois, as batidas na porta ficaram mais altas.

Bang. Bang. Bang.

Billie suspirou.

— Colby...

Fiquei plantado no lugar, trazendo minha taça de vinho aos lábios e virando o restante do líquido.

— Abra a porta, Colby! Preciso falar com você!

Senti a raiva subir pelo meu corpo. Começou pelos meus dedos dos pés, percorreu minhas pernas e meu torso e se instalou no calor do meu rosto.

— Colby, ela vai acabar acordando Saylor. O que faremos se isso acontecer?

Continuei sem me mexer. Mas somente até minha filha aparecer, vinda de seu quarto, esfregando os olhos.

— Billie, você estava gritando?

Billie se aproximou dela imediatamente e abaixou-se à sua frente.

— Não, querida. Tem uma pessoa lá fora. Hã... uma mulher ficou presa para fora de seu apartamento, então o papai está indo lá fora ajudá-la. — Ela se virou para mim, lançando-me um olhar. — *Não é*, Colby?

Não respondi. Billie balançou a cabeça para mim e franziu as sobrancelhas, levantando-se e pegando Saylor no colo.

— Que tal eu te contar outra história enquanto o papai vai ajudar a mulher? — Ela olhou novamente para mim. — Tenho outra sobre uma bruxa que vai embora voando em sua vassoura porque o lindo príncipe, no fim das contas, era um sapo...

Minha filha sorriu, alheia à situação.

— Quero ouvir sobre o sapo!

— Ok. Vamos lá, amiguinha.

Ela carregou Saylor para o quarto, parando mais uma vez para olhar para mim e gesticular com a mão em direção à porta, dizendo-me silenciosamente para ir lidar com isso.

No instante em que a porta do quarto de Saylor se fechou, Maya começou novamente.

Bang. Bang. Bang.

— Eu não vou embora, Colby! Então é melhor você abrir a droga dessa porta antes que eu acorde todos os inquilinos desse prédio!

Fechei os olhos e respirei fundo. Isso não ajudou a acalmar meus nervos ou subjugar minha raiva nem um pouco, mas que escolha eu tinha? Não queria que Saylor fizesse perguntas. Não queria que ela visse o rosto ou ouvisse a voz daquela mulher.

Maya endireitou sua postura quando saí para o corredor. Essa mulher tinha colhões. Fechei a porta atrás de mim e cruzei os braços contra o peito.

— O que você quer, porra?

— Preciso da sua ajuda.

Joguei minha cabeça para trás, soltando uma risada maníaca.

— Você precisa da *minha* ajuda? Essa é boa. E a sua *filha, porra*? Não acha que talvez *ela* tenha precisado da sua ajuda nos últimos quatro anos? É muita coragem sua aparecer à minha porta e dizer que precisa da minha ajuda.

Maya desviou o olhar.

— Eu nunca planejei ter filhos. Quando descobri que estava grávida, achei que saberia lidar. Mas não soube. A menina está melhor sem mim.

Me aproximei um pouco, deixando meu rosto bem diante do seu.

— *Saylor*. A menina tem nome. E é melhor mesmo que você saiba que ela está melhor sem uma mulher que não pensa duas vezes antes de entregar seu próprio bebê a um cara que só encontrou *uma vez*. Você nunca ao menos ligou para saber como ela estava, pelo amor de Deus. Onde você esteve nesses quatro anos, porra? Contratei até um investigador particular para te procurar.

— Você é o *pai* dela. Não um estranho.

— E daí? O serial killer de Green River matou 49 mulheres. Ele também era pai. — Balancei a cabeça. — Se bem que, nesse momento, estou começando a entender como alguém pode ser pai *e* matar uma mulher.

Maya franziu a testa.

— Eu pretendia voltar. Só precisava de um tempo, e não tinha ninguém com quem contar. A bebê não parava de chorar, e achei que uma noite longe ajudaria. Mas um dia se tornou dois, e dois dia se tornaram uma semana. E então comecei a recuperar a minha vida.

— Que legal da sua parte...

Ela balançou a cabeça.

— Olha, Colby. Há muitas coisas sobre mim que você não sabe. Para começar, o meu nome não é Raven. Esse era somente o meu nome de trabalho.

— Sim, eu sei. O nome Raven não ajudou muito quando o investigador particular tentou te encontrar, *Maya Moreno*.

— Oh. Bem, você sabia que não estou no país legalmente? Vim do Equador com um visto temporário de verão quando tinha dezessete anos e nunca mais voltei.

— Eu sabia disso também. Mais alguma coisa que queira me contar sobre a sua vida? — Dei de ombros, sem lhe dar tempo para responder antes de continuar. — Não? Que bom. Foi ótimo colocar o papo em dia, mas que tal você voltar para o lugar de onde veio e esquecer que eu existo? Aproveite o resto da sua vida como fez durante os últimos quatro anos. — Virei-me e peguei a maçaneta da porta, mas Maya colocou uma mão em meu braço.

— Espere!

Lancei um olhar enfurecido para ela.

— Não encoste em mim, caralho.

Maya ergue as duas mãos.

— Tudo bem. Não vou. Mas preciso de um favor seu. Posso ver que você está chateado agora. Então, que tal nos encontrarmos para tomar um café amanhã de manhã para conversarmos, depois de você ter esfriado a cabeça? Então, poderei explicar tudo.

Meu rosto se contorceu.

— Eu não vou tomar café com você.

Maya aumentou o tom de voz.

— Ouça, Colby. Você vai ter que superar esse seu problema comigo pelo bem da nossa filha.

— Minha filha — falei entre dentes.

Maya suspirou.

— Eu não queria ter que fazer isso. — Ela abriu sua bolsa e retirou de lá um envelope de papel pardo grosso, estendendo-o para mim em seguida.

Continuei a encará-la com os braços cruzados, sem fazer menção alguma de pegá-lo. Ela revirou os olhos.

— Estarei na cafeteria da esquina amanhã de manhã a partir das oito. Se você não aparecer... — Ela jogou o envelope no chão entre nós. — Preencherei esses papéis às nove.

Sentei-me à mesa da cozinha com uma garrafa de uísque e um copo que agora estava vazio, olhando para o envelope. Billie veio do quarto de Saylor e sentou-se de frente para mim.

— Consegui fazê-la voltar a dormir.

— Obrigado.

Ela assentiu.

— Fale comigo. O que está acontecendo, Colby? Pensei que a mãe de Saylor não estava por perto.

— Ela não estava. Você sabe a história toda. Eu a conheci em um clube de strip no Halloween há alguns anos. Ela veio para casa comigo. Passamos uma noite juntos e ela se mandou no dia seguinte, me deixando com um número de telefone errado. A próxima vez em que a vi foi quando ela apareceu à minha porta com um bebê, dizendo que era minha filha e que eu precisava ficar com ela por um tempinho, porque ela tinha uma entrevista de emprego importante. Ela saiu correndo tão rápido quanto apareceu. — Balancei a cabeça. — E, desde então, nunca mais ouvi falar dela. Tentei procurá-la depois de seu desaparecimento, mas ela estava aqui irregularmente, então era fácil sumir sem deixar rastros.

— O que ela disse lá fora?

Servi-me com mais uísque e balancei a cabeça.

— Pouca coisa. Só disse que queria um favor. Eu soltei os cachorros nela. E então, ela me ameaçou, dizendo que, se eu não a encontrar amanhã de manhã às oito, vai preencher esses papéis. — Apontei para o envelope com os olhos e ergui o copo de uísque, bebendo tudo de uma vez. Desceu queimando, mas não o suficiente.

— O que há no envelope?

Olhei pare ele de novo.

— Veja você mesma. Não consigo dizer as palavras...

Billie retirou a pilha de papéis do envelope. Sua cabeça moveu-se de um lado para o outro conforme ela examinava o que estava impresso ali. No segundo em que leu o título, eu soube. Seus olhos se arregalaram e sua cabeça ergueu-se de uma vez.

— Uma petição de pedido de custódia?

Senti vontade de vomitar ao ouvir as palavras em voz alta.

— Colby... meu Deus, ela está falando sério?

Balancei a cabeça.

— É o que parece. Dei apenas uma olhada rápida nos papéis, mas ela tem declarações de médicos dizendo que sofreu de depressão pós-parto e por isso foi embora. Alguma merda sobre estar preocupada com a segurança de seu bebê. Tem até mesmo um certificado aí dizendo que ela fez um tipo de curso de mães. Como se pudessem ensinar alguém a amar uma pessoa e protegê-la com sua própria vida, ou a ficar acordado a noite toda vigiando-a quando está com febre. Ou a esquecer que você teve uma vida antes disso. — Balancei a cabeça. — A porra de um curso.

— Oh, Colby... — Billie estendeu a mão por cima da mesa e segurou a minha.

Estive com tanta raiva nos últimos quinze minutos, mas aquele pequeno toque fez uma rachadura na minha armadura. Senti todos os meus nervos começarem a fluir por aquela fenda.

Fiquei olhando para baixo e balançando a cabeça.

— Não podem fazer isso, não é? Dar minha filha a uma mulher que a abandonou e nunca nem ao menos ligou para saber como ela estava? — Engoli e senti gosto de sal na garganta. — Não podem, certo?

Billie balançou a cabeça. Seu rosto estava tão triste.

— Eu não sei, Colby. Mas tenho uma amiga que teve um filho, o pai não o viu por cinco anos e concederam direito de visita a ele. Só que ele era um viciado e se reabilitou, então é um pouco diferente.

— Diferente de quê? De uma mulher que tem uma carta de um médico jurando que ela teve depressão pós-parto? As duas coisas são doenças, não são?

Billie apertou minha mão.

— Vamos desacelerar um pouco. Acho que estamos nos precipitando ao tentar adivinhar o que um juiz pode fazer. Talvez nem chegue a esse ponto. Você disse que ela ainda não preencheu os papéis, certo?

— Acho que não. Ela disse que, se eu não encontrá-la amanhã às oito, vai preenchê-los às nove.

— Para que ela quer te encontrar amanhã às oito?

— Não faço a menor ideia.

— Bem, então acho que você precisa descobrir...

Mal dormi a noite toda.

Billie acabou indo para casa. Ela dissera que queria me dar tempo para pensar, e não argumentei muito. Eu não teria sido uma boa companhia, de qualquer forma. Isso que é reviravolta. Em um minuto, estou mais feliz do que me lembrava de já ter sido, talvez mais do que nunca: minha garota ia passar a noite comigo, Saylor e Billie claramente adorando uma à outra e a mulher que pensei que sairia correndo assim que visse como realmente era a minha vida no dia a dia acabou correndo *para mim* por causa disso. E então, houve a batida na porta.

A porra da batida na porta.

Trazendo a mesma mulher que tinha virado a minha vida de cabeça para baixo há quatro anos. E ela estava tentando fazer isso pela segunda vez.

Maya.

Existe um limite de quantas vezes você pode dar um golpe inesperado em um cara com quem passou um total de menos de oito horas da sua vida? Se não existia, deveria.

— Papai... — Saylor entrou na cozinha, onde eu estava tomando café, e ergueu um par de meias minhas. — Você tá sendo bobinho?

Franzi as sobrancelhas.

— Por que você está com as minhas meias, querida?

Ela sorriu.

— Porque você deixou elas na minha cama junto com a minha roupa. — Ela estendeu sua outra mão que estava escondida atrás do corpo. — E isso aqui!

Pisquei algumas vezes. Eu tinha mesmo feito isso? Deixado minha cueca e minhas meias para ela usar em vez das suas? Acho que sim.

Saylor inclinou a cabeça para o lado.

— Você está triste, papai?

Droga.

— Não, meu bem, não estou triste. Só um pouco cansado, só isso.

A última coisa que eu queria era preocupar minha garotinha antes de deixá-la na escola. Então, peguei-a em meus braços ao me levantar da cadeira e exibi meu melhor sorriso falso. Ela deu risadinhas.

— Eu estava *mesmo* me perguntando por que minha cueca estava tão apertada que ficava entrando no meu bumbum. Acho que é porque acabei vestindo a sua calcinha...

Saylor arregalou os olhos.

— Você não está mesmo usando a minha calcinha, está, papai?

— Não sei. Você tem uma cor-de-rosa com pequenas borboletas roxas?

Ela assentiu rápido.

— Hum. Ok, que bom, então. Porque a que estou usando é preta e não tem borboletas. — Rocei meu nariz no seu. — Você não acha mesmo que a sua calcinha serve em mim, acha?

Ela deu risadinhas novamente, e senti como se um bálsamo tivesse sido colocado sobre a ferida latente em meu coração. Levei-a para seu quarto e abri a gaveta de sua cômoda, pegando uma de suas calcinhas e um par de meias.

— Aqui está. Mas é melhor você se apressar. Temos que sair para a escola daqui a dez minutos.

— Tá bom, papai.

Meia hora depois, dobrei novamente a esquina da minha rua após deixar Saylor na escola. Sentia-me furioso e amargo, mas também assustado pra caramba ao abrir a porta da lanchonete e olhar em volta.

Maya ergueu a mão, sorrindo e acenando como se fôssemos melhores amiguinhos nos encontrando para um café da manhã amistoso. Sério isso? Respirei fundo antes de marchar até a mesa. Meu rosto estava tudo, menos amigável.

— Olá, Colby.

A primeira coisa que notei foi que ela estava vestida diferente da noite anterior. Usava um terninho formal, enquanto na noite anterior aparecera usando calça jeans e uma blusa da qual eu nem me lembrava mais. Só sabia que ela estava bem casual, e agora parecia pronta para falar sobre negócios sérios. Seus cabelos escuros estavam presos e, em seu rosto, usava um óculos de armação grossa. Eu nem mesmo sabia que ela usava óculos, porra.

Assenti e sentei.

— O que você quer?

A garçonete se aproximou.

— Gostariam de um café ou um suco?

Eu a dispensei.

— Nada para mim, obrigado. Não vou ficar por muito tempo.

Maya sorriu para a mulher.

— Vou querer um café com leite e açúcar, por favor.

Mal esperei até a garçonete desaparecer.

— Então, o que você quer de mim?

Maya cruzou as mãos diante de si sobre a mesa.

— Preciso que você se case comigo. Estão tentando me deportar.

Minhas sobrancelhas saltaram.

— Você está chapada?

— Não. Estou perfeitamente sóbria.

— Totalmente pirada, então? Eu não vou *me casar com você*, porra. Não suporto olhar para você.

— Se você fizer isso, te entregarei a custódia total de Saylor. Meu advogado me informou que tenho duas maneiras de permanecer no país: pedindo a custódia da minha filha e solicitando um *green card* como sua cuidadora principal, ou me casando com um cidadão americano. Você é a escolha mais lógica, e me disseram que provavelmente passaremos sem dificuldades pelo processo de imigração se dissermos que estamos juntos desde que Saylor foi concebida.

Fiquei encarando-a por um longo tempo antes de falar novamente.

— A Saylor está muito bem. Obrigado por perguntar.

Maya inspirou fundo e expirou.

— Estou tentando deixar as emoções fora disso, Colby.

— Nossa, que incrível da sua parte. Deve ser bom ser capaz de ver sua própria filha como nada mais do que uma moeda de troca em uma transação de negócios.

A garçonete retornou com o café de Maya. Ela alternou olhares entre nós dois.

— Estão prontos para fazer o pedido?

Maya negou com a cabeça.

— Precisamos de mais alguns minutos, por favor.

— Sem problemas.

Inclinei-me para frente.

— Você nem ao menos quer a custódia dela, quer?

— Como eu disse, acho que é melhor mantermos as emoções fora dessa conversa. Vamos deixar da forma mais simples. Preciso de algo de você. Você precisa de algo de mim. Case-se comigo e, assim que eu conseguir o meu *green card*, nos divorciaremos e você nunca mais precisará se preocupar com a custódia.

Fitei-a, furioso.

— Não estou preocupado com isso agora. Nenhum juiz no mundo vai te conceder a custódia dela.

— Você está reagindo com as suas emoções porque eu te fiz sentir ameaçado.

Ergui meu queixo.

— Vá se foder.

— Faça o seu dever de casa, Colby. Consulte um advogado de família. Qualquer um irá te dizer que eu vou conseguir direito de visita assim que der entrada naqueles papéis. Pode ser limitado, a princípio. Mas tribunais gostam que as mães façam parte da vida dos filhos, especialmente quando é uma garotinha. Eventualmente, quando eu fizer tudo certo e pouco tempo passar, conseguirei guarda compartilhada.

— Você desestabilizaria a vida de uma garotinha só para conseguir os seus objetivos sem piscar duas vezes? Você já a abandonou, isso não é estrago suficiente?

Maya puxou fios imaginários de sua calça.

Eu não aguentava mais. Sua indiferença estava fazendo o meu sangue ferver. Me levantei, fazendo a cadeira arranhar no chão de azulejo com um barulho alto.

— Já chega.

Quando me virei, Maya agarrou meu pulso.

— Vá consultar um advogado — ela disse. — Confirme o que te falei. E então, me encontre nesse mesmo lugar e nessa mesma hora daqui a uma semana. Vou adiar o preenchimento dos papéis até lá. Sei que é muita coisa para você digerir.

Puxei meu pulso de sua mão e a olhei nos olhos.

— Vá se foder.

— Semana que vem, Colby. Te vejo lá.

CAPÍTULO 18

Billie

Era um daqueles dias tão chuvosos que quase parecia noite. O tempo combinava perfeitamente com o meu humor. Também estava deixando cair coisas a manhã toda. Deek olhava para mim com curiosidade todas as vezes. Seria ótimo se eu pudesse passar por este dia de trabalho sem perder a cabeça. Felizmente, ainda não tinha estragado nenhuma tatuagem, mas ainda era cedo. Durante toda a manhã, não consegui pensar mais nada além do encontro de Colby com a mãe de Saylor.

Maya. Agora, ela tinha um nome e um rosto. Um rosto que eu queria socar.

As coisas eram muito melhores quando ela era apenas um fantasma embaçado, alguém que eu podia fingir que não existia. Tudo aconteceu tão rápido na noite anterior que eu mal consegui olhar para ela direito. Minhas prioridades eram outras. Ou seja, proteger Saylor para que ela não tivesse que ficar sabendo a pessoa terrível que sua mãe era.

Finalmente, Deek e eu tivemos um intervalo entre clientes, o que lhe deu a oportunidade de me encurralar e me questionar sobre o meu comportamento estranho. Eu ainda tinha que lhe contar o que estava acontecendo.

Ele se aproximou por trás de mim e sacudiu meus ombros.

— O que deu em você hoje? Aconteceu alguma coisa entre você e Colby?

AS REGRAS PARA NAMORAR 247

Soltei um longo suspiro.

— Tipo isso...

— Eu sabia que não deveria ter confiado em um cara sem tatuagens. — Ele estreitou os olhos. — Preciso dar um sacode nele e deixá-lo todo ferrado?

— Acredite, não há *nada* que você possa fazer para deixá-lo mais ferrado do que já está.

Uma expressão preocupada se instalou em seu rosto.

— Eita. Parece sinistro. Desembuche.

Expliquei o que havia acontecido. Deek sempre tinha algo a dizer sobre tudo. Mas, dessa vez? Ele ficou apenas boquiaberto por um tempão.

— O que você acha que ela quer? — ele finalmente perguntou.

— Não sei. Ela jogou a bomba da custódia na cara dele para convencê-lo a ir encontrá-la. Então, obviamente, há mais coisa por trás disso. Ele virá mais tarde para me contar tudo.

— Uau. — Deek encarou o nada. — Que escrota essa mulher... passar esse tempo todo sumida e depois voltar do nada desse jeito?

Expirei.

— Tivemos uma noite maravilhosa antes dela aparecer. Nós três. Foi a primeira vez em que pude realmente me ver... — Minhas palavras sumiram.

— Se ver como parte da família?

Confirmei com a cabeça, sentindo meus olhos marejarem. Eu não queria chorar, mas era melhor agora do que na frente de Colby. Ele precisava que eu fosse forte e não dificultasse ainda mais as coisas. Colby não precisava ficar preocupado comigo e com os meus sentimentos em um momento como esse.

— Está preocupada com a possibilidade de isso afetar o seu relacionamento com ele? — ele indagou.

Balancei a cabeça.

— Não me preocupo nem um pouco com nós dois. O bem-estar de Saylor é a única coisa em minha mente. Não consigo imaginar um cenário no qual ela tenha que ser forçada a passar tempo com essa completa estranha ou, que Deus nos livre, seja tirada de Colby. Aqueles dois são como extensões um do outro. Isso não pode acontecer. Nem mesmo parcialmente. Isso não é uma opção, Deek!

Meu amigo balançou a cabeça lentamente.

— Não estou gostando nada disso. Qualquer pessoa com a coragem de surgir do nada e ameaçar o Colby desse jeito deve ser capaz de qualquer coisa.

— Exatamente. Quem faz uma coisa dessas?

— Uma vaca perversa — ele respondeu.

Massageei minhas têmporas.

— Eu daria qualquer coisa para fazer essa situação acabar nesse momento.

— Bem, eu conheço um cara... — ele brincou.

— Último recurso. — Dei risada.

— Mas, olha — ele disse. — Não se desespere até saber exatamente o que aconteceu.

Eu suspeitava de que o "café da manhã" de Colby com Maya só deixaria as coisas piores, não melhores.

— Sabe quando, às vezes, você simplesmente fica com uma sensação ruim da qual não consegue se livrar?

— Sim...

— É assim que me sinto em relação ao encontro deles hoje. Eu sei que ele vai entrar aqui e me contar algo que não quero ouvir. Posso sentir nos ossos.

— Pelo jeito como isso está te afetando, posso ver o quanto você se importa com aquela garotinha, e o quão sortuda ela seria por ter você na vida dela.

— A sorte seria minha, Deek. De verdade.

Deek me deu um abraço.

— Talvez você queira ter filhos, afinal, hein?

Eu adotaria Saylor nesse minuto se isso fizesse aquela mulher desaparecer.

— Talvez. — Sorri. — Não tenho muita certeza se quero engravidar e dar à luz. Mas ser mãe daquela coisinha mais fofa? — Suspirei. — Seria um prazer.

— Ela com certeza merece uma mãe melhor do que a que lhe deu à luz.

Pensei novamente na minha breve primeira impressão sobre Maya.

— É difícil acreditar que aquela mulher estranha deu à luz a Saylor. Acho que, até agora, eu meio que a imaginava como uma tela de televisão cheia de estática. Nada claro. Só um ruído branco.

— Como ela é?

— Não passei muito tempo perto deles quando ela apareceu. — Dei de ombros. — Ela é bonita. Quer dizer, eu sempre soube que ela seria, porque Colby não ficaria com alguém que não fosse. Ela tem cabelos escuros, não tanto quanto os meus, e compridos. Ela não parece muito com Saylor. Isso me fez perceber o quanto Saylor puxou ao Colby. — Dei de ombros. — Talvez eu tivesse conseguido dar uma olhada melhor se não estivesse tão focada em me certificar de que Saylor não notasse que havia algo de errado.

— Sim, compreensível. Nesse sentido, ainda bem que você estava lá.

Esfreguei os olhos.

— Deus, nem posso imaginar como teria sido se eu não estivesse.

Justine voltou de seu intervalo, interrompendo nossa conversa. Nós éramos próximas, mas eu não queria ter que contar tudo de novo, e Deek entendeu que deveria ficar de boca fechada sem que eu tivesse que pedir.

Após alguns minutos, nossos próximos clientes chegaram e, ironicamente, eram mãe e filha querendo tatuagens iguais. O Universo definitivamente sabia como nos sacanear, às vezes. Quase chorei enquanto tatuava a mesma frase em cada uma delas: *Eu te amo mais*. O relacionamento mãe e filha era incomparável. Diante do fato de que não tive a melhor mãe, sempre ansiei por mais. Talvez a única maneira de poder vivenciar isso fosse me tornar mãe.

O dia se arrastou enquanto eu esperava a visita de Colby depois do trabalho. Eu não tinha mandado mensagem para ele de propósito, porque não queria que ele se sentisse obrigado a me explicar tudo por mensagem ou por ligação quando sabia que seu plano era me contar pessoalmente.

Depois que fechei o estúdio, Deek ficou comigo até Colby chegar.

Quando ele finalmente entrou, seus olhos pareciam fundos e vermelhos. Sua gravata estava torta e seus cabelos, desgrenhados, provavelmente porque os havia repuxado várias vezes. Isso com certeza era ruim.

Corri até Colby e o puxei para meus braços. Eu sabia que era disso que ele precisava, em primeiro lugar. Deek permaneceu quieto, para variar. Não era o momento para palavras, e ele sabia disso.

Eu estava olhando por cima do ombro de Colby quando Deek disse:

— Vou sair e trancar a porta.

Assenti e sussurrei:

— Obrigada.

Depois que Deek foi embora, afastei-me um pouco e segurei o rosto de Colby entre minhas mãos, trazendo-o para perto e beijando sua testa.

— O que quer que seja, vai ficar tudo bem — sussurrei.

Colby demorou alguns minutos para conseguir começar a falar. Eu queria tanto que ele me contasse o que aconteceu. Mas, assim que ele abriu a boca, desejei nunca ter ouvido aquelas palavras.

— Ela quer que eu me case com ela.

Eu andava de um lado para outro, sem parar. Depois que Colby me contou a história completa, tudo que consegui fazer foi caminhar para lá e para cá. Se não fizesse isso, talvez recorresse a algo imprudente, como atirar uma cadeira pela janela. Nunca senti tanta raiva na minha vida.

Enquanto eu continuava a andar, Colby permaneceu sentado com a cabeça apoiada nas mãos.

— Não acredito na coragem da porra daquela mulher — esbravejei.

Ele ergueu o olhar para mim.

— Eu não vou me casar com ela.

Se ao menos fosse simples assim e essa sentença pudesse fazê-la desaparecer...

— Mas ela disse que, se você entrar nesse casamento forjado, te entregaria a custódia total, Colby. Isso é algo para ao menos considerar, por mais difícil que seja.

Ele cerrou os dentes.

— Porra, eu não posso me casar com ela.

— Você prefere ter que brigar com ela pela custódia de Saylor?

— Você está tentando me convencer a ceder às chantagens dela?

— Eu não sei. — Puxei meus cabelos. — Não sei o que estou fazendo. Sinto que estou no meio de um pesadelo. — Parei de andar por um momento. — Olha, sou a última pessoa a querer que você sequer chegue perto daquela mulher. Essa ideia me enoja de uma maneira que você nem imagina. E é por isso que nos livrarmos dela permanentemente é tão atraente. Um pouco de dor para uma grande vitória, que será nunca mais termos que nos preocupar com ameaças dela.

As mãos de Colby tremeram. Corri até ele, segurei-as e as aproximei da minha boca, enchendo-as de beijos. Nunca o vira assim. Fiquei preocupada com sua saúde mental pelas próximas semanas. Não importava por qual direção seguíssemos, essa não seria uma jornada fácil.

— Nós vamos resolver isso — sussurrei. — Ela disse que você tem uma semana para decidir, não foi?

— Sim. — Sua voz mal foi audível.

— Ok... — Ergui seu queixo. — Olhe para mim, Colby. Nós vamos decidir isso juntos, ok? Não temos que tomar decisão alguma nesse exato momento. Não faz sentido se desesperar antes de ter a chance de falar com um advogado de família, não é? Talvez haja algo que não sabemos que possa ser usado a nosso favor.

Colby ficou apenas assentindo. Era como se me ouvisse, mas não absorvesse nada. Eu tinha que entrar em ação, ser ainda mais forte por nós dois. Basicamente, precisava fingir muito bem, já que estava me sentindo tudo, menos forte naquele momento.

Me levantei e juntei minhas mãos.

— Ok! Nós vamos fazer o seguinte, sr. Lennon.

Ele olhou para mim.

— Nós dois vamos subir, liberar a babá, abraçar a srta. Saylor e começar o processo de descompressão desse dia horrível. Você vai ficar com a sua filha e eu vou cuidar do jantar.

— Você não tem que...

— Shh... — Coloquei um dedo sobre sua boca. — Tenho, sim. Quero que você relaxe esta noite e, então, nós três teremos um jantar agradável juntos. E depois que Saylor for dormir, vou deixar você me levar para o seu quarto e fazer o que quiser comigo.

Seus olhos se encheram de vida pela primeira vez.

— Eu tive o pior dia da minha vida, e você está me dizendo que sexo anal vai resolver isso? — Sua boca curvou-se em um sorriso. — Talvez você esteja certa.

— Esse é o meu garoto. — Dei risada. — Esse é o sorriso que eu amo.

Eu sabia que nada resolveria esse dilema esta noite, mas, se eu pudesse fazê-lo sorrir por ao menos um momento, estaria cumprindo minha função.

Eu não era tão boa cozinheira, mas não queria estragar esse jantar. Era importante para mim que a nossa refeição fosse caseira para compensar a frieza desse dia. Havia algo inerentemente reconfortante em uma refeição caseira. Então, para garantir, optei por algo mais simples: espaguete, salada e alcachofra grelhada, uma combinação que eu costumava fazer para mim quando ficava em casa sozinha e queria comida reconfortante.

Eu estava de pé diante da bancada, mexendo o molho de tomate, e Saylor estava colorindo à mesa quando Colby se aproximou por trás de mim, passando os braços em volta da minha cintura.

— Obrigado por isso. — Ele aproximou a boca da minha orelha. — Eu queria te dizer uma coisa agora, mas não quero que seja maculado pelo dia de hoje. Não quero que hoje seja a primeira vez.

Arrepios percorreram meu corpo. *Eu também te amo, Colby.* Nunca soube realmente o quanto até toda essa merda acontecer.

Ele voltou para a mesa para desenhar animais com sua filha. Eles tiveram uns cinco minutos antes que eu os fizesse guardar os papéis e giz de cera para nos prepararmos para o jantar.

Depois que Colby me ajudou a pôr a mesa, todos nos sentamos para um jantar tranquilo. Colby e eu ficamos encarando Saylor um pouco mais do que de costume enquanto ela sorvia seu espaguete, como se esse simples ato fosse a coisa mais fascinante que já tínhamos visto. Não demorou até o rosto dela estar coberto de molho de tomate. Notei os olhos dele brilhando com lágrimas não derramadas, e aquilo me partiu o coração. Nada poderia diminuir o peso do meu coração naquela noite.

O jantar foi interrompido por uma batida na porta.

Meu estômago gelou.

— Quem é?

— Não sei. Mas pode apostar que vou conferir pelo olho-mágico, dessa vez — Colby disse ao se levantar.

Senti uma onda de alívio ao ver os amigos de Colby do outro lado. Jesus, era como se eu estivesse com transtorno de estresse pós-traumático da noite anterior. Será que algum dia ouviria uma batida na porta e não me lembraria disso?

— Holden nos contou — Owen anunciou ao entrar no apartamento.

Ele segurava uma embalagem de asinhas de frango. Dei risada. Como se asinhas de frango pudessem fazer essa confusão desaparecer.

— Não podemos falar sobre isso agora — Colby avisou, acenando com a cabeça para Saylor. — Se entendem o que quero dizer.

— Vamos falar em código — Holden prometeu.

— Como você está, Billie? — Brayden perguntou.

Dando de ombros, suspirei.

— Você sabe...

— É, eu sei — ele murmurou com um olhar compreensivo.

— Trouxe a sua cerveja favorita — Holden disse, entregando para Colby.

— Valeu, cara. Fico muito grato por isso. — Colby levou a cerveja para a geladeira antes de voltar para a mesa.

— E donuts para a Saylor! — Brayden ergueu a caixa que estava segurando.

Ela quicou em sua cadeira.

— Oba! Donuts!

Apesar dos esforços deles para nos animar, o clima ainda parecia sombrio.

Holden puxou uma cadeira e pigarreou.

— Então, né, nós temos que fazer alguma coisa em relação ao problema de lixo por aqui.

Brayden cruzou os braços.

— Sim, nós precisamos nos livrar do lixo.

Acho que a conversa em código havia começado.

— Nós decidimos não discutir essa noite se iremos deixar o lixo dentro de casa ou jogá-lo fora — Colby respondeu. — Estamos tentando deixar a poeira baixar um pouco.

Owen, que ainda estava vestido em suas roupas de trabalho, como sempre, se manifestou.

— Ok. Mas quero dizer uma coisa. Às vezes, quando você deixa o lixo dentro de casa, começa a feder muito. Minha opinião é não deixar o lixo dentro de casa de jeito nenhum. Acenda um fósforo, jogue no lixo e lute com tudo que tiver. Deixe queimar. Também temos um dinheiro guardado para emergências sanitárias como essa.

— Entendi — Colby disse. — E agradeço por isso. Muito mesmo. Mas também é arriscado lutar contra o lixo com fogo. — Ele respirou fundo. — Pode explodir.

— Isso é verdade. — Holden assentiu. — E, só para você saber, se precisar de alguém para seduzir e manipular o lixo, é só dizer.

Brayden riu.

— Você acha que pode resolver tudo com o seu...

— Sorriso! — Colby interrompeu antes de lançar um olhar irritado para ele. — Brayden, tome cuidado com o seu linguajar.

Brayden deu risada.

— Eu ia dizer compactador de lixo.

Colby riu também, o que foi bom de ver. Ele era sortudo por ter esses caras em sua vida. Por mais difícil que isso fosse, seria muito pior se Colby não tivesse um sistema de apoio.

— Eu adoro caminhões de lixo! — Saylor anunciou, claramente tentando compreender do que seus tios malucos estavam falando.

Holden cutucou a lateral de seu corpo.

— É mesmo?

Ela girou o garfo para pegar o restante de seu espaguete e assentiu.

— Aham.

Colby olhou para ela com adoração.

— Saylor gosta de ver os caminhões de lixo passando e levando o lixo embora, não é, amor?

Ela assentiu.

— Dá pra ver pela janela!

Owen fingiu empolgação.

— Que legal, Saylor. Lembro-me de gostar de ver isso também quando tinha a sua idade.

Holden deu um tapa na mesa.

— Ok, chega de falar de lixo. Vamos abrir as cervejas.

Eles ficaram por meia hora antes de irem embora juntos. Insisti em limpar tudo enquanto Colby levava Saylor para tomar banho. Pude ouvir os sons de água respingando e risadinhas ao longe. Ah, a ignorância abençoada, não fazer ideia de que a sua suposta mãe estava tentando destruir a vida do seu pai. Eu esperava que Saylor nunca tivesse que descobrir o que estava acontecendo.

Depois que eles saíram do banheiro, observei Colby se juntar à filha no chão com suas bonecas Barbie. Ele estava segurando o Ken e, a pedido de Saylor, estava fingindo ser o chefe da Barbie no zoológico. A Barbie dela era funcionária de um zoológico de Marte.

Em determinado momento, Colby soltou o Ken de repente e puxou Saylor para um abraço apertado. Essa garotinha não fazia ideia de quantas emoções diferentes deviam estar rodeando seu pai naquela noite. Pensamentos assustadores preencheram minha mente. Havia tantas perguntas sem resposta. Maya conseguiria levar Saylor embora do país? Isso com certeza o mataria.

Colby fechou os olhos, e, de algum jeito, eu sabia que ele estava fazendo uma oração silenciosa. Fiz a mesma coisa, mas era mais como uma promessa. *Billie, você vai fazer o que for preciso para garantir que esse homem nunca perca sua filha. O que for preciso.*

Era uma verdade difícil de engolir. Porque, naquele momento, eu soube que não ficaria em seu caminho se ele não tivesse outra escolha a não ser se casar com aquela cretina, mesmo que isso acabasse comigo.

CAPÍTULO 19

Colby

Phillip Dikeman, o advogado da minha família, franziu a testa e balançou a cabeça.

— Queria que você tivesse vindo antes, Colby.

— Maya apareceu somente há quatro dias, e esse foi o primeiro horário que consegui marcar com você.

Ele jogou a petição que ela havia me dado sobre sua mesa.

— Eu quis dizer antes que a mãe de Saylor voltasse à sua vida.

— Por que eu teria vindo antes de ela reaparecer?

— Porque poderíamos ter encerrado os direitos parentais dela por abandono. Nova York exige apenas seis meses de ausência para apresentar uma alegação de rescisão involuntária de direitos.

Arrastei uma das mãos pelos cabelos.

— Porra. Eu não fazia ideia. Quando tudo aconteceu, eu me encontrei com o advogado dos meus pais. Ele me disse que eu deveria fazer o pedido de custódia legal imediatamente, mas acho que fiquei esperando que a mãe de Saylor voltasse. Quando finalmente ficou claro que isso não ia acontecer, nossa vida meio que se encaixou. Ninguém nunca me pediu para provar que eu tinha a custódia da minha filha e, não sei... um dia se passou, depois uma semana e, de repente, minha filha já tinha quatro anos.

Phillip sorriu e apontou para um porta-retratos em uma prateleira atrás de sua mesa.

— Nem me fale. A minha foi ao cinema com um garoto ontem à noite. Parece que ainda ontem ela tinha quatro anos.

Balancei a cabeça.

— O quão ferrado eu estou?

— Vou ser direto com você. Se ela for capaz de provar tudo o que está nesta petição, o que vou presumir, por um momento, que ela pode, há uma boa chance de que o tribunal lhe conceda direito de visita. Será limitado e supervisionado, pelo menos no início. Mas qualquer juiz que pegar o processo pesará o que é do melhor interesse da criança versus penalizar uma mãe pelos erros que cometeu. E impedir uma mãe de ver sua filha por ter procurado tratamento para problemas de saúde mental, especialmente uma que ficou longe da criança por medo de não ser apta para ser mãe, não é algo que um juiz queira fazer, a menos que seja absolutamente necessário.

— Mas é tudo mentira! Ela não se afastou de Saylor por problemas de saúde mental! Ela admitiu isso para mim. Ela se manteve afastada porque gostava mais de sua vida sem filhos. A única maldita razão pela qual ela voltou é porque precisa de algo. Isso não tem nada a ver com minha filha ficar melhor com a mãe em sua vida. Honestamente, por mais que eu despreze Maya, se ela tivesse voltado com um desejo verdadeiro de ver a filha, se realmente tivesse problemas de saúde mental e se arrependido de deixá-la como deixou, acho que não tentaria mantê-las separadas. Saylor *merece* uma mãe. Mas essa mulher... ela não merece Saylor. Ela está fazendo isso pelos motivos errados, e eu preciso fazer tudo que estiver ao meu alcance para proteger minha filha desse mal.

Phillip assentiu.

— Eu entendo. Entendo mesmo. E concordo plenamente com lutar contra isso até o fim. Não quero que pense o contrário, Colby. Mas os papéis que ela tem contam uma história diferente da que você está me contando. Ela tem profissionais jurando que ela sofria de uma condição mental e se esforçou muito para melhorar pelo bem da filha. O que você tem para provar que a sua história é a que o juiz deve acreditar? Infelizmente, na maior parte dos casos, o que vale é o que você pode *provar* que é verdade, não o que *realmente* é verdade.

Senti vontade de vomitar.

— Então, você está dizendo que eu deveria ter gravado o que Maya me disse? Diferente dela, minha mente não funciona assim. A última coisa na qual pensei quando ela bateu à minha porta foi em conseguir provas.

Ele balançou a cabeça.

— Claro. E não estou dizendo que você precisava gravá-la. Na verdade, mesmo que Nova York seja um estado que requer o consentimento de apenas uma das partes, ou seja, somente uma das pessoas envolvidas precisa consentir a gravação, ainda é inadmissível usar isso no tribunal, a menos que possamos encontrar em exceção. Pouca coisa é preto no branco no meio jurídico, infelizmente. Estou apenas explicando como um juiz irá ver as coisas. Podemos conseguir com que você declare que Maya tem segundas intenções, mas pode acabar se tornando a nossa palavra contra a dela.

Apoiei a cabeça nas mãos e puxei meus cabelos.

— Jesus Cristo. Isso é uma loucura. O que eu devo fazer? Casar com ela?

— Não seria ético da minha parte aconselhá-lo a entrar em um casamento forjado com o único propósito de garantir um *green card*. Mas como o assunto do casamento foi levantado e a imigração não é uma área com a qual estou muito familiarizado, tomei a liberdade de entrar em contato com um advogado de imigração neste prédio. Adam é um amigo meu, e ele vai te dar uma consulta grátis. Pelo menos assim, você terá todas as informações necessárias para tomar uma decisão sobre como deseja proceder.

Uma hora e meia depois, minha cabeça girava quando saí do escritório do segundo advogado. Eu queria ir direto para a loja de bebidas e beber até não conseguir mais pensar, mas minha garotinha estava na casa dos meus pais, e eu sabia que Billie também estava ansiosa para saber como tinha sido a consulta. Então, me recompus e fui buscar minha filha.

— Oi. Como foi lá? — Minha mãe abriu a porta parecendo quase tão estressada quanto eu me sentia. Talvez eu não devesse ter contado tudo a ela quando deixei Saylor em sua casa mais cedo, mas foi só ela olhar para mim que ficou convencida de que eu estava escondendo uma doença terminal.

Entrei e olhei em volta.

— Saylor está tirando uma soneca?

Minha mãe negou com a cabeça.

— O seu pai a levou ao parque.

Assenti e sentei-me à mesa da cozinha, soltando um suspiro pesado.

— Vou fazer um chá para nós — mamãe disse.

— Obrigado.

Alguns minutos depois, ela colocou duas canecas sobre a mesa e sentou-se na cadeira de frente para mim.

— Quer falar sobre isso?

Franzi a testa.

— Quero voltar no tempo e fazer com que seja quatro dias atrás para sempre.

— As notícias não foram boas?

Fitei meu chá.

— Eu não consigo acreditar que isso está acontecendo. Minhas opções são, basicamente, me arriscar em uma briga por custódia ou me casar com uma mulher que odeio e correr o risco de passar cinco anos na cadeia se for pego tentando me casar com alguém com o único propósito de burlar as leis da imigração.

Minha mãe pousou uma das mãos no coração.

— Minha nossa.

— Nem me fale...

— O advogado acha que você teria uma boa chance de ganhar custódia total?

Balancei a cabeça.

— Ele acha que Maya vai conseguir algum tipo de direito de visita. O que significa que eu teria que explicar à Saylor quem ela é e correr o risco de Maya desaparecer mais uma vez assim que conseguir o que realmente quer com tudo isso. Não posso confiar o coração de Saylor a essa mulher, mãe.

— Nunca pensei que diria ao meu filho que mantivesse uma mãe longe de uma filha. Mas os motivos pelos quais Maya voltou também me assustam. Não podemos confiar o bem-estar da nossa Saylor a qualquer pessoa que tenha a coragem de usar uma criança como uma garantia para conseguir o que quer. Odeio dizer para não lutar pelo que é certo, mas às vezes não importa quem vence. A própria guerra já causa todo o dano.

Meus olhos marejaram.

— Eu não sei o que fazer. Mas não posso arriscar que Saylor se machuque no meio disso tudo.

Minha mãe estendeu sua mão para cobrir a minha.

— Parece que você já fez uma escolha, filho.

Fechei os olhos.

— Por quanto tempo você teria que permanecer casado? — ela perguntou.

— Eu consultei um advogado de imigração e ele disse que o processo leva em média nove meses a partir do momento em que o pedido é feito. Teríamos que passar por entrevistas e outras coisas, e é aí que entra o risco de ser pego. Mas o advogado não pareceu muito preocupado com isso, já que Maya e eu temos uma filha de quatro anos. Acho que ajuda parecer que estamos juntos há algum tempo.

Minha mãe assentiu.

— Bom, pelo menos isso não interromperia a sua vida por muito tempo. — Ela forçou um sorriso. — Acho que o lado positivo é você ser solteiro, então não terá uma terceira pessoa envolvida que possa se magoar.

Senti um peso se instalar em meu peito ao olhar nos olhos da minha mãe.

— Eu conheci uma pessoa, mãe. Eu ia te contar sobre ela.

— Oh, Colby...

— O nome dela é Billie, e ela é absolutamente maravilhosa. Estamos indo aos poucos, porque ela queria ter certeza antes de se envolver com alguém que tem uma filha. Mas acho mesmo que ela pode ser a mulher certa.

Minha mãe abriu um sorriso triste.

— Fico tão feliz por ouvir isso. Embora, obviamente, o momento não seja ideal.

— É...

— O que a Billie acha de tudo isso?

— Ainda não falei com ela sobre o que os advogados me disseram hoje. Mas desde o instante em que Maya bateu à minha porta, a prioridade de Billie passou a ser cuidar de Saylor. No entanto, não sei se ela lidaria bem se eu acabasse me casando com aquela psicopata. Espero poder falar com ela depois que Saylor dormir hoje à noite.

Mamãe e eu ficamos quietos por um momento antes de ela apertar minha mão.

— Parece que Billie tem as prioridades certas. Por que você não deixa Saylor passar a noite aqui? Nós adoramos ficar com ela, e acho que seria bom você ter um tempinho.

Aquiesci.

— Isso seria ótimo, mãe. Vou perguntar a ela quando voltar com o papai, mas tenho certeza de que ela adoraria passar a noite aqui.

Uma hora depois, voltei para casa sem minha filha. Saylor pulou de alegria quando perguntei se ela queria dormir na casa dos meus pais.

Provavelmente seria melhor assim, já que minha filhinha já era especialista em ler seu velho pai. Como eu tinha a noite inteira para mim, decidi caminhar os dois quilômetros e meio até meu apartamento. A noite estava agradável, e eu esperava que o ar fresco ajudasse a clarear minha cabeça. No caminho, parei em uma floricultura e comprei um buquê de flores silvestres para Billie. Depois, em um salto de fé, comprei ravióli fresco e pão, pensando que talvez pudesse fazer o jantar para ela e levá-la para passar a noite comigo. Quando cheguei ao Billie's Ink, não tinha resolvido nenhum dos meus problemas, mas decidi do que precisava pelas próximas doze horas: uma noite tranquila em casa com a minha garota.

Justine me cumprimentou quando entrei no estúdio. Ela olhou para o buquê enorme nas minhas mãos e sorriu.

— Ela está com um cliente. Mas qualquer homem que entre aqui como você está agora tem passe livre para a sala de tatuagem. — Ela acenou para a porta com a cabeça. — Vá fazer minha patroa ganhar o dia, lindinho.

Sorri.

— Obrigado, Justine.

Mas meu sorriso murchou bem rápido quando vi o que Billie estava fazendo: tatuando a *bunda* de um sujeito. Contudo, seu rosto se iluminou quando me viu ali.

— Oi! — Ela tirou o pé do pedal e afastou a agulha da pele do cara. — Não sabia que você ia passar aqui.

Deek piscou para mim.

— Você não precisava ter me trazido flores, garotão. Vinho e lubrificante são mais o meu tipo de romance.

Dei risada e ergui o queixo.

— E aí, Deek?

O cara deitado de bruços na cadeira hidráulica de Billie olhou para ela.

— Posso ir ao banheiro?

— Sim, claro. Só me dê um segundo para cobrir a sua nádega com um pedaço de plástico para que a área continue esterilizada.

Quando terminou, ela pediu ao sujeito para não subir a cueca na parte de trás. Então, fiquei olhando a bunda cabeluda de um cara ir até o banheiro com três quartos de uma rosa tatuada nela. Bem, a nádega esquerda era cabeluda. A direita estava depilada.

Billie retirou suas luvas de látex e veio até mim.

— Essas flores são para mim?

Inclinei-me e rocei meus lábios nos dela.

— Há apenas duas mulheres na minha vida, e a outra prefere que eu lhe dê bombas de banho em formato de unicórnio que defecam glitter quando são jogados na água.

Billie sorriu.

— Defecam glitter? Eu não sabia que essa era uma opção. Acho que você vai ter que devolver essas lindas flores.

Passei um braço em volta de sua cintura e a puxei para mais perto.

— Quer jantar comigo?

— Depende. O que você vai me dar para comer?

— É uma pergunta muito capciosa... — Sorri e ergui a sacola em minha outra mão. — Mas vou me comportar. O que acha de ravióli fresquinho e pão de semolina?

— Hummm... parece delicioso.

Afastei uma mecha de cabelo de seu rosto.

— Saylor vai dormir na casa dos meus pais. Queria que você passasse a noite comigo.

— Acho que podemos providenciar isso... — Seu cliente voltou do banheiro, então ela baixou o tom de voz. — Você quer ir lá fora por um minuto para falar como foram as coisas no escritório do advogado?

Balancei a cabeça.

— Vamos adiar falar sobre isso até amanhã de manhã. Talvez possamos passar a noite fingindo que nada disso aconteceu, já que é tão raro eu ter uma noite inteira sozinho. Não quero desperdiçar sequer um minuto focando em qualquer outra coisa além de você.

Billie sorriu.

— Parece maravilhoso.

— Ótimo. A que horas você termina?

— Tex é o meu último cliente de hoje. Devo terminar daqui a uns 45 minutos.

Olhei para trás por cima de seu ombro. Tex estava se posicionando de bunda para cima na cadeira novamente.

— A propósito, por que ele pode tatuar uma rosa na bunda, mas você se recusou a fazer uma no meu peito quando pedi?

— Porque eu não tenho que olhar para a bunda dele o tempo todo.

— Eu te pedi para tatuar uma rosa em mim quando nos conhecemos. Você ainda não sabia que ia olhar para o meu peito nu o tempo todo.

Billie inclinou a cabeça para o lado com um sorriso malicioso.

— Tem certeza disso?

— Boa resposta. — Sorri. — Vá terminar de tatuar aquela bunda. Mas suba para o meu apartamento logo em seguida.

Ela ficou nas pontas dos pés e me deu um selinho rápido.

— Sim, senhor.

Dei o máximo de mim para criar o clima da noite. Quando Billie bateu à porta, eu estava com duas panelas no fogão, pão aquecendo no forno, música suave tocando e a mesa posta à luz de velas.

Quando abri a porta, ela estendeu as flores que eu lhe dera no estúdio.

— Trouxe para você.

Sorri.

— Que atencioso da sua parte.

Billie deu risada.

— Eu não queria deixá-las lá embaixo, já que estarei de folga amanhã. Você tem um vaso? Me dei conta enquanto subia de que talvez você não tenha. Geralmente, os homens dão flores, não recebem.

— Acho que tenho. Minha mãe me manda flores no Dia dos Pais.

— Awn... que amor.

Peguei o buquê da mão de Billie, coloquei sobre a bancada da cozinha e a envolvi em meus braços.

— Obrigado por me dar isso.

— As flores? Vou te contar um segredinho... eu meio que as consegui de graça. — Ela sorriu.

— Eu me referi à folga de tudo que está acontecendo por uma noite. Do jeito que estava me sentindo esta tarde, não achei que conseguiria mudar meu humor. Mas a ideia de passar uma noite sozinho com você fez isso ser mais fácil do que pensei.

O rosto de Billie suavizou.

— Fico feliz em poder ajudar.

Acariciei seu nariz com o meu.

— Você ajuda. Muito.

Servi uma taça de vinho para cada um de nós e Billie sentou-se na bancada ao lado do fogão enquanto eu terminava de cozinhar.

— Eu trouxe um joguinho para nós, caso você precise de mais uma animada.

— Ah, é? Que tipo de jogo?

Ela apontou para sua bolsa na cadeira.

— Pegue a minha bolsa que eu te mostro.

Billie retirou de sua bolsa um pacote com uma pilha de cartas grandes, mostrando-me o nome que havia na parte da frente da embalagem.

Arqueei uma sobrancelha.

— Perguntas e Respostas sobre Sexo?

— Comprei naquela bodega no fim da rua que vende bongos para fumar ervas e revistas adultas. Esse joguinho fica atrás do balcão, e faz um tempo que ele despertou minha curiosidade.

Sorri.

— Você compra coisas naquele lugar? Só vi as coisas que eles vendem pelo lado de fora.

Ela me lançou um olhar.

— Pare de julgar. O café de lá é ótimo, e custa apenas um dólar.

Peguei as cartas de sua mão.

— Terei que conferir o lugar depois. Temos um tempinho antes do jantar ficar pronto. O que acha de fazermos uma aposta com esse joguinho?

— Você nem viu a primeira pergunta ainda e quer apostar que vai ganhar?

Dei de ombros.

— Se eu perder, comerei você de sobremesa. Se você perder, comerei você de aperitivo.

— Hum... parece que ganharei mesmo se perder.

— Temos um acordo?

Billie abriu um sorriso sugestivo.

— Não sou de fugir de uma aposta.

Sorri.

— Essa é a minha garota.

A primeira carta da pilha era bem interessante. Pigarreei e li em voz alta.

— Qual posição é a mais provável de levar a mulher ao orgasmo? A. De quatro; B. Papai e mamãe; C. Cavalgar de costas; ou D. Mulher por cima?

Billie retorceu os lábios ao pensar na resposta.

— Hum... vou escolher a opção D, mulher por cima, porque assim ela tem mais controle.

— Controle, hein? É disso que você gosta?

Ela confirmou com a cabeça.

— Geralmente, sim. Mas gosto muito quando você fica todo mandão. Acho que os meus problemas de confiança me impediam de curtir quando o homem fica no controle.

Olhei bem fundo em seus olhos.

— Isso significa muito para mim.

— Então, essa era a resposta certa?

— Sim, você acertou. Mulher por cima é a posição mais provável de levar a mulher ao orgasmo. — Sorri de orelha a orelha. — Além disso, mal posso esperar para você me cavalgar.

Billie deu risada e pegou a pilha de cartas das minhas mãos.

— Acho que o placar está um a zero. Vamos ver o que temos aqui. — Ela examinou a próxima carta. — Uma mulher prefere: A. Limpar a casa; B. Comer o jantar; C. Brincar com um joguinho de perguntas e respostas; ou D. Ser fodida na bancada da cozinha ao lado de uma panela de ravióli.

Franzi as sobrancelhas por meio segundo antes de entender. Em seguida, tomei a carta de sua mão e a joguei por cima do ombro.

— Vou escolher a D.

Billie envolveu meu pescoço com os braços.

— D era a resposta correta.

— Ótimo, linda. Porque é exatamente isso que vai acontecer agora.

O ravióli teria que esperar. Apaguei o fogo da panela com água que estava começando a ferver e puxei as pernas de Billie para envolverem a minha cintura. Era a primeira vez que tínhamos passe livre para fazer o que quiséssemos nesse apartamento por uma noite inteira, e eu estava adorando isso.

— Vou comer você antes do jantar, ok? — murmurei.

Billie assentiu ao tirar minha camiseta enquanto eu desfazia os laços de seu espartilho. Seus montes lindos e macios saltaram para fora simultaneamente e, sem perder tempo, tomei um dos mamilos na boca. Chupei tão forte que ela estremeceu. Billie enterrou as unhas compridas em minhas costas antes de deslizar as mãos para cima e puxar meus cabelos.

Duro pra caralho, não podia esperar nem mais um segundo para estar dentro dela. Abri sua calça jeans e ela se retorceu para se livrar da peça antes de chutá-la no chão. Desfiz a fivela do meu cinto e abaixei minha calça apenas o suficiente para colocar meu pau para fora. Não podia mais esperar sequer o tempo que teria levado para retirar a calça por completo. Isso era o quanto eu precisava dela imediatamente.

Soltando um som ininteligível, enterrei-me nela. Sua boceta era puro êxtase. Os músculos de Billie se contraíram em torno do meu pau conforme eu a penetrava com força. Continuei segurando-a enquanto ela impulsionava os quadris. Eu devia estar com muito tesão acumulado, porque era como se eu não conseguisse fodê-la rápido o suficiente. Billie não pareceu se importar ao se contorcer sob mim, sincronizada ao ritmo das minhas estocadas.

Ela nunca esteve tão apertada, tão molhada, tão pronta para mim. Nós dois estivemos sob um estresse intenso durante a última semana, e isso era exatamente do que precisávamos. Estávamos tão envolvidos que demorei um pouco a perceber que não tinha parado para colocar uma camisinha. Billie havia mencionado que tinha começado a tomar pílula recentemente, mas eu precisava conferir mais uma vez se ela estava pronta para isso.

— Tudo bem? — perguntei. — Não coloquei camisinha.

— Sim — ela ofegou. — Tudo bem.

Gemi.

— Achei que não tinha como ser ainda melhor estar dentro de você, mas, puta merda.

— Eu sei. Nunca transei sem camisinha antes.

Parei de me mover dentro dela por um instante.

— Está falando sério?

Ela confirmou balançando a cabeça.

— Espere... — Pisquei algumas vezes. — Eu vou ser o primeiro cara a gozar dentro de você.

Ela mordeu o lábio e assentiu novamente.

— Caralho. Você não faz ideia do que isso faz comigo. — Meti nela novamente.

Ela puxou meus cabelos.

— Não pare mais, por favor.

— Sim, senhora. — Estoquei com mais força.

Dava para ouvir os sons escorregadios da nossa excitação conforme eu entrava e saía dela. Quando senti seus músculos se contraírem, não pude segurar mais. Rosnei, enterrando-me nela o mais fundo que pude ao gozar. Ela continuou a se contrair ao meu redor e jogou a cabeça para trás, sua voz ecoando pela cozinha conforme seu orgasmo a arrebatava. Continuei me movendo, entrando e saindo, até não sobrar mais nada, e então fiquei dentro dela por um tempinho, com sua bunda apoiada sobre a bancada.

Ela ofegou.

— É melhor limparmos essa bancada.

— Dane-se a bancada, mas é melhor eu pegar uma toalha para você. Se bem que gosto de saber que meu gozo está dentro de você.

Ela falou contra minha pele.

— Podemos providenciar isso de novo mais tarde.

— Adoro ouvir isso.

Estiquei-me para pegar um pano da gaveta, colocando delicadamente debaixo dela enquanto enchia seu pescoço de beijos.

— Tenho uma ideia — eu disse.

— Qual?

— Vá tomar um banho relaxante na banheira. Vou terminar de fazer o jantar. Depois, levaremos para o meu quarto para comermos na cama pelados. O que acha?

— Parece uma noite perfeita.

Em vez de sair correndo para o banheiro, Billie continuou ali, com seus braços ainda em volta do meu pescoço enquanto olhava em meus olhos. Me dei conta de que vivenciei poucos momentos em minha vida tão especiais quanto aquele: estar ali no meio da cozinha seminu com a linda mulher com quem tinha acabado de fazer amor, que confiou em mim o suficiente para me deixar gozar dentro de seu corpo delicioso.

Esse podia não ser um momento classicamente romântico, mas parecia o certo para dizer a ela.

— Estou me apaixonando por você, Billie.

Meu coração ficou preso na garganta enquanto ela me encarava por vários segundos. *E se ela não sentir o mesmo? E se ela tiver medo de me amar, diante de tudo que vinha acontecendo ultimamente?*

— Você não está sozinho, Colby — ela finalmente disse. — Eu só não queria ser a primeira a expressar o que estou sentindo. Acho que estive hesitante porque tinha medo de que, se caísse de amores, você não estivesse lá para me segurar. O que é idiotice, eu sei. Deixei minhas experiências passadas interferirem no que está acontecendo entre nós. Eu deveria ter dito isso antes de você ir tomar café da manhã com aquela bruxa, porque aquele foi o dia em que percebi o quanto os meus sentimentos tinham se intensificado. Eu soube, porque somente pensar em você sofrendo me deixou doente. Enfim, desculpe por falar tudo isso agora. Sei que a ideia era esquecermos tudo por uma noite.

Puxei-a para um beijo e sussurrei contra sua boca:

— Sempre estarei aqui para te segurar, Billie.

— Eu acredito em você, Colby.

Tinha mais uma coisa que eu queria dizer, mas refreei-me: *Eu queria que fosse você que precisasse se casar comigo.*

CAPÍTULO 20

Billie

A noite anterior foi crua em todos os sentidos da palavra. O jeito como fizemos sexo, o jeito como expressamos nossos sentimentos um pelo outro. E agora que eu tinha aberto os olhos, sentia a crueza da nossa realidade atual voltando aos poucos.

A manhã tinha sido agridoce. Colby me contou como fora a reunião com o advogado e todas as novas inseguranças e arrependimentos resultantes disso. O advogado sentia que o caso de Maya era mais forte do que esperávamos. Aquilo me deixou chateada, mas eu tinha que permanecer forte por Colby. Ele ainda não tinha tomado uma decisão sobre o que fazer.

Nossa conversa sobre a situação de Maya foi a parte ruim da manhã. A parte boa foi termos passado todo o tempo anterior a essa conversa fazendo um sexo maravilhoso.

Colby me pediu para ir com ele à casa de seus pais para buscar Saylor. Eu pretendia voltar ao meu apartamento depois disso.

Quando chegamos à casa de seus pais, sua mãe parecia saber exatamente quem eu era.

— Você deve ser a Billie.

Olhei para Colby, depois novamente para ela.

— Sou.

— É uma maravilha conhecê-la.

— Igualmente.

AS REGRAS PARA NAMORAR **275**

— Ela é muito bonita. Você é um cara de sorte, Colby — a sra. Lennon disse para o filho.

Ele apertou o braço em torno de mim.

— Eu sei.

Saylor veio correndo em nossa direção.

— Billie!

Ajoelhei-me para receber seu abraço.

— Oi! Você se divertiu?

Ela assentiu avidamente.

— Vocês gostariam de ficar um pouco? — A mãe de Colby indagou. — Fiz aquela sopa de ervilha que você gosta, Colby. Saylor já comeu, então ela provavelmente não vai sentir fome por um tempo.

Colby olhou para mim.

— Acho que é melhor levarmos Saylor para casa. Mas obrigado pela oferta.

Sorri.

— Talvez outro dia, sra. Lennon. Essa sopa parece deliciosa.

— Por favor, me chame de Yvonne.

Do lado de fora, na calçada, Colby segurou a mão de Saylor e me perguntou:

— Você tem que ir a algum lugar?

— Pensei em ir para casa. Vou deixar você ficar um tempinho com a Saylor.

— Está brincando? — Ele me puxou para si. — Não estou pronto para me separar de você.

— É mesmo? — Sorri.

— Sim. Pode ficar conosco?

Sinceramente, quantos dias sem complicações ainda teríamos? De jeito nenhum eu recusaria isso. Como não tinha clientes marcados para o dia, eu acabaria indo para casa somente para ruminar sobre Colby. Então, podia muito bem ficar com ele.

— Não há nada que eu queira mais do que ficar com vocês.

— Ótimo. — Ele olhou para Saylor. — Essa pequena aqui precisa de pasta de amendoim e tenho que comprar alguns frios para a semana. Se importa se passarmos no mercado? Posso comprar algo para o jantar também.

— Mostre o caminho. — Sorri.

Quando chegamos ao mercado, Colby seguiu por uma direção para pegar as coisas de que precisava, enquanto nós, meninas, fomos por outra. Estávamos nos divertindo apenas explorando as prateleiras. Coloquei Saylor em um carrinho e posso ter corrido com ela por alguns corredores. Também posso ter colocado cereais *Cap'n Crunch*, *Pop-Tarts* e biscoitos *Goldfish* no carrinho. Aparentemente, você não pode me levar ao mercado. Sou uma criança sem supervisão com um orçamento de adulto.

Fomos parar na seção da confeitaria — claro, já que eu estava no comando — para que eu pudesse mimar um pouco Saylor com um biscoito. Entramos na fila, que tinha algumas pessoas. Em determinado momento, a mulher ao meu lado olhou para Saylor e disse:

— Ela é adorável. Que garotinha linda.

— Obrigada. — Sorri.

Percebi que a mulher tinha, provavelmente, presumido que Saylor era minha filha. E eu havia essencialmente recebido crédito pela beleza da garotinha. Deixei aquele sentimento marinar por alguns segundos. Aos olhos daquela estranha, eu era uma mãe. Saylor era minha filha, estava em segurança comigo. A vida era simples. E eu desejava do fundo do coração que isso fosse verdade, que pudéssemos ir para casa naquela noite e dormir tranquilamente, sem preocupação alguma. Fui preenchida por um anseio sufocante.

O momento foi interrompido quando finalmente chegamos ao começo da fila.

— O que vai querer? — a atendente perguntou.

Deixei Saylor escolher o que queria. Ela apontou para o último biscoito com gotas de chocolate gigante da vitrine.

— O biscoito gigantesco, por favor — eu disse.

Ele devia ter pelo menos quinze centímetros de diâmetro. Depois que a mulher o embrulhou e o entregou para Saylor, a menina atrás de nós começou a chorar de repente.

— Ela está bem? — perguntei à mãe da menina.

— Desculpe. Infelizmente, não está. Ela estava esperando por esse biscoito. Sempre compramos um quando visitamos esse mercado, o que, felizmente, não acontece com tanta frequência. Ela o chama de "biscoitão". Foi por isso que viemos hoje. Prometi que, se ela se comportasse durante o corte de cabelo, eu o compraria.

Ah, droga. Virei-me para Saylor.

— Querida, será que você pode dividir esse biscoito com essa garotinha? Ela está triste porque ficamos com o último.

Para minha surpresa, Saylor entregou o biscoito inteiro.

— Tome. Não chore.

Meu coração apertou, não somente pela doçura de seu gesto, mas porque os olhos de Saylor também estavam marejando. Quanta empatia para uma garotinha. Um ser humano maravilhoso.

— É muita gentiliza sua — a mulher respondeu. — Mas você deveria ficar com a metade.

Saylor negou com a cabeça.

— Ela pode ficar com ele todo.

— Uau. Obrigada — ela disse. A mulher sorriu para mim. — Você tem uma filha incrível.

— Eu sei — respondi sem hesitar.

Ela virou-se para sua filha.

— Agradeça, Elena.

— Obrigada! — A garotinha fungou e sorriu, com as bochechas ainda molhadas de lágrimas.

Saylor acenou para se despedir, e a garotinha retribuiu.

Depois que elas foram embora, voltamos para a fila para comprar um cupcake para Saylor. Fiquei pensando no quanto ela tinha sido fofa ao insistir que a garotinha ficasse com o biscoito inteiro. A generosidade de Saylor era uma prova de seu espírito bondoso, e certamente resultante do fato de ter um pai que a criava da maneira certa ao lhe dar um bom exemplo. Colby era o tipo de homem que tiraria a própria camisa para dar a um estranho, se fosse preciso. Ele também iria até o fim do mundo pelas pessoas que amava.

Chegamos ao começo da fila novamente, e pedi a nova guloseima de Saylor.

Ela deu uma mordida enorme no cupcake e ficou com cobertura cor-de-rosa no nariz. Eu não me cansava de sua fofura.

Eu sabia que meu apego a Saylor estava diretamente relacionado ao fato de estar me apaixonando por seu pai. Afinal de contas, Saylor era uma extensão de Colby. Eu me importava verdadeiramente com os dois.

E então, meu bonitão apareceu, empurrando um carrinho cheio até o topo.

— Aí estão vocês. — Ele sorriu. — Achei que tinha te perdido.

— Nunca. — Pisquei.

Ele me deu um beijo na bochecha e olhou para meu carrinho.

— Quantas escolhas saudáveis.

— Bom, o meu namorado está encarregado de me fazer brownies de espinafre para que eu possa me alimentar melhor. — Abracei-o pela cintura. — Espere só até eu contar o que a sua lindinha fez.

Contei a história do biscoito para Colby ao seguimos para a fila do caixa. Ele ficou muito orgulhoso da filha.

Voltamos para o apartamento de Colby e ficamos de bobeira juntos até a hora do jantar. Embora tenhamos curtido as *fajitas* que ele preparou, o clima havia definitivamente murchado. A sensação de que a realidade estava prestes a recair sobre nós estava mais forte do que nunca. Colby, por sua vez, parecia perdido em pensamentos enquanto terminávamos a refeição.

Ofereci-me para dar um banho em Saylor enquanto ele limpava tudo.

Quando Saylor foi para seu quarto para brincar um pouco antes de dormir, encontrei Colby na cozinha e o abracei por trás.

— Fale comigo. Posso ver que você está se afundando na própria mente.

Ele apoiou os dois braços sobre a bancada e expirou. Após alguns segundos de silêncio, ele finalmente se virou para mim.

— E se ela for deportada e puder, de alguma forma, levar Saylor embora do país? Eu morreria, Billie.

— Isso não vai acontecer — eu o assegurei, embora estivesse me preocupando com a mesma coisa, ultimamente. Havia muitos cenários catastróficos possíveis.

— Como você sabe que isso não vai acontecer? — ele perguntou.

— Tudo bem, eu não sei. Não sei de nada, na verdade. Mas rezarei para que isso nunca aconteça. E tenho fé de que o bem irá prevalecer no final.

Colby fitou o vazio.

— Tive um pesadelo sobre isso ontem. Acordei no meio da noite suando. Você estava dormindo. Ainda bem que não me viu daquele jeito. Mas acho que você está me vendo surtar por isso agora, de qualquer jeito.

Segurei seu rosto entre as mãos.

— Você tem todo direito de surtar, e nunca ache que precisa esconder nada de mim. Quero tanto as partes boas quanto as ruins e feias.

Saylor entrou correndo no cômodo, interrompendo nossa conversa.

— Billie, você pode me contar uma historinha antes de dormir?

Olhei para o relógio. Sua hora de dormir era às oito e meia, e nenhum de nós tinha se dado conta de que já eram nove da noite.

— Claro — eu disse.

— Sem livro! — ela insistiu.

— Sem livro de novo? Não sou tão criativa assim, Saylor.

— Sem livro! — Ela deu risadinhas.

— Ok, sem livro. — Eu a peguei nos braços e lhe fiz cócegas. — Vamos.

Olhei para Colby, que estava com um sorriso nos lábios, apesar do medo insistente em seus olhos.

Saylor se aconchegou ao meu lado em sua cama. Eu adorava o quarto dela à noite, com as luzes apagadas. Ela tinha adesivos no teto que brilhavam no escuro, acendendo uma luz roxa. Era um lugar relaxante. Eu não fazia ideia de qual história contar a ela, então comecei com uma frase simples.

— Era uma vez, um lindo bebê passarinho. — E então, comecei a inventar umas merdas ao continuar. — Ele morava seguro em um ninho no topo de uma árvore com sua família.

Os olhos de Saylor pareciam pires enquanto ela me observava, ansiosa pela próxima frase. Ela era fofa demais.

— Um dia, um falcão enorme veio e tentou levar o bebê passarinho embora.

Jesus. Era a arte imitando a vida. Aparentemente, eu só pensava em uma coisa.

— Por quê? — ela perguntou.

Porque ela é uma safada oportunista.

— Porque o falcão queria o ninho. Ele estava usando o bebê passarinho como uma forma de fazer a família de pássaros dar seu lar para ele, embora ele não tivesse direito algum de tomá-lo.

— Que maldade.

— Eu sei. Mas a história tem um final feliz. — *Só não sei como eles chegarão lá.*

— O que aconteceu?

— Bem, o falcão levou o bebê passarinho, mas, quando voltou para tentar pegar o ninho, os pássaros maiores se juntaram e bateram as asas com tanta força e tão rápido que assustaram o falcão. O falcão percebeu que não podia intimidar os pássaros. Então, devolveu o bebê passarinho e foi embora.

— Ele nunca mais voltou?

— Ela. Era um falcão-fêmea. — *Claro que era.* — Mas, não, o falcão-fêmea nunca mais voltou, e eles viveram felizes para sempre.

Saylor bocejou e apoiou a cabeça em mim. Ela adormeceu em questão de minutos. Isso provou o quão fascinante minha história tediosa havia sido.

Decidi ficar ali por um tempinho, olhando-a dormir. Me dei conta de que, nesse momento, eu era a única mulher em sua vida além da mãe e da irmã de Colby. Isso me deu um senso de responsabilidade. Senti que era minha função protegê-la, mesmo que isso significasse protegê-la de sua própria mãe.

A ruína iminente do que eu sabia que tinha que acontecer me atingiu em uma sensação esmagadora. Senti uma onda repentina de náusea, e me levantei da cama o mais suavemente que pude sem acordá-la.

Fui direto para o banheiro e me curvei sobre a privada, tentando não vomitar. Foquei na tatuagem da chave da minha avó no meu braço, pedindo silenciosamente sua força naquele momento. Mas, alguns segundos depois, sucumbi à sensação enjoativa em meu estômago, vomitando na privada. *Bem, esse foi certamente um dia cheio de surpresas.* Pude ouvir os passo de Colby vindo pelo corredor.

— Você está bem? — ele perguntou, parecendo assustado e segurando meus cabelos.

Assenti, rezando para que tivesse acabado. Eu não queria vomitar de novo na frente dele. Porque o que é mais atraente que isso?

— Acho que já coloquei tudo para fora — eu disse, ofegando.

Eu sabia que isso era a manifestação física de tudo que vinha se formando dentro de mim o dia todo. O amor. O medo. O pavor. No fim das contas, foi a conclusão à qual cheguei que havia me feito vomitar. Porque era literalmente repugnante.

Virei-me para ele e verbalizei.

— Você precisa fazer isso. Precisa se casar com Maya. Quanto menos você demorar para fazer isso, menos irá demorar para acabarmos com esse pesadelo.

CAPÍTULO 21

Colby

— Então, amanhã será o grande dia, não é? — Holden tirou a tampa de uma garrafa de cerveja e a deslizou por cima da mesa de sua cozinha para mim. — Você vai ter que contar à Maya a sua decisão?

Franzi a testa.

— Nem me lembre.

— Você sabe o que vai fazer?

Durante a última semana, mudei de ideia meia dúzia de vezes. O problema era que a minha cabeça achava que uma coisa era certa, e meu coração tinha uma ideia diferente. Suspirei.

— Tenho quase certeza de que vou mudar de ideia umas vinte vezes de agora até amanhã às oito.

Holden assentiu.

— Entendo. Tenho dificuldades para decidir que tênis usar na maioria dos dias, imagine ter que lidar com essa merda que você está passando. O que a Billie acha de tudo isso?

— Ela tem sido maravilhosa demais. Não sei se eu seria tão solidário como ela tem sido se os papéis fossem invertidos e ela estivesse considerando se casar com outro cara. Mas Billie tem insistido que acha que eu deveria me casar com Maya.

Holden ergueu as sobrancelhas.

— Sério?

— Ela não quer que eu coloque Saylor em risco de forma alguma. Disse que o que importa é protegermos a minha garotinha, não como nos sentimos em relação a isso.

— Nossa.

Bebi um pouco da cerveja diante de mim.

— Pois é. Ela é a mulher mais incrível que já conheci. Quer ouvir uma coisa bizarra?

Holden abriu um sorriso sugestivo.

— Bizarro é o meu nome do meio, meu amigo.

— Ontem à noite, sonhei que Billie estava grávida de um bebê nosso. Ela estava com, tipo, seis meses de gestação e sua barriga estava grande e redonda, e eu não conseguia tirar as mãos dela.

Meu amigo sorriu.

— Você já disse a ela que a ama?

Balancei a cabeça.

— Não com muitas palavras. Para ser honesto, eu me acovardei e disse a ela que estava me apaixonando em vez de dizer que já sou *apaixonado* por ela.

— Por quê?

Dei de ombros.

— Não parece justo dizer isso a ela em meio a tudo que está acontecendo. Não quero que seja ainda mais difícil para ela se afastar, se isso for o que precisar fazer.

— Você está falando, mas ouviu o que disse nos últimos minutos? Vocês dois estão colocando um ao outro em primeiro lugar, acima da própria felicidade. Ela prefere que você se case com outra mulher para proteger Saylor, e você não quer dizer a ela que a ama para que fique mais fácil dar um pé na sua bunda. Você realmente acha que não dizer as palavras as torna menos verdadeiras para qualquer um de vocês?

Passei um dedo pela condensação sobre o rótulo da garrafa de cerveja.

— Acho que não. Mas parece egoísta confessar isso agora.

Holden sustentou meu olhar.

— Já estive nesse lugar. Mas sabe qual é a consequência de *deixar de falar o que sente de verdade*?

— Qual?

— Passar uma noite inteira assistindo à garota pela qual você é louco de mãos dadas com seu noivo, anos depois. O que acaba te fazendo encher a cara e ir para casa com uma mulher aleatória que grita o nome errado ao gozar e, em seguida, te entrega a sua calça dizendo que precisa acordar cedo na manhã seguinte.

Franzi as sobrancelhas.

— Você viu a Lala?

Holden assentiu.

— Fiz um show na Filadélfia outra noite. Ela estava lá com o noivo, dr. Babaca.

— O que ele fez para ser um babaca?

Meu amigo me olhou bem nos olhos.

— Estava segurando a mão da Lala.

Era a primeira vez que Holden falava sobre Lala — como chamamos carinhosamente a irmã mais nova de Ryan, Laney —, desde a semana após o funeral de Ryan, quando ele ficou bêbado e admitiu para mim que sentia algo por ela há muito tempo. Eu suspeitava disso, mas mantive minha boca fechada, porque não era da minha conta. Além disso, Lala podia cuidar de si mesma. Ela era mais esperta do que todos nós juntos.

— Como ela está?

— Bem crescidinha... — Holden desviou o olhar por um momento. — Minha questão é: se você acha que ela é a mulher da sua vida, diga a ela. Não fique de enrolação ou sentindo culpa pela maneira como se sente.

Aprenda comigo, existe uma razão pela qual amor e dor rimam. É muito fácil perder o barco e acabar pegando o errado.

Caramba. E eu aqui pensando que sua paixonite por Lala tinha acabado havia tempos. Holden era a última pessoa que eu acharia ser capaz de dar conselhos perspicazes sobre amor, e, ainda assim, ele deixou seu ponto alto e claro. Assenti.

— Valeu, amigo. Você tem razão. Vou criar coragem e garantir que Billie saiba que estou mais do que me apaixonando por ela.

Ele assentiu.

— Então, como vai ser se você casar com Maya? Vocês vão morar juntos e toda essa merda?

— Nem fodendo. Seria somente um pedaço de papel. Eu não teria nenhum contato com ela além da entrevista necessária para a imigração. Tenho feito algumas pesquisas. Meu advogado disse que o processo geralmente leva cerca de nove meses, mas também li que às vezes essa merda fica mais lenta e pode levar alguns anos. A única maneira possível de fazer isso é se eu puder esquecer que Maya existe durante esse período. Não quero nem mesmo saber onde ela mora.

— Não quero complicar ainda mais as coisas, mas o que acontece se Billie engravidar durante esse período? Se algo não planejado surgir? Você poderia sair do casamento forjado, se precisasse? Tipo, conseguir um divórcio rápido ou uma anulação? Quero dizer, merdas assim acontecem todos os dias na vida real, certo? Existe algum tipo de cláusula de escape?

Arrastei uma das mãos pelos cabelos.

— Não faço a menor ideia. Mas o advogado com quem me consultei disse que, às vezes, os casos podem ser mais rápidos quando uma pessoa está correndo o risco de ser deportada e tem um filho que seja cidadão americano. Ele disse que poderíamos solicitar isso, mas não há garantia.

— Saylor a conheceria?

— Definitivamente não. Maya só voltou para nossas vidas para usá-la como moeda de troca. Ela não é uma mulher que se deu conta de que cometeu um grande erro e quer de verdade conhecer a filha. Não vejo nada além de mágoa se Saylor a conhecesse como sua mãe biológica, ou como qualquer outra coisa, aliás.

— Você vai colocá-la no seu plano de saúde do trabalho e contar às pessoas e tal? E se, Deus me livre, algo acontecer com você? Isso significa que Maya fica com a custódia? E você tem um testamento? Eu tive um tio que foi casado por seis meses. A esposa o traiu durante toda a curta duração do casamento, mas ele morreu de ataque cardíaco antes de se divorciarem legalmente, e ela ficou com a casa dele e outras coisas. Existe uma maneira de contornar isso, por via das dúvidas?

Soltei duas respirações profundas pela boca e balancei a cabeça.

— Você está fazendo a minha cabeça girar, Holden.

— Desculpe, cara. Só estou tentando ajudar.

Assenti.

— Eu sei, amigo. E fico muito grato, mais do que você imagina. Se eu decidir ir em frente com isso, terei que sentar com o meu advogado e fazer todas essas perguntas antes que qualquer coisa aconteça, para me certificar de que Saylor e eu fiquemos adequadamente protegidos. Mas, nesse momento, só preciso parar de falar sobre isso.

— Sem problemas. Que tal falarmos sobre o meu assunto favorito? — Holden abriu um sorrisão e tomou um gole de cerveja. — *Eu*.

Dei risada.

— Isso parece perfeito. Me conte o que anda rolando com você, ultimamente. Além de ter visto Lala com o noivo. Tenho certeza de que você já tem pelo menos uma dúzia de histórias acumuladas que poderão me animar desde a última vez em que nos falamos.

Holden bebeu o restante de sua cerveja.

— Bem, eu quase coloquei um Príncipe Albert, um dia desses.

Ergui as sobrancelhas.

— Você ia colocar um piercing no pau?

— Não de propósito. Mas quase aconteceu por acidente.

Balancei a cabeça, sorrindo. Isso era exatamente do que eu precisava naquele momento: a vida louca de Holden.

— Ok, me conte. Como você *quase* colocou um piercing no pau *por acidente*?

Holden balançou um dedo para mim.

— Essa é uma ótima pergunta. Mas, antes de explicar, deixe-me começar dizendo que fiquei meio arrasado depois de ver Lala com o dr. Babaca. Agora sei que estava tentando preencher um vazio passando muito tempo conversando com mulheres no *Tinder*, então não preciso de um sermão. Já recebi um de Owen quando contei essa história para ele. Enfim, eu conheci uma mulher que deixou claro que estava procurando diversão e nada mais. Nos encontramos em um bar e tomamos uma bebida, e então ela sugeriu que pegássemos um Uber para algum lugar para que ela pudesse me fazer um boquete no banco de trás. Ela curtia saber que o motorista estava nos vendo pelo espelho retrovisor enquanto dirigia.

Balancei a cabeça.

— Só você mesmo, meu amigo.

— Ela era muito bonita também. Ruiva, braço tatuado. Uma *vibe* meio Billie. — Ele piscou para mim. — Deve ter sido por isso que fiquei a fim dela.

— Nem brinque com isso, cara.

Ele riu.

— Só estou brincando. O nome dela era Ryland, e ela tinha um desses piercings no nariz em forma de argola. Entramos no Uber e ela não perdeu tempo, foi logo colocando a cabeça no meu colo. Depois, sugeri que fôssemos para a casa dela para eu poder retribuir o favor, sabe, porque sou um cavalheiro e tudo mais. Mas ela disse que estava naqueles dias e sugeriu que nos encontrássemos na próxima semana em outro bar. Ela quer que eu a chupe no banheiro feminino, sentada na pia e com a porta destrancada.

— Ela é exibicionista ou algo assim?

Holden deu de ombros.

— Acho que sim, mas tô dentro. Que cada um faça o que lhe der mais prazer, contanto que ninguém se machuque no processo, certo? Enfim, encerramos a noite e peguei o trem de volta para o bar onde nos encontramos. O dia estava agradável, então eu tinha ido para lá de moto e precisava buscá-la. Mas, quando subi nela, a maldita bateria estava descarregada. Tive que empurrar trezentos quilos até uma colina para que eu pudesse descer com ela pela inclinação e conseguir dar a partida. Quando fiz isso, senti um beliscão na base do meu pau. Doeu pra caralho e não parava. Na verdade, tive que desligar a moto e voltar ao bar para usar o banheiro masculino para ver o que diabos estava acontecendo. Acontece que minha exibicionista ruiva tinha perdido seu pequeno piercing de nariz enquanto me chupava. O troço era muito afiado, e, de alguma forma, foi parar na minha cueca. Ele tinha perfurado a pele na base do meu pau. Por isso, quase coloquei um Príncipe Albert por acidente.

— Meu Deus, você é um desastre ambulante. — Me escangalhei de rir. — Mas obrigado, cara. Estava precisando muito disso.

— Sempre que quiser. Estou aqui para o que puder oferecer.

Na manhã seguinte, eu ainda não tinha ideia do que ia fazer ao entrar na cafeteria para encontrar Maya. Vê-la assim que abri a porta fez meu organismo reagir em repulsa — meu estômago deu um solavanco e senti o gosto de bile subindo pela garganta. Eu odiava o fato de que essa mulher tinha algo a ver com a minha doce e inocente filha.

Ela sorriu quando sentei-me diante dela.

— Pedi café da manhã para você. Se me lembro corretamente, você me fez panquecas na manhã depois de passarmos a noite juntos, então deduzi que seria uma boa escolha.

Se olhos pudessem *realmente* atirar adagas...

— Não estou com fome.

Maya suspirou e juntou as mãos sobre a mesa.

— Tudo bem. Eu estava tentando ser amigável. Então, é melhor irmos direto ao assunto, certo? Vamos nos casar ou não?

Porra. Não quero ter que tomar essa decisão.

Ainda assim, ela continuava ali sem emoção alguma no rosto, esperando uma resposta.

Não consegui me conter. Inclinando-me para frente, lancei um olhar enfurecido para ela.

— Como você pode fazer isso? Usar a sua própria filha? Você foi abusada quando era criança? Torturada? Tão negligenciada pelos seus pais que não tem mais o mínimo de respeito pela humanidade? Molestada? Tem que haver alguma razão, porra.

Ela olhou para seu relógio como se eu a estivesse entediando.

— Isso é um sim ou um não?

Nada que eu dissesse ou fizesse fazia essa mulher vacilar. Ela estava com foco total em somente uma coisa, e isso me assustava pra cacete. Significava que ela não mediria esforços para conseguir o que queria, independentemente de quem pudesse se machucar. Fechei os olhos e rezei pedindo forças antes de abri-los de novo.

— Quero que tudo seja processado pelo meu advogado, não pelo seu. Não confio em ninguém que tenha conexões com você. Vou me casar com você somente para que consiga permanecer no país e deixar minha filha em paz. Depois que isso tudo acabar, nunca mais me contate. Vou fingir que esse casamento forjado nunca aconteceu.

— Está bem. Qual é o nome do seu advogado?

— Adam Altman — respondi entre dentes.

Maya enfiou a mão em sua bolsa atrás da cadeira e retirou um celular de dentro dela. Ela digitou por um minuto e então, ergueu o olhar.

— Na Fifty-Third?

Confirmei balançando a cabeça.

Ela digitou mais um pouco antes de colocar o celular na orelha. Seus olhos não desviaram do meu rosto enquanto ela falava.

— Olá, eu gostaria de marcar um horário com o sr. Altman, por favor.

Ela ficou quieta por um instante e, então...

— Sim, uma questão de imigração muito urgente. Ele teria alguma vaga disponível imediatamente? Amanhã, talvez? Sei que é um sábado, mas precisamos muito falar com alguém o quanto antes.

Silêncio novamente. Ela cobriu o celular com a outra mão e inclinou-se para frente.

— Amanhã às três da tarde?

— Ok.

Ela continuou a falar pelos próximos minutos, dando nossos nomes e outras informações para marcar o horário, mas mal prestei atenção a tudo. Quando desligou, ela parecia satisfeita consigo mesma.

— Prontinho. Te encontro lá.

— Mal posso esperar — resmunguei.

— Então, me conte, como está Marisol? Ela está saudável e feliz? — Maya balançou a cabeça. — Quer dizer, Saylor. É assim que você a chama agora, certo?

— E você se importa, por acaso?

— Claro que sim. Eu dei a ela o nome da minha avó, sabia?

— Ah, é? A sua avó criou a sua mãe?

Maya franziu a testa.

— Sim.

— Bom, fico feliz que seu nome original tenha vindo de uma boa mãe e não de você, pelo menos. — Empurrei minha cadeira para trás e me levantei. — A propósito, ela é Saylor porque você foi embora sem ao menos me dizer o nome dela. Eu tinha que chamá-la de alguma coisa. Estarei lá amanhã às três.

Maya apareceu na tarde seguinte com seu advogado. Xavier Hess parecia tão duvidoso quanto sua cliente.

— Conheço uma pessoa que trabalha no escritório de imigração local — ele disse. — Conseguirei que o caso seja processado o mais rápido possível assim que a papelada for preenchida.

Meu advogado balançou a cabeça.

— Não quero participar de nada ilegal.

— Não há nada de ilegal em se ter amigos. Não me diga que nunca mandou um papinho para a assistente de um juiz para conseguir que o seu caso fosse processado primeiro porque está com o dia cheio?

— Contanto que seja somente isso.

— Quanto tempo vai demorar se conseguirmos acelerar o processo? — perguntei.

— Provavelmente apenas alguns meses — Xavier respondeu.

— Ótimo. Eu gostaria de estar divorciado até o fim do ano.

Meu advogado franziu a testa.

— Colby, você vai ter que manter esse tipo de comentário para si. Não posso representá-lo se acreditar que o seu casamento com Maya é uma farsa.

Pela primeira vez desde que aquela bruxa maldosa voltou para minha vida, Maya pareceu um pouco nervosa. Ela segurou minha mão sobre meu colo.

— Nosso casamento não é uma farsa. O Colby só tem um senso de humor sombrio, não é, querido?

Puxei minha mão da sua.

Meu advogado alternou olhares entre nós antes de falar.

— Vocês precisarão conhecer um ao outro muito bem. O processo de entrevista nem sempre é simples. Às vezes, eles fazem perguntas invasivas que marido e mulher deveriam saber um sobre o outro.

Franzi as sobrancelhas.

— Tipo o quê?

— Qualquer coisa que quiserem. O quão rápido foi a primeira vez em que fizeram sexo? Quantos irmãos cada um tem? Como foi o pedido de casamento? As respostas de vocês precisam estar em sincronia, ou serão encaminhados para uma entrevista de suspeita de fraude. Como eu disse naquele dia, a pena por tentar fraudar o governo casando-se com alguém por motivo de imigração é de até cinco anos de prisão e multa de 250 mil dólares.

O advogado de Maya se manifestou.

— Não vamos nos precipitar. Esses dois têm uma filha de quatro anos juntos. Essa não é uma situação de noiva por encomenda.

Eu estava prestes a dizer que era ainda pior, porque estava sendo chantageado, porra. Mas me impedi, sabendo que meu advogado tinha escrúpulos. Em vez disso, engoli as informações. Além do mais, não tínhamos feito nada ilegal ainda, então eu tinha tempo para cair fora. Após meia hora, eu disse ao meu advogado que manteria contato para informá-lo se e quando gostaríamos de apresentar um pedido de cidadania. Mas eu ainda tinha algumas perguntas sobre coisas que poderia fazer para me proteger antes de entrar em um casamento, e não queria fazê-las na frente de Maya. Então, disse a ela e seu advogado que precisava de alguns minutos a sós com Adam. Maya respondeu que me esperaria do lado de fora.

Eu queria muito que ela tivesse ido embora — o dia já havia sido desgastante o suficiente —, mas é claro que ela não foi. Ela e seu advogado vigarista estavam esperando na rua quando saí do prédio.

— Tudo pronto? — ela perguntou.

— Nem sei se conseguiremos fazer isso de forma convincente. Não sabemos nada um sobre o outro. Como vamos conseguir passar em uma entrevista com perguntas intrusivas como as que meu advogado mencionou?

— Existem negócios que podem prepará-los — Xavier disse. — Passarei para Maya alguns números para os quais ela pode ligar.

— Nos preparar? Como assim?

— Serviços de preparação para entrevista de imigração. Eles mantêm uma base de dados com perguntas que são comumente feitas nessas entrevistas. Vocês dois as respondem e depois trocam para poderem memorizar como precisarão responder no momento da entrevista. Alguns deles são de alta tecnologia hoje em dia, e podem ser feitos on-line.

Franzi a testa e balancei a cabeça.

— Pessoas ganham a vida ajudando outras a fraudar o governo. *Maravilha*. Deus abençoe a América.

— Pense nisso como uma preparação para uma prova, Colby — Xavier falou. — Quando se quer ser advogado, é preciso fazer um curso preparatório e estudar com questões práticas de provas anteriores do exame da Ordem. Não significa que está livre de falhar, mas, quanto mais você praticar, melhor estará preparado e não haverá surpresas.

A situação toda era um nojo, mas que escolha eu tinha? Balancei a cabeça.

— Tanto faz. Que seja.

Os ombros de Maya relaxaram.

— Ok, ótimo. Agora que já esclarecemos tudo, que tal nos encontrarmos na segunda-feira de manhã?

— Para quê?

— Para pegarmos a nossa licença de casamento, é claro. Assim, poderemos fazer a cerimônia na terça-feira.

CAPÍTULO 22

Tic-tac. Tic-tac.

Chequei meu celular pela centésima vez na manhã daquela terça-feira. Aparentemente, eu estava contando os minutos até a hora da ruína.

A cerimônia falsa de Colby estava marcada para pouco antes das quatro da tarde. Faltavam cinco horas para o meu namorado casar com outra pessoa. Eu sabia que não era tão simples assim — não era um casamento "de verdade" —, mas ainda doía pra caralho. Por mais que eu odiasse que as coisas tivessem chegado a esse ponto, estava feliz por ele ter decidido acabar logo com isso. Significava que o pesadelo estava um passo mais próximo de acabar.

Saylor.

Saylor.

Saylor.

Isso é tudo por Saylor, lembrei a mim mesma.

Fiquei tentando me afundar no trabalho, porque não tinha escolha. Mas o meu cérebro e minhas mãos não estavam conseguindo se comunicar entre si. Já tivera outro dia ruim no trabalho assim, e foi logo depois que Maya apareceu. Mas o dia de hoje estava ganhando. E, para piorar, meus horários estavam completamente reservados, então eu teria múltiplas oportunidades de estragar alguma coisa.

Deek passou a manhã assistindo enquanto eu me atrapalhava toda:

derrubando ferramentas, esquecendo onde as coisas estavam, pedindo a clientes que repetissem várias vezes os detalhes da tatuagem que queriam. A única coisa que não fiz foi estragar um desenho. Essa era uma coisa que eu *nunca* tinha feito, e não queria começar naquele dia.

Depois que o meu segundo cliente foi embora, Deek foi até a frente do estúdio, mudou a placa na porta de "Aberto" para "Fechado" e fechou as persianas das janelas.

— O que diabos você está fazendo?

— Estou encerrando o expediente — ele explicou.

— Por quê?

— Você não está com a cabeça no lugar. Pedi a Justine que ligasse para todos os clientes de hoje para remarcar.

Olhei para Justine, que estava com o telefone na orelha. Ela acenou para mim. Isso parecia uma emboscada.

— Os clientes estão contando comigo. — Olhei em volta freneticamente. — Você não pode simplesmente decidir encerrar o expediente. Esse estúdio é meu!

— O que você vai fazer? Me demitir? — Ele riu ao seguir para a porta. — Venha, dedinhos de manteiga. Vamos dar o fora daqui.

Após alguns segundos bufando de braços cruzados, cedi e peguei minha bolsa. Acenei para Justine, que ainda estava com o telefone na orelha.

— Você tranca tudo? — perguntei a ela, que assentiu e ergueu o polegar.

— Aonde vamos? — indaguei a Deek.

— Todo e qualquer lugar, minha amiga. Vou ocupar cada segundo desse dia para que você não fique sofrendo, pensando em você sabe o quê. Vamos arranjar as formas menos dolorosas possíveis de fazer o tempo passar.

Saímos juntos e segui Deek pelas calçadas de Nova York, secretamente aliviada por ele ter me livrado da luta para me manter profissional.

Para nossa primeira parada, Deek me levou a uma loja de doces, daquelas onde você pega um saquinho e enche com o que quiser.

— Por que estamos aqui?

Ele deu de ombros.

— Porque estou improvisando? Uma vez você me disse que, quando era mais nova, enchia um desses saquinhos e mandava ver quando estava triste por alguma coisa. Achei que seria nostálgico. Além disso, estou morrendo de vontade de comer chocolate.

Nunca fui de recusar doces. Peguei um saquinho e o enchi com todos os meus favoritos: *Sour Patch Kids*, minhoquinhas de goma e balas *SweeTARTS*. Deek encheu o seu com chocolates.

Passar dez minutos escolhendo guloseimas havia definitivamente ajudado a distrair minha cabeça, até eu chegar a uma das últimas prateleiras.

A placa acima das balas *Jordan Almonds* dizia: *Perfeitas para lembrancinhas de casamento!* De repente, todos os meus pensamentos sobre a cerimônia iminente voltaram.

Deek devia ter notado que fiquei congelada em frente aos doces.

— Ah, merda — ele disse atrás de mim.

— Dia perfeito para um casamento, não é, Deek? — Revirei os olhos.

— Essas amêndoas revestidas de doce são uma porcaria. Quase quebrei um dente com uma quando era criança. — Ele me arrastou pelo braço. — Venha. Vamos para o caixa.

Depois que ele pagou pelos nossos doces, voltamos a vagar pelas ruas.

— Aonde vamos agora? — perguntei, mastigando uma minhoquinha de goma azul e vermelha.

— Se eu te contar, você não vai querer ir. Então, apenas siga o fluxo.

Ele chamou um táxi e instruiu ao motorista que nos levasse para a Times Square. Quando dei por mim, estávamos em frente ao Madame Tussauds. Meu queixo caiu.

— Você está me levando ao museu de cera?

— Você disse que nunca o visitou.

— Verdade, mas existe um motivo para isso. Não tenho o mínimo interesse.

— Vamos, vai ser divertido — ele disse, ajudando-me a sair do táxi.

Honestamente? Ele tinha razão. Deek e eu nos divertimos pra caramba posando para fotos com as estátuas de cera e batendo um papinho com elas. Discutimos política com Barack Obama e dissemos a Britney Spears o quanto estávamos aliviados pelo fim de sua tutela. Nos inserimos como membros adicionais da família real britânica e das Kardashians. Eu me misturava bem com essas últimas. Com meus cabelos pretos compridos, era como se eu fosse a irmã tatuada perdida. Também dançamos com a Beyoncé — essa deve ter sido a minha parte favorita.

Entretanto, a diversão acabou quando chegamos a uma exibição dos Beatles. Não havia nada de errado com as estátuas... somente o fato de que John Lennon me fez pensar em Colby Lennon, o que me empurrou novamente para a toca do coelho. *Aff.*

Meus olhos estavam fixos em John quando Deek se aproximou por trás de mim.

— O que está se passando nessa sua cabecinha, Yoko?

Continuei a encarar a estátua.

— Você sabe que o sobrenome de Colby é Lennon, não sabe? Depois de hoje, também será o sobrenome de Maya.

— Ah, puta que pariu. — Deek suspirou. — Próxima parada, imediatamente! Vamos dar o fora daqui e ir comer alguma coisa.

Saímos do Madame Tussauds e fomos ao Kat'z Deli para comprarmos meu sanduíche de pastrame favorito. Em seguida, pegamos o metrô e fomos ao Central Park para comermos nosso almoço em um banco. Estávamos terminando quando avistei um casal se aproximando. Ela usava um vestido de noiva e segurava a cauda de seu véu para que não arrastasse no chão.

Eles estavam prestes a dizer seus votos bem no meio do parque. Em seguida, um cavalo e uma carruagem apareceram, esperando para levá-los após o evento.

Quando Deek os viu, baixou a cabeça em derrota. O coitado tinha tentado de tudo para me distrair, e o universo não colaborou nem um pouco.

— Tem alguém lá em cima que não quer que eu esqueça, Deek.

— Primeiro, olhe só o vestido dela. É horrendo. E ela não tem uma tatuagem sequer. Muito sem graça. — Ele suspirou e ficou de pé. — Ok, quer saber? Achei que seria possível passarmos por esse dia sem recorrer ao álcool, mas parece que esse não será o caso. Vamos encontrar um bar.

— São cinco da tarde em algum lugar. — Levantei-me do banco. — Mostre o caminho.

Voltamos a caminhar pelas ruas, e Deek procurou o bar mais próximo no quarteirão. Assim que encontrou, entramos, pegamos uma mesa no canto e nos acomodamos para passar o resto da tarde ali.

Eu já estava na segunda cerveja quando meu celular tocou. Colby. Eram quase três da tarde, o que significava que o "evento" não tinha acontecido ainda. Atendi e tentei soar alegre.

— Oi.

Ele, por outro lado, parecia estar sem fôlego.

— Onde você está? Estou no estúdio e está tudo fechado.

Ah, não.

— Merda, sério? Estou em um bar com Deek.

— Por quê?

Não quis mentir.

— Ok... eu não estava conseguindo me concentrar hoje de manhã. Então, Deek decidiu fechar o estúdio depois dos primeiros clientes. Estamos andando pela cidade.

— Em que bar vocês estão?

Eu nem sabia.

— Qual é o nome desse lugar? — perguntei ao Deek.

— Sammie's.

— Sammie's. Fica perto do Central Park.

— Merda. É longe. Eu precisava te ver, e pensei que talvez você tivesse tempo para uma visita rápida se eu passasse no estúdio antes de ter que ir para o tribunal.

Senti-me péssima.

— Esse não era o plano, Colby. Você disse que ia direto para lá do trabalho. Eu não sabia.

— Eu sei. — Ele suspirou. — Eu só... precisava ver se você estava bem. Não queria seguir em frente com isso se você não estivesse. E, admito, queria te ver. Eu só... — Suas palavras sumiram. — Sei lá. Não estou bem agora.

Meu peito se comprimiu.

— Eu também não estou muito bem. Mas isso não importa. Porque esse seu casamento com ela nunca vai parecer algo certo. O objetivo não é nos sentirmos bem. Nada vai fazer com que a gente fique bem com isso, sabe? Só temos que aceitar.

— Eu não preciso fazer isso — ele disse em um tom urgente.

— Precisa, sim. — Soltei um suspiro profundo. — Você sabe que precisa.

Houve uma longa pausa, durante a qual tudo que pude ouvir foi sua respiração. Queria não estar alterada pelo álcool, porque isso me deixou mais emotiva do que queria estar nesse momento. Lágrimas arderam em meus olhos.

— Me deixe falar com Deek — ele finalmente pediu.

Entreguei o celular para meu amigo.

— Colby quer falar com você.

— Fala — Deek disse ao atender à ligação. Ele ouviu e, então, assentiu.

— Ok. Sem problemas. — Ele fez uma pausa. — Se cuida, cara. Pode deixar comigo. — Deek me devolveu o celular.

— Oi — eu falei.

— Sinto muito por não ter conseguido te ver. Mas fico feliz que você esteja com Deek.

— Provavelmente foi melhor termos nos desencontrado. Se me visse, as emoções ficariam à flor da pele. É melhor você não ficar emotivo nesse momento. É somente uma transação de negócios.

— Do pior tipo. Tenho quase certeza de que preferiria estar indo me encontrar com a máfia nesse momento.

Olhei para o relógio. Faltava menos de uma hora.

— É melhor você ir. O tribunal fica do outro lado da cidade. Você não vai querer se atrasar.

— Sim, eu *quero* me atrasar. Queria me casar com ela às três e nunca.

Decidi ser madura por um momento.

— Colby, vai dar tudo certo. Você pode fazer isso. — Expirando, eu disse: — Me ligue quando acabar, ok?

— Ok.

Então, desliguei antes que ele pudesse dizer qualquer outra coisa. Sabia que ele não seria o primeiro a encerrar a ligação. Arrependi-me imediatamente de fazer isso, mas não aguentaria se ele dissesse algo que me fizesse chorar. Não queria cair aos prantos no bar. Isso não seria bom nem para ele, nem para mim.

— O que ele te disse? — perguntei ao Deek.

— Ele me agradeceu por estar cuidando de você hoje. Só isso. Ele está muito preocupado com você.

Passei um dedo pela condensação da garrafa de cerveja e fiquei perdida em pensamentos. Alguns minutos depois, ergui o rosto e notei uma pessoa acenando para mim ao vir em nossa direção. Era... Owen?

— Que surpresa te encontrar aqui. — Ele sorriu.

Ele usava um terno azul-marinho. Seu relógio caro brilhava.

— O que está fazendo aqui? — perguntei.

Ele cumprimentou Deek com um aperto de mão.

— Esse bar não fica muito longe do meu escritório. Pensei em vir para um pequeno happy hour.

Estreitei os olhos.

— Não me diga...

Owen sentou-se conosco e sinalizou para a garçonete antes de pedir uma cerveja.

— O que há de novo com vocês? — ele indagou.

— Nada de mais. Apenas tentando esquecer o fato de que Colby vai se casar em menos de uma hora. — Tomei um longo gole.

Owen se fez de desentendido.

— Oh, será hoje?

— Dá um tempo, Owen. Você sabia que era hoje.

Sua expressão ficou mais séria.

— É, eu sabia. Ele me mandou mensagem pedindo para passar aqui e ver como você estava. Ele sabia que você estava com Deek, mas acho que o Colby queria uma representação dele para se certificar de que você estava bem. Já que ele não pode estar aqui, sou a próxima opção.

— Bem... obrigada. Mas é totalmente desnecessário — eu disse.

— Farei o que for preciso para deixar esse dia mais fácil para o Colby.

— Mas isso é uma raridade. Você saiu do escritório antes da quatro da tarde? — provoquei.

— Eu sinceramente não sei te dizer quando foi a última vez que saí do trabalho mais cedo.

Pouco tempo depois, Brayden surgiu vindo em direção à nossa mesa, com um sorriso enorme.

— Você também? — questionei.

— O quê? — Ele deu de ombros. — Só vim beber alguma coisa. — Ele piscou para mim e olhou para Deek. — E aí, cara? — Então, Brayden olhou para mim como se lamentasse. — Como você está?

— Jesus Cristo. Ninguém morreu — gritei. — Por que todo mundo está agindo como se alguém tivesse morrido?

Brayden deu tapinhas em meu ombro.

— Se você está bem, então também estamos.

— Fiquei sabendo que estava rolando uma festa! — gritou outra voz.

Holden. Balancei a cabeça e ri.

— Eu deveria saber que receberia o trio completo.

Holden curvou-se para me dar um beijo na bochecha.

— Oi, Billie. Deslumbrante, como sempre. — Ele deu um aceno de cabeça para Deek. — Ei, cara. Vi o seu Instagram. O que diabos vocês estavam fazendo com as Kardashians hoje?

— Você não está falando sério, está? — Deek deu risada.

Holden deu uma piscadela ao sentar.

— Então, o que estamos bebendo?

Ergui minha garrafa.

— Cerveja.

— Ótimo. — Ele pegou um cardápio. — Deixe-me ver o que eles têm. — Holden acenou para chamar a garçonete.

— Como vocês três arranjaram tempo para serem meus babás hoje?

— É simples — Holden respondeu. — Quando um de nós precisa de alguma coisa, largamos tudo. E não há nada mais importante para o Colby hoje do que se certificar de que você esteja bem. Então, é claro que eu tinha que vir ficar com você. Sou o melhor amigo dele.

Brayden e Owen viraram os rostos para Holden de uma vez ao mesmo tempo.

— Quem coroou *você* como melhor amigo do Colby? — Owen vociferou.

— É — Brayden concordou. — Quem morreu e te designou como melhor amigo?

— Quem morreu? Hã, o Ryan, seu imbecil — Holden disse.

A mesa ficou em silêncio.

Então, Holden apontou para eles.

— Por acaso algum de vocês se ofereceu para se casar com Maya ontem à noite, para que Colby não precisasse?

— Não. — Brayden estreitou os olhos.

Holden abriu um sorriso convencido.

— Exatamente. Você não fez isso. Porque não é o *melhor amigo*. Eu sou. Um melhor amigo teria se oferecido para se casar com ela.

Pisquei algumas vezes.

— Espera... de novo, por favor. O que você fez, Holden?

— É isso que todas as garotas dizem para mim. — Ele piscou. — *De novo, por favor.*

— Sério, Holden — Deek interveio. — Você se ofereceu para casar com Maya?

Holden tomou um longo gole de sua cerveja e deu de ombros.

— Sim. Tipo... fui ao apartamento do Colby ontem à noite e me ofereci para fazer isso para que ele não precisasse e ela o deixasse em paz. Falei seríssimo. Teria me casado com ela na hora.

— Foi muito legal da sua parte, Holden, mas completamente insano — eu disse. — Porque eu sei que foi mais do que somente uma oferta. Você teria realmente feito isso.

— Isso mesmo. Por que seria loucura? Não tenho namorada, como o Colby. Nada me prende. Ninguém teria que sofrer. Mas ele achou que seria muito complicado por causa de Saylor e dos advogados e tal. Queria ter pensado nisso antes. Eu estava totalmente disposto a fingir estar apaixonado por aquela cretina só para tirá-la do pé dele. Não há nada que eu não faria por esse cara. Se tem uma coisa que a morte de Ryan me ensinou é que seus verdadeiros amigos são a coisa mais importante em sua vida. Ainda mais importante que a família, às vezes, dependendo de quem é sua família.

Deek pousou uma de suas mãos em meu ombro.

— Nem me fale. Essa garota aqui é a minha salva-vidas. Quando as coisas estão difíceis, sei que posso contar com ela. E ela comigo. Por isso passei o dia arrastando-a pela cidade para tentar distraí-la das merdas que estão acontecendo. — Ele ergueu um dedo. — No entanto, não me ofereci para casar com Maya. Então, Holden, você é um amigo melhor do que eu.

Todos deram risada.

Eu era tão sortuda por ter todos esses caras ao meu lado hoje.

— Billie, você está pronta para se escangalhar de rir? — Owen perguntou.

— Claro. Pode mandar.

Ele olhou para Holden.

— Já ouviu falar em alguém que colocou um Príncipe Albert por acidente?

Owen, então, começou a contar sua releitura dramática da história maluca de Holden sobre o boquete que quase lhe deixou com um piercing no pau. Eles conseguiram mesmo me fazer rir. Mas, em determinado momento, minha atenção se desviou enquanto eles continuaram a fazer piadas. Tudo ao meu redor ficou em segundo plano quando olhei para o relógio.

Quinze para as quatro. Colby estava se casando com Maya naquele exato momento, ou bem perto disso. Naquele momento, saí de órbita completamente.

Então, meu celular anunciou a chegada de uma notificação. Era uma mensagem simples. Mas muito profunda.

> **Colby: Eu te amo.**

Meu coração se partiu. Porque eu simplesmente soube. Ele me mandou essa mensagem porque estava prestes a acontecer. *E ele me amava.*

CAPÍTULO 23

Colby

— Quantas dessas você bebeu?

Joguei a garrafinha minúscula de tequila na lata de lixo do corredor e coloquei a mão no meu bolso para pegar mais uma.

— Aparentemente, não o suficiente, porque ainda consigo ver a sua cara direito.

Maya fez uma carranca.

— Você age como se fosse o fim do mundo se casar com uma mulher linda. Muitos homens agradeceriam aos céus por casarem comigo.

Soltei uma risada debochada e retirei a tampa do frasquinho de tequila.

— Primeiro, a beleza vem de dentro, então você é feia que dói. E, segundo, se existem tantos homens que teriam sorte por casar com você, por que não está aqui com algum deles?

Maya olhou em volta.

— Baixe o seu tom de voz. E você sabe a resposta para isso. Porque um casamento que ocorre bem quando o governo está tentando te deportar é questionável. É mais fácil de acreditar se eu casar com uma pessoa com quem estou há alguns anos, e nós temos uma filha juntos.

— *Nós* não temos uma filha. Um filho ou uma filha são pessoas que você coloca em primeiro lugar na sua vida, pessoas a quem você ama e protege. *Eu* tenho uma filha. Você tem a porra de uma peça de xadrez.

Ela revirou os olhos.

— Tanto faz. Mas você precisa pegar mais leve com a bebida, porque se o oficiante achar que você está bêbado, pode determinar que não tem capacidade de se casar agora.

Soltei uma risada pelo nariz.

— A capacidade de se casar... quando você foi à faculdade de Direito?

— Só porque eu era stripper não significa que não tenho educação.

— Meu julgamento sobre você não tem nada a ver com sua profissão, querida. Tem tudo a ver com suas ações. Somente uma cretina burra teria coragem de abandonar sua filha sem aviso prévio. *Aqui vai uma novidade: eu sou um adulto que não foge das responsabilidades.* Eu teria ficado com ela se você estivesse passando por dificuldades, e poderíamos ter chegado a um acordo para você visitá-la de vez em quando.

Pela primeira vez desde que voltara à minha vida, o rosto de Maya murchou. Naquele momento, um homem abriu a porta diante da qual estávamos sentados.

— Lennon e Moreno! — ele gritou.

Virei a tequila em um gole só e ergui a mão.

— É a nossa vez de ficar frente a frente com o pelotão de fuzilamento?

— Ele está brincando — Maya disse. Ela se virou para mim e me lançou um olhar de alerta. — *Não é, querido?*

O cara não pareceu dar a mínima para nós. Ele olhou para a direita, depois para a esquerda, e falou em uma voz monótona:

— Onde está a testemunha de vocês?

— Testemunha? — Maya inquiriu. — Achei que vocês forneciam.

Ele balançou a cabeça.

— Não é assim que funciona. Está impresso claramente no folheto que vocês receberam quando vieram solicitar a licença de casamento. Sem testemunha, sem casamento.

— Hã... pode nos dar um minuto? — Maya perguntou.

— É tudo que posso dar. A cerimônia de vocês é a última do dia, e cortaram nosso orçamento de novo, então não vou fazer hora extra. Fechamos às quatro em ponto; por isso a última vaga foi marcada para às três e quarenta e cinco.

— Será apenas um minuto. Prometo.

O homem deu de ombros e voltou para o escritório.

Dei risada.

— Parece que você não pensou em tudo.

Maya estreitou os olhos.

— Espere aqui e *não beba mais nada*.

Minha resposta foi pegar outro frasquinho de tequila do bolso interno do meu casaco e tirar a tampa com um sorriso. Maya balançou a cabeça antes de sair bruscamente.

Ela voltou pelo corredor três minutos depois com um cara que parecia ser um sem-teto. Ele não estava usando sapatos.

— Vamos — ela disse. — Frank é a nossa testemunha.

Coloquei a mão no meu bolso e ofereci uma garrafinha de tequila para Frank.

— Quer uma?

Ele a arrancou da minha mão e olhou para Maya.

— Você ainda vai me pagar cem dólares.

Cambaleei um pouco.

— Talvez você queira receber seu pagamento agora. Ela não é de confiança.

Maya me olhou irritada, mas Frank foi esperto o suficiente para aceitar meu alerta. Ele estendeu a mão, com a palma para cima.

— Me dê a grana ou eu vou embora.

Ela mexeu dentro da bolsa.

— É melhor que você tenha a carteira de identidade que disse ter.

Alguns minutos depois, nosso adorável trio estava no escritório do escrivão. Pensei que íamos assinar alguns papéis antes de entrarmos em algum tipo de sala de tribunal, mas, aparentemente, casamento de *tribunal* na cidade de Nova York não acontecia exatamente em uma sessão de tribunal. O escrivão nem ao menos saiu de detrás do balcão.

— Vocês gostariam de dar as mãos? — ele perguntou.

Maya tentou segurar minhas mãos, mas eu as afastei abruptamente.

— Isso é necessário?

O escrivão franziu a testa.

— Não.

Enfiei as mãos nos bolsos da calça.

— Então, vamos acabar logo com isso.

O escrivão olhou para nós dois.

— Algum problema?

O álcool estava começando a bater, e isso sempre trazia o meu senso de humor à tona. Pelo menos, era o que eu achava. Dei de ombros.

— Que nada, é que a minha religião me proíbe de tocá-la antes de estarmos casados. — Soltei uma risada pelo nariz. — Que pena não proibir de dormir com strippers, hein, padre?

— Hã... não sou um padre. Sou funcionário público, um escrivão do tribunal.

— Estava mesmo me perguntando por que você não está usando uma daquelas batas com colarinho. Aquelas coisas devem ser quentes pra cacete no verão, não é? Como usar gola alta.

Os olhos de Maya me perfuraram.

— Que tal deixar o homem fazer seu trabalho e nos casar? — Ela exibiu um sorriso digno de concurso de beleza e olhou para o escrivão. — Ele faz piadas quando está nervoso. Desculpe.

O escrivão deu de ombros e seguiu com a cerimônia. Sete minutos depois, ele disse:

— Parabéns, vocês agora são marido e mulher. Pode beijar a noiva.

Uma onda de náusea me atingiu, e tive que cobrir minha boca.

— Não me sinto bem. Podemos ir agora?

Maya deu um sorriso de desculpas para o escrivão.

— Ele comeu sushi estragado no almoço.

O cara não deu a mínima. Ele só queria que déssemos o fora dali antes das quatro. Ele carimbou alguns papéis e apontou para as linhas onde cada um de nós deveria assinar antes de nos entregar um certificado.

— Boa sorte. Acho que vocês vão precisar.

Consegui chegar somente até a lata de lixo no corredor fora do escritório do escrivão antes de colocar tudo para fora. Não sabia se por causa do que bebi ou do que tinha acabado de fazer com a minha vida. Mas minha nova esposa não parecia estar nem aí.

Ela colocou as mãos nos quadris enquanto meu rosto ainda pairava no topo da lata de lixo.

— Esse comportamento não vai convencer o investigador, Colby. É melhor você aprender a agir como se eu fosse a sua amada esposa.

Cuspi o gosto ruim da minha boca no lixo.

— Nem o Robert De Niro conseguiria fazer uma atuação convincente dessas.

Maya balançou a cabeça.

— Entrarei em contato em breve para falarmos sobre a preparação para a entrevista.

Ergui minha cabeça.

— Vá se foder.

— O que vai querer? — O barman colocou um guardanapo diante de mim.

— Tequila.

— Um shot ou um copo?

— As duas coisas.

— Algum tipo de tequila em específico?

— Tanto faz.

O cara deu de ombros.

— É pra já.

Alguns minutos depois, ele voltou e colocou na minha frente um copinho de shot, um copo cheio de gelo, alguns limões e uma lata de Coca-Cola. Ele serviu Don Julio de uma garrafa com um bico dosador.

— Esse aqui é um pouco mais caro, mas você vai agradecer por isso amanhã. Também trouxe o refrigerante como opção caso queira um amortecedor. Não sugiro amortecer tequila com tequila.

— Valeu.

Virei o shot de tequila e fiz uma careta que provavelmente fez parecer que eu tinha acabado de chupar um limão.

O barman riu.

— Imaginei.

— O quê?

— Você não tem costume de beber isso, tem?

— Definitivamente não.

Ele apoiou um cotovelo sobre o balcão do bar.

— Quer falar sobre isso?

Olhei para o homem. Ele devia ter sessenta e poucos anos, usava uma camisa xadrez enfiada na calça jeans e um pano pendurado no ombro.

— Você é casado?

Ele ergueu três dedos.

— Na terceira tentativa deu certo.

Pela primeira vez, me dei conta de que, se me casasse com Billie, ela não seria minha primeira esposa. Ela sempre seria a número dois, e não merecia nada menos do que ser a primeira e única.

Peguei o copo de tequila e tomei um gole.

— O que aconteceu nos dois primeiros?

— Estou sóbrio há seis anos. Não sei te dizer exatamente o que aconteceu de errado nas duas primeiras vezes, porque não me lembro direito daqueles anos. Mas acho que teve algo a ver com o fato de que eu era alcóolatra. Não era do tipo bêbado feliz.

— Você está se reabilitando do alcoolismo e trabalha em um bar?

— Sou dono dele. Não sei fazer outra coisa além de administrar um bar.

Assenti.

O barman estendeu a mão.

— Meu nome é Stan Fumey. Prazer em conhecê-lo.

— Colby Lennon. — Apertei sua mão.

— Então, qual é a sua história? — Stan perguntou. — A patroa estava pegando no seu pé e você veio para cá para esquecer que ela existe?

— Algo assim...

— Há quanto tempo é casado?

— Que horas são?

Stan olhou para trás por cima do ombro para um relógio da Budweiser na parede.

— Quase cinco da tarde.

Assenti.

— Então, há cerca de uma hora.

Ele franziu as sobrancelhas.

— Tá de sacanagem.

Tomei mais um gole de tequila.

— Quem me dera. Me casei às quatro.

— Onde está a sua esposa?

— Sendo atropelada por um ônibus, espero.

O barman deu risada.

— Se aceita um conselho, tenho duas palavras para você.

— Quais?

— Walter Potter.

Franzi a testa.

Stan afastou-se alguns passos e pegou alguma coisa que estava do lado da caixa registradora. Em seguida, jogou um cartão de visitas no balcão diante de mim. Estreitei os olhos para ler.

Walter Potter

Advogado

Especialista em divórcio

— Ele é bom e barato. Talvez possa conseguir uma anulação para você, ou algo assim.

Balancei a cabeça.

— Queria que fosse fácil assim.

Stan me analisou por um minuto.

— Você engravidou a garota ou algo assim?

Terminei de beber a tequila do copo e dei de ombros.

— É, foi isso.

— Dureza. Quando será o parto?

— Quatro anos atrás.

Stan contorceu o rosto inteiro.

— Parece complicado.

— E é.

— Bem, você já sabe que não sou especialista em casamento, então não posso dar nenhum conselho sobre como fazer isso funcionar. Mas posso lhe dizer uma coisa: às vezes, ficar juntos pelos filhos é mais prejudicial do que o efeito de uma separação. Te respeito por tentar fazer isso. Mas nunca se esqueça de que as crianças aprendem por observação, não quando dizemos a elas como agir. Então, se ainda não fez isso, comece a viver pelo exemplo.

Como se eu já não estivesse me sentindo um merda. A última coisa que eu queria era colocar minha filha em uma situação dessas. Sabia que Stan não tinha falado aquilo por mal, mas não estava ajudando. Então, empurrei meu copo para frente.

— Pode me servir mais um?

Ele assentiu.

— Claro.

Algumas horas depois, eu estava tão mamado que meu novo amigo Stan cortou meu suprimento de álcool. Joguei no balcão todas as notas que tinha no bolso e resmunguei que estava indo para outro lugar antes de sair cambaleando. Mas quando cheguei à rua e tentei andar, percebi que talvez não conseguiria me manter em pé sem ajuda. Então, apoiei uma mão na parede do lado de fora do bar e fui me arrastando pela calçada, dando um passo de cada vez. Devo ter demorado dez minutos para percorrer todos os quatro prédios e chegar à esquina, apenas para me dar conta de que estava fodido porque não teria um prédio para me apoiar enquanto atravessasse a rua. Em vez de arriscar ser atropelado por um táxi, pensei que talvez fosse melhor me sentar por alguns minutos, que foi exatamente o que fiz. Deslizei as costas pela parede do último prédio do quarteirão e sentei na calçada nojenta de Nova York.

Quando estava começando a ficar confortável, meu celular tocou no bolso da minha calça. Mas meu estado de embriaguez me impediu de ter coordenação suficiente para desenterrá-lo antes que perdesse a ligação. Ao ver o nome na chamada perdida, a náusea que senti mais cedo voltou à tona. *Billie*. Porra, como eu odiava o que tinha feito com ela. No entanto, não queria que ela se preocupasse, então apertei o botão para retornar a ligação.

— Oi. — Ela suspirou. — Como você está?

— Tô *cem pra baralho*. — Não, espera... isso não saiu certo. — Quer dizer, tô *cem pra baralho*.

— Ai, ai. Você não parece estar muito bem. Ou devo dizer *buito mem*? — Ela fez uma pausa. — Então... acho que aconteceu, não é?

— Se eu vendi a minha alma ao capeta? — Franzi a testa. — Sim, aconteceu.

Billie ficou em silêncio por alguns instantes.

— Vai ficar tudo bem, Colby.

Sua voz estava tão suave que lágrimas começaram a descer por meu rosto.

— Não vai ficar tudo bem. Sabe por quê? Porque você não merece essa merda.

— Nem você, Colby. Nem você. — A linha ficou silenciosa novamente, até que a ouvi fungar.

Merda.

— Não chore, por favor. Porra, não aguento saber que você está sofrendo desse jeito.

— Desculpe. Eu deveria ser a menor das suas preocupações nesse momento.

— Posso te ver? — pedi. — A Saylor vai ficar na casa dos meus pais esta noite.

— Não acho que seja uma boa ideia, Colby. Não esta noite, pelo menos. Mas talvez amanhã? Eu sei que ficaria ainda mais emotiva se te visse agora, e você precisa de uma boa noite de sono.

Senti meu peito pesar.

— Tudo bem.

— Onde você está?

— Não muito longe do tribunal. Fui direto ao bar mais próximo.

— Você pode fazer uma coisa por mim?

— Qualquer coisa...

— Vá para casa agora. Não beba mais. Pegue um Uber e vá para casa dormir.

Aquiesci.

— Sim, posso fazer isso.

— Obrigada. — Ela fez uma pausa. — Vou desligar agora, mas vai ficar tudo bem. Nós vamos superar isso, Colby.

Eu não fazia ideia como, mas sabia que ela queria me tranquilizar.

— Boa noite, linda.

Após encerrar a ligação, fiz exatamente o que ela pediu. Abri o aplicativo do Uber e pedi um carro para ir para casa. Pelo menos, foi o que pensei... até que uma voz me acordou, um tempo depois.

— Colby?

Abri os olhos, piscando para ajustar a visão.

— Billie? Você está aqui...

— Claro que estou aqui. Por que não estaria no meu apartamento às três da manhã?

Seu apartamento? Olhei em volta. Eu estava deitado no chão em um corredor, então me apoiei em um cotovelo.

— Por quanto tempo dormi?

— Não sei. Eu também estava dormindo e não fazia ideia de que você estava aqui. Minha vizinha trabalha até tarde. Ela me ligou para perguntar se o homem que estava na minha porta pertencia a mim ou se eu queria que ela chamasse a polícia.

Passei uma das mãos pelos cabelos.

— *Merda*. Desculpe. Achei que tinha ido para casa. — Balancei a cabeça e tentei me lembrar de como tinha ido parar ali, mas tudo estava embaçado e confuso. — Me lembro de entrar em um Uber e fechar os olhos. Mas, depois disso, não lembro de mais nada.

Ela estendeu a mão para me ajudar a levantar.

— Venha. Entre.

Segurei sua mão e me levantei do chão, seguindo-a para dentro do apartamento.

Billie fechou a porta atrás de nós e começou a digitar uma mensagem.

— Só preciso dizer à Amber que está tudo bem para que ela não chame a polícia.

Assenti e esperei até ela colocar seu celular sobre a bancada.

— A que horas você me ligou mais cedo? — perguntei.

— Eram umas nove da noite, eu acho.

— Merda. Parece que dormi ali fora por um bom tempo. Desculpe. — Apontei com o polegar em direção à porta. — Quer que eu vá embora?

Billie negou com a cabeça e estendeu a mão.

— Por que não vem para a cama comigo?

Confirmei com a cabeça e a segui para seu quarto. Normalmente, eu não pensaria duas vezes sobre me despir, para ficar ao menos somente de cueca, mas pareceu errado fazer mais do que tirar meus sapatos antes de entrar debaixo das cobertas. O quarto estava escuro, mas havia uma janela aberta, e as luzes dos postes iluminavam o interior o suficiente para que eu pudesse enxergar assim que meus olhos se ajustaram. Rolei para deitar de lado, e Billie fez o mesmo.

— Você está bem? — ela sussurrou.

Um bolo enorme se formou em minha garganta. Senti que, se falasse, iria movê-lo e então todos os sentimentos escondidos por trás dele viriam para a superfície. Então, neguei com a cabeça.

— Oh, Colby. Eu sinto tanto por você estar passando por isso.

Eu não acreditava que *ela* estava tentando *me* consolar. Deveria ser o contrário. Em vez disso, ali estava mais uma prova de que eu tinha me apaixonado pela alma mais linda e bondosa do planeta. Tentei engolir, mas não adiantou. Não conseguia mais segurar. Lágrimas desceram por minhas bochechas conforme segurei seu rosto entre minhas mãos.

— Eu te amo tanto que dói, Billie. Odeio saber que estou te fazendo sofrer. E odeio ter dito que te amo pela primeira vez hoje, em um dia tão horroroso. Eu queria que fosse um momento do qual você pudesse se lembrar, preenchido somente por boas memórias.

Lágrimas se formaram nos olhos de Billie também.

— São três e meia da manhã, Colby. Ontem foi um dia cheio de memórias ruins, mas ainda temos tempo para encher o dia de hoje com memórias boas. Não vamos mais olhar para trás e simplesmente seguir em frente, escolher ser felizes, porque eu também te amo.

Balancei a cabeça.

— Não tenho ideia do que fiz para merecer você.

Ela sorriu.

— É por isso que sei que o que temos é real. Porque o amor verdadeiro se manifesta quando *os dois* sentem que encontraram alguém que não merecem.

CAPÍTULO 24

Billie

Algumas semanas depois, em uma manhã cedinho, Colby ainda dormia e eu estava na cama, ao seu lado, pensando na sorte que tínhamos pelo fato de as coisas estarem tranquilas ultimamente.

Como era possível ter alguma paz depois do casamento forjado? Bem, Maya havia desaparecido de vista por um tempo. E isso era uma bênção.

Bate na madeira.

Várias vezes.

Eu não queria agourar isso. Mas torcia para que ela permanecesse longe o máximo de tempo possível.

Fazia quase três semanas que estávamos vivendo essa tranquilidade. Era quase possível fingir que aquele pesadelo nunca tinha acontecido. Quase. Uma vez, sonhei que ela flagrava Colby e eu transando, exigindo que eu saísse de cima de seu "marido". Acordei suando frio. Esse foi um de vários sonhos que tive sobre ela. Em outro, ela dizia a Saylor que era sua mãe, e Saylor caía no choro. No sonho, não dava para saber se eram lágrimas de felicidade ou de tristeza, e acordei antes de descobrir. Então, enquanto Maya permanecia fora de vista por enquanto, eu queria poder dizer que ela também havia sumido da minha mente. Mas ela estar fora de vista era melhor do que nada.

Até que tudo isso acabasse, haveria uma nuvem escura pairando sobre nós. E eu sabia que a prorrogação atual poderia terminar a qualquer momento, já que Colby seria investigado em breve pelo pessoal da imigração. Mas a demora deles estava sendo um ganho para nós. E eu aproveitaria e valorizaria cada segundo dessa pausa.

Eram seis da manhã quando senti Colby acariciando minhas costas. Rolei para encarar seu rosto lindo.

— Eu quero você antes de termos que levantar — ele disse, grogue.

Juro, esse homem ficava com tesão até dormindo. Ele devia estar acordado há dois segundos e já tinha decidido que queria sexo. E embora eu também não estivesse completamente acordada ainda, *sempre* estava a fim de sexo com ele. Ultimamente, ele andava mais insaciável do que nunca. Desde que comecei a passar algumas noites por semana em seu apartamento, a situação ficou ainda mais intensa. No entanto, sempre nos certificávamos de acordar antes de Saylor, para que ela nos encontrasse na cozinha em vez de no quarto. Ela sempre parecia feliz em me ver, e, até então, não havia acontecido nada desconfortável ou prejudicial durante as noites em que dormia na casa deles. Ela parecia me querer ali tanto quanto eu queria.

No começo da semana, Colby tinha passado várias horas em seu quarto consertando a cama para que ela parasse de ranger. Ele levou a tarefa muito a sério. Não sossegou até a cama não fazer barulho algum quando aplicada pressão no colchão, tudo porque não queria que eu arranjasse desculpas para não podermos transar em sua cama. O ruído era um dos motivos pelos quais hesitei em passar a noite em seu apartamento, no começo. A Operação Acabando com o Rangido envolveu substituir seu colchão por um mais silencioso com espuma que não quicava tanto. Ele também apertou um monte de parafusos na armação da cama. Nem preciso dizer que testamos várias vezes, e *deu* muito certo.

Aconcheguei-me contra ele.

— O que tem em mente para esta manhã?

— Estava pensando que você poderia me cavalgar. Sabe... se estiver a fim.

— Acho que você me comeria de qualquer jeito que eu estivesse a fim agora.

— Seu palpite está correto. — Ele abriu um sorriso malicioso.

— Mas você está com sorte, porque estou super a fim de ficar por cima. Não sou do tipo que fica largada na cama feito uma estrela-do-mar, Lennon. Você sabe disso.

— Não. Você é a porra de um tubarão, e eu adoro isso. — Ele piscou para mim.

— Um tubarão e, às vezes, um linguado. — Dei de ombros.

Colby deu risada enquanto me levantei. Meus cabelos compridos cobriram meus seios conforme montei nele, e, quando desci em seu pau deliciosamente rígido, seus olhos se fecharam por um momento. Eu adorava ficar por cima, principalmente porque essa posição me dava uma vista privilegiada de seu lindo rosto.

— Cacete, você acordou molhada assim? — perguntou com a voz rouca. — Você está pronta pra caralho.

— Sempre estou pronta para você.

Enfiei as unhas em seu peito e rebolei os quadris ao cavalgá-lo. Seus olhos se prenderam aos meus de uma maneira que me fez sentir como se nada mais existisse no mundo para ele no momento. Tinha certeza de que estava olhando para seu rosto da mesma forma.

Ele apertou minha bunda.

— Caramba, mulher. Você senta tão gostoso.

Impulsionei meus quadris mais forte e mais rápido, às vezes erguendo-me quase até o final e sentando com força em seguida. Colby subiu as mãos até meus seios, massageando meus mamilos com os polegares.

— Merda! — Seus olhos se fecharam conforme seu corpo estremecia. — Desculpe... porra, eu vou gozar. Você é gostosa demais. Não deu para segurar, amor.

Sorte a dele eu também estar segurando meu orgasmo, ou iria pegar no seu pé por ter chegado lá antes de mim. Atingi ao ápice sentindo meus músculos se contraírem em volta de seu pau conforme ele explodia dentro de mim. Eu adorava sentir o calor de seu gozo.

Após nos recuperarmos, saí de cima de seu corpo e deitei-me de frente para ele.

— Isso foi sensacional. — Ele ofegou. — Não me canso de você.

Olhei para o relógio.

— É melhor levantarmos logo.

— Ok. Mais cinco minutinhos. — Ele me puxou para perto, passando o nariz pelo meu pescoço. — Tenho que me encontrar com alguns empreiteiros hoje para falar sobre a reforma do telhado do prédio, o que significa que não vou poder levar Saylor para a aula de mamães esta manhã. Ela vai ficar triste.

— Eu posso levá-la — ofereci-me sem nem ter que pensar.

— Tem certeza? Você não tem clientes hoje?

Afaguei seus cabelos.

— Só um bem cedo. Estou tentando pegar mais leve aos sábados. Mas conheço esse cliente. Aposto que não teria problema em fazer a tatuagem com Deek, já que meu amigo também já trabalhou nele antes.

— Tem certeza? Não quero te atrapalhar.

— Certeza absoluta. Na verdade, tenho curiosidade em saber como é essa aula de mamães. Acho que vai ser divertido.

— Saylor vai ficar muito empolgada ao saber que você vai levá-la.

Sorri.

— Espero que sim.

A aula das mamães acontecia em uma casa de tijolinho no Upper West Side.

Como esperado, Saylor ficou muito entusiasmada por ir comigo. Mas sabe quem *não* partilhava da empolgação? As Mamães, ou As Mulheres Perfeitas. Todas pareciam iguais em suas roupas em tons pastel e cabelos loiros perfeitamente penteados. Nenhuma tatuagem. Deek iria se divertir com isso. Ele definitivamente as consideraria falsas e toscas.

Com base nos olhares estranhos que recebi ao chegar com Saylor, elas não gostaram de ver um novo rosto se juntando ao clubinho. Isso, ou ficaram muito desapontadas por não poderem flertar com meu namorado naquele dia. Colby uma vez me contou quantas dessas mulheres, algumas delas casadas, deram em cima dele. Eu não podia culpá-las, mas senti vontade de socá-las mesmo assim.

— Oh, você deve ser a nova babá de Saylor, certo? — uma biscate perguntou.

Babá? Não, ela não fez isso.

— Não — respondi.

Não que houvesse algo errado em ser babá. Mas ela não achava possível que eu fosse qualquer coisa além disso porque não estava toda pomposa e fresca como o restante delas.

Ela inclinou a cabeça para o lado.

— Ah. Desculpe. Só achei que...

Eu queria continuar o meu "não" explicando que era namorada de Colby, mas concluí que não devia explicação alguma a ela. Até que foi divertido simplesmente deixá-la confusa.

Havia mesas dispostas onde as meninas poderiam ter seus rostos pintados por suas mães. Fiquei aliviada, porque esse tipo de coisa era minha praia. Colby havia mencionado que nunca sabia qual atividade estava planejada. Às vezes, era um chá da tarde, outras vezes, todas iam juntas passear no parquinho. Mas eu dava conta de mexer com tintas.

— Nós vamos pintar! — anunciei para Saylor. — Isso me lembra da vez em que te transformei em um tigre. Lembra?

Ela assentiu cheia de empolgação antes de sair correndo para se juntar a algumas de suas amiguinhas em um canto. Eu tinha que admitir, apesar do fato de que todas as mulheres ali me irritaram de cara, suas crias eram adoráveis.

Uma das mulheres surgiu ao meu lado.

— Eu sou a Lara — ela disse.

Ainda olhando para as crianças, assenti uma vez.

— Billie.

— Onde está o Colby? — indagou.

Isso é tudo que ela tem a me dizer?

— Ele tinha algumas coisas para resolver.

Ela finalmente fez a pergunta que realmente queria.

— Ouvi você dizer que não é a babá. Qual é a sua relação com Saylor, se não se importa que eu pergunte?

Naquele momento, Saylor veio correndo até mim. Dei um puxão leve em uma de suas marias-chiquinhas.

— Quem eu sou para você, Saylor?

— Você é a Billie!

— Eu sei, mas além do meu nome. Quem você acha que eu sou?

Ela quicou algumas vezes.

— Você é a garota que o meu papai ama. Você é a princesa Jasmine dele!

O queixo de Lara caiu discretamente, e eu adorei isso.

— De onde você tirou essa ideia? — perguntei à Saylor.

— O papai me disse.

Uau. Por mais que Colby estivesse definitivamente se tornando mais carinhoso comigo na frente dela, não sabia que ele tinha dito a ela que me amava.

— Quando ele te disse isso?

— A gente estava assistindo *Aladdin*. Ele me disse que ama você como o Aladdin ama a princesa Jasmine.

— Oh, que *adorável* — Lara comentou.

Nem me lembrava mais que Lara estava ali. Mas o modo como ela disse a palavra *adorável* me pareceu muito sarcástico. Estreitei os olhos.

— É sério isso?

Ela piscou, confusa.

Deixei por isso mesmo, lembrando-me de que Saylor estava ao meu lado. Mas o que eu queria dizer mesmo era onde aquela biscate falsa do caralho podia enfiar o seu *adorável*.

Assim que todas se sentaram para pintar os rostos, imaginei que Saylor fosse querer que eu fizesse um animal no seu, como da última vez. Contudo, ela me fez um pedido diferente.

— Quero pintar o meu braço igual ao seu, Billie.

— Sério?

Ela assentiu.

Meu Deus, que amor.

Então, pintei o braço de Saylor inteiro, fazendo vários animais coloridos e outros desenhos por toda sua pele. As tintas não faziam as pinturas parecerem tatuagens, mas seu braço ficou completamente coberto igualzinho ao meu. Mas a melhor parte? Todos os olhares cheios de julgamento que as outras mulheres me lançaram por tentar deixá-la mais parecida comigo. Tenho certeza de que achavam que isso era um erro terrível.

Mas ela *queria* ficar parecida comigo. E isso, para mim, era um grande elogio, então elas que se fodessem.

Durante todo o caminho para casa, fiquei ansiosa para contar a Colby sobre a minha experiência com as Mães Monstras. Contudo, provavelmente guardaria comigo o que Saylor contara sobre o *Aladdin*. Era um momento particular dos dois, mesmo que tivesse me envolvido. Então, decidi simplesmente guardá-lo no coração.

Saylor e eu voltamos para o apartamento, e quando bati à porta, quase me perguntei se Colby não estava em casa, já que demorou mais do que de costume para atender.

Quando a porta finalmente se abriu, não era Colby que estava diante de mim. Era... *todo mundo*. Literalmente todo mundo. Bom, todas as pessoas importantes para nós. Deek e seu namorado, Martin. Justine e seu marido. E, é claro, Holden, Brayden e Owen.

— Surpresa! — todos gritaram.

Então, virei para minha esquerda e vi meu lindo namorado me entregando um balão preto gigantesco com pontinhos dourados.

— Feliz aniversário, linda.

— Oba! Uma festa! — Saylor gritou.

— Mas o que... — Minhas mãos tremeram. — Meu aniversário é só na segunda-feira.

— Eu sei. Mas eu quis te fazer uma surpresa no fim de semana em que todos poderiam comparecer.

Quando ele me abraçou, senti-me envolvida por amor.

— Não acredito que você conseguiu me fazer uma surpresa. Foi por isso que você me fez levar Saylor para a aula das mamães?

— Culpado.

Saylor deu pulinhos.

— Feliz aniversário, Billie!

— Obrigada, meu amor. Você sabia disso?

Ela balançou a cabeça negativamente.

— Deixei Saylor no escuro — ele disse. — Não acho que ela conseguiria manter segredo. Ela ficaria animada demais.

Saylor estendeu o braço.

— Olha, papai!

— Foi ela que pediu — senti-me compelida a explicar.

— Que legal, filha! Você está igual à Billie, agora.

— Eu sei!

Entreguei meu balão para ela brincar e fui abraçar todo mundo. Depois disso, olhei em volta, admirando seus rostos sorridentes.

— Foi uma surpresa maravilhosa. Muito obrigada por estarem aqui.

— Está brincando? Não perderíamos por nada — Justine declarou com entusiasmo.

Colby havia encomendado uma variedade enorme do meu sushi favorito. Estava sobre a mesa em uma barca de madeira gigante. Todos nos sentamos para um almoço incrível. Após a refeição, Holden insistiu que tomássemos shots de tequila, com cada pessoa fazendo um brinde em minha homenagem.

Ele começou, erguendo seu copo.

— Para Billie, a melhor tatuadora do mundo.

Depois, foi a vez de Brayden.

— Para Billie, a mulher que faz o meu melhor amigo feliz.

— Para Billie, por indiretamente me fazer sair do trabalho mais cedo duas vezes. — Owen sorriu.

Deek foi o próximo.

— Para Billie, a pessoa com quem sei que posso contar. Você faz o meu mundo ser um lugar melhor.

— Para Billie, por aguentar as merdas de Deek metade do tempo e me aliviar um pouco — Martin brincou.

Justine ergueu seu copo e disse:

— Para Billie, a pessoa que sempre manda a real.

— E você, Saylor? — Colby perguntou, entregando um copo de

limonada para a filha. — Pode dizer algo legal sobre a Billie?

Ela ficou um pouco vermelha, parecendo tímida, e, então, finalmente falou:

— Billie é a minha melhor amiga.

Todos emitiram um "awn!" coletivo.

Me aproximei dela e a puxei para um abraço de urso.

— Obrigada, lindinha. Isso significa muito para mim.

— Sua vez, Colby. — Deek sorriu.

Colby ergueu sua tequila.

— Para Billie... — Após uma breve pausa, ele olhou nos meus olhos e declarou: — O amor da minha vida.

Curto.

Simples.

Tudo.

Nos beijamos, e nunca me senti tão amada.

Alguns minutos depois, quando soprei as velinhas do meu bolo, Justine me disse para fazer um pedido. Esse ano, meu desejo era somente um: ficarmos livres de Maya. De algum jeito, eu tinha conseguido passar o dia todo sem pensar nela, até aquele momento. Quando ergui o olhar, a expressão de Colby murchou um pouco. Foi como se ele soubesse qual era o meu desejo mais profundo. Provavelmente, era o mesmo que o seu.

Depois que terminei de comer minha fatia de bolo, fui jogar meu pratinho de papel no lixo e Deek me seguiu até a cozinha.

— Ei, só queria saber como você está — ele disse.

— Estou bem. Por que pergunta?

— Você pareceu um pouco triste depois que soprou as velinhas.

— Ficou bem óbvio, não foi? Acho que Colby também notou.

— Sim. Claro que ele notou. Porque qualquer pessoa que te ama, incluindo a mim, tem o mesmo desejo nesse momento.

— É. — Baixei o olhar para meus pés. — Obrigada mais uma vez por me dar cobertura hoje.

— Adorei que você não fazia ideia de porque ele armou para que você fosse ao Upper West Side.

— Fiquei completamente surpresa.

— Ele estava todo tenso, achando que não teria tempo suficiente para arrumar tudo antes de vocês voltarem. Ele te ama de verdade.

— Eu sei. — Sorri.

— Como foi essa aula de mamães?

— Você quer dizer As Mulheres Perfeitas? Elas me olharam como se eu fosse a bruxa Elvira entrando ali. — Balancei a cabeça. — Um monte de biscates. Mas valeu a pena quando Saylor me pediu para pintar seu braço igual ao meu.

— É, eu vi isso. Que coisa mais fofa. Você pensaria que ela era minha filha, não de Colby. — Ele piscou.

Mais tarde naquela noite, depois que todos foram embora e de colocar Saylor na cama, eu disse a Colby que o ajudaria a limpar tudo. Mas ele recusou, dizendo que a aniversariante não deveria ter que limpar depois da festa.

Então, fiquei relutantemente assistindo-o guardar tudo. Encostada contra a bancada, avistei um envelope sobre ela. Assim que notei o endereço do remetente, senti-me prestes a hiperventilar. Pegando-o, perguntei:

— O que é isso, Colby?

Ele largou o copo que estava secando e soltou o ar com força.

— Eu ia te contar. Mas não queria arruinar o dia.

Abri e encontrei uma carta anunciando a data para a primeira entrevista à qual Colby teria que comparecer com Maya. Nosso tempo de tranquilidade estava prestes a acabar. Em seis dias.

CAPÍTULO 25

Colby

— A Saylor te deu isso para você dormir? — Apontei com o queixo para o animal de pelúcia que Billie tinha acabado de colocar sobre a mesinha de centro.

— Não. — Billie se sentou no sofá ao meu lado. — Pedi emprestado a ela. Imaginei que, se tivéssemos um elefante na sala, pararíamos de ignorá-lo.

Franzi as sobrancelhas antes de me dar conta do que ela quis dizer: *um elefante de pelúcia.*

Franzi a testa.

— Acho que estamos evitando um certo assunto, não é?

— Se o elefante no ambiente ficar maior, não vai sobrar espaço para mim.

Suspirei.

— Me desculpe. Eu deveria ter falado com você antes. A verdade é que odeio a ideia de passar ao menos um minuto do nosso tempo juntos discutindo qualquer coisa que tenha a ver com... *ela.*

— Eu sei. E também odeio isso. Mas quando não sei o que está acontecendo, meu cérebro se encarrega de preencher as lacunas, geralmente quando estou dormindo. Outra noite, sonhei que os oficiais da imigração derrubavam a minha porta e me deportavam para o Guam. — Billie balançou a cabeça. — Nem sei onde o Guam fica no mapa.

Abri um sorriso triste.

— Eu entendo. O nosso subconsciente não dá uma trégua. Então, é melhor conversarmos sobre isso. Mas, primeiro, deixe-me fazer uma coisa. — Peguei meu celular da mesinha de centro e programei um temporizador para cinco minutos, junto com várias sonecas. Billie me observou fazer isso.

— Vamos limitar a nossa conversa a cinco minutos? — ela perguntou.

— Não. Vamos conversar pelo tempo que precisarmos. Mas a cada cinco minutos, vou parar e te dizer algo que amo em você. Acho que é importante nos lembrarmos de que o que temos é real e que o assunto da nossa conversa é completamente falso.

Billie sorriu.

— Gostei dessa ideia.

Respirei fundo e virei-me para lhe dar minha atenção total.

— Então, você sabe que a entrevista será depois de amanhã. Mas o que não mencionei é que Maya me ligou ontem à noite.

O sorriso de Billie se desfez.

— O que ela queria?

— Nós precisamos nos preparar para a entrevista com a imigração. Você e eu não falamos sobre o que acontece nelas, mas os agentes designados para o nosso caso basicamente nos fazem as perguntas que quiserem para determinar se nosso casamento é real.

— Que tipo de perguntas?

— Perguntas pessoais. Tipo: qual é a cor da escova de dentes da sua esposa?

Billie arregalou os olhos.

— Ai, meu Deus, Colby. Como você vai saber disso?

— Foi por isso que Maya ligou. Ela queria o meu endereço de e-mail para me enviar um questionário para preencher. O troço tem trinta páginas, digitadas. O plano é nós dois preenchermos as partes que se aplicam a nós individualmente e que eu responda às perguntas que se aplicam ao nosso relacionamento para então trocarmos e memorizarmos as respostas um do outro. — Massageei a nuca. — Tenho que enviar de volta para ela amanhã de manhã, e ainda não passei da primeira página. Toda vez que começo a responder, me sinto enjoado.

— Posso ver as perguntas? Talvez eu possa te ajudar a responder.

Encontrei o olhar de Billie.

— Tem certeza de que quer fazer isso? Algumas delas são bastante pessoais, e podem ser difíceis de ler.

Ela assentiu.

— Farei o que for preciso para ajudar porque o quanto antes você passar nessa entrevista, melhor, para que ela saia logo das nossas vidas.

Não tinha certeza se essa era uma boa ideia, mas me levantei e peguei os papéis de uma gaveta na cozinha mesmo assim. Entregando-os para Billie, observei seu rosto atentamente enquanto ela lia. A primeira página até que era inofensiva. Perguntava coisas como a minha cor favorita, se eu dormia de barriga para cima ou de bruços, minhas comidas favoritas e quantas xícaras de café eu bebia pela manhã. Mas quando ela passou para a página seguinte, eu sabia que as perguntas ali a fariam parar. E fizeram. Billie arregalou os olhos antes de começar a ler em voz alta.

— Você goza dentro da sua esposa ou usa camisinha? Meu Deus, Colby. São perguntas muito pessoais. — Ela examinou a página um pouco mais. — A posição favorita da sua esposa? — Ela balançou a cabeça, mas continuou lendo. — Puta merda. A sua esposa engole? Eles podem mesmo perguntar coisas desse tipo? Parece que o idiota do agente está planejando bater uma ouvindo vocês responderem isso. Como vocês vão saber disso tudo se só passaram uma noite juntos anos atrás?

Balancei a cabeça.

— Pois é. Por isso não consegui avançar muito.

Billie ainda estava passando as páginas do questionário quando o alarme que programei despertou. Ativei a soneca e esperei que ela olhasse para mim antes de segurar sua mão.

— Eu amo o fato de você tratar a minha garotinha como se fosse sua filha.

Seu rosto suavizou.

— Você não faz ideia do quanto eu queria que ela realmente fosse minha nesse momento, Colby.

Inclinei-me e rocei meus lábios nos seus.

— Eu te amo, Billie.

— Eu também te amo.

Quando me afastei, ela endireitou as costas.

— Ok, temos que terminar de responder isso. Pode pegar uma caneta para começarmos?

— Tem certeza?

— Tenho.

Peguei uma caneta na cozinha, e Billie abriu na página dois.

— Vamos fazer o seguinte — disse. — Vamos responder a todas essas perguntas como se fossem relacionadas a nós dois.

Balancei a cabeça veementemente.

— Porra, de jeito nenhum. Não vou falar sobre a nossa vida para aquela mulher, nem para ninguém.

— Ninguém vai saber que as respostas se aplicam a nós. E vai ser mais fácil você se lembrar das respostas, se forem verdadeiras. Além do mais, eu até gosto de saber que você estará pensando em nós durante a entrevista, e Maya não vai fazer a menor ideia de que estará fingindo ser eu.

Sorri.

— Isso é meio bizarro, mas eu adorei.

Billie deu risada.

— Ok, então vamos começar. Vou fazer as perguntas, você responde como se aplica a nós e eu escrevo as respostas.

— Tudo bem, se você diz...

— Você goza dentro da sua esposa ou usa camisinha?

— Gozo dentro dela, porque ela me dá tanto tesão que uma camisinha não aguenta toda a minha porra. Além disso, ela confia em mim e toma pílula.

Billie sorriu.

— Acho que vou deixar de fora a parte da porra.

Após terminar de anotar, ela ergueu o olhar novamente.

— Qual é a posição favorita da sua esposa?

— Fácil. Por cima.

— Eu gosto mesmo de cavalgar você. — Ela mordeu o lábio. — Na verdade, estava pensando que talvez na próxima vez eu fique de costas para que você veja a minha bunda subindo e descendo.

Fechei os olhos, visualizando a cena e gemendo.

— Você ainda me mata, mulher.

Ela deu risadinhas.

— Próxima pergunta: a sua esposa engole?

Já era. Pensar em Billie de joelhos com meu pau em sua garganta era demais para aguentar. Teríamos que fazer um pequeno intervalo. Peguei a pilha de papéis e a caneta das mãos de Billie e joguei por cima do meu ombro antes de pegá-la em meus braços.

— O que está fazendo?

— Procurando responder às perguntas corretamente. Como vou responder qual é a sua posição favorita se você ainda não me cavalgou de costas? Você não quer que eu corra o risco de não passar nesse teste, quer?

Billie abriu um sorriso de orelha a orelha.

— Definitivamente não.

— Sr. e sra. Lennon?

Dois dias depois, um homem bigodudo chamou nossos nomes. Estávamos esperando há quase uma hora em cadeiras de plástico desconfortáveis. Levantei-me e estendi a mão para que Maya fosse primeiro, e seguimos o sujeito por um corredor pouco iluminado até uma sala de reuniões sem janelas.

— Sou o agente Richard Weber. — Ele deslizou um cartão de visitas na mesa. — Sou o agente designado ao caso de imigração de vocês. Podem me apresentar um documento de identificação com foto, por favor?

Peguei minha carteira e retirei minha carteira de motorista, enquanto Maya entregou um passaporte expirado do Equador. O agente examinou os documentos cuidadosamente, comparando as fotos com nossos rostos algumas vezes antes de devolvê-los e se sentar.

— Vocês devem ter recebido alguns papéis contendo um aviso sobre seus direitos durante essa entrevista — ele disse. — Duas vezes, na verdade. Uma vez por correspondência junto com a carta anunciando a data, e outra vez hoje na recepção quando chegaram. Vocês receberam esses avisos?

Maya e eu olhamos um para o outro e assentimos.

— Recebemos — ela respondeu.

— Alguma pergunta sobre os seus direitos?

Nós dois balançamos a cabeça negativamente.

— Ótimo. Então, vamos começar. — O agente pegou uma caneta e apertou o botão na extremidade, olhando diretamente para mim em seguida. — Sr. Lennon, como você costuma cumprimentar a sua esposa quando a encontra?

Franzi a testa.

— Desculpe. Acho que não entendi a pergunta.

— É uma pergunta muito simples e direta. Quando você encontra a sua esposa, talvez quando chega em casa do trabalho ou algo assim, você a cumprimenta com um abraço, um beijo nos lábios, um beijo no rosto?

Trocam um aperto de mãos? — Ele deu de ombros. — Ou não trocam cumprimento físico algum?

Merda. Essa pergunta não estava no questionário que Maya me deu para preencher. Mas decidi seguir o método que Billie e eu tínhamos usado para preencher as trinta páginas e respondi como se fosse aplicado ao meu relacionamento com ela.

— Eu a beijo nos lábios.

Ele sustentou meu olhar.

— Porém, quando você chegou hoje, não cumprimentou a sua esposa com um beijo. Correto?

Meu rosto deve ter deixado clara a pergunta na qual eu estava pensando, porque o agente deu de ombros.

— Eu estava voltando do meu intervalo quando você chegou, e o vi cumprimentar a sra. Lennon.

Maya se manifestou.

— Nós... tivemos uma discussão ontem à noite.

O agente manteve seu foco somente em mim.

— Por que vocês brigaram, sr. Lennon?

De repente, fiquei nervoso pra cacete, sem conseguir pensar em nada direito. Então, falei a primeira coisa que me surgiu na mente.

— Maya extrapolou a conta de celular e eu me irritei com isso.

— Quanto foi a conta?

— Hã, acho que uns trezentos dólares.

— E quanto é, normalmente?

Dei de ombros.

— Não sei. Talvez cem.

— Vocês têm a mesma operadora de celular?

Balancei a cabeça.

— Não.

Ele anotou alguma coisa em seu bloco de anotações amarelo.

— Após essa entrevista, eu gostaria de uma cópia das contas de celular de vocês dois dos últimos sessenta dias.

Porra.

Maya abriu um sorriso forçado. Até eu pude ver que era falso.

— Claro — ela disse. — Me certificarei de enviá-las.

— Sr. Lennon, com qual das mãos a sua esposa escreve?

Jesus Cristo. Nenhuma dessas perguntas estava nos papéis que preenchemos. Como eu não fazia a menor ideia se ela era destra ou canhota, minha primeira reação foi ser consistente e responder como se fosse sobre Billie. Mas Billie era canhota, e eu sabia que existiam mais pessoas destras do que canhotas no mundo, então decidi no último segundo seguir essa lógica.

— Ela escreve com a mão direita — respondi.

O agente colocou sua caneta sobre o bloco no qual estava escrevendo e os deslizou por cima da mesa, colocando-os diante de Maya.

— Você pode, por favor, escrever o seu nome e rubrica, sra. Lennon?

Maya olhou para mim.

— Claro. Mas acho que meu marido deve estar um pouco nervoso hoje. Ele sabe que sou canhota. *Não é, querido?*

As coisas não melhoraram muito depois disso. Mesmo quando nossas respostas saíam em sincronia, eu não conseguia parar de suar. Tive que enxugar minha testa várias vezes só para evitar que as gotas caíssem na porcaria da mesa. Meu advogado disse que a entrevista durava em média cerca de vinte minutos, mas demorou bem mais de uma hora antes que o agente Weber nos livrasse do nosso sofrimento. A essa altura, eu tinha que tomar cuidado para não levantar os braços, porque tinha certeza de que, se o fizesse, daria para ver que estava com marcas de suor gigantes no paletó.

Fomos embora após uma despedida sem graça e sermos informados de que receberíamos uma carta pelo correio em algumas semanas.

Maya ficou em silêncio durante o tempo que passamos no elevador descendo para o andar térreo, mesmo que fôssemos os únicos dentro dele. Mas, no instante em que pisamos na rua, ela colocou as mãos no quadris e gritou na minha cara.

— *Você fez aquilo de propósito!*

— Você está louca, porra? A última coisa que quero é ficar perto de você por um minuto que seja.

— Se o meu pedido for negado, a culpa vai ser toda sua!

— A culpa vai ser minha? Foi você que me deu aquele questionário idiota para preencher. *Nada do que ele perguntou estava naquelas páginas!*

— Não deu para perceber pela minha letra que sou canhota?

— Eu estava ocupado demais decorando trinta páginas de respostas a perguntas que *ninguém fez*. A sua cor favorita é preto, que combina com o seu coração, e você costuma ir para a cama por volta das três da manhã e acorda às onze. Você é o quê, a *porra de uma vampira*?

Fitamos um ao outro, enfurecidos. A cada segundo que passava, eu a odiava mais. Precisava dar o fora dali antes que fizesse algo de que me arrependeria. Balancei a cabeça, enojado.

— Tenho que ir.

— Como vamos consertar isso?

— Isso é problema *seu*. *Você* me arrastou para esse caos. *Você* precisa encontrar uma maneira de nos livrar dele.

— Papai, você está triste? — Saylor perguntou enquanto eu a secava após o banho naquela noite.

Congelei.

— Não, querida. Por quê?

Ela apontou para a cabeça.

AS REGRAS PARA NAMORAR 343

— Porque ainda estou com xampu no cabelo.

Percebi, então, que o cabelo da minha filha estava, de fato, cheio de espuma. Eu a tirei da banheira e comecei a secá-la sem nem ao menos notar. Pior ainda, não me lembrava de ter passado xampu em seu cabelo.

Forcei um sorriso.

— Eu só estava testando para ver se você estava prestando atenção.

Minha garotinha podia ter apenas quatro anos, mas já sabia identificar quando eu estava mentindo. Ela balançou o dedinho indicador.

— Você está com problema no trabalho?

Aquilo me fez rir.

— Não, meu bem, não estou com problema no trabalho.

— Então por que não está sorrindo?

— Desculpe. Acho que estava pensando em umas coisas.

— Tudo bem, papai. Mas talvez fosse melhor você ligar para a Billie.

— Por que eu ligaria para a Billie?

Saylor deu de ombros.

— Porque você sempre sorri quando está com ela.

Deus, essa menininha não perdia uma. Eu a ergui e a coloquei de volta na banheira para poder enxaguar seus cabelos.

— Sabe quem mais me faz sorrir?

— Quem?

Passei um dedo em seus cabelos, pegando um pouquinho de espuma, e toquei seu nariz.

— *Você.*

Ela sorriu, e senti aquele gesto em meu peito. Não havia nada nesse mundo que eu não faria para deixar a minha filhinha feliz. Eu precisava me lembrar de que *ela* era o motivo pelo qual eu tinha que aguentar toda essa merda com Maya.

Após o banho de Saylor, li uma historinha para ela e a coloquei na cama. Ao sair de seu quarto, ouvi meu celular vibrando na bancada da cozinha. Franzi as sobrancelhas ao ver o nome na tela. *Adam*. Meu advogado da imigração. Respirei fundo antes de atender.

— Alô?

— Oi, Colby, aqui é Adam Altman. Desculpe ligar tão tarde, mas acabei de falar com Xavier Hess, advogado de Maya.

— Foi mesmo?

— As coisas não foram bem hoje à tarde?

Suspirei.

— Foi um show de horrores. Aparentemente, o agente estava voltando do intervalo na mesma hora em que cheguei no prédio e viu quando me aproximei de Maya. Ele notou a maneira fria com que a cumprimentei e isso o deixou em modo ataque no minuto em que começamos. Depois, respondi errado sobre a mão com que ela escreve e, a partir daí, foi só ladeira a baixo.

— Bom, o Xavier disse que é bem amiguinho de um funcionário do escritório ao qual vocês foram, e o arquivo de vocês foi marcado para uma entrevista Stokes depois que foram embora.

— O que é isso?

— É uma segunda entrevista que acontece quando o agente suspeita de que o casamento é fraudulento.

— *Merda*. O quão ferrado estou?

— Bem, isso não é nada bom. Mas é essencialmente uma segunda chance para vocês dois provarem que o casamento é verdadeiro. Então, dá para se recuperar. Contudo, uma entrevista Stokes é bem mais difícil do que o que vocês passaram hoje. Você e Maya serão entrevistados separadamente e filmados. Depois, o agente vai comparar as respostas em vídeo, procurando quaisquer discrepâncias. E essas entrevistas são notoriamente longas e detalhadas, durando até oito horas, às vezes.

Arrastei uma das mãos pelos cabelos.

— Suei feito um porco depois de cinco minutos na entrevista de hoje.

Como diabos vou dar conta de um interrogatório de oito horas?

— Não é fácil. Mas, se serve de consolo, posso ir a essa entrevista com você, se quiser, e também representar Maya para formamos um time só.

Nada poderia me consolar naquele momento.

— Quando isso vai acontecer?

— Teremos que esperar até recebermos o aviso formal pelo correio para descobrir a data. Mas costuma acontecer algumas semanas depois que a carta chega.

— Ótimo. — Suspirei.

— Ah, tem outra coisa que preciso te avisar. Esse agente, em particular, é conhecido por fazer visitas domiciliares sem aviso prévio, bem cedinho pela manhã ou tarde da noite. Ele também gosta de passar nos locais onde as pessoas trabalham para falar com colegas de trabalho.

— O quê? Por que ele pode fazer isso?

— É uma investigação. Ele tem liberdade para isso.

— O que devo fazer se ele aparecer aqui?

— Vamos dar um passo de cada vez. Isso só costuma acontecer depois que o agente vê como as coisas acontecem na entrevista Stokes. Só quis te avisar sobre o que pode acontecer daqui para frente. Tente não entrar em pânico. Não há nada oficial ainda.

Tarde demais para não entrar em pânico. Mas o que eu podia fazer? Nada. Então, balancei a cabeça.

— Tudo bem. Vou tentar.

— Lamento não ter notícias melhores, Colby. Mas podemos nos recuperar. Já cuidei de casos que foram a uma entrevista Stokes e, subsequentemente, um *green card* foi concedido. Ainda não acabou.

Não? Então por que parece que alguém acabou de colocar o último prego no meu caixão?

Quinze minutos depois, eu estava me servindo com um segundo copo de uísque quando ouvi uma batida na porta. Congelei, pensando que era o agente Weber, antes de me dar conta de que provavelmente era apenas Billie. Ela disse que viria à noite após seu último compromisso.

Essa era a primeira vez desde que entrei em sua loja de tatuagem para me apresentar como seu senhorio que eu não queria vê-la. Eu tinha nos desapontado hoje, e temia machucá-la mais do que já tinha feito. Mas obviamente era tarde demais para cancelar, então caminhei até a porta e tentei fazer a minha melhor expressão para recebê-la.

No entanto, aparentemente ela era tão perceptiva quanto minha filha. Billie deu apenas uma olhada no meu rosto e o sorriso desapareceu do seu.

— *Merda*. O que aconteceu?

CAPÍTULO 26

Billie

Quando começamos a nos preparar para o pior, nada aconteceu. Por três semanas, tivemos uma pausa de qualquer ação enquanto esperávamos pelo próximo passo do processo de audiência. Todo santo dia que passava parecia estar contado, então, mais uma vez, Colby e eu aproveitamos cada minuto. E tão inesperado quanto esse último período de tranquilidade foi o momento em que ele foi bruscamente interrompido em uma tarde de sexta-feira.

Era o começo do fim de semana, e Colby havia saído para comprar comida. Eu havia fechado o estúdio antes da hora, e planejávamos jantar cedo e assistir a um filme de classificação livre com Saylor.

Houve uma batida na porta, e presumi que era Colby voltando antes do esperado com a nossa comida: sushi para nós e comida chinesa para Saylor. Ela adorava frango ao molho de laranja. Imaginei que ele tivesse batido por ter esquecido a chave ou estar carregando muitas coisas.

Abri a porta com um sorriso, que desapareceu rapidamente quando percebi que não era Colby ali diante de mim. Era um homem bigodudo que não reconheci.

— Posso ajudá-lo?

— Estou procurando Colby e Maya Lennon — ele disse.

Meu estômago gelou.

— Eles não estão em casa. Quem é você?

— Sou o agente Richard Weber, um investigador no caso de imigração da sra. Lennon. Fui designado para fazer uma visita domiciliar hoje.

Merda. Embora eu imaginasse que aquilo era mesmo sério, precisava de todo o tempo que pudesse, então perguntei:

— Você tem identificação?

— Claro — ele falou antes de pegar seu distintivo e me mostrar.

Saylor estava brincando no chão. Olhei por cima do meu ombro para ela e depois para ele novamente.

— Como eu disse... eles não estão em casa no momento.

— E quem é você, exatamente? — ele perguntou.

— Sou a babá. Meu nome é Billie.

— Prazer em conhecê-la. — Ele meneou a cabeça. — Eles devem voltar logo?

— Acho que sim. Não combinamos um horário exato.

Ele deu um passo para dentro do apartamento.

— Você se importa se eu ficar aqui até eles retornarem?

Aff. Fiz uma pausa para pensar antes de responder. Minha primeira inclinação foi pedir que ele fosse embora. Mas e depois, o quê? Mandá-lo embora deixaria as coisas mais suspeitas. Independente de qual decisão eu tomasse naquele momento, de uma coisa eu sabia: ele não ia chegar perto de Saylor.

— Eu estava prestes a ir colocá-la para tirar uma soneca. — Percebendo rapidamente que o final da tarde era um horário estranho para isso, acrescentei: — Ela não está se sentindo bem. Eles me disseram que ela não dormiu ontem à noite. Então, ela precisa deitar um pouco.

— Os pais dela saíram, apesar da filha estar doente?

Senti adrenalina me percorrer.

— Você está julgando sem saber. Eles me ligaram para cancelar, mas, sinceramente, eu disse a eles que não me importava de correr o risco de ficar doente. Sendo franca, se quer saber... eu preciso muito do dinheiro. —

Bufei. — Então, se puder esperar aqui, por favor.

Merda. Acho que não fui muito convincente. Caminhei até o local onde Saylor estava brincando com seus brinquedos.

— Venha comigo por um momento, querida.

Ela soltou o bastão que segurava e, obediente, me seguiu até seu quarto sem questionar.

Ajoelhei-me para ficar ao nível de seus olhos e sussurrei:

— Saylor, eu preciso que você me ouça, ok? Preciso que me faça um favor bem grande. Tá bom?

Ela arregalou os olhos.

— Tá bom.

— Está tudo bem. Mas preciso ter uma conversa de adultos com aquele homem que está lá fora, então preciso que você fique no seu quarto e não saia até eu dizer.

— Quanto tempo?

— Ainda não sei, meu bem. Mas preciso que brinque com os seus brinquedos aqui até eu dizer que você pode sair.

Uma expressão de medo se formou em seu rosto.

— Ele é um homem mau?

Merda. O que foi que eu fiz? Não quero assustá-la.

Apertando seus ombros, respondi:

— Não, de jeito nenhum, querida. De jeito nenhum. Ele é um homem legal. Mas nós precisamos conversar sobre umas coisas de adultos. Não há nada com o que se preocupar. Ok?

Ela piscou várias vezes.

— Ok, Billie.

Eu a abracei bem forte.

— Muito obrigada, fofinha. Voltarei assim que puder.

Percebi que pedir a ela que ficasse em seu quarto não era ideal. Mas o que eu menos precisava era que o investigador começasse a questioná-la. Ou que ela inocentemente lhe desse alguma informação. E aí, tudo estaria acabado.

Tenho que alertar Colby.

Antes de sair do quarto, peguei meu celular e mandei uma mensagem. Minhas mãos tremiam ao digitar.

> **Billie: Tem um investigador aqui.**

Os pontinhos saltaram quando ele respondeu.

> **Colby: Ah, meu Deus. O quê?**

> **Billie: Eu disse a ele que era a babá.**

> **Colby: Porra! Pensei que eles só faziam visitas depois da segunda entrevista!**

> **Billie: Aparentemente, não.**

> **Colby: Ele não está falando com Saylor, está?**

> **Billie: Inventei uma história de que ela não estava se sentindo bem e pedi que ela me fizesse um grande favor e ficasse em seu quarto. Expliquei que precisava conversar sobre coisas de adultos com o homem. Estou te mandando mensagem do quarto dela. Me sinto enjoada.**

> **Colby: Você fez a coisa certa.**

> **Billie: Ele perguntou se podia ficar aqui até você voltar. Tive medo de mandá-lo embora, porque talvez essa seja uma oportunidade de lidar logo com isso, já que estou te alertando. Uma visita a menos para a qual você está despreparado. Se você conseguir voltar para cá com Maya... pode dar certo.**

Que realidade paralela era essa na qual eu estava pedindo que ele trouxesse aquela desgraçada para cá?

> **Colby: Bem pensado. Vou tentar encontrá-la.**

> **Billie: Se não conseguir, não volte para cá de jeito nenhum, porque ele pensa que vocês saíram juntos. E também é melhor vocês combinarem as histórias para responderem as mesmas coisas caso ele faça perguntas. Preciso voltar lá para fora. Apenas venha logo, se puder.**

Coloquei meu celular no bolso e voltei para onde o homem ainda estava de pé perto da porta.

— Desculpe... ela queria que eu lesse uma historinha — eu disse.

Ele cruzou os braços.

— Então, há quanto tempo você trabalha aqui?

— Não lembro exatamente quando comecei, mas já faz um tempinho.

— Anos ou...

— Meses — respondi.

Os olhos dele desceram para meu peito e voltaram para meu rosto em seguida. *Que maravilha.* Um pervertido disfarçado.

Ele pigarreou.

— Você se importa se eu fizer algumas perguntas sobre a casa e a família?

Se eu me recusasse, isso acrescentaria suspeita à situação?

— Não. — Forcei um sorriso.

— Como é trabalhar aqui?

— Ah, eu adoro. Saylor é a menininha mais doce do mundo. E Colby e Maya são ótimos pais. Eles costumam me chamar quando precisam de um tempo. Não sou uma babá permanente, venho apenas ocasionalmente.

— O que você sabe sobre o relacionamento deles?

— Eles são muito amorosos um com o outro. Mas como costumo passar a maior parte do tempo somente com Saylor quando venho, não passo tanto tempo assim com eles.

Richard coçou o queixo.

— É um bom ponto, suponho.

— As vidas deles não são da minha conta — acrescentei.

Ele anotou alguma coisa.

— Aonde eles foram hoje?

— Não costumo perguntar aonde vão. Mas era um passeio diurno... por lazer.

Ele arqueou uma sobrancelha.

— Você disse que posso esperá-los retornarem, certo?

— Claro. Pode sim — eu disse, fingindo estar relaxada. — Gostaria de algo para beber? Uma caixinha de suco? Biscoitos *Goldfish*?

Ele riu.

— Não, obrigado. No entanto, se o meu filho de dez anos estivesse aqui, estaria inquieto querendo biscoitos *Goldfish*.

Richard começou a andar pelo apartamento. Não havia fotos expostas. Nada suspeito em nenhum sentido, pelo que eu podia ver. Rezei para que ele não pedisse para entrar no quarto de Colby. Quando ele finalmente parou de andar e sentou-se no sofá, aproveitei a oportunidade para ir ver como Saylor estava.

— Se me der licença, vou ver se Saylor está bem, se precisa de alguma coisa.

— Pode ir. — Ele sorriu.

Abri lentamente a porta de seu quarto e a fechei atrás de mim.

— Como você está, Saylor?

Ela acenou com a mãozinha.

— Oi.

Ela estava colaborando tanto, com suas bonecas sentadas à mesinha. Senti vontade de chorar. Uma cena tão inocente em meio a esse drama horrendo.

Ela parecia tão orgulhosa.

— Estamos tendo um chá da tarde.

— Uau. Estou vendo. Você arrumou tudo tão bonitinho.

— Posso sair agora?

Senti meu coração se partindo.

— Não, querida. Ainda não. Eu só queria ver como você estava e te agradecer por ser uma garotinha muito comportada. Se precisar de alguma coisa, é só gritar por mim, ok?

— Ok. — Seu tom estava desanimado.

Porra, como eu odeio isso.

Alguns segundos depois que retornei à sala de estar, Colby entrou no apartamento... com Maya. Por mais que eu odiasse ter que vê-la, soltei um suspiro de alívio.

Maya imediatamente colocou o braço em torno de Colby. E, dessa vez, senti que ia vomitar.

— O que está acontecendo aqui? Posso ajudá-lo? — Colby perguntou ao homem, fazendo-se de desentendido.

Respondi antes que Richard o fizesse:

— Sr. Lennon, este é o agente Richard Weber, da imigração. Eu disse que ele podia esperar por vocês aqui.

— Estou aqui para fazer uma visita de rotina — o agente disse. — Queria saber se poderíamos conversar um pouco.

— Claro. — Maya exibiu seu melhor sorriso falso. Então, virou-se para mim. — Como Saylor está?

— Ainda está um pouco mal. Mas não piorou desde que vocês saíram.

Ela fez um beicinho.

— Pobrezinha.

Atirei adagas com o olhar para Maya. Esperava que o agente não tivesse visto.

— De onde vocês estão vindo? — ele perguntou a eles.

— Saímos para passar um tempinho somente nós dois — Colby respondeu. Ele olhou rapidamente para mim. — Já que ela foi gentil o suficiente para ficar com Saylor.

— Fomos ver um filme no cinema e almoçar — Maya acrescentou.

Richard inclinou a cabeça para o lado, curioso.

— Que filme vocês assistiram?

— O novo do Tom Cruise — ela disse.

— Ah, sim. Vi semana passada. Era muito bom. — Ele virou-se para Colby. — Qual foi a sua parte favorita?

Colby coçou o queixo.

— Essa é difícil. Gostei muito de toda a dinâmica entre o filho de Goose, Rooster e Maverick.

— Ah, sim. Adorei esse enredo. — Ele sorriu, parecendo acreditar.

Maya apertou mais seu abraço em torno de Colby.

— Não vamos ao cinema com muita frequência, então foi muito bom.

Meu sangue estava prestes a ferver.

— Tenho um filho de dez anos, então me identifico. — Richard assentiu.

Colby deve ter notado meus olhos fixos no braço de Maya em torno dele. Imaginei que ele queria acabar com o meu sofrimento.

— Você se importa em dar mais uma olhada em Saylor enquanto conversamos com o agente Weber em particular? — ele me perguntou.

— Claro que não. — Apontei com o polegar em direção ao quarto. — Vou me juntar a ela.

Voltei para o quarto de Saylor e a encontrei ainda sentada à mesa que havia arrumado.

— Voltei, querida. Obrigada por se comportar tão bem.

— Ouvi o papai chegar. Eu quis sair correndo para ele, mas você me disse para ficar aqui.

— Isso! — Sorri. — Obrigada por me ouvir. Agora é a vez do papai conversar com o homem. E assim que ele terminar, poderemos voltar lá para fora. Mas a boa notícia é que já terminei de conversar com ele e posso brincar de chá da tarde com você.

Ao me sentar com Saylor e começar a fingir beber um chá imaginário, tentei entender o que eles estavam dizendo na sala de estar, mas os sons estavam abafados e confusos.

— Tem uma moça lá fora também? — Saylor perguntou.

Merda.

— Sim. Ela é uma sócia do papai que também veio falar com o homem.

— Como ela se chama?

Hesitante, respondi:

— Maya.

— Que nome bonito.

Estremeci.

— É, sim.

Era inquietante tentar parecer alegre perto de Saylor quando toda aquela merda estava acontecendo no cômodo ao lado.

Alguns minutos depois, a porta se abriu abruptamente.

— Como está a minha filhinha? — Colby foi direto até Saylor. Era como se ele não conseguisse alcançá-la rápido o suficiente.

— Papai! — Ela correu para ele.

Colby parecia exausto ao olhar para mim e murmurar:

— Ele já foi.

Ele ajoelhou-se e puxou Saylor para um abraço apertado.

— Você foi a garotinha mais comportada do mundo enquanto estávamos lá fora conversando, não foi? Muito obrigado, meu amor.

— Fui sim, papai. Posso comer frango ao molho de laranja agora?

Os ombros dele caíram.

— Querida, não consegui comprar nossa comida. Me desculpe. Mas que tal eu fazer seu macarrão com queijo caseiro favorito? Faz tempo que você não come isso.

Os olhos dela se iluminaram.

— Tá bom.

Ele se levantou e sussurrou em meu ouvido:

— Maya está insistindo em dar um oi para ela. Eu não queria causar uma cena. Estou esgotado. Ela prometeu que vai embora logo em seguida.

Aff. Ela ainda está aqui? Soltei um longo suspiro.

— Tudo bem.

— Você quer vir dar um oi para uma pessoa, Saylor?

— É a Maya? — ela perguntou.

Ele olhou para mim, confuso.

— Saylor ouviu a voz de uma mulher e perguntou quem era. Eu disse que era uma sócia sua chamada Maya.

Ele assentiu e olhou para Saylor.

— Sim. É a Maya. — Ele expirou. — Vamos lá falar com ela.

Saylor o seguiu para fora do quarto.

— Ok.

Maya estava sentada no sofá. Ela se levantou assim que viu Saylor chegar à sala.

Saylor foi a primeira a falar.

— Oi, Maya.

Maya abaixou-se para falar com ela.

— Ora, olá, garotinha linda. Como você está?

— Estou bem. Quem é você mesmo? — Saylor indagou.

— Sou amiga do seu pai.

— Ah.

— Você estava brincando com a Billie? — Maya perguntou.

Ouvir meu nome saindo da boca dela foi enervante.

— Aham. Fizemos um chá da tarde.

— Que divertido. Eu adorava fazer isso quando era criança.

Vários segundos se passaram em um silêncio desconfortável enquanto Maya simplesmente olhava para o rosto de Saylor. A pobre garotinha não fazia ideia do que estava realmente acontecendo.

— Bem... — Os olhos de Maya começaram a marejar. — Eu só queria dizer um olá antes de ir embora.

— Olá — Saylor disse, bem inocente. Aparentemente, ela não tinha reparado que Maya estava prestes a chorar; eu sabia que Saylor diria alguma coisa se tivesse percebido.

Então, Maya puxou Saylor para um abraço. O rosto de Colby ficou vermelho como um tomate. Ele parecia prestes a perder as estribeiras. Ela finalmente se afastou de Saylor e se virou para nós.

— Bem, boa noite.

Não dissemos nada quando ela saiu.

Já vai tarde.

Felizmente, Saylor não perguntou mais nada sobre Maya ou sobre o que aconteceu. Ela estava feliz por ter seu pai em casa preparando sua refeição favorita.

Colby acabou fazendo uma panela enorme de macarrão com queijo para nós três. Não foi o jantar que havíamos planejado, mas a noite havia virado de ponta-cabeça. Eu só torcia para que tivesse valido a pena.

Por termos jantado mais tarde do que o esperado, decidimos deixar Saylor escolher um episódio de um programa da Disney ao invés de assistir a um filme inteiro. Colby e eu passamos a maior parte do tempo olhando um para o outro, ainda sem acreditar, enquanto Saylor assistia TV.

Depois que o episódio terminou, ofereci-me para colocá-la para dormir.

Quando Colby e eu finalmente ficamos sozinhos pela primeira vez desde que toda aquela provação começou, ele me envolveu em seus braços e soltou uma longa respiração em meu pescoço.

— Você foi sensacional pra caralho hoje. Não sei como te agradecer por aguentar tudo aquilo e por ter salvado a situação. Poderia ter sido um grande desastre.

— Não fiz muita coisa.

— Está brincando? Você agiu perfeitamente. Poderia tê-lo mandado embora, mas sabia que enfrentar o fogo seria melhor. E funcionou, eu acho. Maya e eu não estragamos nada, porque tivemos a chance de combinar o que diríamos.

— Eu não sabia se você ia voltar.

— Provavelmente não teria voltado se não a tivesse localizado a tempo.

— Como você sabia sobre aquele detalhe do filme do Tom Cruise? — perguntei.

— Pesquisei spoilers no Google quando estava a caminho.

— Esperto.

Ele balançou a cabeça.

— Essa situação toda é como um jogo mental, não é? Tipo, quão rápido você consegue absorver informações?

O celular de Colby tocou, e ele atendeu imediatamente.

— Alô? — Ele se virou para mim e sussurrou. — É o advogado.

Nervosa mais uma vez, fiquei observando Colby falar com ele.

Ele puxou os cabelos em frustração enquanto ouvia.

— Ok. Bom, é inevitável, então pelo menos já está marcado. — Ele se levantou e começou a andar de um lado para o outro. — Aham. Ok. Pode ser. Te vejo na quinta-feira da semana que vem, então. Obrigado.

Depois que ele desligou, soltou uma longa respiração pela boca.

— A data da entrevista Stokes foi marcada. O advogado quer que Maya e eu nos encontremos com ele esta semana para podermos discutir um plano estratégico.

— Bem, ao menos é um progresso.

— Exatamente. É como se tivéssemos que passar pelo inferno para chegar ao outro lado — ele disse.

— É uma boa forma de descrever.

Uma expressão sombria tomou conta de seu rosto de repente.

— O que houve? — perguntei.

— Parece que os acontecimentos do dia estão me atingindo em ondas. Estou tão envergonhado por ter feito você passar por aquilo.

Balancei a cabeça.

— Não se preocupe comigo. Estou bem. De verdade.

— Bem, eu não estou. Você é a coisa mais importante da minha vida, além de Saylor, e ter que reduzi-la a uma babá? Pareceu tão errado.

— Por favor, não gaste mais energia se preocupando com os meus sentimentos. Foi tudo atuação. Eu sei disso. Aguentei bem. Está tudo bem, Colby. Saia da sua cabeça e volte para mim.

Tentei o melhor que pude para tranquilizá-lo, mas sabia que, com a entrevista chegando, as semanas seguintes seriam o começo de um novo e muito difícil capítulo em nossas vidas. Por isso, esta noite, tudo que eu queria era fazê-lo se sentir bem novamente. Nos fazer sentir bem novamente.

Só consegui pensar em uma coisa que podia fazer isso acontecer.

— Ei, tenho uma ideia — eu disse.

— O quê?

— Vamos para a cama mais cedo e brincar de "sr. Lennon fode a babá".

CAPÍTULO 27

Colby

— Falei com Richard Weber há um tempinho — meu advogado disse para mim e Maya ao chegarmos em seu escritório na semana seguinte. — Costumo fazer uma ligação cordial ao investigador para comunicar a ele que me juntarei a um cliente em uma entrevista Stokes.

— Como foi? — perguntei.

Ele franziu a testa.

— Infelizmente, ele não achou que a visita domiciliar correu tão bem quanto vocês pensaram.

Merda. Olhei de relance para Maya.

— Ele comentou por quê?

— Algo sobre um desenho na porta da geladeira que mostrava você de mãos dadas com a babá.

Fechei os olhos. Eu havia notado a arte de Saylor na manhã após a visita surpresa do investigador quando peguei leite na geladeira. Mas escolhi me permitir acreditar que ele não tinha visto, já que Billie e eu pensamos que a visita tinha ido bem. Também não tive coragem de minar a positividade que Billie estava sentindo depois de ter entrado no papel de babá sem o mínimo aviso.

Maya me lançou um olhar irritado.

— A sua *namoradinha idiota* vai arruinar tudo para nós.

Os cabelos da minha nuca se arrepiaram.

— Primeiro, não chame Billie de *minha namoradinha idiota*. Ela merece muito mais respeito que isso, especialmente de você, considerando que ela assumiu a responsabilidade de ser a mulher na vida de Saylor quando você jogou esse papel fora como se não fosse nada. E, segundo, a única pessoa capaz de arruinar alguma coisa aqui é *você*, porque foi você que nos arrastou para essa bagunça.

— Bem, se você não tivesse... — Maya começou, mas meu advogado a interrompeu.

— Tudo bem, tudo bem. — Ele gesticulou para que baixássemos o tom de voz. — É melhor nos acalmarmos. Apontar dedos não vai ajudar em nada essa situação. — Ele alternou olhares entre nós dois e suspirou. — Vocês dois precisam estar na mesma página e encontrar uma maneira de se darem bem. As coisas ficaram sérias agora. O investigador também mencionou que pretende decidir pela prisão se a entrevista Stokes não o convencer de que o casamento de vocês é legítimo.

Levantei-me e fiquei andando de um lado para outro diante da mesa de Adam.

— Jesus Cristo. Não posso ir para a cadeia. — Enterrei as mãos nos cabelos e puxei enquanto andava. — Tenho uma filha de quatro anos que precisa de mim. O que diabos vamos fazer? Podemos retirar a petição, talvez dizer ao investigador que vamos nos divorciar porque Maya me traiu ou algo assim?

Maya examinou calmamente suas unhas bem-feitas e revirou os olhos.

— Homens são muito mais propensos a trair do que mulheres...

Adam balançou a cabeça.

— Podemos retirar a petição, mas isso não necessariamente irá impedir um processo de acusação. Tive casos nos quais o casal não compareceu à entrevista Stokes e, ainda assim, o investigador foi atrás deles.

— Porra. O que vamos fazer agora?

— Vocês não têm muita escolha, Colby. Precisam tirar a entrevista Stokes de letra.

— Não conseguimos passar em uma entrevista em conjunto que durou uma hora, e agora esse cara está vindo para cima com tudo. Como diabos iremos passar em um interrogatório de oito horas?

— Quer meu conselho?

— É claro.

— Vocês têm duas semanas antes da entrevista. Vão morar juntos. Vocês aprenderão tudo um sobre o outro e mais um pouco. Acredite em mim, sou casado há doze anos e não morei com minha esposa antes do casamento. Aquele ditado antigo de que "você não conhece uma pessoa de verdade até morar com ela" é bem verdadeiro.

Balancei a cabeça.

— De jeito nenhum.

— Não seja uma mula teimosa — Maya disse. — Não temos escolha, Colby.

— Prefiro apodrecer na cadeia a passar duas semanas enfurnado com você.

Maya revirou os olhos novamente.

Parei de andar para lá e para cá e apoiei as mãos nos quadris ao me dirigir ao meu advogado:

— Precisamos discutir mais alguma coisa?

Adam negou com a cabeça.

— Acho que não. Vocês já sabem o que esperar da entrevista.

— Certo, então estou indo embora. — Caminhei em direção à porta.

— Aonde você pensa que vai? — Maya gritou.

— Para o mais longe possível de *você*.

O escritório ficava a dois quarteirões da minha linha de metrô. Mas assim que eu estava prestes a descer as escadas para a estação, avistei um bar ali perto. Meu coração parecia que ia explodir no peito, então decidi tomar um dois shots rápidos para aliviar a tensão. Lá dentro, o bar estava escuro, com a presença apenas de alguns homens mais velhos. Segui até um lugar vazio perto da porta e pedi uma dose dupla de tequila. Felizmente, o barman não estava a fim de conversar e apenas pegou meu dinheiro em troca do álcool e do limão. Virei a dose e deixei a fruta de lado, querendo que a queimação durasse o maior tempo possível. Depois, ergui a mão para chamar o barman novamente.

— Mais uma, por favor.

A segunda dose dupla desceu mais suave do que a primeira, e eu provavelmente poderia ter continuado. Mas não queria encher a cara. Então, joguei duas notas de vinte sobre o balcão para pagar a conta. Após fazer isso, meu celular vibrou, anunciando a chegada de uma mensagem. Estava prestes a enfiar meu celular de volta no bolso e ignorar a mensagem, mas então me lembrei de que Billie iria para o meu apartamento mais tarde, e não queria Maya bombardeando meu celular. Então, desbloqueei a tela e li a mensagem, com a mandíbula tensa.

> **Maya: Precisamos ir morar juntos, ou você irá para a cadeira.**

Respondi imediatamente.

> **Colby: Vá se foder.**

Alguns segundos depois, chegou outra mensagem. Só que, dessa vez, era de voz. Apertei o play, esperando ouvir o tom presunçoso de Maya, mas, em vez disso, o que ouvi foi a minha própria voz.

> *Vou me casar com você somente para que consiga permanecer no país e deixar minha filha em paz. Depois que isso tudo acabar, nunca mais me contate. Vou fingir que esse casamento forjado nunca aconteceu.*

Aquela desgraçada devia ter me gravado na segunda vez em que nos encontramos na cafeteria. Antes que eu pudesse desvendar o que diabos ela estava tentando provar ao me enviar aquilo, outra mensagem chegou.

> Maya: Estarei no seu apartamento com as minhas coisas no sábado de manhã. Se não me deixar entrar, enviarei essa gravação para o investigador.

— Ah, não. — Billie franziu a testa ao olhar para mim, mesmo que eu tenha forçado um sorriso.

Balancei a cabeça ao me afastar para o lado para deixá-la entrar.

— Como você sempre sabe que tive um dia de merda antes que eu diga uma palavra?

Billie parou diante de mim ao passar e ficou nas pontas dos pés. Ela pressionou seus lábios nos meus e mexeu em meu cabelo.

— Isso aqui. Sempre te entrega.

— Meu cabelo?

Ela sorriu e assentiu.

— Você o puxa quando está estressado, então ele fica bagunçado e apontando para várias direções.

Fechei a porta.

— Não me admira eu estar correndo o risco de ir para a cadeia; não consigo esconder nada. Nem sabia que fazia isso.

Billie apontou para a garrafa de vinho pela metade sobre a mesa da cozinha.

— Sinto que vou precisar de um pouco daquilo.

Assenti e gesticulei para a sala de estar.

— Vá se sentar. Vou servir uma taça para você e encher a minha novamente. Ou talvez eu simplesmente beba na boca da garrafa.

Após servir uma taça para cada um, nos acomodamos no sofá.

— O que aconteceu? — ela perguntou.

— O investigador viu o desenho que Saylor fez de nós dois de mãos dadas.

— Aquele que está na porta da geladeira? Não achei que ele tinha ido à cozinha. — Ela curvou os ombros. — Acho que deve ter sido quando levei Saylor para seu quarto. Me desculpe por não ter escondido aquilo, Colby.

— Não precisa se desculpar. Você lidou com aquela visita surpresa de uma maneira espetacular. Tenho certeza de que eu teria estragado tudo se tivesse atendido à porta.

Billie tomou um gole de vinho.

— Então, o que vai acontecer agora?

— Supostamente devemos ir à entrevista daqui a duas semanas. Se não passarmos, o investigador pretende decidir pela prisão.

Billie arregalou os olhos.

— Você disse *supostamente devemos ir à entrevista*. Isso significa que você está planejando não comparecer?

— Estou pensando em ir até o investigador e contar a verdade a ele, que o casamento foi uma fraude, mas que fui chantageado a fazer isso. — Dei de ombros. — Ele comentou que tem um filho. Talvez tenha compaixão quando eu contar a ele o que fiz e me deixe pagar só uma multa exorbitante.

Billie balançou a cabeça.

— Não sei, Colby. E se ele não ligar para o fato de que você é o único responsável pela sua filha e fez isso para protegê-la? Você só vai admitir que cometeu fraude a um investigador da imigração. Talvez deva arriscar fazer a entrevista e ver no que dá.

Balancei a cabeça.

— Nunca vamos passar naquela entrevista. Ele já sabe que esse casamento é uma fraude não vai pegar leve com as perguntas.

— Mas, pelo menos, você tem uma chance. Se procurá-lo e admitir o que fez, as chances se reduzirão a *zero*.

Tomei um gole de vinho.

— Minhas chances já estão zeradas, de qualquer forma. Maya me gravou dizendo que só ia me casar com ela para que ela pudesse ficar no país e que isso era tudo uma farsa. Ela disse que, se eu não fizer exatamente o que ela quer, vai entregar a gravação para o investigador.

Billie franziu a testa.

— Não entendo. Você já está fazendo exatamente o que ela quer.

Sacudi a cabeça.

— Com ela, nunca é suficiente. Agora, ela está exigindo que moremos juntos até a entrevista. Meu advogado sugeriu isso para podermos conhecer um ao outro e termos mais chance de dar as respostas certas.

Billie piscou algumas vezes.

— Oh... nossa. Acho que, se vocês morassem juntos como casados, teriam a chance de se conhecerem em um nível mais profundo.

— Não importa. Não vou fazer isso.

— Bem, então vamos falar sobre o seu plano. Digamos que você vá ao investigador, admita o que fez, ele se solidarize e te dê apenas uma multa, sem te prender. O que acontece depois? Mesmo que isso funcione, a única outra maneira de Maya permanecer no país é se apresentar como mãe da sua filha, que é cidadã americana, certo? Então, voltará à estaca zero.

Balancei a cabeça.

— Não se ela for presa por fraude na imigração.

— Ok, então digamos que ela vá para a cadeia por um tempo. Temos que presumir que, quando ela for solta, vai querer permanecer nos EUA. Você estará somente adiando o inevitável, não acha? E se ela também for multada e então pedir a custódia imediatamente?

— Jesus, Billie. De que lado você está?

— Estou do seu lado, Colby, é claro. Por isso não quero que você tome nenhuma decisão precipitada. Você precisa pensar bem sobre isso, analisar por todos os ângulos e imaginar todas as consequências possíveis.

Senti minha cabeça girar.

— Não me sinto muito bem. Você se importa se falarmos sobre isso depois? Agora, só preciso te abraçar.

O rosto de Billie suavizou.

— Claro.

Durante a meia hora seguinte, acomodei-me com os braços em volta da minha garota. Ela apoiou as costas em meu peito, e descansei meu queixo no topo de sua cabeça. Foi bom, mas nem mesmo isso foi suficiente para me livrar da sensação de destruição iminente. Já que ela tinha vindo depois de trabalhar até mais tarde, já eram quase dez horas.

— Quer assistir a um pouco de TV antes de irmos para a cama? — perguntei.

Billie se virou para mim e colocou uma mão em meu peito.

— Na verdade, acho que vou para casa.

— O quê? Por quê?

— Você precisa de um tempo para pensar, e eu também.

Não gostei nem um pouco daquilo, mas não podia discutir se Billie estava precisando de espaço. Então, assenti e tentei não fazer beicinho.

— Tudo bem. Como quiser. Mas vou chamar um Uber para você.

Infelizmente, quando cliquei em confirmar no aplicativo, o carro estava a apenas três minutos de distância, e ela ainda tinha que descer pelo elevador lento.

— O carro chegará assim que você descer.

Billie assentiu, e eu a levei até a porta. Antes de abrir, segurei seu rosto entre as mãos.

— Eu te amo. Sinto tanto por te fazer passar por toda essa merda.

— Eu também te amo.

— Posso te ver amanhã à noite?

— Terei uma tarde cheia no estúdio. Posso te avisar depois?

Um peso se instalou em meu peito, mas, ainda assim, assenti.

— Claro. Durma um pouco.

— Você também.

No dia seguinte, precisei de toda a minha força de vontade para não mandar mensagem para Billie pela manhã. Consegui aguentar até as três da tarde.

> Colby: Oi, linda. Posso fazer o jantar para você hoje?

Ela demorou quase uma hora para responder.

> Billie: Meu último cliente será às cinco. Podemos conversar um pouco depois que eu terminar, antes da babá ir embora?

Tive a sensação de que isso significava que ela não estava pretendendo passar a noite comigo de novo, mas eu estava desesperado e aceitaria o que fosse possível.

> Colby: Claro. Verei se ela pode ficar até um pouco mais tarde.

> Billie: Te vejo em breve.

Quando entrei no estúdio depois do trabalho, o rosto de Deek me disse que não fui o único a passar o dia sem conseguir parar de pensar nas coisas. Ele pousou uma das mãos em meu ombro.

— Mantenha-se firme, cara.

Assenti e caminhei até Billie, que estava na sala de tatuagem enchendo seu carrinho portátil.

— Oi. — Toquei seus lábios com os meus.

Ela abriu um sorriso triste.

— Terminarei em alguns minutos.

— Sem pressa. A babá pode ficar enquanto eu precisar.

— Ok.

Ficamos em silêncio até ela terminar e pegar a bolsa.

— Quer ir dar uma volta?

— Claro. — Dei de ombros. — O que você quiser.

Caminhamos até um parque que ficava a alguns quarteirões do estúdio e compramos cachorros-quentes em um food truck que sempre estacionava na entrada. Depois, sentamos em um banco e puxamos conversa fiada e desconfortável enquanto comíamos. Depois, limpei minha boca e coloquei um joelho no banco ao me virar para ela antes de falar.

— Eu daria qualquer coisa por uma solução fácil para tudo isso, para que as coisas pudessem voltar a serem como deveriam, Billie.

Ela tocou minha bochecha.

— Eu sei que sim, Colby, e isso é parte do que te faz uma pessoa especial. Você está disposto a sacrificar o que for preciso pelas pessoas que ama, incluindo a sua própria felicidade. — Ela pausou e respirou fundo. — E é por isso que também sei que, quando eu te pedir que faça algo por mim, você fará.

Franzi as sobrancelhas.

— Claro. O que você precisar.

Billie sustentou meu olhar.

— Preciso que deixe Maya ir morar com você.

— Está brincando, não está?

Ela balançou a cabeça.

— Estou falando muito sério, Colby. Passei a noite em claro pensando em tudo. É a única solução real que temos. Vocês precisam se apresentar como um casal durante esta segunda entrevista, e o único jeito de fazer isso acontecer é passando tempo um com o outro. Vocês precisam saber coisas sobre as quais não podem estudar, como suas rotinas e hábitos matinais, e têm apenas duas semanas para aprenderem tudo.

Balancei a cabeça.

— Não posso fazer isso, Billie. Não posso fazer isso conosco.

— Você não estaria fazendo isso *conosco*. Estaria fazendo *por* nós. Eu vejo você, Saylor e eu como um time, e esse time precisa fazer o que é melhor para Saylor, independente de como nos sentimos pessoalmente. — Os olhos de Billie se encheram de lágrimas. — Eu também amo Saylor. Nunca poderei viver comigo mesma se o meu egoísmo, que não quer que você more com outra mulher por algumas semanas, a prejudique. Então, não aceito não como resposta. Maya vai morar com você, e vocês dois passarão cada momento acordados juntos conhecendo um ao outro.

Tive que engolir o bolo enorme que se formou em minha garganta para conseguir falar.

— O quanto você se importa com Saylor significa tudo para mim.

Ela fungou.

— Bem, que bom, porque é nisso que nós dois precisamos focar durante as próximas duas semanas.

Apoiei minha testa na de Billie e perdi a batalha contra as lágrimas.

— Você é a melhor coisa que já aconteceu na minha vida.

As lágrimas começaram a escorrer por seu rosto também.

— Então, está combinado. Maya vai morar com você.

Meu coração sentia que isso era errado, mas minha cabeça não podia negar que provavelmente era a melhor chance que eu tinha para passar na entrevista. Então, assenti.

AS REGRAS PARA NAMORAR 373

Billie respirou fundo.

— Tem só mais uma coisa que eu preciso que você faça por mim.

— Qualquer coisa.

— Não podemos nos ver por um tempo.

Congelei.

— O que quer dizer?

— Meu coração estará com você, mas será doloroso demais ter que te ver quando terá que ir para casa com outra mulher. E você precisa passar todo o seu tempo livre conhecendo Maya, não comigo.

— Mas...

Billie pousou um dedo em meus lábios e balançou a cabeça.

— Preciso que você faça isso por mim, Colby. Por favor.

CAPÍTULO 28

Colby

Alguns dias depois, minha vida tinha virado de cabeça para baixo. Maya havia se mudado para o meu apartamento, mas, felizmente, até então, ela não passava muito tempo por perto. Esse era o lado bom. O lado ruim era que a minha separação de Billie havia começado, e não poder vê-la ou falar com ela todos os dias era uma droga. O que também era uma droga era ter que mentir para a minha filha e dizer a ela que Maya era uma amiga que precisava de um lugar para ficar.

Maya não estava em casa na segunda-feira de manhã cedo quando convidei Holden para me ajudar com um pequeno projeto antes de ter que ir para o trabalho.

Ele enfiou a cabeça no quarto de hóspedes.

— Essas são as coisas dela?

Havia uma jaqueta de couro e algumas outras peças de roupa empilhadas na cama.

— Sim.

Ele olhou em volta.

— Ela não está aqui agora, está?

— Não. Ela trouxe as coisas e passou a noite aqui, mas vive sumida na maior parte do tempo. Eu a ouvi se levantar e sair lá pelas cinco da manhã. Não sei aonde diabos ela foi tão cedo, e não dou a mínima.

— Ela ainda trabalha como stripper?

— Não faço ideia.

— Você quer que eu investigue? — Ele piscou um olho para mim. — Faz um tempo que não vou a clubes de strip.

— Faça o que quiser, cara. — Dei risada.

— Mas, sério, você nem ao menos sabe se ela ainda trabalha como stripper? Tem alguma coisa que saiba sobre a vida dela?

— Eu não preciso conhecer a Maya de verdade, somente a falsa com quem me casei.

— É justo — ele disse, pegando sua caixa de ferramentas. — Então, onde você quer que eu coloque uma tranca?

— No meu quarto. Preciso poder trancá-lo por fora, para que ela não possa entrar enquanto eu estiver no trabalho.

Ele arqueou uma sobrancelha.

— Você acha que ela pode roubar alguma coisa ou algo assim?

— Ela já roubou minha vida, por que não meu relógio e o dinheiro que deixo por aí? Não confio nela.

— Como Billie está lidando com tudo isso?

Suspirei.

— Gostaria de saber.

— Como assim?

— Nós concordamos em não nos vermos enquanto Maya estiver morando aqui. Isso inclui não nos falarmos.

Holden ficou boquiaberto.

— Caralho... vocês terminaram?

— Não! — respondi inflexivelmente. — Estamos apenas dando um tempo, porque isso é difícil demais para ela. Um *tempo*. Não um término.

— Mas por que ficar sem se falar?

— Porque Billie e eu não podemos ficar na vida um do outro de um jeito meia-boca. É tudo ou nada. Mas estamos conseguindo lidar com isso porque sabemos que é temporário. É o único jeito de ser possível. Não é o que eu quero, é pela saúde mental de Billie. Sei que ficarmos sem nos falarmos parece extremo. Mas eu entendo. A situação toda é dolorosa. E estou disposto a fazer qualquer coisa que for preciso para me certificar de que ela continue por perto quando tudo acabar.

— Caramba. Queria que você tivesse deixado eu me casar com aquela cretina.

Revirei os olhos.

Talvez eu estivesse me fazendo passar por mais confiante sobre a situação com Billie do que realmente estava. Só Deus sabia por quanto tempo Maya moraria na minha casa. Até onde eu sabia, ela poderia me extorquir novamente para ganhar mais tempo e morar ali sem pagar aluguel. Se esse pequeno arranjo de moradia excedesse algumas semanas, seria muito difícil manter meu acordo de não ver Billie. Outra coisa que me preocupava era se Billie iria cair em si enquanto estivéssemos separados e perceber que não precisava aguentar mais essa merda. Ela poderia facilmente encontrar um homem que não viesse com uma tonelada de bagagem e uma "esposa" ilegal. Não podia nem pensar nisso naquele momento.

— Prontinho — Holden disse um tempo depois, testando a tranca que havia acabado de instalar.

— Valeu, cara. Queria poder te pedir para trocar a fechadura da porta da frente também, para que ela não pudesse mais entrar.

Ah, como eu queria.

Naquela noite, após ler uma história para Saylor dormir, ela tinha perguntas. Eu sabia que isso aconteceria.

— Por que Maya está morando com a gente mesmo?

Eu já tinha mentido para minha filha uma vez, coisa que odiava, mas ela claramente não tinha entendido. Nem deveria, já que nada fazia um sentido racional, mesmo.

— Ela precisava de um lugar para morar por um tempo... — expliquei novamente. — Então, já que ela é minha... amiga... concordei em deixá-la ficar conosco.

— Quando a Billie vai voltar?

Billie havia conversado com Saylor para dizer que se afastaria por um tempo, mas que voltaria. Ela não queria que a minha filha se preocupasse ou pensasse que havia algo de errado. Mas isso não impedia Saylor de me pedir atualizações. Quem podia culpá-la?

— Espero que em breve, querida.

Ela hesitou e, então, perguntou:

— Você ama Maya?

Por que ela perguntaria isso? Minha filha era esperta demais. Ela estava começando a juntar dois mais dois — que a partida de Billie coincidiu exatamente com Maya ter vindo morar conosco.

— Não. Eu não amo Maya. Preciso que você entenda isso, ok? Maya é apenas uma amiga. — Eu a abracei. — Eu amo Billie. E você, é claro.

Saylor fez beicinho.

— Quero que a Billie venha. Estou com saudades dela.

Aquilo me partiu o coração.

— Eu sei que sim, querida. Acredite, também sinto saudades dela. Mais do que tudo.

De dentro do quarto, pude ouvir que Maya tinha chegado em casa, baseado em alguns tilintares vindos da cozinha. Sem vontade de sair e encará-la, contei outra historinha para Saylor. E depois outra. Mas antes de partir para uma terceira, me dei conta de que evitar Maya cancelava totalmente o propósito dessa situação torturante. Se eu tinha que morar com ela, podia muito bem estudar as informações das quais precisava para tirar essa entrevista de letra.

Então, acomodei minha filha e lhe dei um beijo de boa-noite. Quando saí do quarto de Saylor, encontrei Maya diante do fogão, fritando alguma coisa.

Ela se virou para mim.

— Oi.

Resmunguei e puxei uma cadeira.

Antes que eu tivesse a chance de piscar, chamas voaram por toda parte. Maya se alarmou, agitando as mãos.

Levantei-me em um pulo.

— Que porra é essa?

Imediatamente, peguei uma assadeira de uma gaveta e cobri as chamas. De algum jeito, um saco marrom de papel havia pegado fogo. Consegui apagá-lo antes que saísse de controle e incendiasse todo o meu apartamento. Seria um simbolismo apropriado, não? Tudo virar um inferno, assim como a minha vida no momento...

Maya continuou a se tremer incontrolavelmente.

— Relaxe. Já apagou.

Ela cobriu a boca com as mãos trêmulas.

— Me desculpe, Colby.

— Você precisa tomar mais cuidado. — Examinei melhor o que ela estava cozinhando. — Por que raios você estava com um saco de papel perto da chama do fogão?

— Eu estava fazendo batatas fritas e colocando-as no saco para absorver a gordura.

— Por que não compra batatas fritas prontas como todo mundo?

— Não é a mesma coisa. — Ela ficou sacudindo a cabeça e, então, encostou-se à bancada e começou a chorar.

Não tinha tempo para lágrimas de crocodilo. Mas, com o passar dos segundos, percebi que ela estava abalada de verdade. Então, tomei a iniciativa de descartar as batatas queimadas que estavam no óleo e limpar a bagunça que ela havia feito. Olhei rapidamente para ela ao jogar papéis-toalha ensopados de gordura no lixo.

— Você tinha um plano B?

— Hã?

— Para o jantar.

Ela balançou a cabeça.

— Não tenho mais nada para fazer. Só comprei batatas.

Revirei os olhos.

— Sente-se. Tente se acalmar. — A contragosto, ofereci: — Tem sobras de um cozido na geladeira, se estiver com fome.

Ela arregalou os olhos.

— Sério? Seria ótimo. Estou com tanta fome, e já está tarde.

Servi e esquentei um prato, coloquei diante dela e sentei-me do outro lado da mesa. Cruzei os braços e fiquei observando-a comer. De vez em quando, ela colocava uma garfada na boca e enxugava mais lágrimas. Ainda parecia perturbada por causa do fogo, e eu não estava entendendo.

Forcei-me a perguntar:

— Por que você ainda está tão chateada? Já acabou.

Maya fungou.

— Você não quer saber por que estou chorando. Não precisa fingir que se importa.

Ela estava tentando fazer parecer que *eu* era o sem coração ali?

— Por mais que eu não ligue para os seus sentimentos, porque você com toda certeza não liga para os meus, eu me importo em conseguir aguentar esses dias com você. Precisamos nos recompor e descobrir como nos relacionarmos, se quisermos que isso dê certo. Sentar aqui na minha frente chorando e sem me dizer o que diabos há de errado com você não está ajudando.

Ela enxugou os olhos.

— Não me orgulho do modo como lidei com toda essa situação. Fui longe demais devido ao meu desespero para ficar, mas agora é tarde. Eu sabia que te forçar seria a única forma de conseguir que você me ajudasse. Não espero que você um dia me perdoe ou me compreenda. Mas tenho meus motivos para precisar ficar aqui. — Ela assoou o nariz em um guardanapo. — Não posso voltar para o Equador, Colby. É um pesadelo.

Estreitei os olhos.

— Por que é um pesadelo? A sua família não está toda lá?

Ela baixou o olhar para seu prato.

— É uma história muito longa.

Inclinei-me para frente.

— Bem, se ainda não reparou, eu suspendi toda a minha vida por você. Acho que, no mínimo, mereço saber por que o seu pesadelo se tornou o *meu* pesadelo.

Ela expirou e assentiu.

— Tem razão. — Ela enxugou os olhos. — Você merece saber.

Recostei-me na cadeira e cruzei os braços.

— Então... o que aconteceu?

Maya escondeu o rosto nas mãos.

— Eu não deveria estar aqui, Colby.

— Bom, isso com certeza. Estou contando os dias até esse arranjo acabar.

Ela ergueu o olhar para mim.

— Não... eu quis dizer que deveria estar morta.

Meu queixo caiu. *Do que diabos ela estava falando?*

— Tentei me matar quando estava no Equador. — Ela balançou a cabeça devagar. — Mas sou tão fracassada que nem isso consegui fazer direito. Então, ainda estou aqui. Mas não deveria.

Fiquei boquiaberto. Eu podia odiá-la, mas não lhe desejava a morte.

— O que aconteceu? — finalmente perguntei.

Ela fitou o vazio por um momento.

— Seis anos atrás, eu estava trabalhando de babá no Equador. Ironicamente, estava tomando conta de uma garotinha mais ou menos da mesma idade de Saylor. — Ela pausou. — Um dia, enquanto eu estava cuidando dela, fiquei envolvida com alguma coisa no celular. Não devo ter passado mais que um minuto checando o Facebook. Rocio estava em seu quarto, então imaginei que seria seguro tirar um intervalo. Eu não fazia ideia de que ela havia saído de fininho. Ela saiu pela porta dos fundos que dava para a piscina.

Engoli em seco. Tive a sensação de saber o rumo que essa história estava tomando, e como pai de uma garotinha, fiquei completamente enjoado.

Com lágrimas nos olhos, Maya continuou.

— Ela caiu na piscina, e eu nem sabia. Quando fui ao seu quarto dar uma olhada nela, vi que tinha desaparecido. Enlouqueci, procurando por toda a casa, mas enquanto eu estava vasculhando todos os cantos lá dentro, ela estava lá fora na piscina, se afogando. Finalmente, percebi que a porta dos fundos estava aberta e me dei conta de que ela tinha caído na piscina. Eu a encontrei boiando na água, virada para baixo. Tentei salvá-la, mas ela já estava morta quando a alcancei. Chamei ajuda, mas era tarde demais.

Ah, cara.

— Merda. — Então, murmurei as palavras que nunca pensei que ela ouviria de mim. — Eu sinto muito.

— Os pais dela disseram à minha família que era melhor que nunca mais me vissem. Eles fizeram questão de espalhar por toda a cidade o que havia acontecido. Minha família não soube lidar com todas as fofocas e maldades que as pessoas diziam. Meu pai perdeu o emprego por causa disso, e a minha família me afastou. — Ela olhou para o teto, começando a chorar novamente. — Todos me odiavam. Mas não mais do que eu odiava a mim mesma. Certa noite, tentei tomar pílulas para acabar com tudo, mas não tomei o suficiente. Alguém me encontrou largada na rua e me levou para o hospital, onde fizeram uma lavagem no meu estômago.

Isso é tão triste e sinistro.

— Deus... — sussurrei.

Ela continuou.

— No hospital, conheci uma enfermeira muito gentil, a primeira pessoa a me perguntar o que havia de errado e realmente ouvir o meu lado da história. Ela encontrou um médico para mim. Me ofereceram ajuda. Comecei a acreditar que, talvez, eu merecesse perdão e uma segunda chance. Mas sabia que precisava ficar longe da minha família e das pessoas da minha cidade, porque eles só me fariam acreditar que eu deveria estar morta. Então, comecei a economizar para comprar uma passagem e vim embora para os EUA, determinada a deixar minha família e nunca mais olhar para trás. Quando meu visto expirou, continuei aqui irregularmente. Não tenho nada no Equador além de vergonha. Sinto que vou morrer se tiver que voltar para lá.

— Então, você chegou aqui e começou a trabalhar como stripper imediatamente?

Ela balançou a cabeça, confirmando.

— Sim. Foi o único emprego que consegui. E os donos daquele clube não ligavam para o fato de que eu estava aqui irregularmente, só queriam que eu tirasse a roupa e os fizesse ganhar dinheiro.

— Você ainda faz isso?

— Sim. Em outro clube. — Ela sorriu suavemente. — Nunca me esquecerei da noite em que te conheci. Nunca tive um cliente tão lindo, alguém que realmente me deixou nervosa. Os seus amigos pagaram uma dança exclusiva para você e fomos para o quarto privativo juntos. Você provavelmente deduziu que, pelo que fiz com você, eu dormia com todo mundo. Mas isso não era verdade. Você foi o primeiro cliente com quem transei. Não precisa acreditar em mim, mas é a verdade, Colby. Você estava bêbado. Eu também estava um pouco, mas sabia o que estava fazendo. Eu queria me sentir bem por uma noite, esquecer todas as memórias infelizes. Nunca imaginei que engravidaria. Nós usamos camisinha. E eu tomava pílula. Mas, pensando bem, eu não era muito boa em sempre me lembrar de tomar. Desde o instante em que descobri que estava grávida, eu soube que o bebê era seu. Porque não houve mais ninguém. Mas também sabia que não podia ficar com o bebê. Eu nunca me permitiria cuidar de outra criança depois do que aconteceu com Rocio. Eu não tinha capacidade para ser mãe. E não merecia trazer uma vida a esse mundo quando tinha sido responsável pela perda de outra. — Ela respirou fundo. — Mas eu não queria fazer um aborto. Não sabia o que fazer, e não sabia como te contar. Fiquei adiando isso até que, finalmente... ela nasceu. Ela era tão perfeita. Tive ainda mais certeza de que precisava abrir mão dela para não arruiná-la. — Ela olhou para mim. — Ela era a sua cara. Eu soube que esse era o sinal de que eu precisava para entregá-la a você. Ela era sua. Sempre sua. E foi por isso que a deixei com você. Me odiei por abrir mão dela, mas sabia que seria o melhor para ela. Claramente, eu estava certa.

Puxei meus cabelos. Nunca tive a menor ideia do que ela estava pensando naquele tempo.

— Sinto muito pelo que aconteceu com você no Equador — eu disse após um momento. — E que bom que você não conseguiu tirar a própria vida.

— Acho que Saylor não estaria aqui se tivesse dado certo, não é?

Ela tinha meio que lido a minha mente. Por mais que eu desprezasse Maya, sem ela, Saylor não existiria. Mas mesmo que eu lamentasse seu passado trágico, não era suficiente para me solidarizar com suas ações em relação a mim. Ainda não existia desculpa para o que ela tinha aprontado.

— Olha... — falei. — Vamos apenas passar por mais essa, ok? Já chegamos até aqui. Vamos aprender mais um sobre o outro para não desperdiçarmos nosso tempo. — Levantei-me. — Vou pegar papel e caneta para fazermos anotações. Precisamos tirar essa entrevista de letra.

Ela limpou as lágrimas e sorriu.

— Ok.

No dia seguinte, não conseguia focar em mais nada além do quanto sentia falta de Billie. Fazia vários dias desde a última vez em que vira seu rosto. Eu sabia que o acordo era não nos vermos, mas estar separado dela estava me matando.

Após o trabalho, decidi passar em frente ao seu estúdio. Meu plano era somente dar uma espiadinha lá dentro, olhar para ela rapidamente e subir para o meu apartamento sem que ela me visse.

Mas, por alguma razão, eu não tinha me dado conta do quão tarde já era quando cheguei lá. Ultimamente, eu mal tinha noção de tempo; todos os dias eram miseráveis da mesma forma. Esperei olhar pela janela do estúdio de Billie e vê-la em ação, ocupada com o trabalho. Mas não foi isso que vi.

Ela estava sozinha.

Não estava esperando por isso.

Também não estava esperando vê-la tão triste enquanto varria o chão depois de fechar o estúdio. Sua expressão estava desanimada, e parecia perdida em pensamentos. Como eu poderia simplesmente ir embora dali? Meu coração martelou no peito enquanto eu ponderava se batia e chamava sua atenção.

Antes que eu tivesse a chance de decidir, Billie ergueu o rosto e percebeu minha presença. Eu devia estar parecendo um cachorrinho triste olhando pela janela. Ela veio correndo abrir a porta para me deixar entrar.

— Há quanto tempo você está aí fora?

Simplesmente balancei a cabeça.

Ela expirou.

— Colby...

Eu a interrompi.

— Eu só... preciso te abraçar. Sei que é contra as regras.

— Nunca fomos muito bons em seguir regras, não é? — ela disse.

Puxei-a para meus braços e a abracei com firmeza, afundando-me em seu aroma de baunilha. Meu coração esmurrava meu peito conforme nossos corpos se embalavam de um lado para o outro. Eu estava ansiando tanto por isso.

Quando finalmente nos afastamos e olhamos um para o outro, não pude evitar e pressionei meus lábios nos dela, em um beijo lento e doloroso.

— É melhor você ir — ela sussurrou contra minha boca antes de se afastar.

Foi difícil demais parar, mas parei.

— Obrigado — eu disse.

Billie ficou na porta, me observando ir embora. Eu sabia que ela não queria que eu fosse, mas também sabia por que tinha me dito para ir embora. Minha presença ali era uma violação do nosso acordo. Mas valeu a pena.

Ao chegar ao meu apartamento, fiquei surpreso ao encontrar Maya na sala de estar colorindo com Saylor enquanto a babá vigiava. Não sabia se ficava bravo com aquilo, mas acho que, se ela ia morar debaixo do meu teto, eu tinha que esperar que houvesse alguma interação dela com a minha filha em algum momento.

— O que está acontecendo aqui? — perguntei ao entrar.

Saylor correu para mim.

— Papai! Você chegou!

— O que está fazendo, linda?

— Colorindo com a Maya.

— Que... divertido.

Saylor apontou para mim.

— Tem vermelho nos seus lábios!

O batom de Billie.

Esfreguei o canto da minha boca.

— Tem?

Nem fodendo eu vou limpar isso.

— Acho que sabemos por que você chegou tarde — Maya repreendeu.

Lancei um olhar irritado para ela.

Naquela noite, Maya juntou-se a nós para o jantar. As coisas ainda não estavam muito bem entre nós, mas me sentia um pouco mais tolerante com ela agora. Passamos um tempinho conversando depois, combinando nossas histórias falsas em preparação para a entrevista Stokes.

Quando fui para a cama, não conseguia parar de pensar em Billie. Abraçá-la e beijá-la mais cedo tinha me deixado ainda mais apreensivo. Aquilo me fez perceber que eu não podia mais viver sem ela.

Ao lado da minha cama, tinha uma caneta e um papel com anotações que fiz sobre Maya. Eu arranquei uma folha nova e comecei a derramar meus pensamentos e meu coração ali para Billie, todas as coisas que eu gostaria de poder dizer a ela naquela noite. Eu provavelmente nunca lhe mostraria isso, mas precisava colocar esses sentimentos em algum lugar.

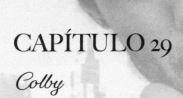

CAPÍTULO 29
Colby

Era a terceira vez que eu pegava Maya me observando naquela noite. Saylor e eu estávamos sentados no chão da sala jogando *Candy Land*, e Maya estava limpando a cozinha depois do jantar. Eu poderia ter ignorado ou atribuído isso à possibilidade de ela estar me estudando para se preparar para a entrevista do dia seguinte, mas, depois de quase duas semanas morando juntos, aprendi a interpretá-la. Esta noite, sua expressão me fazia pensar que ela queria algo.

Ela sorriu quando nos encaramos, e eu imediatamente forcei meu olhar de volta para o tabuleiro sem retribuir sua reação. A última coisa que eu queria era dar a ela a impressão de que eu estava interessado em algo além de nos tirar dessa confusão. Acho que ela entendeu a dica, porque foi para o quarto de hóspedes e só saiu depois de eu colocar Saylor na cama.

— Ela dormiu? — Maya veio para a sala de estar, onde eu estava assistindo TV. Não exatamente, mas a televisão estava ligada e eu estava olhando em direção à tela.

Confirmei balançando a cabeça.

— A babá a levou ao parque depois da escola. Ela está obcecada em ficar se pendurando nas barras, e isso sempre a deixa esgotada.

Maya sorriu.

— Acho que vou tomar uma taça de vinho. Estou um pouco nervosa por causa de amanhã. Você gostaria de uma?

— Não, obrigado.

Embora as coisas entre mim e Maya tenham se tornado cordiais no decorrer da última semana, eu não ia fazer nada que parecesse remotamente algo de *casal*. Seria muito desrespeito com Billie.

Maya serviu-se com uma taça de merlot e sentou-se na outra extremidade do sofá.

— Uso um implante no braço como método contraceptivo. — Ela apontou para seu tríceps. — No direito.

Talvez tivesse sido a maneira como ela estava me olhando mais cedo, ou o fato de que estava usando apenas um short minúsculo e uma blusa de alças no momento, mas fui logo tirando uma conclusão precipitada.

— Nem a pau eu vou dormir com você.

Maya suspirou.

— Estou te contando porque me dei conta hoje que um marido saberia desse tipo de coisa sobre a esposa. O investigador pode perguntar que tipo de proteção usamos.

— Oh. Ok.

— Ah, e eu costumo dormir nua. E você?

— Eu tenho uma filha, então não, não costumo dormir nu. Às vezes, ela acorda primeiro que eu, e não quero traumatizá-la pelo resto da vida.

Maya franziu a testa.

— Sim, claro. Isso faz sentido. Acho que eu deveria dizer a mesma coisa se me perguntarem, não é?

Dei de ombros.

— Se quiser.

Ela assentiu.

— Que tal dizermos que durmo de blusa de alças e short, como estou agora? Sem sutiã, é claro.

— Ok.

— E você? O que devo dizer que você usa para dormir?

— Só cueca mesmo.

— Nós trancamos a porta do quarto quando transamos?

— Claro.

— Talvez devamos dizer que geralmente trancamos, mas houve algumas vezes em que as coisas esquentaram tão rápido que não tivemos a chance. Parece mais convincente, já que supostamente somos recém-casados.

Essa conversa estava me deixando muito desconfortável.

— Ok.

Maya tomou um gole de vinho.

— Você se lembra da noite em que nos conhecemos? Não conseguíamos tirar as mãos um do outro. Mal aguentamos chegar ao seu apartamento e transamos de novo contra a parede. Eu imaginaria que, se fôssemos um casal de verdade, a nossa paixão ainda seria assim. Não acha?

Minha mandíbula tensionou.

— Eu *não* penso sobre isso. Mas se quiser dizer que esquecemos de trancar a porta algumas vezes, direi algo similar, se a pergunta surgir. — Apontei o controle remoto para a TV e apertei o botão de desligar. — Vou para a cama. Temos que sair às oito e meia para o nosso compromisso. Você estará aqui ou vai me encontrar lá?

— Estarei aqui. Não duvido que o investigador possa nos observar quando chegarmos novamente. Então, acho que é melhor chegarmos juntos.

Assenti e me levantei.

— Voltarei depois de deixar Saylor na escola.

— Ou... poderíamos ir deixá-la juntos?

Balancei a cabeça.

— Não, eu volto depois.

No meu quarto, me troquei e estava prestes a entrar no banheiro para escovar os dentes quando ouvi uma batida leve na porta. Abri e me deparei com Maya. Ela apontou para trás com o polegar.

— Eu estava me aprontando para ir dormir e me dei conta de que não sabemos a rotina noturna um do outro.

Apoiei uma das mãos no topo da porta, recusando-me a deixá-la entrar.

— Eu escovo os dentes e lavo o rosto.

Maya ergueu seu celular.

— Toda noite, leio um artigo diferente sobre quais perguntas foram feitas a algumas pessoas durante uma entrevista Stokes. O que li esta noite dizia que o investigador focou em pequenos detalhes da rotina noturna do casal. Perguntou se eles guardavam a pasta de dentes ou simplesmente a deixavam na pia, e se eles usavam enxaguante bucal, fio dental e essas coisas.

Olhei para a tela de seu celular, que exibia um site com um monte de perguntas, depois voltei minha atenção para ela.

— Eu quero muito passar nessa entrevista para poder sair da sua vida — ela disse. — Prometo que não vai demorar. Vou apenas ficar olhando de longe quieta você fazer a sua rotina, para o caso de nos perguntarem.

Respirei fundo antes de me afastar para o lado e deixá-la entrar.

— Ok.

Maya encostou-se ao batente da porta do banheiro enquanto eu escovava os dentes e, em seguida, pegava o fio dental.

— Ah, você usa fio dental normal? — ela perguntou. — Eu uso aqueles negocinhos de plástico com um pedaço de fio na extremidade.

Olhei para ela pelo reflexo do espelho enquanto passava o fio dental entre os dentes. Eu já tinha tirado a camisa para ir dormir, e vi os olhos de Maya descerem para o meu peito. Aquilo me deixou desconfortável pra caralho. Então, fiz um trabalho meia-boca nos dentes e terminei o mais rápido possível antes de me virar para ela.

— Feliz?

— Você quer ir ver como eu faço agora?

Neguei com a cabeça.

— Que tal você dizer que a sua rotina é exatamente como a que acabou de me ver fazendo, se perguntarem?

— Oh. Ok. Acho que posso fazer isso.

Gesticulei em direção ao meu quarto.

— Acha que posso ir para a cama agora?

Maya afastou-se para o lado para me deixar sair do banheiro e, em seguida, caminhou lentamente em direção à porta. Ao passar pela cama, ela correu um dedo por cima do edredom até chegar ao final, parando e olhando para mim por cima do ombro.

— Talvez devêssemos passar a noite juntos. Sabe, para pegarmos alguns detalhes de última hora. Eu nem sei se você gosta de dormir abraçadinho ou de bruços. — Ela olhou para mim por baixo dos cílios e mordeu o lábio inferior de maneira tímida. — Poderia ser o nosso segredinho. Eu não contaria a Billie, nem nada.

Cerrei a mandíbula com tanta força que fiquei surpreso por não ter quebrado um dente.

— Saia da *porra* do meu quarto.

Maya piscou algumas vezes. Acho que não estava acostumada com homens declinando de uma oferta de se juntar a ela na cama. Ela teve a coragem de fazer beicinho.

— Não precisa ser tão grosseiro.

Apontei para a porta.

— *Grosseiro* eu seria se te mandasse sair da porra do meu apartamento e ir dormir na rua. O que estou a dois segundos de fazer se você não sair agora.

Ela bufou e saiu pisando duro até a porta, fechando-a com uma batida.

Na manhã seguinte, Maya e eu mal dissemos duas frases um para o outro ao pegarmos o trem para o centro da cidade para a entrevista. Eu estava uma pilha de nervos, a ponto de me sobressaltar se um carro buzinasse. Meu nervosismo só se acalmaria depois que aquele dia acabasse. Meu advogado, Adam, nos encontrou em frente ao prédio federal e conversamos por alguns minutos antes de entrarmos juntos. Ele nos disse que o interrogatório poderia durar até oito horas e ser conduzido separadamente, ou poderia levar menos de uma hora se fôssemos interrogados juntos em uma sala. Então, eu não tinha ideia do que esperar, até que o agente Weber chegou.

— A sra. Lennon pode esperar aqui — ele disse, sem nem ao menos nos cumprimentar. — O equipamento de vídeo está montado no fim do corredor. Eu gostaria de conversar com o sr. Lennon primeiro.

Adam assentiu e dirigiu-se a Maya.

— Voltarei assim que terminarmos.

— Ok.

Maya se aproximou de mim para me dar um abraço.

— Te vejo daqui a pouco.

Pela minha visão periférica, vi que o investigador estava nos observando, então não tive escolha a não ser retribuir o abraço que ela estava oferecendo. Maya me deu um beijo na bochecha antes que eu pudesse me afastar e sussurrou alto o suficiente para que todos ouvissem.

— Te amo.

Assenti e saí dali com toda a pressa do mundo. Enfrentar o pelotão de fuzilamento no fim do corredor era mais atraente do que estar nos braços de Maya.

Mais uma vez, o investigador não perdeu tempo. Assim que ligou o equipamento de gravação, ele disparou a primeira pergunta, perguntando sobre qual método contraceptivo Maya usava. Graças ao bate-papo que eu nem queria ter com ela na noite anterior, eu sabia a resposta. As dez ou mais perguntas subsequentes foram todas focadas em coisas que praticamos ou aprendemos um sobre o outro nas últimas duas semanas de convivência. Ele perguntou como Maya tomava seu café e onde colocava sua roupa suja. Saber as respostas ajudou bastante a acalmar meus nervos, e não deixei de perceber que eu provavelmente não teria aprendido metade delas se ela não tivesse me forçado a deixá-la ir morar comigo. Tudo parecia estar indo bem, e comecei a sentir que talvez eu realmente conhecesse Maya um pouco. Até chegarmos à primeira pergunta que me deixou empacado.

— Quantas vezes por semana você e a sra. Lennon saem para jantar?

— Hum... não com muita frequência.

O investigador Weber apertou os lábios.

— Preciso de uma resposta específica. Cinco vezes, zero, três?

— Bom, varia de semana para semana.

— Ok. Deixe-me ser mais específico, então. Quantas vezes vocês saíram para jantar nos últimos sete dias?

Merda. Demorei alguns segundos para ponderar a pergunta.

— Acho que uma vez.

— Você acha?

Assenti.

— Sim, foi uma vez.

— E você sabe me dizer se a sra. Lennon tem alguma cicatriz?

— Cicatriz?

— Sim. Você sabe o que é uma cicatriz, não sabe?

Ai, Jesus. Isso não é bom.

Durante as três horas seguintes, fui interrogado como um criminoso. Ele fez mais algumas perguntas sobre as quais eu não tinha certeza, e tentei respondê-las da forma mais vaga possível. Depois que o investigador terminou de me entrevistar, pediu que eu esperasse na recepção, e foi a vez de Maya e Adam. Tive vontade de andar de um lado para outro enquanto os minutos passavam na velocidade de uma lesma, mas achei melhor ficar na minha cadeira e tentar não parecer tão aterrorizado, apenas para o caso de a recepcionista relatar ao investigador sobre meu comportamento. Passaram-se mais três horas e meia até Maya e meu advogado saírem da sala.

O agente Weber deu um aceno de cabeça para Adam. Seu rosto estava uma máscara impassível, assim como durante a maior parte da entrevista.

— Entrarei em contato — ele anunciou.

Adam retribuiu o aceno.

— Obrigado. Tenha uma boa tarde.

Nenhum de nós disse uma palavra durante o tempo em que descemos de elevador até o andar térreo. Acho que devo ter prendido a respiração até sairmos do prédio.

— Então... — Adam se virou para nós. — Como acham que se saíram? Nenhum de vocês pareceu vacilar, nem nada.

— Acho que me saí bem — Maya disse.

Assenti.

— Tenho medo de dizer, mas também acho que fui bem.

Adam sorriu e apoiou uma mão em meu ombro.

— Entendo. Mas, pelo menos, está acabado. Levará algumas semanas até alguma coisa acontecer.

Depois que meu advogado foi embora, Maya e eu comparamos nossos resultados. Caminhamos em direção à estação de trem dissecando perguntas e respostas.

— O que você disse quando ele perguntou quantas vezes por semana saímos para jantar? — perguntei.

— Disse o que testemunhei até agora. Talvez uma, no máximo.

Soltei uma respiração pela boca e assenti.

— Ótimo... ótimo. Eu disse a mesma coisa. E cicatrizes? Você tem alguma?

— Só a da cesariana.

Parei de repente.

— Saylor nasceu de cesariana?

— Sim.

— Por quê?

— Ela não encaixou certo para nascer de parto normal.

Balancei a cabeça, sentindo-me abalado de repente — contudo, foi menos por causa da entrevista e mais por nem ao menos saber como minha filha havia nascido.

Passei uma mão pelo cabelo.

— Eu não fazia ideia de que você tinha uma cicatriz de cesariana. Respondi que você não tinha cicatrizes.

— Essa é a única.

— Você acha que temos que acertar absolutamente todas as perguntas? É como no ensino médio, que dá para passar com média seis ou sete, ou temos que gabaritar? Quero dizer, talvez eu nem tenha pensado em uma cicatriz de cesariana como cicatriz. Quando ele me perguntou, tentei me lembrar se você tinha me falado sobre alguma lesão ou acidente. Então, não sei se teria respondido cicatriz da cesariana mesmo se soubesse que você tinha. As pessoas deixam passar algumas coisas ou se esquecem.

Maya deu de ombros e balançou a cabeça.

— Não faço ideia do que é preciso para passarmos. — Ela ergueu um dedo. — Ah, outra que não tive certeza foi a cor da cueca que você estava usando ontem à noite.

— O que você disse?

— Chutei cinza.

— Belo chute, porque eu também respondi isso. Mas nem tinha certeza.

Continuamos comparando as respostas durante toda a caminhada até o trem, enquanto esperávamos na plataforma e durante quase todo o trajeto de volta para casa. No final, chegamos à conclusão de que tínhamos errado somente outra pergunta além da cicatriz. O investigador perguntou em que dia tirávamos o lixo no nosso apartamento, e Maya disse na terça-feira, enquanto eu respondi na sexta-feira. Mas ela disse que tentou fazer uma gracinha e rir, admitindo que era apenas um palpite e que tirar o lixo e fazer consertos eram minhas tarefas, e que ela ficava com a parte de lavar as roupas e a louça.

Achei que não era incomum a pessoa que não tira o lixo de casa não ter certeza do dia em que isso acontecia. Fora essas duas perguntas, parecia que tínhamos nos saído muito bem. Eu só esperava que fosse o suficiente. Independentemente disso, o que estava feito, estava feito, e quando descemos do trem em nossa parada, meus ombros estavam muito mais relaxados do que nas últimas semanas.

Senti até mesmo que estava mais fácil respirar quando nos aproximamos da escada que dava para a rua. Pouco antes de chegarmos ao patamar, meu celular tocou no bolso. Peguei-o para ver quem era e tropecei em algo no chão. Me agitei por uns trinta segundos tentando recuperar o equilíbrio, mas, mesmo assim, caí de bunda. Antes de me levantar, olhei em volta para ver no que tinha tropeçado e encontrei uma bota de trabalho aleatória no meio do chão. Balancei a cabeça e comecei a rir ao me levantar.

— Quem perde uma bota na estação de metrô?

Maya arregalou os olhos, apontando para a minha bunda.

— Ai, meu Deus, Colby! A sua calça rasgou!

— Merda. — Dei risada.

Maya riu também.

— Acho que sei qual é a cor da sua cueca hoje.

As últimas semanas tinham sido tão estressantes; tinha certeza de que não havia dado um sorriso sequer. Então, minha calça ter rasgado se transformou em um alívio cômico muito necessário, e nós dois gargalhamos muito mais do que provavelmente seria apropriado para o incidente. Na verdade, ainda estávamos rindo quando voltamos a subir a escada para a rua. No entanto, minha risada parou abruptamente quando olhei para cima e vi o rosto da mulher que descia as escadas. E ela *definitivamente* não estava sorrindo.

Billie.

Congelei.

Ela congelou.

Maya, completamente alheia, ainda estava rindo, subindo as escadas à minha frente.

— Billie, o que está fazendo aqui?

Seu rosto murchou.

— Aparentemente, não me divertindo tanto quanto vocês dois...

Balancei a cabeça.

— Não, não, não. Não é o que parece. Eu juro.

Ela ergueu as mãos e começou a descer as escadas novamente.

— Tudo bem, Colby. Preciso ir para não perder meu trem.

— Billie, espere!

Fui atrás dela. Mas ela atravessou a catraca com pressa e balançou a cabeça.

— Apenas vá, Colby. A sua *esposa* deve estar te esperando na rua.

Horas mais tarde, eu estava sentado sozinho à mesa da cozinha com uma garrafa vazia de tequila quando Maya entrou no apartamento. Eu não a via desde o incidente com Billie à tarde.

— Onde você estava? — perguntei com a fala arrastada.

— Vi Billie ficar chateada, então pensei em dar uma desaparecida por um tempinho. Está tudo bem?

Bebi o restante do álcool em meu copo e gargalhei.

— Claro. Por que não estaria? A mulher que eu amo não quer me ver porque estou morando com outra mulher, que, por acaso, é minha esposa, e então hoje ela viu o que interpretou ser um momento durante o qual eu estava me divertindo à beça com a dita cuja. — Dei de ombros. — Está tudo *perfeito pra caralho.*

Maya suspirou e sentou-se de frente para mim.

— Sinto muito por todos os problemas que te causei, Colby. Sinto muito mesmo.

Se eu não soubesse que ela não tinha coração, talvez tivesse acreditado naquilo e achado que ela se sentia mal por mim. Levantei-me da cadeira.

— Vou para a cama.

Depois que escovei os dentes e me troquei, minha mente voltou para onde tinha estado a tarde toda. Queria mandar uma mensagem para Billie, mas não queria aborrecê-la mais do que já tinha aborrecido, então me contive. Contudo, no meu atual estado de embriaguez, me convenci a acreditar que seria *irresponsável* da minha parte não ver como ela estava depois de deixá-la visivelmente chateada. Peguei meu celular e me deitei na cama para digitar.

> **Colby: Oi. Desculpe por hoje. Eu tinha tropeçado e rasgado a calça. A entrevista foi hoje, e senti que estava prestes a perder a cabeça. Juro que não foi o que pareceu. As coisas não têm sido nada divertidas. Queria me certificar de que você estava bem e dizer que te amo.**

Vi a mensagem mudar de *Enviada* para *Entregue* e, um minuto depois, finalmente mudou para *Lida.* Fiquei olhando para a tela do celular, esperando sua resposta.

E esperei.

E esperei.

E esperei...

CAPÍTULO 30

Desgraça pouca é bobagem.

Além de já estar de péssimo humor, acordei no domingo de manhã com um cano vazando embaixo da pia da cozinha que exigia atenção imediata. A primeira pessoa que pensei em chamar foi Holden, já que ele era pau para toda obra e lidava com coisas assim o tempo todo. Mesmo que eu não morasse no prédio, sabia que ele viria até minha casa com suas ferramentas e me ajudaria, se eu precisasse dele. Mas isso não era uma opção agora. Holden era uma extensão de Colby. Ele voltaria correndo para Colby e lhe contaria tudo. Então Colby pensaria que as coisas estavam bem novamente entre nós, quando não estavam. As coisas não estavam nada bem, pelo menos não na minha cabeça, há alguns dias. Não desde que encontrei Colby na estação de trem.

Eu conhecia outro encanador: Eddie Stark, também conhecido como "Eddie Musculoso", meu cliente com quem fui a um encontro, uma vez. Decidi engolir meu orgulho e chamá-lo para me ajudar.

Ele concordou em vir com uma condição: que eu fosse almoçar com ele depois — como amigos. Ele já sabia que eu não estava interessada nele romanticamente, então confiei em suas intenções. Concordei em sairmos para almoçar, desde que eu pudesse interpretar isso como uma forma de agradecer por me ajudar.

Eddie demorou uma hora na minha cozinha até finalmente descobrir o que havia de errado com os canos. Enquanto eu o observava trabalhar e ouvia todo o barulho debaixo da pia, minha mente estava em La La Land, repetindo a cena na estação de metrô pela enésima vez e alternando entre me sentir furiosa e triste. A essa altura, nem tinha mais certeza de que minha memória não havia distorcido tudo, exagerando o que eu tinha visto e ouvido. Eu não tinha mais uma imagem clara do que tinha acontecido. Ainda assim, continuei a ruminar.

Do que eles estavam rindo?

O que mudou entre eles?

Ele agora gosta dela ou algo assim?

Devo responder à sua mensagem?

Eu deveria responder à sua mensagem.

Não vou mandar mensagem para ele coisa nenhuma!

Eu estava errada em ficar tão brava?

Como está Saylor? Está rindo com eles agora também?

Ela ainda sente a minha falta?

Ela e Maya estão ficando mais próximas?

Senti que estava enlouquecendo.

Sim, eu sabia que poderia ter simplesmente contatado Colby para conseguir as respostas para essas perguntas, mas o meu ego não queria me deixar. Em vez disso, me fez permanecer paralisada, sem tomar ação alguma.

Eddie finalmente saiu de debaixo da pia e me informou que acreditava ter consertado o problema. Abrimos a torneira várias vezes para testar, e não havia mais nenhum vazamento. Ele estava guardando suas coisas quando seus olhos pousaram em algo que estava na minha tigela de frutas.

— Mas que droga é essa?

Aff. Eu ia jogar fora.

— Não era para você ter visto isso — eu disse.

— Gostaria de me explicar?

— Não exatamente.

— Billie... — Ele pegou o objeto. — Tem a porra de uma boneca Barbie com os cabelos arrancados deitada no meio de um cacho de bananas. Preciso de uma explicação; senão, vou deduzir que você curte algum lance esquisito de Barbie vudu com frutas.

Dei risada.

— Não é nada disso.

Ele arqueou uma sobrancelha.

— Então, o que é?

— É um velho hábito de infância. — Suspirei. — O cabelo da Barbie foi sacrificado para o meu bem-estar mental.

— Uhhh. Ok. Isso faz total sentido. — Ele arregalou os olhos como se dissesse "essa garota é louca".

— Ok, deixe-me explicar. — Peguei a boneca de sua mão e olhei para ela. — Quando eu era mais nova e ficava chateada, pegava uma das minhas Barbies mais antigas e arrancava os cabelos dela, fio por fio, até não sobrar mais nada. Esse processo era terapêutico para mim. Como apertar aquelas bolinhas quando está estressado. Ou estourar plástico-bolha.

Ele cruzou os braços e riu.

— É, tipo isso... mas de um jeito bem mais doido. Entendo.

Eu não podia culpá-lo por achar que aquilo era maluquice, mas ele pediu que eu explicasse.

— Aconteceu uma coisa há alguns dias — eu disse a ele. — Naquela noite, eu estava tão frustrada que fui à lojinha de 4,99 para comprar doces e descontar meu estresse neles, e comprei uma Barbie barata e genérica também. Não fazia isso há anos.

Ele me encarou.

— Billie...

— Hum?

— Quer falar sobre o que raios te levou a fazer isso?

Meu estômago roncou.

— Estou faminta. Vamos ao restaurante, e te explicarei tudo lá.

Era um dia limpo e perfeito para uma caminhada na cidade de Nova York. Embora a caminhonete de Eddie estivesse estacionada na rua, fomos andando até um bistrô que ficava a alguns quarteirões de distância.

Depois que pedimos nossa comida, ele apoiou os antebraços sobre a mesa e disse:

— Muito bem, me conte o que está acontecendo. Fiquei sabendo que você estava namorando aquele cara que é dono do seu prédio. Foi por causa dele que a Barbie ficou careca?

Suspirando, confirmei com a cabeça.

— Não estávamos somente namorando, Eddie. Eu me apaixonei perdidamente por ele e sua filhinha. — Meu coração apertou. — E sinto falta deles.

— Sente falta? — Seus olhos se arregalaram. — Vocês terminaram?

— Não exatamente.

Ele estreitou os olhos.

— Parece complicado.

— Você não faz ideia.

— Preciso dar uma surra nele?

— Não é *nele* que quero dar uma surra — respondi.

— O que está acontecendo? Converse comigo.

— Quanto tempo você tem? — Tomei um gole da minha água. — Sério, essa história é longa pra cacete.

— Quanto tempo eu tenho? Mais tempo do que o necessário para arrancar os cabelos de uma Barbie fio por fio. Que tal?

Acabei contando a Eddie tudo sobre a situação, terminando no dia em que encontrei Colby rindo com Maya na estação de metrô e o quanto aquilo me incomodou. Brincando com meu canudo, olhei para meu copo.

— Eu estava com tanta saudade dele naquele dia, e foi simplesmente... chocante vê-lo rindo com ela. Ele supostamente a odeia, e agora eles estão rindo juntos como dois melhores amigos? Tipo, que porra é essa?

Eddie coçou o queixo.

— Bom, vamos dissecar isso para chegarmos à raiz desse aborrecimento. Porque algo me diz que o problema foi mais do que somente as risadas. O que *realmente* te incomodou ao vê-lo rindo?

— Tudo? — Dei de ombros. — Como vou dissecar isso?

— É para isso que o Eddie está aqui. — Ele sorriu. — Vou te ajudar.

Eu aceitaria qualquer ajuda que pudesse, a essa altura.

— Ok...

Nosso almoço chegou, interrompendo momentaneamente a conversa.

Eddie colocou uma batata frita na boca.

— Então, primeiro, pergunte a si mesma: você preferiria que ele ficasse infeliz durante todo o tempo pelo qual tem que morar com aquela mulher?

Colocando um pouco de ketchup no meu prato, balancei a cabeça.

— Não, de jeito nenhum. Não é isso. Eu *quero* que ele seja feliz.

— Ok, então felicidade pode envolver risadas, correto?

— Parece que estou sendo interrogada no tribunal. — Dei risada. — Sim, acho que sim.

— Então, sabemos que não foi o fato de que ele estava alegre que te incomodou. — Ele deu uma mordida em seu hambúrguer e falou com a boca cheia. — Próxima pergunta. Você sentiu como se o fato de ele estar rindo com ela podia significar que estava desenvolvendo sentimentos por ela?

Por mais que as minhas inseguranças quisessem se apegar a isso, eu não podia.

— Isso também não faz sentido, sabendo o quanto ele a detesta e o rancor que tem por ela. Então, não achei isso.

Ele pousou seu hambúrguer e limpou as mãos.

— Sabe o que eu acho?

— O quê?

— Acho que cheguei ao um veredito.

— Qual é?

— Acho que você ficou chateada por vê-lo rindo porque, de alguma forma, relacionou isso aos sentimentos dele por *você*. Tipo, como ele poderia estar feliz quando deveria estar na merda, sentindo a sua falta... Estou certo? De certa forma, a risada dele demonstrou que, na verdade, o mundo não havia acabado para ele sem você nele.

Nossa. Arregalei os olhos. Acho que Eddie acertou na mosca.

— É isso, Eddie. Foi isso que me incomodou. Foi como um reflexo dos sentimentos dele por mim, mesmo que ele nunca tenha me dado um motivo para duvidar deles. Acho que ando ultrassensível ultimamente por causa do estresse da situação. Isso deve estar deturpando o meu senso de realidade.

Respirei fundo. Ter resolvido isso me fez sentir um pouco melhor.

— Caramba, você é bom, Eddie Musculoso. Quer trocar tatuagens por terapia?

— Gostei dessa ideia. — Ele deu uma mordida no hambúrguer. — Pense só, a Barbie poderia ter se livrado daquele corte de cabelo maluco se você simplesmente tivesse conversado comigo sobre isso antes.

Dei risada.

— Acho que você nunca vai me deixar esquecer desse lance da Barbie, não é?

— Provavelmente não. — Ele piscou.

— Ótimo.

Eddie salpicou um pouco de sal em suas batatas fritas.

— Muitas coisas fazem as pessoas rirem, Billie. Você não deveria ficar ruminando isso. Às vezes, precisamos dar risada por questão de sobrevivência. Você deve ter encontrado o cara em um desses momentos, só isso. — Ele apontou uma batata frita para mim. — Vou te dar um exemplo por experiência própria. Você sabe sobre o meu divórcio, certo?

— Sim, claro.

— Não foi nada bonito. Cheio de amargura. Muito ressentimento. Te contei essa história toda, uma vez.

— Sim... — Tomei um gole de água.

— Ela e eu não nos falávamos há um bom tempo. No dia em que fomos finalmente assinar os papéis do divórcio, estávamos na sala de reuniões com dois advogados. Estava tudo quieto. E, sem brincadeira, o advogado dela soltou um peido no meio da reunião.

— O quê? — Caí na risada.

— Não acho que tenha sido intencional, obviamente, mas ainda assim. Ele espirrou e acabou soltando um peido bem alto. Nicole e eu olhamos um para o outro como se disséssemos: *você ouviu o que eu ouvi?* — Ele sorriu com a lembrança. — E então, nós dois nos descontrolamos. Perdemos totalmente o controle, duas pessoas que mal trocaram uma palavra uma com a outra nos últimos dois anos. Ali estávamos, ainda odiando um ao outro, mas curtindo aquele momento de risadas, mesmo assim. Sabe por quê? Porque somos humanos. É isso que seres humanos fazem. Nós rimos de coisas doentias, rimos com nossos inimigos e, às vezes, rimos quando provavelmente deveríamos estar chorando.

Limpei meus olhos, sem saber se estava rindo ou chorando.

— Obrigada pela perspectiva, Eddie. Você me ajudou a ver tudo de uma forma diferente.

— Que bom.

— É egoísta da minha parte ainda querer que ele saiba que aquilo me aborreceu e estar fazendo isso me recusando a responder sua mensagem há três dias? — perguntei.

— Não há nada de errado em fazê-lo suar um pouco, porque ele precisa saber o quanto tudo isso tem sido difícil para você.

O pobre Eddie me deixou desabafar durante todo o almoço. Em seguida, me deu uma carona até o estúdio, já que eu havia me oferecido para acrescentar uma coisa rapidinho à sua tatuagem mais recente — por conta da casa, é claro.

Depois que terminamos, ficamos do lado de fora do estúdio. Como costumava fazer sempre que estava na rua em frente ao prédio ultimamente, olhei em volta procurando Colby, caso estivesse saindo ou passando por ali. Eu nunca sabia bem se queria esbarrar com ele ou se estava torcendo para que isso não acontecesse, mas a adrenalina sempre pulsava em mim até voltar para o interior do estúdio.

— Nem sei como te agradecer por ter me distraído hoje e pelo seu conselho sábio — eu disse a Eddie.

— Bom, você fez muito por mim no decorrer dos anos, Billie. — Ele ergueu o braço. — Cada uma dessas lindas artes que você tatuou em mim me traz alegria todos os dias. O mínimo que eu poderia fazer era retribuir.

— Você é um cara muito legal, Eddie. Vai fazer alguém muito feliz, algum dia.

— Espero que não tão feliz quanto fiz à minha ex. — Ele gargalhou.

— Você encontrará a pessoa certa. Ela está por aí. Eu sei disso.

— Falando como uma verdadeira amiga. — Ele piscou para mim. — Por mais que eu tenha tentado te convencer a sair comigo durante esses anos, fico feliz por tê-la como amiga, Billie. Mas, se algum dia mudar de ideia e estiver a fim de algo a mais, eu topo na hora.

Algo a mais. Com certeza, ele se referia a sexo.

— Brincadeira — ele acrescentou. — Sei que esse barco já zarpou. — Ele piscou para mim de novo. — A menos que você o traga novamente para o porto.

Dei risada, despedindo-me de Eddie com um abraço. Ele me deu um beijo rápido na bochecha. Quando me afastei, meu estômago gelou.

Brayden estava se aproximando do prédio. Ele me deu um sorriso pequeno e acenou antes de entrar. Deduzi que ele tinha me visto abraçar Eddie. Minha primeira inclinação foi correr atrás dele e tentar explicar, mas então concluí que isso provavelmente me faria parecer ainda mais culpada. Afinal, Eddie e eu éramos somente dois amigos trocando um abraço; não havia o que explicar.

Contudo, eu suspeitava de que Brayden contaria a Colby que me viu. Talvez agora fosse o momento certo para contatar Colby e finalmente responder à sua mensagem. Mas, então, me detive. Eu estava ficando envolvida demais em meus medos e emoções. Colby e eu deveríamos estar dando um tempo. Então, decidi deixar por isso mesmo.

Depois que fechei o estúdio, decidi ir para casa andando para clarear a mente. No caminho, a culpa por não ter respondido à mensagem de Colby e por Brayden ter me visto com Eddie começou a se instalar em mim. Eu não queria fazer Colby sofrer mais do que já estava sofrendo. Decidi que, quando chegasse em casa, tomaria um banho quente e pensaria no que queria falar antes de mandar uma mensagem para ele.

Quando cheguei em casa, havia um envelope grande do lado de fora da minha porta. Estava endereçado a mim. O endereço do remetente era o de Colby.

Levei-o para dentro e o abri, encontrando uma pilha de cartas escritas em papel amarelo de um bloco de anotações. E um bilhete de Colby.

Eu deveria estar fazendo anotações todos os dias sobre a mulher com quem estou morando, mas, quando estou sozinho à noite, tudo o que quero fazer é escrever para a pessoa por quem estou apaixonado. Eu não pretendia te mostrar nada disso. Elas foram escritas para meu próprio benefício terapêutico, para minha sanidade, um lugar em que eu pudesse colocar todos esses sentimentos enquanto não posso dizer diretamente a você. Escrevi para você quase todas as noites desde que você desapareceu do meu dia a dia. Se quer a verdade sobre o que está acontecendo dentro da minha cabeça, poderá encontrá-la aqui. No entanto, sabe onde não pode encontrar a verdade? Em um mal-entendido bobo, como naquele dia na estação de trem.

A primeira carta atingiu em cheio as minhas emoções:

> Billie,
>
> Ok. Nem faz tanto tempo assim, e já estou perdendo a cabeça. Não vou aguentar ficar sem te ver. Isso é pior do que qualquer coisa que já vivenciei. Sinto falta da sua risada. Sinto falta da sensação da sua bunda quente contra meu pau quando durmo de conchinha com você à noite. Sinto falta de como Saylor se anima sempre que você chega. Sinto falta da sua escova de dentes. Sei que é uma coisa estranha para se sentir falta, mas, na primeira vez em que você deixou a sua escova de dentes no suporte do meu banheiro, significou algo para mim... que você planejava voltar várias e várias vezes. E agora, não está mais lá.

Li todas as cartas até chegar à última, escrita no dia em que o vi na estação de metrô.

> Billie,
>
> Sinto que estou te perdendo, e não vou mentir: isso está me deixando apavorado. Nunca senti tanto

medo na vida. Ao mesmo tempo, tenho medo de te forçar. Concordei com o seu pedido de não nos contatarmos por um tempo, então acho que escrever para você ao invés de pegar o celular é a minha forma de cumprir minha parte nesse acordo.

Toda noite, antes de dormir, Saylor pergunta se você ainda voltará. Eu sempre prometo que sim. Minha resposta para ela esta noite não foi diferente. Mas uma pequena parte de mim temeu que, pela primeira vez, eu estivesse mentindo para ela sobre você.

Por mais doloroso que tenha sido encontrar com você hoje mais cedo, foi TÃO bom ver você. Eu estava com o humor um pouco melhor porque tínhamos acabado de sair da entrevista Stokes. Eu estava tão aliviado por sair daquela tortura. E foi melhor do que pensei. Quando estávamos subindo as escadas da estação de metrô, eu tropecei em um sapato, caí de bunda e rasguei a calça. Rasguei a porra da minha calça, Billie. Foi ridículo e hilário. Então, caí na risada. Eu não gargalhava daquele jeito há tanto tempo. Acho que estava precisando desse alívio. Foi aí que te vi. E você sabe o que aconteceu.

O que você não viu foi todo o resto do que aconteceu desde que você foi embora, como eu ficava deitado na cama à noite ansiando por você, rezando para que o dia seguinte não fosse aquele em que você cairia em si e perceberia que tudo isso é demais para aguentar. Você merece algo muito melhor que isso, mas sou muito egoísta para abrir mão de você, Billie. Eu te amo demais. Então, vou lutar por você. Não vou desistir de nós, mesmo que, nesse momento, você me odeie. Me odeie, se quiser. Só não me deixe.

Todo o meu amor,

Colby

Vulgo Sem Calça Pela Cidade

Sorri diante daquela última parte. Demorei bastante para decidir meu próximo passo. Eu estava mentalmente exausta de todas as emoções que suas palavras me despertaram.

Finalmente, mandei uma mensagem para ele.

> **Billie:** E pensar que fiquei tão confusa na estação de metrô que nem pude dar uma espiadinha na sua bunda gostosa para fora da calça.

CAPÍTULO 31

Colby

Ao sair do elevador, encontrei Maya esperando do lado de fora do meu apartamento. Ela sorriu. Franzi a testa. Duas semanas e meia haviam se passado desde a entrevista Stokes, e ainda assim eu continuava a ficar surpreso sempre que chegava em casa e via seu rosto, não o de Billie. Peguei minhas chaves no bolso.

— Está esperando por mim?

— Sim, queria saber se podemos conversar por alguns minutos.

— Está tudo bem com Saylor?

Ela confirmou com a cabeça.

— Eu não quis entrar porque estava esperando por você, mas pude ouvi-la rindo com a babá.

— Tudo bem. — Dei de ombros. — Sobre o que quer falar?

Ela apontou com a cabeça em direção à porta da escada de emergência que ficava em diagonal com o meu apartamento.

— Você se importa se conversarmos ali? Não quero que elas nos ouçam.

— Claro.

Maya e eu entramos na área da escada. Ela sentou em um degrau e deu tapinhas no espaço vazio ao seu lado. Relutante, sentei-me também.

— Meu advogado me contatou há uma hora...

Congelei.

— E?

Ela suspirou.

— Ele não sabia o resultado, mas, aparentemente, uma decisão foi tomada no nosso caso. A amiga que ele tem no escritório viu um envelope endereçado a nós nas correspondências a serem entregues. Ela procurou nossos nomes no banco de dados, e o status tinha mudado de *Em Revisão* para *Fechado*. Mas o sistema registra cada usuário que visita arquivos eletrônicos, então ela não quis abrir o caso.

— Ok... bem, acho que falta apenas um dia ou dois para descobrimos, pelo menos.

Maya assentiu e baixou o olhar. Ela ficou em silêncio por um bom tempo antes de falar novamente.

— Meu advogado disse que, assim que um caso recebe uma determinação final, não há mais risco de recebermos uma visita de um investigador. É contra o protocolo eles fazerem visita domiciliar ou qualquer coisa desse tipo depois que um caso se encerra. Então, vou me mudar amanhã de manhã, se estiver tudo bem.

— Ah... sim. Tudo bem.

Ela virou o corpo para ficar de frente para mim.

— Olha, Colby, eu sei que já disse isso antes, mas sinto muito mesmo por tudo que te fiz passar. Não há desculpas para as coisas que fiz, mas era definitivamente mais fácil quando eu não conhecia você e Saylor. Na minha cabeça, foi assim que justifiquei minhas ações: você era apenas um cara que anda por clubes de strip por aí e leva para casa qualquer mulher vulnerável que esteja disposta a ir... uma pessoa que usa outras. Então, por que não te usar também? — Ela suspirou. — Mas você não é nada parecido com a pessoa que inventei na minha cabeça.

Passei uma mão pelo cabelo.

— Talvez uma parte de mim fosse essa pessoa quando nos

conhecemos. Mas quem quer que eu fosse mudou no instante em que minha filha entrou na minha vida. — Balancei a cabeça. — Você já se desculpou mais de uma vez, mas eu nunca pedi. Não foi como se eu tivesse voltado ao clube onde você trabalhou depois que ficamos para ver se você queria sair para jantar. Então, talvez eu fosse uma pessoa que apenas te usou. E por isso, peço desculpas. Eu nunca iria querer que um homem tratasse Saylor dessa maneira.

Os olhos de Maya se encheram de lágrimas.

— O fato de que você conseguiu me pedir desculpas depois de tudo que fiz diz muito sobre quem você é. Saylor é tão sortuda por tê-lo como pai.

— Obrigado. Isso significa muito para mim.

— Ela é uma garotinha especial, Colby. Não preciso te dizer isso. E isso tem muito a ver com o exemplo que você dá todos os dias. Tantos pais dizem aos filhos que sejam bondosos e, depois, mostram a eles algo muito diferente com seus próprios comportamentos. Mas você não diz palavras vazias. Você mostra à sua filha o modo certo de se viver. Ela nem está aqui para saber como você está agindo agora mesmo, e, ainda assim, você me pediu desculpas e demonstrou mais bondade do que mereço. — Uma lágrima rolou pela bochecha de Maya. — Queria ter conseguido ser uma mãe para ela. Queria muito. Mas eu não podia confiar em mim mesma.

Sempre achei que Maya tinha ido embora por ser egoísta, mas talvez tivesse interpretado errado.

— No decorrer dos anos, sempre pensei no que diria quando Saylor acabasse perguntando sobre sua mãe. Nunca pude formular uma resposta que não a magoasse. Mas acho que agora tenho uma.

Maya limpou suas lágrimas.

— Qual?

— Quando ela perguntar, explicarei que, às vezes, ir embora não é um ato egoísta, mas sim altruísta. Que sua mãe a amava o suficiente para querer uma vida melhor para ela do que a que poderia lhe dar.

— Obrigada. — Ela fungou. — Obrigada, do fundo do meu coração.

Acenei em direção à porta com a cabeça.

— É melhor eu ir liberar a babá.

— Será que posso... te pedir um grande favor?

Ergui uma sobrancelha com um sorriso irônico.

— Você quer dizer *outro* grande favor?

Maya deu risada.

— Sim, isso.

Levantei-me e ofereci-lhe uma mão para ajudá-la a ficar de pé.

— Do que você precisa?

— Posso levar Saylor para tomar um sorvete hoje? Só nós duas?

Eu podia ter encontrado uma maneira de aceitar o que Maya havia feito, mas não tinha muita certeza se estava pronto para confiar nela tanto assim...

Diante da minha falta de resposta imediata, ela assentiu.

— Eu sei que é pedir demais, mas não levaria mais que uma hora. Quando eu era pequena, minha mãe trabalhava em dois empregos. Éramos quatro irmãos, e não a víamos com muita frequência, mas, todo domingo à tarde, ela levava um de nós para tomar sorvete. Você não imagina o quanto eu esperava ansiosamente por esses passeios uma vez por mês com ela. Sempre imaginei que teria meus próprios filhos, um dia, e gostaria de manter essa tradição de levar um de cada vez para tomar sorvete.

Porra, com essa explicação, estava ficando difícil dizer não.

— Aonde você vai levá-la?

— Tem uma sorveteria muito bonitinha descendo o quarteirão. Passo por ela o tempo todo. Acho que se chama Coyle's.

A Coyle's ficava a uns cinco ou seis prédios de distância. Ela nem precisaria atravessar a rua...

— E não vai dizer nada a ela sobre quem você é?

— Meu Deus, claro que não. Eu não faria nada para confundi-la ou magoá-la.

— Voltará em uma hora?

— Prometo.

Mesmo que aquilo me assustasse um pouco, concordei.

— Ok. Mas, por favor, volte em uma hora.

Maya quis esperar alguns minutos para que o inchaço em seu rosto diminuísse, então entrei no apartamento primeiro. A babá já havia ido embora quando Maya entrou, e quando ela apareceu, Saylor correu até ela.

— Oi, Maya! Estou aprendendo a dançar em fila na escola. Você quer ver?

— Eu adoraria. Nunca aprendi a dançar assim.

— Eu posso te ensinar!

Durante os dez minutos seguintes, Saylor contou passos ao se mover de um lado para o outro, para frente e para trás. Maya seguiu suas instruções como uma boa aluna. Aquela era a segunda vez que eu me questionava se esconder a verdadeira identidade de Maya da minha filha era a coisa certa a fazer. Mas então, lembrei-me de que Maya nem ao menos havia pedido para manter contato comigo depois de ir embora no dia seguinte. Ela não estava interessada em ter notícias de Saylor. Tivesse uma boa razão ou não, ela não pretendia fazer parte da vida da minha filha.

Quando elas terminaram de dançar, Maya se ajoelhou.

— Isso foi muito divertido. Mas essa dança me deixou com calor. Sabe o que deveríamos fazer para refrescar?

— O quê?

— Tomar um sorvete depois do jantar.

Saylor começou a dar pulinhos.

— Podemos, papai? Podemos ir tomar sorvete com a Maya?

— Eu tenho que trabalhar um pouco, querida. Mas que tal Maya te levar?

— Ok!

Quarenta e cinco minutos depois, eu estava completamente tenso vendo as duas saindo pela porta de mãos dadas. Fui para o corredor quando elas estavam entrando no elevador.

— Só vai levar uma hora, *não é*?

Maya virou-se e sorriu.

— Sim. Voltaremos em uma hora.

Esperei até elas desaparecerem de vista antes de voltar para o apartamento. Decidi tomar um banho quente, quem sabe colocar o chuveiro no modo massagem e ver se conseguiria desfazer o nó de tensão em minha nuca.

Ajudou um pouco. Mas estive tão preocupado por deixar Saylor sair com Maya que esqueci que não reabasteci o banheiro com toalhas depois de lavar roupa. Então, entreabri a porta, respingando água por todo o chão.

— Saylor? Está aí?

Sem resposta.

— Maya?

Silêncio.

Com a camisa que havia usado no trabalho, cobri ao menos meu pau antes de sair correndo até a lavanderia. Peguei uma toalha na secadora e enrolei em volta da cintura. Mas ao sair do pequeno cômodo, percebi que algo estava diferente. Levei um minuto para descobrir o que era.

O topo da secadora estava vazio.

A mala enorme de Maya esteve ali em cima por semanas, desde o dia em que ela se mudara. Uma sensação apavorante me preencheu, mas lembrei a mim mesmo de que ela ia embora na manhã seguinte. Ela havia provavelmente chegado cedo em casa e a levado para seu quarto para arrumar suas coisas.

Sim, por isso não estava mais ali. Ainda assim, corri até o quarto de hóspedes para conferir.

Meu coração parou quando abri a porta. As coisas de Maya não estavam mais ali. Ela havia passado semanas com um monte de porcarias empilhadas em cima da cômoda, que agora estava completamente vazia. Mas eu estava em negação, então corri para as gavetas e abri uma por uma, rezando para Deus que ela tivesse apenas arrumado as coisas ali. Mas estavam todas vazias, assim como as mesinhas de cabeceira e o closet. E sua mala também não estava em lugar algum. Então, notei que havia algo no meio da cama. Era uma carta, digitada e dobrada. Peguei o papel e meu coração afundou ao ler *Serviços de Cidadania e Imigração dos EUA* no topo dele. A carta tinha data da semana anterior.

DECISÃO

Obrigado por enviar sua Solicitação para Registro de Residência Permanente ou Ajuste de Status para os Serviços de Cidadania e Imigração dos EUA (USCIS) de acordo com a seção 204(c) da Lei de Imigração e Nacionalidade (INA).

Após uma análise minuciosa do seu pedido, documentos de apoio e testemunhos, infelizmente, devemos informá-la de que estamos negando seu pedido pelos seguintes motivos:

1. Testemunhos inconsistentes fornecidos por entrevista;
2. Evidências insuficientes sobre a boa-fé do relacionamento;
3. Informações adversas reunidas durante investigação da USCIS, incluindo visita domiciliar.

Minha cabeça girou tão rápido que as letras no restante da página ficaram embaralhadas, embora meu olhos continuassem a escaneá-la — as palavras *fraude* e *deportação* nos últimos parágrafos claras como o dia.

Que porra é essa? Por que Maya me disse que não sabia que decisão havia sido tomada, se havia recebido a carta? Quando me dei conta de qual era a resposta, corri até o banheiro e despejei meu almoço na privada.

Abri a porta da porra do meu apartamento para ela sair com a minha filha e nunca mais voltar.

Vesti as primeiras roupas que encontrei e saí correndo pela porta, voando pelas escadas. A camisa que peguei do chão do banheiro estava pelo avesso, meus cabelos ainda estavam pingando do banho e nem me dei ao trabalho de calçar meias antes de enfiar os pés nos sapatos sociais. Mas nada disso importava. Somente chegar à sorveteria.

Correr a toda velocidade pela rua de Manhattan no final da hora do rush não era uma tarefa fácil. Bati ou empurrei pelo menos uma dúzia de pessoas enquanto corria para a sorveteria. Puxando a porta bruscamente ao chegar, procurei Saylor pelo ambiente.

— Mesa para um? — A hostess pegou um cardápio. — Gostaria de sentar no balcão?

— Você viu uma garotinha de cabelos loiros... de quatro anos de idade, e uma mulher com cabelos compridos e escuros, na casa dos vinte anos?

A mulher franziu as sobrancelhas ao olhar em volta da sorveteria. Havia meia dúzia de mesas ocupadas, e em nenhuma delas estava a minha garotinha.

— Não vejo ninguém assim aqui.

— Você viu se alguém com essas descrições saiu daqui recentemente?

Ela balançou a cabeça.

— Estou aqui desde as três da tarde. Acho que não.

Porra.

Porra.

Poooooorra!

Voltei correndo para a rua e olhei para a direita e para a esquerda.

Para onde diabos vou agora? Essa cidade tinha oito milhões de pessoas, e a sensação que eu tinha era que todas estavam bloqueando a minha visão no momento. Maya poderia tê-la levado para qualquer lugar! Por onde eu começaria a procurar, porra?

Pense.

Pense.

Pense.

Se eu precisasse sair da cidade sem deixar rastros, como faria isso?

Maya não pegaria um voo, porque estava aqui irregularmente. Ela teria medo demais de ser pega pela segurança do aeroporto. Ela também não tinha carteira de motorista para alugar um carro.

Então, lembrei. A estação de ônibus ficava a apenas três quarteirões de distância. Então, corri até lá. É claro que, assim como o resto da cidade, estava lotada. Procurei freneticamente em meio a todas as pessoas, mas não havia sinal de nenhuma delas em lugar algum. Incerto sobre o que fazer em seguida, peguei meu celular para pedir ajuda aos meus amigos. Poderíamos nos separar pela cidade e procurar em mais lugares.

Holden não atendeu, então deixei um recado.

— Preciso da sua ajuda! Maya levou Saylor! Me ligue de volta!

Depois, liguei para Owen. A maldita chamada foi direto para a caixa postal. *Porra.*

Meus dedos tremeram ao procurar o número de Brayden em meus contatos. Mas antes que eu pudesse iniciar a ligação, meu celular vibrou com uma chamada.

Billie.

Atendi.

— Não posso falar agora. Maya levou Saylor!

— Eu sei. Ela a trouxe para cá.

— *O quê?*

— Ela está aqui comigo no estúdio, Colby. Por isso estou ligando. Achei estranho. Maya simplesmente apareceu aqui há dois minutos com Saylor, me entregou uma carta para dar para você e me disse para cuidar bem dela.

Meu coração martelava no peito.

— Saylor está bem?

— Sim, Colby. Ela está bem. O que está acontecendo?

Apoiei as mãos nos joelhos para recuperar o fôlego.

— Puta merda. Graças a Deus.

— Você está me assustando. O que aconteceu?

— Não sei direito. Mas estarei aí em dois minutos. Só não perca Saylor de vista, por favor.

— Claro.

Embora Saylor estivesse aparentemente segura, fui correndo até o estúdio de tatuagem. Quando entrei, os olhos da minha garotinha se iluminaram.

— Papai!

Abracei-a tão forte.

— Aonde você foi, meu bem?

— Maya me levou para tomar sorvete.

— Na Coyle's?

Ela balançou a cabeça.

— Não. O moço do sorvete estava ali fora, e eu queria um sorvete no cone com granulados.

Afastei-me e a olhei de cima a baixo. Havia uma mancha marrom enorme em sua blusa.

— Acho que você escolheu o sabor chocolate.

Ela assentiu.

Puxei-a para mim mais uma vez, abraçando-a com firmeza.

Saylor deu risada.

— Você está esquisito, papai.

Respirei fundo antes de soltá-la.

— Desculpe. Senti sua falta, só isso.

Deek, que eu sequer tinha notado que estava ali, aproximou-se de nós.

— Ei, garotinha. Recebemos umas tintas novas que brilham no escuro. O que acha de eu pintar seu nome e apagarmos as luzes do banheiro para você ver como é?

Minha filha arregalou os olhos.

— Posso, papai?

— Claro, meu amor.

Billie esperou até eles estarem longe o suficiente para não nos ouvirem.

— O que aconteceu, caramba? Você pareceu alterado ao telefone.

Respirei fundo.

— Eu estava alterado. Pensei que Maya tivesse levado Saylor embora.

— Por que você pensou isso?

Expliquei tudo — desde minha conversa com Maya na escadaria até o momento em que encontrei seu quarto vazio com a carta da Imigração sobre a cama.

— Por que ela mentiu para você só para trazê-la para cá?

— Não faço a menor ideia.

Billie ergueu a mão.

— Aqui, ela me deu isso. Talvez o que tem aí dentro explique tudo.

Encarei o envelope por um instante antes de abri-lo.

Querido Colby,

No dia em que apareci à sua porta com Saylor, estava com tanto medo de não poder dar uma boa vida à minha garotinha. Mas, no fim das contas, você deu a ela a melhor vida que ela poderia ter, ao seu lado, que é o lugar dela. Sou tão grata por você ser o pai dela. Se tem uma coisa que aprendi com você nos últimos meses é que palavras não significam nada, e sim ações. O seu exemplo me mostrou o significado de sacrifício, família e amor, e já passou da hora de eu assumir a responsabilidade pela bagunça que causei.

Hoje, enviei uma declaração juramentada ao agente Weber da Imigração. Nela, detalhei todas as minhas ações, incluindo ter te chantageado para se casar comigo e feito você correr o risco de compartilhar a custódia de uma criança com uma mulher que não tinha nada além de más intenções. Espero que isso livre você de qualquer pena de prisão. Também deixei papéis de divórcio consensual assinados com o meu advogado.

Hoje, voltarei para o Equador para aceitar a responsabilidade pelos meus erros. Participarei da investigação do afogamento, já que fui embora antes que pudesse ser finalizada. Se tiver sorte o suficiente de manter minha liberdade, espero poder trabalhar para reconstruir meu relacionamento com minha família.

Cuide da nossa garotinha.

Com amor,
Maya

Pisquei algumas vezes.

— O que diz na carta? — Billie perguntou.

Ainda chocado, entreguei-lhe o papel. Ela leu e balançou a cabeça.

— Então, é isso? Maya se foi?

Dei de ombros.

— Parece que sim.

— O que faremos agora?

Eu não fazia ideia do que aconteceria com a Imigração ou o divórcio, mas sabia com certeza o que precisava ser feito nesse momento. Envolvi Billie em meus braços e puxei-a para mim.

— Isso. — Pressionei meus lábios aos dela. — É isso que faremos de agora em diante...

CAPÍTULO 32

Billie

É impressão minha ou o sol está mais brilhante hoje?

Colby queria que eu passasse a noite na casa dele, mas insisti que ele ficasse somente com Saylor e relaxasse. Prometi que nos encontraríamos na noite seguinte, em vez disso. Dar-lhe espaço, mesmo que ele não quisesse, era a decisão certa. O que ele havia passado, pensar que Saylor havia sido sequestrada, foi traumático pra caramba. Eu queria que ele passasse um bom tempo com ela e não se preocupasse comigo. Porque, conhecendo Colby, ele teria passado a noite anterior tentando recuperar o tempo perdido e se desculpando por tudo.

Fiquei grata por só ter descoberto o alarme falso depois de acontecer. Acreditar que Saylor poderia estar em perigo teria me causado um ataque cardíaco. Fiquei muito confusa quando Maya a deixou no meu estúdio. Ainda não conseguia superar o fato de que Colby tivera que passar aqueles minutos pensando que Maya tinha fugido com sua preciosa garotinha.

Mas este era um novo dia.

Com Maya de volta ao Equador — nem tão longe assim, na minha opinião —, o pior parecia ter acabado. Mas eu sabia que ainda havia muita coisa no ar. Não sabíamos se a confissão de Maya livraria Colby de ser condenado. Ele ainda era responsável por tentar enganar as autoridades, mesmo que ela *tivesse* colocado uma arma imaginária contra a cabeça dele. Então, parte de mim ainda estava tensa.

Enquanto me aprontava para sair do estúdio e subir para o apartamento de Colby após o meu último cliente, Deek me desejou tudo de bom.

— Oi — ele disse. — Você finalmente superou aquela enorme confusão. Então, tente desfrutar da noite, ok? Deixe as discussões pesadas para outro dia. Vocês merecem um pouco de paz. Apenas aproveitem um ao outro.

— Obrigada. Vou tentar.

— E eu liguei para todas as pessoas que marcaram com você amanhã e disse a elas que eu cuidarei de suas tatuagens. Curta a noite e durma até mais tarde amanhã. Tire o dia de folga.

Ainda andando nas nuvens, concordei, o que não era nada do meu feitio.

— Nem vou discutir com você, Deek.

Ele piscou para mim.

— Você está aprendendo.

— Obrigada, meu amigo. — Dei-lhe um abraço de despedida.

Ao pegar o elevador para ir jantar com Colby e Saylor, senti-me estranhamente nervosa. Fazia um tempo desde que estive no apartamento deles. E Saylor ainda não sabia o verdadeiro motivo da minha ausência. Na noite anterior, senti que ela estava um pouco cautelosa perto de mim, como se não tivesse certeza se deveria confiar que eu não iria deixá-los novamente. Ela não ficou tão animada em me ver como achei que ficaria. Era compreensível, mas era uma droga ter que ganhar sua confiança de volta. Eu deveria agir como se nada tivesse acontecido? Senti que devia a ela mais uma explicação sobre por que eu tinha ido embora. Mas qualquer explicação seria uma mentira, e eu também não estava confortável com isso. Talvez menos fosse mais.

Bati à porta, mas não foi Colby que abriu.

Brayden apareceu diante de mim, e minha primeira reação foi entrar em pânico.

— Brayden, o que houve?

— Oi, Billie. — Ele sorriu. — Você parece preocupada em me ver. Não fique.

— Está tudo bem?

Antes que ele pudesse responder, Saylor veio correndo em minha direção.

— Billie!

Ajoelhei-me e abri bem os braços, muito feliz por ela parecer estar mais animada que no dia anterior.

— Oi, amorzinho! Como você está?

Ela me abraçou.

— Você está volta?

— Sim, querida.

Saylor apertou o abraço.

— Que bom!

— Onde está o seu papai? — perguntei a ela.

— Eu não sei. — Ela deu de ombros, mas parecia estar reprimindo um sorriso.

Estreitei os olhos.

— Você não sabe?

Ela quicou no lugar.

— Não posso te dizer que fizemos pizza para você e o papai levou com ele!

Agora, eu estava ainda mais confusa.

— Pizza para mim?

— Valeu mesmo, Saylor. — Brayden riu.

Olhei para ele.

— Cadê o Colby?

— Ele organizou uma coisinha particular para vocês dois. Já explicamos para Saylor que ela vai ficar com o tio Brayden esta noite enquanto você e Colby colocam o papo em dia. — Ele deu um puxão leve em uma das marias-chiquinhas de Saylor. — Para a sorte dela, é claro.

— Oh... Colby disse que íamos jantar com Saylor.

— É, bem. Mudança de planos. Ele achou que vocês dois precisavam de um tempo sozinhos. — Brayden piscou para mim e me entregou um envelope.

Eu o abri e li o pedaço de papel que havia dentro.

Uma vez, você deixou implícito que gostaria de um jantar no telhado. Achei que esta noite seria perfeita para isso. Pegue o elevador até o último andar, depois vire à direita para acessar a escada para o telhado.

— Ai, minha nossa — murmurei.

— Bem, é melhor não deixar o meu garoto esperando. — Ele piscou.

— Obrigada, Brayden.

— Podem ficar lá pelo tempo que quiserem. — Ele me lançou um olhar.

Dei um abraço de despedida em Saylor e segui pelo corredor. Arrepios percorreram minha espinha quando entrei novamente no elevador e subi até o último andar. Segui as instruções de Colby para chegar ao telhado, e quando abri a porta, deparei-me com a vista mais magnífica de todas.

Colby estava esperando por mim. Estava olhando para a paisagem da cidade, mas virou-se quando ouviu a porta se abrir. Sua boca curvou-se em um sorriso. Ele havia colocado lanternas, luzes brancas e aquecedores — já que estávamos no meio do inverno. Havia flores vermelhas e cor de vinho sobre a mesa e um balde de champanhe. Incrivelmente romântico.

— Oi, linda. Você me encontrou.

Eu o encontrei. Parecia mesmo que tínhamos nos perdido um do outro, e esse momento marcava o momento em que encontramos nosso caminho de volta. Ele abriu os braços, e saí correndo para ele, que me envolveu em um abraço, e deleitei-me na sensação de segurança e amor enquanto ele me segurava.

Finalmente.

Trocamos um beijo quente e apaixonado. Eu não tinha me dado conta do quanto estava faminta por isso até nossas línguas colidirem.

— Você não precisava fazer tudo isso... — sussurrei após um momento.

Ele tocou meu lábio inferior com o polegar.

— Faz muito tempo desde que pude ser o namorado que você merece. Sei que temos muito sobre o que conversar, muitas coisas para recuperar no nosso relacionamento. Mas, esta noite, quero te mostrar o quanto você é importante para mim. Espero que seja o primeiro de muitos jantares que teremos nesse telhado.

Notei que havia uma mesa de comida quente posta em um canto.

— O que você fez ali?

— Algumas das suas coisas favoritas.

Ergui uma das tampas de aço inox e encontrei pequenas almôndegas.

— São as da IKEA que você tanto ama — ele revelou.

A outra bandeja continha fatias quadriculadas de vários tipos de pizza caseira.

— Saylor e eu fizemos pizza juntos.

— É. — Sorri. — Ela me disse.

— Ah, disse? Que tagarela.

— Ela conseguiu manter o segredo por uns três segundos. — Dei risada.

— Você se lembra do que comemos na noite em que Maya apareceu e virou nosso mundo de cabeça para baixo? — ele perguntou.

Revirei minha mente.

— Não, acho que não.

— Foi a noite em que fizemos pizza com Saylor.

— Ah, foi mesmo! Claro. Como pude esquecer?

Ele sorriu.

— Muitas vezes, penso em como aquele jantar de pizza com você e Saylor foi a última lembrança normal que eu tinha antes que meu mundo mudasse. Aquele dia, aquele jantar, foi a última noite em que pude existir sem viver com um medo constante de perder tudo o que importava para mim. Você não imagina quantas vezes desejei poder voltar àquela noite e continuar de onde paramos, antes daquela batida na porta. — Ele expirou. — Então, a pizza é um símbolo que representa juntar os pedaços e voltar *exatamente* para onde paramos... para aquela noite simples, quando tínhamos tanta esperança para o futuro.

Olhei em seus olhos.

— Na verdade, eu não queria voltar no tempo, Colby.

Ele arregalou os olhos.

— Sério?

— Sério... — Acariciei sua bochecha. — Aprendi muito sobre mim mesma nas últimas semanas. Estar longe de você colocou em evidência o que mais valorizo nessa vida: família. Não a que nasci, mas a que escolhi. O que me incomodava mais que qualquer coisa era saber que Maya estava passando tempo com as duas pessoas mais importantes para mim, as duas pessoas que se tornaram meu mundo inteiro. Nunca foi por causa dela ou pelo que ela teve. Minha frustração e raiva tinham a ver com o que *eu* estava perdendo.

— Entendo, amor. — Ele passou uma das mãos pelo meu cabelo. — Entendo mesmo.

— No fim das contas, não podemos afirmar com certeza que estaríamos melhor se nada disso tivesse acontecido. Não sabemos disso.

As coisas acontecem por razões que, às vezes, não compreendemos. Tudo que sei é que talvez eu não estivesse aqui nesse telhado com você nesse momento se tudo não tivesse acontecido como aconteceu. E estou muito grata por esse momento.

Os olhos de Colby marejaram.

— Esta noite está sendo diferente do que imaginei.

Inclinei a cabeça para o lado.

— Como assim? O que você imaginou?

Ele suspirou.

— Não sei. Achei que você ainda estaria um pouco brava comigo pelo dia em que me viu gargalhando.

— Não. — Dei risada. — Um homem sábio chamado Eddie Musculoso me ajudou a entender o que estava realmente me incomodando com tudo aquilo. Nunca foi por causa das risadas. Eram as minhas próprias inseguranças. Você merece ser feliz. Eu só quero sempre ser *parte* da sua felicidade.

— Venha cá. — Colby me puxou para um abraço apertado e falou em meu cabelo. — Sinto que preciso te dizer tantas coisas esta noite, mas você acabou de dizer tudo que eu poderia querer ouvir. Caralho, como tive tanta sorte?

Fiquei nas pontas dos pés para beijá-lo e dei tapinhas em seu ombro.

— Vamos comer antes que tudo esfrie.

Servimos nossa comida em pratos e sentamos sob o lindo céu noturno de Manhattan. Devoramos a pizza e as almôndegas e estouramos o champanhe, rindo quando explodiu e molhou a manga da camisa de Colby. Sentia-me eufórica. E agora, um pouco alterada também.

— Vai querer sobremesa? Fiz brownies de espinafre para você. — Ele sorriu.

— Hummm... vou querer um com certeza. Mas tem uma coisa que eu quero ainda mais nesse momento.

Os olhos dele se encheram de luxúria.

— Será que é a mesma coisa que eu quero?

Olhei para trás.

— Aquela porta tranca?

— Com certeza. E se não trancasse, eu daria um jeito de improvisar uma tranca. — Colby pegou uma chave e foi rapidinho trancar a porta.

Ele voltou, erguendo-me, e envolvi seu corpo com minhas pernas. Nos beijamos como se dependêssemos um do outro para ter oxigênio. O vento soprava nossos cabelos. Parecia uma cena de filme: estávamos prestes a fazer sexo no telhado sob as estrelas e rodeados de luzes magníficas. Era tão lindo e íntimo.

A ereção de Colby cutucou meu abdômen.

— Parece que faz uma eternidade — ele murmurou em meus lábios.

— Eu preciso de você agora, Colby — ofeguei. — Agora mesmo, porra.

Ele abriu a calça e a abaixou apenas o suficiente para libertar seu pau. Ele ergueu minha saia e afastou minha calcinha para o lado, entrando em mim em um único e rápido movimento.

Fechei os olhos brevemente em êxtase, conforme ele colocava uma mão na minha nuca. Seus olhos cintilaram sob as luzes brilhantes ao me fitar enquanto entrava e saía de mim. Enfiei os dedos em seus cabelos cheios, adorando sua expressão enquanto me fodia. Impulsionei meus quadris, e meu clitóris se esfregou na parte baixa de seu abdômen. Eu poderia gozar a qualquer momento, se me permitisse. Caramba, fazia tempo demais.

Ainda me carregando, ele me levou até um sofá de couro em uma das extremidades do telhado e sentou-se comigo em seu colo. Comecei a cavalgá-lo rápido e com força, quase com raiva. Não dele, mas por todo o tempo que perdemos separados. Mesmo que tudo tenha acabado como deveria ser, o tempo era uma coisa que nunca poderíamos recuperar.

Seus olhos estavam enevoados ao olharem para mim.

— Eu tive tanto medo de te perder — ele sussurrou.

— Eu pertenço a você, Colby — eu disse, rebolando mais intensamente em seu pau. — Você nunca me perdeu.

Isso pareceu atiçá-lo, porque, assim que as palavras saíram, seus olhos reviraram.

— Eu te amo pra caralho, Billie. — Ele gemeu conforme seu corpo estremecia sob mim. E estocou mais forte, preenchendo-me com seu gozo quente.

— Eu também te amo. — Contraí meus músculos e deixei o orgasmo tomar conta de mim. — Estava com saudades de sentir o seu gozo dentro de mim.

— Continue dizendo coisas assim e estarei pronto para a segunda rodada em três, dois, um... — Ele fez uma pausa. — Estou pronto de novo. — Ele deu um tapa na minha bunda.

Ele nos envolveu em uma coberta que havia trazido e ficamos deitados por um longo tempo, saciados depois do sexo incrível, que foi rápido e furioso — exatamente do que eu precisava depois de tanto tempo separados.

Enquanto olhávamos as estrelas, não sei o que me compeliu a arriscar estragar o clima. Mas eu tinha que perguntar.

— Ela tentou alguma coisa com você?

Ele levou alguns segundos para processar minha pergunta.

— Maya? — Ele balançou a cabeça. — Não diretamente. Teve uma noite em que ela perguntou se podia me ver escovar os dentes para entender como era a minha rotina noturna, então colaborei. Depois, ela sugeriu passar a noite no meu quarto... sabe, para aprender melhor sobre meus hábitos de sono.

Aff. Enrijeci.

— O que você disse?

— Mandei ela dar o fora da porra do quarto.

Sorri.

— Ela obedeceu?

— Aham. E nunca mais tentou algo parecido.

— Ela deve ter achado que todos os homens são fracos e que conseguiria fazer você cair na dela.

— Posso ter sido um homem fraco quando ela me conheceu, mas não sou mais nem um pouco como naquele tempo. Não existe dinheiro no mundo que pudessem me oferecer para dormir com aquela mulher. — Ele olhou para mim. — Já que estamos fazendo perguntas desconfortáveis, eu deveria te perguntar sobre o seu *encontro* com aquele tal de Eddie.

Colby estava com um meio-sorriso, então não pude dizer se ele estava bravo ou não.

— Não foi um encontro, juro. Eddie é apenas um amigo e sempre será. Ele me ajudou a superar e entender minha raiva depois que te encontrei na estação de metrô.

— Ele pode ser seu amigo... — Colby revirou os olhos. — Mas tenho certeza de que quer muito tirar a sua roupa. Não importa o que você diga.

Dei de ombros. Ele provavelmente estava certo.

— Eu me senti mal por Brayden ter me visto me despedir dele. Tive medo de que você entendesse errado.

— Eu sabia, lá no fundo, que você não me trairia. Mas, como você disse, isso me lembrou do que eu estava perdendo. Quando Brayden me disse que te viu, abri um buraco na parede do meu quarto com um soco.

Cobri minha boca.

— Ah, meu Deus.

— Pois é. Holden ficou puto. Ele disse que só tenho permissão para quebrar a parede de novo se for durante o sexo.

— Sinto muito por você ter ficado chateado.

— Está tudo bem agora.

O celular de Colby vibrou. Ele olhou para a tela por alguns segundos.

— Jesus — ele murmurou.

— O que foi? Quem é?

— Brayden. — Ele virou a tela do celular para que eu pudesse ler.

> **Brayden:** Sei que vocês devem estar "ocupados", mas Saylor fica me perguntando se vai poder dar boa-noite a Billie. Acho que ela ainda está um pouco paranoica e com medo da Billie não voltar. Não sei se vocês querem que eu a deixe ficar acordada ou não para que possam desejar boa-noite a ela. Ah, e tá tudo bem, mas tivemos um pequeno incidente no qual Saylor pegou meu celular enquanto eu estava no banheiro e começou a fuçar minha galeria de fotos. Ela acabou se deparando com um nude que uma garota me mandou. Então, menti e disse a ela que estava fazendo aulas de Medicina e estudando anatomia. Ela não questionou o fato de que não faço faculdade de Medicina. Mas, como resultado da nossa discussão, agora estou precisando desesperadamente de uma bebida forte, então se estiverem a fim de me livrar do meu sofrimento, seria ótimo.

— Ai, Senhor. — Balancei a cabeça.

— Bem, poderia ter sido pior. Poderia ter sido o celular de Holden. — Colby riu.

Suspirei.

— Isso é verdade.

— O que você acha? — ele perguntou. — É melhor irmos salvá-lo, não é?

— Sim. — Sorri. — Acho que devemos ir colocar Saylor na cama juntos. Quero ler uma historinha para ela.

— Ela vai adorar isso. — Ele sorriu.

— Depois disso, quero levar você para a cama e te enfiar debaixo das cobertas. — Pisquei para ele.

Ele beijou meu pescoço.

— Eu definitivamente tenho uma coisa para enfiar em *você*.

CAPÍTULO 33

Colby

Fazia três semanas desde que Maya fora embora, e as coisas estavam finalmente voltando ao normal.

Mantendo sua palavra, ela deixou papéis de divórcio assinados com seu advogado e desapareceu sem deixar rastros, assim como fizera quatro anos antes. Por mais que eu não lhe desejasse mal, também esperava que, dessa vez, ela ficasse fora da minha vida para sempre.

Billie e eu passamos bastante tempo nos conectando. Estávamos bem firmes agora, mas eu sabia de uma coisa que ajudaria muito a levarmos as coisas para o próximo nível. Billie achava que essa *coisa* estava fora do nosso controle. Mas ela não fazia ideia do poder do pau de Holden...

Saí do elevador no andar do apartamento do meu amigo e bati à sua porta. Como sempre, ele demorou um pouco para abrir. Quando o fez, estava completamente desgrenhado e piscou diante da luz do sol como se fosse um intruso.

— Que horas são?

Entrei em seu apartamento.

— Nove da manhã. Desculpe te acordar no horário em que pessoas normais acordam, mas eu não aguentava mais esperar. Você conseguiu?

Holden se arrastou até a mesa da cozinha e pegou um envelope de papel pardo.

— E eu te deixaria na mão?

Puxei-o para um abraço de urso.

— Puta merda! Não acredito que você conseguiu fazer isso. Você é o melhor. Esse seu pau é mágico ou algo assim? Você simplesmente o coloca para fora da calça e as mulheres fazem qualquer coisa que você queira?

Em certa noite da semana anterior, Holden e eu estávamos tomando uma cerveja. Ele perguntou como estavam as coisas entre mim e Billie. Eu disse que bem, mas seria melhor se a espera para o juiz assinar os papéis do divórcio consensual que apresentei não fosse de, no mínimo, três meses. Holden perguntou em que tribunal eles estavam. Respondi que no Center Street, e ele disse que costumava pegar uma funcionária que trabalhava lá. Eles não conversavam há algum tempo, mas ele se ofereceu para entrar em contato para ver se ela poderia fazer alguma coisa para agilizar o processamento. Concordei, mas não achei que fosse dar em alguma coisa... até alguns dias atrás, quando Holden me mandou uma mensagem dizendo que saiu para almoçar com a mulher, e ela disse que talvez pudesse fazer com que o processo fosse adiantado e assinado em poucos dias.

Puxei os papéis de dentro do envelope e li a homologação do divórcio.

— Não sei como te agradecer, cara.

Holden abriu um sorriso enorme.

— Não precisa. Tessa me agradeceu no banheiro feminino quando passei no tribunal para buscar os papéis ontem à tarde.

Balancei a cabeça.

— Só você mesmo para conseguir uma foda e um divórcio finalizado em uma tacada só, meu amigo.

Ele riu e colocou uma das mãos em meu ombro.

— Fico feliz em servir. Agora, dê o fora do meu apartamento para que eu possa voltar a dormir e vá contar a boa notícia para a sua garota.

— Darei essa notícia a ela... mas só mais tarde. Então, se você por acaso encontrá-la em algum momento hoje, não comente sobre isso, ok?

— Pode deixar, amigão.

Minha próxima parada era o estúdio de Billie. Ela não estava trabalhando de manhã, porque tinha levado Saylor para a aula de mães e filhas, o que funcionou perfeitamente, já que eu precisava falar com Deek sem que ela estivesse por perto.

Justine estava ao telefone quando entrei. Ela cobriu o bocal com a mão e sorriu.

— Ela não está aqui, gatinho.

— Eu sei. Vim falar com o Deek. Mas não conte a ela que passei aqui, por favor.

O rosto de Justine se animou.

— Você e Deek estão aprontando alguma coisa?

— Sim, e quero que seja surpresa.

— O seu segredo está seguro comigo. — Ela acenou com a cabeça em direção à sala de tatuagem. — Pode entrar lá. O primeiro cliente dele não chegou ainda.

Deek estava sentado em sua estação de trabalho quando entrei. Ele ergueu o queixo.

— E aí, cara?

— Conseguiu trabalhar naquilo que discutimos?

Ele assentiu e abriu sua gaveta, retirando de lá um decalque e uma foto.

— Encontrei essa foto dela que mostra o antebraço, então usei como referência. Acho que vai combinar direitinho. O que você achou?

Olhei para o decalque e para a foto. Na imagem, Billie estava com as mãos para cima, exibindo perfeitamente a chave ornamentada tatuada na parte interna do antebraço. Ela me contara que seu avô tinha dado aquela chave para sua avó no dia em que se conheceram para simbolizar o que ela significava para ele. Essa história me deu esperança de que, por baixo das camadas de sua armadura, Billie era uma mulher que acreditava no amor verdadeiro. Agora, eu ia tatuar um cadeado vitoriano em formato de coração no mesmo lugar no meu braço. Parecia apropriado, já que Billie tinha a chave do meu coração.

Sorri.

— Ficou perfeito, cara.

— Mil vezes melhor do que uma rosa estúpida...

Dei risada.

— Fico feliz que tenha aprovado.

— Quando vai pedir que ela faça essa tatuagem em você?

— Hoje à noite. Marquei um horário usando um nome falso.

— A que horas?

— Seis.

— Tenho um cliente marcado para as seis e meia, mas acho que posso adiar para amanhã para que vocês possam ficar sozinhos.

— Isso seria ótimo.

Ele assentiu.

— Sem problemas.

— Valeu, Deek. — Devolvi o decalque para ele. — Tenho que ir. Pode guardar na sua gaveta até mais tarde?

— Claro.

— Fico muito grato. — Acenei.

— A propósito — Deek gritou para mim. — Se eu encontrar a marca da sua bunda na minha cadeira amanhã, teremos um problema.

Sorri e toquei dois dedos na testa em uma saudação.

— Entendido, chefe.

Minha próxima parada era ir encontrar Billie e Saylor depois da aula de mães e filhas. Saylor tinha um check-up às onze, e prometi aos meus pais que iríamos almoçar na casa deles. Minha mãe sutilmente me lembrou de que fazia um tempo desde que me vira. Cheguei à aula alguns minutos mais cedo e observei Saylor e Billie pela janela. As duas estavam rindo, sacudindo pandeiros e dançando como se não tivessem nenhuma preocupação no mundo. Isso preencheu e aqueceu meu coração. Essas mocinhas eram meu mundo inteiro. Eu sabia que era muito cedo para pedir Billie em casamento, mas, um dia, ela seria minha esposa. Por mais brega que soasse, eu havia encontrado minha alma gêmea.

Provando que era minha cara-metade, Billie virou-se e seus olhos me encontraram imediatamente através da janela. Acenei antes de entrar para esperar perto da porta até a aula acabar.

— Oi, papai! — Saylor veio saltitando até mim. — Consertou as prateleiras?

Franzi as sobrancelhas.

— Que prateleiras?

— Billie disse que você estava consertando as prateleiras quebradas da lavanderia.

Olhei para Billie, que curvou-se para falar com Saylor.

— Hã... querida, você pode ir buscar minha bolsa no armário, por favor?

Billie esperou Saylor se afastar.

— Duas mulheres perguntaram onde estava o meu patrão hoje, presumindo de novo que eu era a babá. Então, eu disse a elas que ele estava em casa se recuperando porque tinha passado a manhã toda metendo a broca em mim. Achei que tinha dito baixo o suficiente para Saylor não ouvir. Mas, aparentemente, ela ouviu uma parte, porque me perguntou no que você estava metendo uma broca. As prateleiras da lavandeira foi o melhor em que pude pensar.

Passei um braço em torno da cintura de Billie e a puxei para perto.

— Adoro quando você fica toda possessiva.

— Ah, é? — Ela sorriu. — Que bom, porque lá vem outra integrante do seu fã-clube idiota. — Billie agarrou minha camisa em punhos e grudou seus lábios nos meus.

Aham. Adoro quando a minha garota fica possessiva.

Depois que Billie terminou de marcar seu território, nós três seguimos pelo quarteirão juntos. Paramos na esquina, onde Billie teria que entrar na estação de metrô para voltar ao estúdio. Dei um beijo rápido em seus lábios.

— Posso te ver mais tarde?

— Claro. Mas acho que sairei um pouco mais tarde hoje. O meu último cliente hoje é novo, e tenho a impressão de que ele vai ser um pouco difícil.

Difícil foi conter meu sorriso.

— Por que você acha isso?

— Bom, para começar, ele marcou o horário usando somente a inicial de seu nome do meio. Quem marca um horário em qualquer lugar usando o primeiro nome, inicial do nome do meio e o sobrenome? Alguém muito preciso e exigente, isso sim. E, é claro, ele quer tatuar uma *rosa*. Nem é uma arte original. Ele disse ao Deek que gostou da rosa que fica na parede de amostras.

Não pude esconder meu sorriso, dessa vez.

— Parece péssimo. Mas quem sabe ele te surpreende e é legal.

— Duvido. Enfim, tenho que ir. Te mando uma mensagem quando terminar o expediente.

Às seis em ponto, entrei no estúdio com um buquê enorme de flores silvestres e um envelope no meu bolso de trás. Esperava ver Justine no balcão da recepção, mas quem estava lá era Billie.

Seus lábios se curvaram em um sorriso.

— Que colírio para os olhos! Ainda bem que você não apareceu na aula de mães e filhas todo fofo com essas flores. O seu fã-clube teria me esmagado.

Dei risada.

— Estou aqui porque marquei um horário.

— Um horário? Para uma tatuagem?

Assenti.

— Aham. Sou o seu cliente das seis horas.

Billie torceu o nariz.

— Você é o cara da inicial no nome do meio?

— Isso mesmo.

— Por que o nome falso?

— Eu queria te fazer uma surpresa. Estou um pouco chateado por você não ter adivinhado que era eu.

— Como eu ia saber?

Apontei para a agenda sobre o balcão.

— Leia o nome em voz alta.

— Jacinto O. Pinto. — Ela levou alguns segundos para entender. Então, se inclinou sobre o balcão e deu uma espiada na minha virilha com um sorriso sugestivo. — Não estou sentindo nada.

— Acredite, você vai sentir *muito* em breve.

Fui até a porta da frente e virei a fechadura até trancar, depois desliguei a placa neon escrita ABERTO.

— Deek estava por trás disso, não estava? — Billie fechou a agenda. — Porque ele saiu apressado daqui há alguns minutos, logo depois de dizer à Justine que ela podia ir embora mais cedo. Normalmente, ele nunca me deixaria sozinha em um sábado à noite.

— Sim, Deek estava por trás disso. — Dei a volta no balcão e beijei seus lábios. — Lembra-se daquela fantasia que te falei há muito tempo? Sobre te foder na sua cadeira hidráulica?

Billie mordeu o lábio inferior.

— Lembro.

— Isso também vai acontecer esta noite. Mas, primeiro... vou querer a tatuagem que você me deve.

— A rosa?

— Não, não é a rosa. Na verdade, ainda bem que você não quis fazer aquela tatuagem em mim. Você tinha razão quando disse que uma primeira tatuagem deveria ter um significado.

— Então, o que você quer fazer?

— Eu vou te mostrar. Mas, primeiro... — Peguei-a em meus braços. — Vou te levar lá para os fundos para poder te beijar sem que todos na rua possam ver.

Billie deu risadinhas conforme a carreguei para a sala de tatuagem. Fiquei tão envolvido em nosso beijo que quase esqueci a notícia que havia passado o dia inteiro louco para contar. Quando paramos para respirar, usei meu polegar para limpar o batom borrado sob seu lábio inferior.

— Tenho uma coisa para você.

Ela sorriu.

— Eu sei. Senti no osso do meu quadril. Parece que você está mesmo fazendo jus ao seu nome fictício.

Levei-a para sua cadeira hidráulica e a coloquei sentada antes de puxar o envelope de papel pardo do meu bolso de trás.

— O que é isso? — ela perguntou.

— Abra e descubra.

Billie rasgou o envelope. Ela retirou as páginas de dentro e examinou o topo por alguns segundos antes de erguer um olhar arregalado para mim.

— Isso é sério mesmo? Pensei que levaria meses para finalizar o divórcio.

— Holden conhecia alguém no tribunal e usou seus poderes de persuasão para colocar o meu no topo da lista.

— Então, você não é mais casado?

— Sou todo seu, meu amor.

Billie fitou os papéis por um longo tempo, balançando a cabeça, e quando ergueu o olhar novamente, seu rosto estava cheio de emoção.

— Ai, meu Deus, Colby. Estou tão feliz. Não tinha percebido o quanto isso estava pesando em mim até agora. Me sinto tão mais leve.

Assenti.

— Eu também. E o meu advogado tem conversado com o investigador. Ele tem quase certeza de que vamos conseguir encerrar esse assunto com uma multa como penalidade pelo que fiz, em vez de um processo criminal. Parece que podemos deixar tudo isso para trás agora.

Ela balançou a cabeça.

— Hoje foi o melhor dia de todos. Passei a manhã com Saylor, você é oficialmente um homem livre de novo e vou tirar a sua virgindade de tatuagem.

— Ei, não se esqueça do sexo na cadeira de tatuagem.

Ela riu.

— Isso também. Então, o que vou tatuar em você, afinal? Você trouxe um desenho do que quer?

— Fiz melhor que isso... — Indo até a estação de Deek, abri sua gaveta e peguei o decalque que ele havia feito. Entregando para ela, apontei para a parte interna do meu antebraço. — Quero esse desenho, bem aqui.

Achei que precisaria explicar, mas, quando Billie cobriu a boca e seus olhos marejaram, eu soube que ela tinha entendido. Ela virou seu braço e me mostrou sua tatuagem.

— É o cadeado que combina com a minha chave.

Assenti.

— Deek desenhou. Ele usou uma foto da sua tatuagem como referência para fazê-las combinar. Posso não ter te dado uma chave no nosso primeiro encontro, como o seu avô deu para a sua avó, mas você tem o meu coração desde o momento em que te conheci. E agora, você sempre terá a chave que o abre.

Lágrimas desceram pelo rosto de Billie.

— Oh, meu Deus, Colby. Você é o homem mais doce e romântico do mundo. Eu te amo tanto.

— Eu também te amo, linda. Mas não sei se sou tão doce assim. Porque enquanto você está pensando no quanto sou romântico, ainda estou aqui de pau duro, me perguntando se poderei te comer nessa cadeira *antes* de você começar minha tatuagem.

Billie riu em meio às lágrimas e abriu os braços.

— Definitivamente podemos fazer isso. Venha aqui e me deixe finalmente transformar seu sonho em realidade.

Segurei seu rosto entre as mãos.

— Meu amor, eu mal posso esperar para te deixar nua, mas você já transformou todos os meus sonhos em realidade...

EPÍLOGO

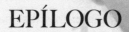

Um Ano Depois

Holden subiu no palco, preparando-se para fazer seu discurso. O DJ ergueu a mão, pedindo para todos ficarem em silêncio enquanto Holden segurava o microfone. Prendi a respiração, incapaz de imaginar meu padrinho levando isso a sério, e me perguntando se estava prestes a ser xingado.

Holden abriu um sorriso sugestivo para mim e, em seguida, começou a falar.

— Leal... talentoso... incrivelmente bonito... o melhor amigo que qualquer um poderia querer. — Ele fez uma pausa. — Mas chega de falar sobre mim.

Nossos convidados caíram na risada.

— Meu nome é Holden Catalano e estou aqui pela comida e bebida grátis. — Ele sorriu quando todos riram novamente. — Na verdade, para consternação dele, sou o padrinho do Colby. — Ele olhou para mim. — Por mais que eu queira poder dizer que Colby me escolheu para esse papel, estou aqui hoje porque peguei o pedaço de papel que dizia *padrinho* em um sorteio. Nossos amigos Owen e Brayden, por outro lado, pegaram pedaços de papel em branco e foram rebaixados a meros acompanhantes. — Ele se virou para mim. — Quero que você saiba, Colby, que estou levando essa responsabilidade muito a sério. Até esperei para fazer o discurso *antes* de encher a cara, porque não queria estragar isso. Porque, vamos admitir, eu sou a pior pessoa para essa função, não a melhor. Mas, infelizmente, sou eu que você tem. — Ele suspirou. — Todos sabemos que, se Ryan estivesse aqui, *ele* seria o seu padrinho. Em vez disso, ele está te olhando lá de cima nesse momento e pensando... como raios você conseguiu descolar uma mulher maravilhosa como a Billie?

Gargalhadas ecoaram pelo salão mais uma vez. Quando se dissiparam, ele continuou.

— Colby e eu, junto com Owen, Brayden e nosso falecido amigo, Ryan, somos amigos desde a infância. Enquanto crescíamos, nos apoiamos em Colby como o mais velho do grupo para nos dar um bom exemplo. — Holden pausou. — Isso explica por que somos todos idiotas.

Bati palmas. Billie e eu olhamos um para o outro ao gargalharmos.

— Mas, sinceramente, eu *sou* a pessoa errada para essa função, parcialmente porque Colby e eu sempre fomos como yin e yang. Ele foi para escolas chiques, arranjou um trabalho chique. A maior parte dos trabalhos que consigo descolar são manuais... ou orais.

Billie cobriu as orelhas de Saylor com as mãos. Felizmente, minha filha não fazia ideia do que aquilo significava e continuou serena.

— E não é preciso ir a uma escola chique para ser um baterista como eu — Holden continuou. — Dito isso, Colby não tem um osso musical no corpo. Nós costumávamos levar garotas das quais queríamos nos livrar sem magoá-las para o karaokê, para que ouvissem Colby cantar... e assim, desapareciam magicamente.

Revirei os olhos e balancei a cabeça.

— E nem me faça falar sobre nossos estilos. Não poderiam ser mais diferentes. Colby usa ternos de três peças regularmente. Da última vez que usei um terno de três peças estava sentado ao lado do meu advogado de defesa depois de uma briga de bar.

Meus ombros sacudiram.

— Verdade — comentei.

— Então, se somos tão incompatíveis... por que diabos concordei em desempenhar esse papel importante? Bem, a resposta é simples. — Ele fez uma pausa. — Estou aqui pela Billie.

Olhei para minha esposa, que limpou uma lágrima depois de tanto rir.

— Eu soube, desde a primeira vez em que Billie trabalhou na minha arte corporal, que ela tinha um gosto incrível. Achei que ela não erraria nunca. Aí, descobri que ela estava apaixonada pelo Colby e me dei conta de que... ninguém é perfeito.

Nossos convidados, mais uma vez, caíram na risada.

Holden coçou o queixo.

— Então, é, Colby e eu... somos yin e yang. E eu sei disso porque, mais cedo, pesquisei o significado de yin e yang pela primeira vez na vida, para garantir que explicaria certinho. — Ele olhou em volta do salão. — É uma dessas coisas sobre as quais você sempre ouve falar, mas não compreende totalmente. E ao aprender sobre isso, percebi que ainda mais yin e yang do que Colby e eu são Colby e Billie. — Holden se virou para nós. — Saca essa: yin representa uma energia feminina e sombria. — Ele apontou para minha esposa. — Isso é a cara da Billie, não é? E yang representa uma energia brilhante, masculina e, sem brincadeira... sexy. De nada, Colby. — Ele riu. — Isso não lembra eles dois? Opostos que combinam tão bem que é como se tivessem sido feitos um para o outro, como o sol e a lua. — Ele olhou para nós. — A coisa mais importante que aprendi na minha pesquisa sobre yin e yang foi que, embora eles sejam opostos, dependem um do outro para existir. Sem noite, não há dia. Sem amor, não há luto... aprendemos isso da maneira mais difícil quando Ryan faleceu. E acho que é seguro dizer que, sem Colby, não há Billie. Sem Billie, não há Colby. Eles se tornaram um só hoje. — Holden abriu seu sorriso radiante. — E, sim, eu consegui fazer esse discurso ter um final piegas.

Minhas bochechas doíam de tanto sorrir.

Ele pegou sua taça de champanhe e a ergueu.

— Então, para Billie e Colby, yin e yang. Vocês me inspiram a querer me apaixonar, um dia... quando tiver 65 anos e não conseguir mais levantar o equipamento. — Em meio às gargalhadas dos convidados, ele acrescentou: — Amo vocês! E, Colby, cara, se você não tiver gostado desse discurso, sugiro escolher outro cara para ser seu padrinho na próxima vez que se casar. — Ele piscou para mim.

Mostrei o dedo do meio para ele e me levantei para lhe dar um abraço enorme — esses dois gestos rapidamente seguidos um do outro resumia o nosso relacionamento.

Quando voltei para minha cadeira, Billie estava com um sorriso radiante.

— Aquilo foi o máximo.

— Só o Holden mesmo — eu disse.

Nosso casamento foi um grande evento realizado no salão de festas de um hotel no centro da cidade. Billie insistiu que queria um casamento menor, mas eu a convenci de que, depois de tudo que passamos, merecíamos uma festa enorme. Como Billie não gostava muito da parte do planejamento, demos à minha mãe o presente de sua vida, deixando que ela se encarregasse de organizar tudo. Ela, é claro, se encontrou com Billie várias vezes e levou em consideração o gosto e o estilo da minha linda noiva. O resultado foi uma decoração colorida que era vibrante, porém elegante. Flores vermelhas e bordô com detalhes de plumas pretas. Era o que se poderia chamar de gótico chique.

Minha esposa virou-se para mim ao começarem a servir o bolo.

— Nem acredito no quanto esse dia foi maravilhoso.

Olhei de relance para seu peito.

— Quase tão maravilhoso quando os seus peitos nesse espartilho. Quase morri quando te vi entrando de braços dados com Deek.

— Você achou mesmo que eu escolheria outro modelo de vestido?

O vestido de Billie não era nada menos que espetacular. Eram duas peças: um top de espartilho branco acetinado e uma saia enorme em formato de vestido de baile. Seu cabelo preto estava meio preso, meio solto, com mechas cacheadas e despojadas. Sempre imaginei que choraria quando a visse andando em minha direção, mas minha reação me surpreendeu. Eu estava muito emocionado, é claro, mas, em vez de chorar, não consegui parar de sorrir. Na verdade, eu ainda não tinha derramado uma lágrima no meu próprio casamento, nem mesmo durante a dança de pai e filha com Saylor. Mas a noite ainda era uma criança.

Após o jantar, todos foram para a pista de dança. Em determinado momento, o DJ começou a tocar uma música mais lenta, e acabei me deparando com uma cena interessante: Holden dançando com a irmãzinha de Ryan, Laney, a quem chamávamos carinhosamente de Lala. Bom, eu disse *irmãzinha*, mas ela estava definitivamente bem crescidinha agora. Ela estava dançando com seu noivo poucos minutos antes. Mas, naquele momento, seu noivo não estava em parte alguma. Normalmente, não havia nada muito notável em uma garota dançando com um suposto amigo da família. Só que eu sabia sobre a paixonite que Holden tivera por ela há um tempo. O jeito como ele tinha aproveitado a primeira chance que teve de dançar com ela esta noite me fez me perguntar se ele tinha segundas intenções.

Quando a música terminou, ele se inclinou para dar um beijo em sua bochecha. Depois, saiu andando.

Meus olhos o seguiram, vendo-o ir direto para o bar e pedir outra bebida. Então, olhei novamente para Laney e avistei seu noivo, Warren, ressurgindo na pista de dança ao lado dela. Foi como se aquele pequeno momento com Holden sequer tivesse acontecido. Meus olhos desviaram de Warren e Laney de volta para Holden, que agora os observava do bar.

Billie estava conversando com alguns convidados em uma das mesas, então aproveitei a oportunidade para me aproximar de Holden.

Pousei a mão em seu ombro.

— Está a fim de ir pegar um ar fresco comigo? A noite está agradável.

Ele deu de ombros.

— Claro.

Pedi uma cerveja e fomos para a varanda.

— Eu te vi dançando com a Lala.

Os cabelos um pouco compridos de Holden esvoaçaram com a brisa.

— Está falando da dança piscou, perdeu?

Sorri.

— Você aproveitou a oportunidade no único momento em que Warren foi ao banheiro, hein?

Ele fez uma careta.

— O que ela vê nele, afinal?

— Ele parece ser um sujeito bacana. Muito inteligente, como ela. Talvez isso não seja o que você quer ouvir.

— Inteligente? — Ele arregalou os olhos. — Por quê? Porque ele tem um emprego científico de esquisitão?

Olhei-o incisivamente.

— Ele é pesquisador de câncer.

— Detalhes. — Holden tomou um gole de cerveja. — De qualquer forma... ele continua sendo um esquisitão.

— Bem, assim como a Lala, mais ou menos. — Dei risada. — Mas digo isso de boa intenção. Ela é uma nerd doce e adorável.

— Sim, ela é — ele murmurou, fitando o vazio.

— Não podemos controlar por quem nos atraímos, Holden. Você mesmo disse. Opostos se atraem. Mas, mesmo se ela não tivesse o noivo, acha que seria certo para ela, nesse estágio da sua vida? Lala não é o tipo de garota que você trai. — Fitei seus olhos. — Entende?

— Porra, ela não é mesmo. — Ele baixou o olhar para o chão.

— Então, talvez seja melhor ela estar com esse cara, se ele a faz feliz e cuida dela. É o que Ryan ia querer.

— Pois é. Ryan *nunca* ia querer que ela ficasse comigo. Todos sabemos disso. — Ele soltou uma risada amarga antes de tomar mais um gole de cerveja. Ele bateu a garrafa em uma mesa. — Podemos parar de falar sobre isso? É inútil.

Arrependi-me de tocar no assunto.

— Como quiser, cara.

Então, Holden saiu andando, passando por Billie ao voltar para dentro.

— Aí está você — ela disse, olhando para trás por cima do ombro. — Está tudo bem com o Holden?

Balancei a cabeça.

— Não exatamente. Mas ele vai ficar bem. Acho que exagerou na bebida.

Uma expressão de preocupação surgiu em seu rosto.

— Isso tem a ver com a irmã de Ryan?

— Você sabe sobre isso? Não me lembro de ter comentado.

— Você já ouviu aquele cara tagarelar durante uma sessão de tatuagem? Já ouvi a história de vida de Holden umas dez vezes. Além disso, eu o vi dançando com ela. Ela é muito bonita e simpática. Que pena o Holden ser...

— Holden?

— É. — Ela abriu um sorriso triste.

Expirei.

— Alguém viu a minha filha por aí?

— Não se preocupe. Minha mãe está cuidando dela. Estranhamente, ela gosta da companhia da minha mãe. Pelo menos alguém, né?

— Saylor ama todo mundo — eu disse.

— Acho que minha mãe adora o fato de Saylor ser bem menininha, já que nunca fui assim.

Dei risada, envolvendo-a com um braço.

— Ei, pergunta: alguém já deu escapadinha do próprio casamento para foder nos arbustos?

Billie e eu decidimos ficar sem sexo por uma semana antes do casamento para que a nossa noite de núpcias fosse ainda mais intensa.

— Eu disse que teríamos que esperar até o casamento, mas não *durante* o casamento — ela disse.

Beijei sua testa.

— Eu provavelmente não conseguiria desfazer todos os laços do seu espartilho a tempo de voltarmos antes que a recepção acabe. Então, acho que terei que esperar. — Suspirei, inspirando um pouco do ar noturno. — É gostoso termos esse tempinho, só nós dois, não acha? Tenho a impressão de que não parei para respirar a noite toda.

Ela passou os dedos em meu cabelo.

— Eu sei.

— Ouça... eu queria te dizer uma coisa enquanto estamos sozinhos aqui.

Ela inclinou a cabeça.

— O quê?

— Depois da nossa dança, Saylor sussurrou em meu ouvido, perguntando se eu achava que ela podia te chamar de mamãe agora que estamos casados.

— Oh, meu Deus. — Billie pousou a mão no peito. — Você sabe que isso é algo que eu quero. Mas nunca quis pressioná-la. Sempre imaginei que aconteceria quando ela se sentisse pronta, sabe?

— Sim. Claro. Acho que ela está se impedindo um pouco porque precisa saber que isso é o que *você* quer.

Lágrimas encheram seus olhos.

— Estou tão feliz por você ter me contado. E pensar que ela teve medo de fazer isso...

Ouvimos o DJ nos chamar, então voltamos para o salão, onde Billie jogou o buquê. Quem acabou pegando foi uma mulher que trabalhava na minha empresa, quase caindo de bunda no processo. Pouco tempo depois, fiquei surpreso ao ver Billie ir até o DJ e pedir o microfone a ele.

Ela pigarreou para chamar a atenção de todos.

— Obrigada a todos por estarem aqui esta noite celebrando o início do resto das nossas vidas conosco. Eu só queria dizer o quanto sou grata por cada um de vocês. Esse é o dia mais importante da minha vida... — Seus olhos me buscaram na pista de dança. — Não somente porque me casei com o homem dos meus sonhos, mas também por causa da linda garotinha com quem poderei passar o resto da minha vida. — Ela olhou para Saylor, que estava ao meu lado. — Saylor me aceitou de braços abertos desde o instante em que nos conhecemos. Nos tornamos amigas imediatamente, mas, com o passar do tempo, nos tornamos muito mais. Há apenas uma coisa que eu quero mais do que ser a esposa de Colby, que é ser a mãe de Saylor. — Ela acenou para Saylor se juntar a ela.

Fiquei olhando minha filha caminhar lentamente até Billie.

Caminhando em direção à sua mãe pela primeira vez.

Billie abaixou-se para abraçá-la.

— Eu te amo tanto, querida.

Minha filha foi às lágrimas.

— Eu também te amo, mamãe.

Meu coração estava mais cheio do que nunca. Aquele foi o momento que fez tudo pelo que passamos valer a pena. Porque não importava o que acontecesse entre mim e Billie, concordar em ser mãe de alguém era para a vida toda. Era um compromisso definitivo, mais do que qualquer cerimônia de casamento ou contrato jurídico. Eu sabia que Billie sempre estaria lá para Saylor. Por mais que eu tentasse ser o mundo inteiro de Saylor, a única coisa que eu nunca poderia ser era a mãe dela. Senti-me grato por Saylor não ter que viver a vida inteira sem uma.

Olhando para os meus dois anjos se abraçando em seus vestidos brancos, pela primeira vez no dia do meu casamento, eu finalmente chorei.

AGRADECIMENTOS

Obrigada a todos os incríveis blogueiros, bookstagrammers e BookTokers que ajudaram a espalhar as notícias sobre *As Regras Para Namorar*. A empolgação de vocês nos faz continuar e somos eternamente gratas por todo o seu apoio.

Aos nossos portos seguros: Julie, Luna e Cheri. Obrigada pela amizade e por estarem sempre a um clique de distância quando precisamos de vocês.

À nossa superagente, Kimberly Brower. Obrigada por sempre acreditar em nós e ajudar a colocar nossos livros nas mãos de leitores internacionais.

Para Jessica. É sempre um prazer trabalhar com você como nossa editora. Obrigada por se certificar de que Colby e Billie ficassem prontos para o mundo.

Para Elaine. Uma editora, revisora, diagramadora e amiga incrível. Nós gostamos muito de você!

Para Julia. Obrigada por ser nosso olho de águia!

Para Kylie e Jo, da Give Me Books Promotions. Nossos lançamentos seriam simplesmente impossíveis sem seu esforço e dedicação em nos ajudar a promovê-los.

Para Sommer. Obrigada por dar vida a Colby na capa e por criar o cenário perfeito.

Para Brooke. Obrigada por organizar este lançamento e por tirar um pouco da carga de nossas intermináveis listas de tarefas todos os dias.

Por último, mas não menos importante, aos nossos leitores. Continuamos escrevendo devido à fome de vocês por nossas histórias. Estamos muito animadas para nossa próxima aventura com Holden e Lala! Obrigada, como sempre, pelo entusiasmo, amor e lealdade. Amamos vocês!

Com muito amor,

Penelope e Vi

CONHEÇA OUTROS TÍTULOS DAS AUTORAS VI KEELAND & PENELOPE WARD

Entre em nosso site e viaje no nosso mundo literário.
Lá você vai encontrar todos os nossos
títulos, autores, lançamentos e novidades.
Acesse www.editoracharme.com.br

Você pode adquirir os nossos livros na loja virtual:
loja.editoracharme.com.br

Além do site, você pode nos encontrar em nossas redes sociais.

https://www.facebook.com/editoracharme

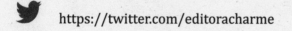
https://twitter.com/editoracharme

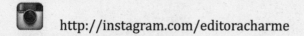
http://instagram.com/editoracharme

@editoracharme